CLEOPATRA & FRANKENSTEIN

Coco Mellors es la autora de *Las hermanas Blue* y *Cleopatra &
Frankenstein*, novelas que se han traducido a más de veinte idio-
mas. Se crio en Londres y en Nueva York. Obtuvo un máster en
Bellas Artes en la Universidad de Nueva York, donde recibió la
beca de investigación Goldwater.

En la actualidad vive en Los Ángeles, California, junto a su
marido.

Código BIC: FA | Código BISAC: FIC019000
Diseño de cubierta: Jo Thomson
Pintura de cubierta: Gill Button

CLEOPATRA & FRANKENSTEIN

COCO MELLORS

Traducción de Daniel Casado Rodríguez

books4pocket

Argentina – Chile – Colombia – España
Estados Unidos – México – Perú – Uruguay

Título original: *Cleopatra and Frankenstein*
Editor original: 4th Estate, un sello de HarperCollins*Publishers*
Traducción: Daniel Casado Rodríguez

1.ª edición en **books4pocket** Enero 2025

Copyright © Coco Mellors 2022
All Rights Reserved
© de la traducción, 2023 *by* Daniel Casado Rodríguez
© 2023, 2025 *by* Urano World Spain, S.A.U.
Plaza de los Reyes Magos, 8, piso 1.º C y D – 28007 Madrid
www.letrasdeplata.com
www.books4pocket.com

ISBN: 978-84-19130-43-3
E-ISBN: 978-84-19413-78-9
Depósito legal: M-23.962-2024

Fotocomposición: Urano World Spain, S.A.U.
Impreso por Novoprint, S.A. – Energía 53 – Sant Andreu de la Barca (Barcelona)

Impreso en España – *Printed in Spain*

Para mi madre, quien creyó.

Párteme como una nuez.
Separa la parte de mí que está vacía
de la parte que da fruto.
—Omotara James

Quedémonos con hambre un rato más.
Tratemos de no hacernos daño.
—Maya C. Popa

CAPÍTULO UNO

Diciembre

Ella ya estaba en el ascensor cuando él entró. Él le hizo un ademán con la cabeza y se volvió para cerrar la puerta de hierro con un ruido sordo. Se encontraban en un edificio que antes había sido una fábrica en Tribeca, del tipo que, por algún motivo, todavía usaba montacargas. Estaban solos, uno al lado del otro, y miraban hacia delante mientras el mecanismo gruñía al activarse. Al otro lado del entramado metálico, observaron cómo las paredes de cemento del edificio pasaban ante sus ojos.

—¿Qué vas a buscar? —El hombre dirigió la pregunta hacia el espacio que había frente a él, sin volverse hacia ella.

—¿Perdona?

—Me han mandado a por hielo —dijo él—. ¿Tú qué necesitas?

—Ah, nada. Me voy a casa.

—¿A las diez y media en Nochevieja? Eso es lo más triste o lo más sabio que he oído nunca.

—Por mi bien, digamos que lo más sabio —repuso ella.

El hombre soltó una gran carcajada, aunque ella no pensaba haber sido particularmente graciosa.

—¿Británica? —preguntó él.

—De Londres.

—Tu voz suena como lo que se siente al darle un mordisco a una manzana Granny Smith.

Aquella vez fue ella quien se rio, aunque con menos desenfreno.

—¿Y qué sensación es esa?

—¿En una palabra? Restallante.

—¿A diferencia de morder una Pink Lady o una Golden Delicious?

—Sí que entiendes de manzanas. —Le dedicó un ademán de respeto—. Pero sería una locura decir que suenas siquiera parecida a una Golden Delicious. Ese es un acento del medio oeste.

Llegaron a la planta baja con un suave golpe seco. El hombre abrió la puerta para que ella pasara.

—Qué raro eres —dijo ella, mirando hacia atrás.

—Sin duda. —La adelantó para abrirle la puerta del edificio—. ¿Te apetece acompañar a este hombre tan raro a la bodega? Tengo que oírte pronunciar unas cuantas palabras más.

—Mmm… ¿Cómo cuáles?

—Como «aluminio».

—¿Por qué «aluminio»?

—¡Ah, ahí está! —Se llevó las manos a los oídos en un gesto de placer—. Esa ele. *Alu*-minio. Me derrite.

Ella trató de parecer escéptica, pero él pudo ver que se lo estaba pasando bien.

—Sí que te derrites con facilidad.

Él la sorprendió al detenerse a considerarlo con una sinceridad genuina.

—No —acabó diciendo—. No es así.

Estaban en la calle. Al otro lado había una tienda que vendía carteles de neón que bañaban la acera en un tono amarillo, rosa

y azul. MILLER LITE, DESNUDOS EN DIRECTO, NUESTRA TINTORE-
RÍA NO SE DEJA NADA EN EL TINTERO.

—¿Dónde está la bodega? —preguntó ella—. Me vendrían
bien unos cuantos cigarrillos.

—A unas dos manzanas por ahí —respondió, señalando hacia el este—. ¿Cuántos años tienes?

—Veinticuatro. Los suficientes para fumar, si es que pensabas
decirme que no lo hiciera.

—Tienes la edad perfecta para fumar —dijo él—. Con tiempo
guardado para resolver y satisfacer. ¿Es eso lo que dice el poema
de Larkin?

—Oh, no me cites poemas. Puede que me derritas a mí por
accidente.

—«¡Canto el cuerpo eléctrico!» —exclamó—. «¡Me abrazan
los ejércitos de quienes amo y yo los abrazo!».

—¡La-la-la! ¡No te oigo!

Ella se llevó las manos a los oídos y corrió, dejándolo atrás.
Un coche con una alegre canción pop a todo volumen pasó por
delante. Él le dio alcance en el semáforo, y, poco a poco, ella bajó
las manos de la cabeza. Llevaba unos guantes infantiles de cuero
rosa. Sus mejillas también estaban sonrojadas.

—No te preocupes, eso es lo único que recuerdo —dijo él—.
Estás a salvo.

—Me sorprende que recordaras siquiera un verso.

—Soy mayor que tú. Mi generación tenía que aprenderse
esas cosas en el colegio.

—¿Cuánto mayor?

—Mayor. ¿Cómo te llamas?

—Cleo —dijo Cleo.

—Te pega —comentó él, asintiendo.

—¿Por qué lo dices?

—Cleopatra, la antigua perdición de los hombres.

—Pero soy Cleo a secas. ¿Cómo te llamas tú?

—Frank —dijo Frank.

—¿Es un diminutivo?

—No es un diminutivo de nada. ¿De qué carajos podría ser Frank un diminutivo?

—No sé —repuso Cleo con una sonrisa—. Frankfurt, Franklin, Frankenstein…

—Frankenstein está bien. Creador de monstruos.

—¿Haces monstruos?

—Más o menos —admitió Frank—. Hago anuncios.

—Estaba segura de que eras escritor —dijo ella.

—¿Por qué?

—Restallante —repuso Cleo, alzando una ceja.

—Monté una agencia —explicó Frank—. Es donde acabamos los que no pudimos ganarnos la vida como escritores.

Caminaron hasta encontrar la bodega veinticuatro horas que brillaba en la esquina, flanqueada por cubos de enormes rosas y frívolos claveles. Frank le abrió la puerta, la cual emitió un campaneo. En la brillante luz fluorescente del interior de la tienda, se miraron directamente por primera vez.

Frank, según la estimación de Cleo, tenía treinta y muchos o cuarenta y pocos años. Lo primero en lo que ella reparó fue en sus ojos amables, los cuales se arrugaron de forma automática al encontrarse con los suyos. Unas pestañas largas como plumas rozaban contra las lentes de sus gafas y le proporcionaban a su rostro angular una suavidad sorprendente. Tenía el cabello oscuro y rizado, revuelto como el de una oveja, y ya menos espeso en la coronilla. En aquel momento, al notar que los ojos de ella lo examinaban, se pasó una mano por el pelo, cohibido. La piel del dorso de su mano y de su rostro estaba llena de pecas y todavía bronceada, a pesar de que estaban en pleno invierno. Le quedaba bien con su bufanda de cachemira marrón metida en un abrigo hecho a medida. Tenía la complexión delgada y enérgica de un bailarín retirado, un cuerpo que indicaba economía e inteligencia. Cleo esbozó una sonrisa de aprobación.

Él se la devolvió. Como la mayoría de las personas, lo primero de lo que se percató él fue de su cabello. Colgaba sobre sus hombros en dos cortinas doradas y se abría para revelar aquel tan anticipado primer acto: su rostro. Porque su rostro era todo un espectáculo. Pensó que podría quedarse mirándola durante horas. Se había hecho un delineado grueso con lápiz negro sobre los párpados, al estilo de los años sesenta, y había acabado cada punta con una diminuta estrella dorada. Tenía las mejillas espolvoreadas con algo que relucía de color dorado también y brillaba como el champán ante la luz. Un pesado abrigo de badana la envolvía, acompañado de los infantiles guantes rosados que había visto antes y una boina de lana blanca. En los pies llevaba unas botas de vaquero bordadas y de color crema. Todo lo que concernía a ella era deliberado. Frank, quien había pasado gran parte de su vida rodeado de personas bellas, nunca se había encontrado con alguien así.

Avergonzada por lo directa que era la mirada de Frank, Cleo se volvió para examinar una estantería que, de forma poco oportuna, estaba llena de latas de comida para gatos. Le preocupaba haberse puesto demasiado maquillaje y parecerse a un payaso bajo la luz.

—Compadre —dijo Frank al hombre tras el mostrador—. Feliz Año Nuevo.

El hombre alzó la mirada de su periódico, donde estaba leyendo sobre más torturas permitidas por el gobierno de su país. Se preguntó qué fue lo que había hecho pensar a aquel hombre blanco que eran compadres y luego esbozó una sonrisa.

—Lo mismo digo —contestó.

—¿Dónde está el hielo?

—No hay hielo. —El hombre se encogió de hombros.

—¿Qué clase de bodega no vende hielo?

—Esta —dijo.

—Vale, no hay hielo —contestó Frank, alzando las manos en señal de derrota antes de volverse hacia Cleo—. ¿Quieres tus cigarrillos?

Cleo había estado examinando los precios de los cigarrillos de la estantería. Sacó su cartera, la cual, tal como vio Frank, no era una cartera de verdad, sino un pequeño bolsito de terciopelo lleno de papeles y envoltorios. Sus largos dedos rebuscaron entre el contenido.

—¿Sabes qué? —dijo ella—. Tengo unos cuantos papeles de fumar por aquí. Me llevaré una bolsa de tabaco, una pequeña. ¿Cuánto cuesta?

Frank observó cómo toda la postura del hombre se relajaba hacia delante en cuanto Cleo se dirigió a él. Era como ver la parte delantera de un glaciar disolverse en el mar; el hombre se había derretido.

—Chica guapa —murmuró—. ¿Cuánto quieres pagar?

El sonrojo de Cleo subía desde su cuello hasta su barbilla.

—Yo me encargo —soltó Frank, colocando su tarjeta de crédito con fuerza en el mostrador—. Y... —Tomó una tableta de chocolate con leche—. Esto también. Por si te entra hambre.

Cleo le dedicó una mirada de agradecimiento, pero no titubeó.

—Un paquete de Capri, por favor —indicó—. Los de color lila.

En el exterior de la tienda, Cleo miró la calle en ambas direcciones.

—Es imposible que encuentres un taxi esta noche —dijo Frank—. ¿Dónde vives?

—En East Village —repuso ella—. Cerca del Tompkins Square Park. Pero iré caminando, no está tan lejos.

—Te acompaño —ofreció él.

—No, no puedes —protestó ella—. Está demasiado lejos.

—¿No habías dicho que no estaba tan lejos?

—Te perderás la cuenta atrás.

—Que le den a la cuenta atrás —dijo Frank.

—¿Y el hielo?

—Tienes razón. El hielo es lo importante.

Cleo agachó la cabeza, y Frank soltó una carcajada. Empezó a caminar hacia el norte, por lo que ella no tuvo más remedio que seguirlo. Frank miró hacia atrás y la encontró caminando junto a él, de modo que ralentizó el paso.

—¿No tienes frío?

—Oh, no —contestó ella—. ¿Y tú? ¿Quieres mi *chapeau*?

—¿Tu qué?

—Mi gorro. Es una boina, así que suelo hablarle en francés.

—¿Hablas francés?

—Solo un poco. Sé decir cosas como *chocolat chaud avec chantilly y c'est cool mais c'est fou*.

—¿Y qué significa eso?

—«Chocolate caliente con nata montada» y «está bien, pero es una locura». Parece que no, pero las dos son frases de lo más útiles. Bueno, ¿lo quieres?

—No creo que esté hecho para que me quede bien una boina.

—Tonterías —dijo Cleo—. El mundo es tu *chapeau*.

—¿Sabes qué? —Frank le quitó el gorro a Cleo de la cabeza y se lo puso con valentía en la suya—. Tienes razón.

—*Magnifique* —respondió ella—. *Allez!*

Caminaron hacia el este, en dirección a Chinatown. Un grupo de mujeres que llevaban sombreros de copa plateados y gafas de sol con motivos de 2007 pasaron por su lado, tambaleándose. Una de las mujeres sopló un matasuegras en dirección a la cabeza de Frank, y el grupo estalló en gritos y risas. Frank se quitó la boina de la cabeza.

—¿Sería poco festivo por mi parte decir que odio Año Nuevo? —preguntó él.

—Solo suelo celebrar el año nuevo lunar —respondió Cleo, encogiéndose de hombros.

Frank esperó, pero ella no explicó nada más.

—Bueno, ¿cuál ha sido la mejor parte de este año para ti? —preguntó él.

—¿Solo una cosa?

—Puede ser cualquier cosa.

—Uf, déjame pensar. Bueno, me he pasado a unos antidepresivos que me han permitido llegar al orgasmo otra vez. Me parece una victoria.

—Vaya. Vale, no me esperaba algo así. Qué buena noticia.

—Tanto clitoriano como por penetración. —Cleo le dedicó dos pulgares hacia arriba—. ¿Y tú? ¿Cuál ha sido tu parte favorita del año?

—Ah, nada que se pueda comparar con eso.

—¡No tiene por qué ser tan personal! Lo siento, lo mío ha sido raro. Qué vergüenza.

—¡Lo tuyo ha estado muy bien! Es un gran paso. Yo solo trato mi miseria a la antigua usanza: con cantidades ingentes de alcohol y represión.

—¿Y qué tal te funciona eso?

Frank imitó sus dos pulgares hacia arriba y continuó caminando.

—En fin, me parece muy impresionante que estés cuidando de ti misma —dijo él.

16

Otro grupo de fiesteros se mezcló entre ellos y ahogó aquella última frase. Frank se abrió paso entre los juerguistas y regresó al lado de Cleo, tras lo cual repitió lo que acababa de decir.

—Es muy amable por tu parte. Es solo que tengo un montón de… —Hizo un ligero gesto hacia una pila de basura que caía sobre la acera a su lado— cosas con mi familia. Debo tener cuidado. —Carraspeó—. Pero bueno, háblame de tu año.

—¿El mejor momento de este último año? Supongo que cosas del trabajo. He ganado un premio por un anuncio que dirigí, eso estuvo muy bien.

—¡Qué bien! ¿Qué premio te concedieron?

—Se llama Cannes Lion. Es algo importante en mi industria. Pero vaya, es un poco estúpido.

—No, claro que no. Ya me gustaría a mí ganar un premio por algo.

—Ya lo ganarás —dijo él con confianza.

Se cruzaron con dos hombres, quienes al parecer no se conocían de nada, que estaban orinando contra un muro sumidos en un cómodo silencio. Frank le ofreció la mano a Cleo para que saltara por encima de los dos chorros de orina.

—¡Hombres! —exclamó ella, meneando la cabeza.

La mano de Cleo permaneció en la de Frank más tiempo del necesario antes de que ella la apartara para rebuscar en su bolso.

—Así que… —empezó él—. ¿Tienes a alguien en particular con quien estés, eh… llegando a esos orgasmos?

Frank apuntaba al tono de «amigo curioso», pero le preocupaba que hubiera sonado más a «médico de clínica de salud sexual alarmado».

—¿Clitoriano y por penetración? —se burló Cleo.

—Sí… esos —repuso Frank tras aclararse la garganta.

—Solo yo por el momento —dijo ella, dedicándole una taimada mirada de soslayo.

Frank sonrió de manera involuntaria, y ella se rio.

—Ah, te gusta pensar en eso, ¿eh? ¿Y qué hay de ti? ¿No se supone que los de tu edad ya deberían estar casados?

—No, ya cambiaron esa ley —contestó Frank—. Ahora es opcional.

—Gracias a Dios —dijo Cleo, y se encendió un cigarro.

Siguieron avanzando hacia el norte por la calle Broome, por delante de escaparates que vendían plantas y lecturas psíquicas, candelabros y batidoras de tamaño industrial. Hablaron sobre propósitos de Año Nuevo y sobre qué estaba de moda y qué no y sobre a quiénes conocían de la fiesta (Cleo a una persona, y Frank a todos). Hablaron sobre el anfitrión de la fiesta, un conocido chef peruano llamado Santiago, quien había sido amigo de Frank desde hacía veinte años. La compañera de piso de Cleo era camarera en el restaurante de Santiago, que era como la habían invitado a ella, aunque dicha compañera de piso se había fugado con un artista islandés nada más llegar. Hablaron sobre Pina Bausch y Kara Walker y Paul Arden y Stevie Nicks y James Baldwin.

—Hay una colección de ensayos que me encantan del curador de arte Hans Ulrich Obrist —dijo Cleo—. Se llama *Sharp Tongues, Loose Lips, Open Eyes...* No me acuerdo del resto.

—Hombre de pocas palabras.

—Oh, ¿has leído sus obras?

—No, quiero decir que el título es... da igual. Siempre pretendo leer más —concedió.

—Cómprate un libro, léelo y ya —dijo Cleo, encogiéndose de hombros.

—Ya. No se me había ocurrido.

—Bueno, en uno de los ensayos habla sobre cómo se puede saber lo generosa que es una persona como pareja por lo curiosa que es. Se supone que tienes que *contar* para tus adentros cuántas preguntas te hacen en un minuto. Si hace cuatro preguntas o más, es que es generosa.

—¿Y si no hace ninguna?

—Entonces, se pude asumir que no se dan ningún festín precisamente. Sea de carne o de pescado, bueno, lo que te vaya.

—El pescado —se apresuró a decir Frank—. Eso es lo que mejor me va.

—Ya lo imaginaba —le dijo Cleo con otra de sus miradas divertidas.

—¿Y a ti?

—¿Lo que me va? La carne. —Soltó una carcajada e inclinó la cabeza para considerarlo un poco más—. Tal vez con un acompañamiento de pescado. Pero solo una porción pequeñita, como las que te ponen en un restaurante caro.

—Una guarnición de pescado. —Frank asintió.

—Exacto. A diferencia de… no sé, todo un bufé de carnes.

—O una carne a la parrilla.

—Una tira de salchichas.

—O un chuletón.

A Cleo se le iluminó el rostro por la risa antes de que lo ocultara tras las manos, como si quisiera apagar una cerilla.

—Dios, qué carnívora sueno. Cambiemos de tema, por favor.

—Pues… —Frank inspiró hondo—. ¿A qué te dedicas? ¿De dónde eres? ¿Cuándo te mudaste a Nueva York? ¿Tienes hermanos o hermanas? ¿Cuándo es tu cumpleaños? ¿Cuál es tu signo del zodíaco? ¿Y tu piedra de nacimiento? ¿Cuánto calzas?

Cleo exhaló entre risas, y Frank esbozó una sonrisa traviesa.

—Adelante, va —dijo él—. ¿De dónde eres?

—¿De verdad quieres saber todo eso sobre mí?

—Quiero saberlo todo sobre ti —contestó, y se sorprendió al ver que lo decía de verdad.

Cleo le contó que en su infancia se había mudado en numerosas ocasiones, aunque su familia se había acabado asentando al sur de Londres. Sus padres se divorciaron cuando ella era adolescente, y su padre, un ingeniero afable pero distante, no tardó en volver a casarse y adoptar al hijo de su nueva mujer. Su madre murió durante el último año de Cleo en la Universidad Central Saint Martins. Aún no había encontrado un modo de hablar de ello. No tenía familia cercana en el Reino Unido, lo cual la dejaba con una sensación de desarraigo, pero también, según lo que se apresuró a añadir, de completa libertad.

Sin nada que la atara a Londres y con una pequeña herencia que le había dejado su madre que podría cubrir un vuelo y dos años de alquiler barato, había enviado una solicitud para una beca para estudiar Pintura en un programa de posgrado de Nueva York. Había llegado a la ciudad con veintiún años. Para ella, aquel máster había implicado dos años en una suave órbita desde su cama hasta un lienzo, bares, las camas de otras personas y de vuelta al lienzo. Se había graduado durante la primavera anterior y desde entonces había estado trabajando por cuenta propia como diseñadora textil para una marca de moda. Pese a que no le pagaban demasiado y a que el puesto no contaba con beneficios, sí que le otorgaba el dinero y tiempo libre suficientes para alquilar una buena habitación en el East Village, la cual también usaba como estudio de pintura. En aquellos momentos, su mayor temor era que su visado de estudiante acababa a inicios del siguiente verano y no tenía ni idea de qué hacer después.

—¿Pintas cada día? —le preguntó Frank.

—Eso es lo que siempre me preguntan. Lo intento, pero es complicado.

—¿Por qué?

—A veces el proceso es como… Vale, como cuando estás ordenando un armario…

—¿Quieres decir un clóset?

—Sí, un clóset. Muy americano por tu parte. Primero tienes que sacarlo todo, y entonces se produce un momento en el que miras a tu alrededor y todo es un caos. Y dices: «Mierda, ¿por qué me he puesto a hacer esto? Está peor que cuando he empezado». Y luego, poco a poco, pieza a pieza, lo recoges todo. Solo que antes de conseguir el orden, hay que hacer que todo sea un caos.

—Te sigo.

—Así es pintar para mí. Siempre hay un momento en el que he sacado todo lo que llevaba dentro y ha quedado… un caos en un lienzo. Y pienso que jamás debería haber empezado. Solo que luego sigo, y, de algún modo, todo encuentra su orden. Sé cuándo he acabado porque noto… noto ese *clic* que quiere decir que todo está bien, que todo está en su lugar. Una paz total.

—¿Y cuánto dura eso?

—Quizá siete segundos y medio. Luego empiezo a pensar en el próximo cuadro.

—Suena agotador —dijo Frank.

—Pero esos siete segundos y medio son… —Alzó la mirada al cielo de forma dramática, y Frank la esperó—. Como dirías tú, me derriten —concluyó.

Pasaron por delante de un hombre que iba vestido con un traje y una boa de plumas verde y estaba vomitando por encima de una boca de incendios.

—Creo que las boas de plumas deberían volver a ponerse de moda —comentó Cleo.

21

—Yo creo que eres una persona excepcional —repuso Frank.

—No me conoces lo suficiente como para poder decir eso —afirmó Cleo, claramente encantada.

—Se me da bien notar esas cosas.

—En ese caso, supongo que tendré que creerte.

Se encontraban en Little Italy, donde las calles estaban repletas de restaurantes italianos de apariencia idéntica, con manteles de cuadros rojos y cuencos de plástico llenos de pasta pegados en los escaparates. Sobre su cabeza, unas tiras de bombillas rojas, blancas y verdes arrojaban rayos de luz a la calle. En una ventana de una tercera planta había un grupo de gente que fumaba hacia fuera, con sus cuerpos tornados en siluetas contra la luz amarilla de la sala tras ellas.

—¡Feliz Año Nuevo! —gritaron hacia nadie en particular. Cleo y Frank pasaron por delante de una tranquila pizzería en una esquina, donde un solo hombre estaba amontonando las sillas de plástico para cerrar.

—¿Te apetece un poco de pizza? —preguntó Frank.

—No tengo dinero —contestó Cleo, jugueteando con las borlas de su bolso.

—Te compraré algo —propuso él.

—Omite ese *algo* —dijo ella, no demasiado seria— y lo que dices será más acertado.

—¿Crees que te estoy intentando comprar a ti?

—¿Acaso no todos los hombres intentan comprar a las mujeres muy en el fondo?

—¿De verdad crees eso?

—No es que *no* lo crea.

—Eso es muy injusto.

—Vale, explícame por qué estoy equivocada.

Frank se volvió hacia ella y soltó un suspiro lentamente. De verdad solo había querido un poco de pizza.

—Creo que a los hombres se nos enseña que debemos comprarles cosas a las mujeres, sí. No porque queramos poseeros o controlaros, sino porque es un modo de mostraros que estamos interesados o que nos importáis que no necesita mucha, no sé… vulnerabilidad. No nos enseñan a comunicarnos como a vosotras. Se nos dan estas herramientas limitadas y primitivas para expresarnos, y sí, comprar un puto plato de comida es una de ellas. La cosa es que las mujeres también esperan eso de nosotros…

Cleo estaba dando saltitos, preparada para interrumpirlo, pero Frank alzó una mano, decidido a terminar.

—Eso aplica para los dos. Dices que intento comprarte, aunque te ofenderías si no me ofreciera a pagar.

—¡Claro que no! —estalló ella—. Y la única razón por la que voy a *permitir* que pagues es porque da la casualidad de que no tengo ni un solo centavo ahora mismo.

—¿Así que ahora sí que voy a pagar? Ves, ahí es donde me parece mal. Quieres las dos cosas. Quieres tus principios y estar por encima de todo, pero en cuanto eso te resulta inconveniente, te parece perfecto que un hombre se encargue de la cuenta.

—¿Me tomas el pelo? Tal vez no tengo dinero debido a, no sé, la brecha de género, o los años de machismo sistémico que limitan mis oportunidades laborales, o por el hecho de que tuve que renunciar a mi último trabajo como niñera porque el padre no dejaba de insinuarse, o…

En ese momento fue Frank quien se puso a dar saltos.

—¡Esa no es la razón por la que no tienes dinero! Lo que pasa es que tienes veinticuatro años y trabajas a tiempo parcial. ¡No puedes echarle la culpa de todos tus problemas al hecho de ser mujer!

Cleo acercó su rostro al de Frank y habló con una voz tan baja que fue casi un susurro. Él tuvo la alocada esperanza de que fuera a besarlo.

—Sí, claro que puedo —dijo ella.

Frank se volvió y caminó hacia la pizzería.

—Eres buena —dijo, mirando hacia atrás—, pero estás loca.

—¡Suena mejor en francés! —le gritó ella.

Cleo se encendió otro cigarrillo y caminó dando grandes pisotones por la acera como un caballo de carreras inquieto. Si bien pensó en marcharse solo para incordiarlo, sabía que se arrepentiría de ello al instante. No tenía otra cosa que hacer que quedarse allí y seguir fumando. Frank pidió dos porciones de pizza, mirando hacia atrás, nervioso, para asegurarse de que ella siguiera allí. Ya había decidido que, si se marchaba, saldría corriendo tras ella para disculparse. No obstante, su melena rubia aún estaba a la vista, rodeada de una nube de humo.

Cuando salió del restaurante, Frank le dio una de las porciones. Un hilito ámbar de aceite recorrió el debilucho plato de papel.

—Toma —le dijo—, para compensar todos esos años de machismo sistémico.

—Serás idiota —repuso Cleo, antes de darle un bocado a la pizza.

—Ahora estás en Estados Unidos —contestó Frank—. Aquí todos somos idiotas.

Avanzaron con sus pizzas por la calle Elizabeth. Unos metros más allá había una pareja en el exterior de un bar, bajo la luz de las farolas, y estaban representando un clásico drama entre dos personas. La mujer llevaba los tacones en el pecho y lloraba con unos gemidos largos y agudos mientras su novio la tomaba de los hombros y le repetía:

—Tiffany, escucha; escucha, Tiffany; Tiffany, escucha…

—Odio decirlo —susurró Frank tras pasar por delante de ellos—, pero no creo que Tiffany lo esté escuchando.

—¿Crees que estarán bien? —preguntó Cleo, volviéndose para mirarlos.

—No les pasa nada. Nochevieja es la típica noche en la que las parejas se pelean. Los fuegos artificiales y las peleas: los dos elementos esenciales de Nochevieja.

—¿Acabamos de tener nuestra primera pelea? —le preguntó Cleo.

—No estoy seguro —respondió él, dándole una servilleta—. No te has quitado los zapatos.

—Hace falta mucho más para sacarme de mis botas de vaquero —dijo ella, entre risas. Arrugó su servilleta y la lanzó con mucha pericia hacia una papelera en una esquina—. Pero bueno, las peleas no tienen por qué ser algo malo. Mira a Frida Kahlo y Diego Rivera. Se divorciaron, volvieron a estar juntos, se separaron otra vez…

—Aun así, ¿nunca has pensado que crearon su arte a pesar de las peleas, no gracias a ellas?

—¿Y qué más da? —dijo Cleo, entre bocados de masa—. La cosa es que lo consiguieron.

Frank asintió, distraído. Le quitó el plato de papel y lo dobló en un perfecto cuadrado con el suyo. Esperaba pasar por algún lugar donde poder reciclarlos pronto.

—Me muero por ir a su casa en Ciudad de México —continuó Cleo.

—Está repleta de colas de turistas —comentó Frank—. Y carteles de No TOCAR en cada superficie.

—Lástima. —Cleo pareció desanimarse.

—Aun con eso, sigue valiendo la pena ir a verla —se apresuró a añadir Frank—. Hay una colección enmarcada de mariposas sobre la cama de Kahlo, y Patti Smith escribió un poema tras verla. Y también está toda su ropa, por supuesto. Tenía un estilo impecable, más o menos como tú.

—Eso sí me gustaría verlo —dijo ella, con una gran sonrisa por el cumplido.

—Vayamos la semana que viene —propuso Frank—. Toda la ciudad está llena de arte, es el lugar idóneo para ti.

—¿La semana que viene? ¿Así, sin más?

—Claro, ¿por qué no? He cerrado la oficina y tengo miles de puntos acumulados con la aerolínea que tengo que usar.

—Vale —contestó Cleo con una carcajada—. Me apunto. —Se sacudió el pelo—. ¡Nos vamos a la Ciudad de México!

Frank, quien había planeado pasar toda la semana trabajando en la oficina vacía, nunca había sido un viajero espontáneo, pero le gustaba la idea de poder serlo. Tenía los medios para ello, solo que no el incentivo. Y allí estaba Cleo, que era todo lo contrario. Ambos se volvieron para mirarse al mismo tiempo. Frank dudó antes de darle un abrazo. El cabello de Cleo olía a jabón, almendra y tabaco. El pecho de Frank olía a lana húmeda y una colonia cara que ella pudo reconocer, tabaco mezclado con vainilla.

—Y no estoy intentando comprarte —añadió él tras soltarla—. Es solo que me gustaría ver la ciudad contigo.

—Lo sé —dijo ella—. Y a mí me gustaría verla contigo también.

Cruzaron la calle Bowery y se adentraron en el East Village, donde el jolgorio empezó a adquirir un sutil atisbo de agresión. Había gente que gritaba fuera de los bares y se caía al entrar o salir de alguna puerta. Más parejas se peleaban en más esquinas. En la entrada del parque, un grupo de gamberros descarados, vestidos con ropa militar andrajosa y chaquetas de cuero tachonado, hacían danzar unas bengalas sobre su cabello apelmazado.

Un pitbull que llevaba un pañuelo con el símbolo de la anarquía alzó la mirada desde la almohada que eran sus patas y observó cómo las chispas caían, absorto y en silencio.

Llegaron hasta un edificio casi en ruinas y sin ascensor en la calle St. Mark. El cristal ahumado de la puerta frontal estaba pintarrajeado con un grafiti incomprensible. Frank se preguntó, y no por primera vez, cuál era la marca que aquellos pintores anónimos creían estar dejando. Cleo se volvió hacia él, tímida de nuevo.

—¿Quieres sentarte conmigo en el vestíbulo un rato?

—¿Por qué en el vestíbulo?

Cleo se escondió detrás de sus manos.

—Es más bonito que mi piso —contestó, entre los dedos.

Introdujo la llave en la puerta y lo llamó para que entrara. A Frank no le pareció de muy buena educación señalar que su vestíbulo era tan solo una escalera. Cleo se sentó en un escalón de linóleo lleno de rasguños y encendió un cigarrillo.

—¿Se puede fumar aquí? —preguntó Frank.

—Todo el mundo lo hace —repuso ella, encogiéndose de hombros.

Frank observó cómo Cleo exhalaba dos columnas de humo por la nariz.

—No me puedo creer que no te haya visto en la fiesta de Santiago —dijo él.

—He llegado tarde. Es… es una tontería, pero no sabía qué ponerme. Creo que es una especie de ansiedad social. Si ir a algún sitio me pone nerviosa, me cambio como cien veces. Cada vez se hace más y más tarde, lo cual, cómo no, solo consigue ponerme más nerviosa. Al final acabo hiperventilando sobre una pila de ropa en el suelo. Suena tonto, pero es horrible.

Frank asintió, comprendiéndola.

—¿Y qué te has puesto al final? —le preguntó.

—¿Hoy? Oh, algo que hice.

—¿Puedo verlo?

Cleo alzó una ceja. Se llevó el cigarrillo a los labios y se puso de pie para desabrocharse los botones alargados de su chaqueta de badana. Lo que llevaba no era tanto un vestido sino algo así como una red hecha de hilos de oro brillante. Estaba tejida con la suficiente holgura como para sugerir el cuerpo que envolvía. Podía ver, muy vagamente, bajo aquel entramado reluciente, el contorno de sus pezones y de su ombligo. Era como un pececito esbelto y suave atrapado en una radiante red.

—Déjame subir contigo —le pidió.

—No —respondió ella, volviéndose a sentar—. Puede que mis compañeros de piso estén en casa. Y… —agregó echando el humo con seriedad— nos acostaremos.

—¿Qué tiene eso de malo?

—Que me iré en unos meses.

—Creo que podemos acabar para entonces.

Cleo contuvo una sonrisa.

—Es que no quiero encariñarme. —Cleo clavó la mirada en algún punto entre sus rodillas, y Frank se agachó frente a ella.

—Me temo que puede que sea demasiado tarde para eso.

—¿Tú crees?

—Me he encariñado en cuanto te he oído decir «aluminio».

Cleo lo miró entre sus párpados alados.

—A-lu-mi-nio —susurró.

—¿Ves? —dijo Frank, llevándose una mano al corazón—. Estoy perdido.

—No, *yo* estoy perdida —repuso ella—. Soy yo la que tiene que irse.

—¿Y a dónde irás?

—No sé. He oído que Bali está bien.

Cleo no se lo tomaba tan a la ligera como sonaba.

—¿No volverás a casa? ¿Al Reino Unido?

—El Reino Unido no es mi casa.

Cleo apagó el cigarrillo en el escalón de metal. Frank imaginó que había más cosas que no le estaba contando, pero no quiso fisgonear. Ella echó un vistazo a su reloj para evitar más preguntas.

—¡Ya pasa de la medianoche!

—No puede ser —dijo Frank.

—En serio —contestó ella—. Hemos estado hablando como...

—No, me refiero a *esto*. No se supone que Nochevieja deba estar bien.

—¿Se supone que debe estar mal?

—Se supone que debe ser aceptable, ¿sabes? Aceptable y nada más. Nunca, ni una sola vez en mi vida, ha superado mis expectativas.

—En Dinamarca saltan desde una silla para representar el paso hacia el nuevo año.

—¿Eres escandinava?

—¿Por qué? ¿Porque soy rubia? —Cleo puso los ojos en blanco—. No, Frank, solo sé cosas.

—Ahí tienes razón. —Frank se puso de pie y se quitó el polvo de los pantalones con teatralidad—. Venga, hagámoslo.

—¿Saltar? Pero si no tenemos ninguna silla.

—Un escalón nos funcionará igual.

Cleo echó la mirada hacia atrás para ver las escaleras que tenían a sus espaldas.

—Pero saltemos desde arriba —dijo—. Para empezar el año por todo lo alto.

Subieron hasta el primer rellano. Tenían que saltar por encima de unos diez peldaños para aterrizar en la planta baja; era el tipo de juego que les gustaba a los niños, retarse a subir cada vez más arriba. Frank le dio la mano, y ella se la apretó. Y juntos saltaron.

CAPÍTULO DOS

Junio

Pese a que Cleo no quería ir de blanco, sí había esperado tener una tarta de boda. Podría haberla encargado ella misma en una de las pastelerías italianas del Lower East Side, de uno de aquellos establecimientos en los que cada superficie estaba cubierta o bien de azúcar en polvo o bien de polvo directamente, solo que había dejado que Santiago se encargara de planificar el banquete. Santiago, conocido por sus cenas eufóricas y orgiásticas, había pensado que debían abandonar la idea de una tarta tradicional, y, dado que nada sobre su matrimonio con Frank estaba siendo tradicional, no le insistió para hacerlo cambiar de idea.

De hecho, Cleo no había insistido en nada que concerniera a la boda. Sí que se había comprado un vestido para la ocasión, pero el que había escogido era azul. Era finales de junio, por lo que hacía demasiado calor como para llevar algo muy elaborado, y la idea de ir de blanco siempre le había parecido ridícula. No había sido virgen desde los catorce años y había dejado que Frank le metiera mano en la escalera la noche que se habían conocido. Le había parecido que le estaba resiguiendo el alfabeto en el clítoris. *K, L, M, N… ¡Ooh!* No, no había ningún motivo para ir de blanco.

Había encontrado el vestido que llevaba puesto enterrado en la parte trasera de una tienda de ropa *vintage* bastante cara en la calle Perry, y este era de seda líquida y tan barato en comparación con el resto de artículos que luego temió haber comprado un camisón. Cuando se lo puso, notó como si hubiera llevado un cuchillo hasta la superficie del cielo, le hubiera raspado la parte del fondo y se hubiera puesto su piel.

Aun así, Frank había logrado superarla al presentarse en el ayuntamiento con un traje de tres piezas de color marfil. Cleo lo había estado esperando en los peldaños mientras comía un perrito caliente que había comprado en un puesto callejero de la zona —su razonamiento fue que nunca había probado uno y que aquel era un día de primeras veces— cuando vio cómo su sombrero blanco se mecía por aquella calle gris. Dejó el perrito caliente a medias y echó la cabeza hacia atrás, complacida.

—¿Qué te parece? —Frank giró sobre sus talones para que ella pudiera verlo del todo. Tras él, una familia de turistas le hizo una foto.

—Eres un presumido incorregible.

—Ah, cuando lo dices tú —dijo Frank— sigue sonando como un cumplido.

Frank le pasó la mano por la curva sedosa de su espalda y la agarró por detrás.

—¿Parece que vamos a dos bodas distintas? —preguntó Cleo.

—Estás increíble —respondió Frank—. Pareces un pequeño lago.

—Tú pareces… —Cleo hizo una pausa para mirarlo bien—. Pareces tú mismo.

Y era cierto. Sombrerero loco y glamurosa estrella de rock entrada en años a partes iguales, Frank se veía de lo más natural en aquel traje.

—¿Crees que huelo a naftalina? —Frank estiró el cuello para que ella pudiera olerlo, y Cleo colocó la nariz en la piel morena sobre el collar del traje.

—Para nada. Jabón y… —Echó la cabeza hacia atrás de repente— ¿ginebra?

—He bebido un poquito antes de salir. ¡Tenía que hacerlo! ¡Es el día de mi boda! Venga, entremos.

—*Nuestro* día de boda, cariño —dijo Cleo.

—Nuestro, tuyo, mío, suyo… —Frank lo entonó como si fuera una canción. Le dio la mano y juntos subieron por las escaleras, dos peldaños a la vez.

¿Qué es una boda —se preguntó Cleo— *sino un sueño privado convertido en público, una fantasía suspendida entre dos mundos como la cama de un gato?* Solo que Cleo nunca había soñado con casarse. Con lo que había fantaseado había sido con su primer exposición en solitario como artista, un día dedicado solo a ella. Lo que la asustaba era que, últimamente, le resultaba más fácil imaginarse la apertura que los cuadros en sí; le preocupaba ser una de esas artistas a quienes les importa más el hecho de ser artista que crear arte. Era un temor tan vulgar, tan ordinario y desesperado, que nunca se lo había mencionado a nadie, ni siquiera a Frank.

Dado que no habían pensado en invitar a ningún testigo, Frank corrió a la calle y le pidió al vendedor del puesto de perritos calientes que los acompañara. Este los sorprendió a los dos al llorar en silencio durante toda la ceremonia, la cual duró menos de cinco minutos. De vuelta en el sol, Cleo le dio un abrazo mientras Frank insistía en meterle un billete de cien dólares en la palma de la mano antes de despedirse de él. Los recién casados caminaron hasta la calle Canal, donde se detuvieron y se sonrieron con timidez, sin saber muy bien cómo proceder. Frank alzó una mano, mientras aún sostenía la de ella, para ver la hora.

—Quedan unas horas hasta la cena. ¿Quieres ir a por algo de beber?

Cleo negó con la cabeza. Habían invitado a treinta personas al banquete nupcial, aunque era inevitable que acabaran apareciendo más. Todo se había presentado como un capricho, una imitación alegre de la adultez, lo cual no era poco razonable en el caso de Cleo, quien acababa de cumplir veinticinco años, pero Frank ya estaba a mitad de los cuarenta. Muy mayor, según ella, para considerarse demasiado joven como para casarse. Miró a su alrededor. Al otro lado de la calle, un escaparate anunciaba lecturas de aura por diez dólares.

—¿Qué te parece eso?

—¿Crees que me podrán preparar algo de beber ahí? —respondió Frank, escéptico.

Abandonaron la luz de la calle y atravesaron una cortina de madera hasta adentrarse en aquella tienda oscura y silenciosa. Olía a incienso y a comida para llevar. El agudo y penetrante sonido de la música de arpa reemplazó la discordancia de la calle Canal. Tras un mostrador con todo un surtido de cristales y joyas de cuentas, una mujer china de mediana edad les dedicó una sonrisa.

—¿Os habéis casado hoy? —preguntó, señalando el traje de Frank—. Qué bien que hayáis venido.

Le indicó a Cleo que se sentara en una silla de respaldo alto frente a una cámara antigua dispuesta en un trípode y le mostró dónde colocar las palmas de las manos: a ambos lados, sobre dos discos metálicos.

—Qué guapa —dijo la mujer, mirándola—. Ahora no te muevas.

La mujer desapareció bajo una tela negra pegada a la parte trasera de la cámara, pulsó un botón, lo cual hizo que se produjera un ligero *puf*, y volvió a aparecer. Si bien Cleo no había esperado notar nada demasiado profundo cuando le hicieran la foto, sí que había tenido la esperanza de experimentar algo más allá de la eficiencia brusca que se podía encontrar en el Departamento de Tráfico. Frank se sentó en su lugar, y Cleo miró cómo se ajustaba la pajarita. Vio un atisbo de su yo más joven, el alumno de secundaria nervioso que se prepara para que le hagan la foto del anuario. Él miró al objetivo de la cámara desde debajo de sus largas pestañas y esbozó una sonrisa tímida, como si esperara complacer. La máquina soltó otro *puf*, y a Cleo se le encogió el corazón. Sí que lo quería, lo quería de verdad.

Después se quedaron ante el mostrador de cristal y examinaron sus fotos. El aura de Cleo era morada y amarilla, mientras que la de Frank era roja y verde.

—¿Significa eso que somos compatibles? —preguntó Cleo, nerviosa.

—¿Cuánto tiempo lleváis juntos? —inquirió la mujer.

—Seis meses —respondió Frank.

—El ochenta por ciento de la relación —dijo ella, asintiendo— es tolerar las diferencias.

—¿Y el otro veinte por ciento? —preguntó Frank.

—Sexo —dijo la mujer, encogiéndose de hombros.

La mujer llevó a cabo el resto de la lectura con una brusquedad indiferente. El aura de Frank sugería que era creativo y carismático y que se preocupaba por el dinero. La de Cleo indicaba que era intuitiva, sensible y obstinada, y que debía beber más té de hierbas. Y eso fue todo. Frank le pagó a la mujer y le dedicó una reverencia poco natural antes de que Cleo lo condujera a través de la cortina de madera una vez más. Lo miró con los ojos entrecerrados por culpa del sol.

—¿Tú qué opinas? —preguntó ella—. ¿Somos compatibles?

—Bueno, al menos se nos da bien el veinte por ciento de la relación.

Luego la rodeó con los brazos y se besaron durante un largo rato, sin vergüenza ni ostentación, mientras, a su alrededor, unas brillantes pirámides de fruta maduraban ante el calor de Chinatown, unas filas de relojes de diamantes relucían bajo el sol y unas mujeres abrían y cerraban sus abanicos, como pensamientos no alcanzados del todo.

—¡Muchas felicidades!

Santiago los recibió con gran alegría tras abrir la puerta, con su enorme cuerpo parcialmente cubierto por un delantal a rayas manchado de salsa. Llevaba una botella de champán en una mano y un cucharón de madera en la otra. De cabello salvaje y complexión robusta, a Cleo le recordaba a algún dios mitológico de apariencia amistosa. Permitió que le diera un húmedo beso en cada mejilla y luego un bocado de remolacha dorada con una cuchara. Tras él, todas las superficies de su gran cocina estaban cubiertas de comida. Había remolacha con queso de cabra, *filet mignon* en rodajas con salsa de pimienta negra, ceviche en jugo de limón, espárragos asados, almejas en vino blanco, cuscús de perlas, hinojo picado y parmesano, además de otros tres tipos de ensalada, una de las cuales solo contenía flores comestibles.

—El mejor chef del mundo —lo saludó Frank, rodeando la enorme figura de Santiago con un brazo—. ¿Recuerdas cuando trabajabas en aquel lugar que anunciaba sus carnes procesadas como si fuera algo bueno? ¡Y mírate ahora!

Cleo captó la mirada de Santiago y sonrió. Todos los conocidos de Frank eran los mejores *algo* del mundo. Su hermanastra Zoe era la mejor actriz, su mejor amigo Anders era el mejor director de arte y jugador de fútbol aficionado, y Cleo… Bueno,

Cleo era la pintora de mayor talento, la de pensamientos más profundos y la mujer más bella del planeta. ¿Por qué? Pues porque Frank no se habría casado con ninguna otra persona.

Frank eligió una de las flores comestibles del cuenco de madera y se la puso en la lengua antes de hacerle un gesto a Cleo para que lo imitara. Ella le dio un bocado a un grupo de pétalos amarillos y cerró los ojos. Sabía a pimienta y era un poco dulce, como regaliz con páprika. Frank soltó un sonido de aprobación y tomó una flor más.

—Sabía que no os podría decepcionar —dijo Santiago, observándolos—. Vosotros sí que entendéis el placer. —Les hizo un ademán para que se sentaran a la mesa.

Hacía poco, Santiago había abierto su propio restaurante, y en aquellos momentos disfrutaba de una ola de éxito comercial y de críticas. Su piso era una mezcla de esculturas de imitación y muebles de diseño exorbitantes; mesitas de bloque de hormigón y cajas de leche antiguas que se mezclaban con alfombras de cuero y sillas *lounge* modernistas. El efecto era tan impresionante como estridente, como un perro que caminaba sobre las patas de atrás.

—¿Cómo ha ido la ceremonia? —preguntó—. Yo también me casé en el ayuntamiento, ¿sabes? —Le guiñó un ojo a Cleo—. Así fue como esta amenaza para la sociedad llegó a Estados Unidos.

—Ha sido fenomenal —repuso Frank, mientras usaba una toalla de secar platos para abrir la botella de champán—. Nuestro testigo ha sido el vendedor del puesto de perritos calientes de la puerta: Kamal. Es buena gente. ¡Ha llorado!

—Me tomas el pelo. —Santiago dio una palmada, alegre.

—Le había comprado un perrito caliente antes —añadió Cleo—. Así que no es que fuera un completo desconocido.

—¿No le podíais haber pedido a alguien de las otras bodas que fuera vuestro testigo?

—¿Y qué hubiera tenido eso de divertido? —preguntó Frank.

—Cómo te gusta tener una historia que contar —comentó Cleo, haciendo un ademán en dirección a Frank.

—Y por eso lo queremos —dijo Santiago, dándole una palmadita en el hombro a Frank—. Nuestra testigo fue mi suegra. Parecía, y perdonad que lo diga así, pero es verdad, que estaba sentaba en un pincho de kebab durante toda la ceremonia. Madres desaprobadoras, ya sabéis lo que es. —Le esbozó una sonrisa a Frank.

—Frank no tiene que preocuparse por eso conmigo —repuso Cleo, y soltó un ruidito que no era una risa del todo.

Frank le dio un beso en la frente, y Santiago le quitó la botella y sirvió tres copas de champán.

—Deberíamos enviarle una botella de estas a Kamal —propuso Frank, tras beber la mayoría de su copa de un solo trago.

—No sabía que habías estado casado —le dijo Cleo a Santiago.

—Fue para mi visado —repuso él—. Era una bailarina que conocía. Pero estuvimos enamorados también, aunque fuera por un momento.

—¿Qué pasó? —preguntó Cleo.

Frank se volvió a servir otra copa.

—Vaya… murió —dijo Santiago—. Sobredosis. Fue horrible, sí. Una mujer bella con un alma bella.

Si bien a Cleo le habría gustado hacerle otra pregunta, Santiago se puso de pie para ir a echarle un vistazo a la comida y Frank quería escuchar algo de música, por lo que la conversación se escapó como si de humo se tratase.

Para cuando los invitados empezaron a llegar, ya se habían acabado dos botellas de champán y habían probado cada uno de los platos. La excompañera de piso de Cleo, Audrey, fue la primera en llegar. De caderas delgadas, labios gruesos y cubierta en tatuajes de citas de libros que solo había leído a medias, era lo que Frank denominaba «uno de los gatos callejeros de Cleo». Cleo fue a saludarla con un beso, pero Audrey sacó su larga lengua rosa en su lugar.

—Así es como se saludan los monjes tibetanos —dijo.

—Pensaba que eras coreana —interpuso Frank.

Audrey puso los ojos en blanco, y Cleo le tapó la boca a Frank con la mano.

—¿Los monjes tibetanos beben champán? —le preguntó, dándole una copa a Audrey.

Audrey volvió a sacar la lengua y se puso una pastilla en ella.

—Solo si se mezcla con clonazepam. —Se tragó la pastilla antes de ir a hablar con Santiago, dueño del restaurante en el que ella trabajaba como camarera.

El siguiente en llegar fue el mejor amigo de Cleo, Quentin. Los dos se habían conocido durante las primeras semanas de Cleo en Nueva York y se habían convertido en amigos inseparables, pues ambos estaban igual de solos y descarriados. Quentin había crecido entre Varsovia y Nueva York; su abuela era una heredera polaca que creía que los homosexuales no existían en su país, lo cual quería decir que Quentin no tendría que trabajar ni un solo día de su vida, pero que iba a tener que quedarse en el armario durante el resto de ella. Según lo que sabía su familia, Cleo había sido su pareja durante los últimos dos años.

—Aún no te he perdonado por no haberme pedido que fuera tu dama de honor —dijo, antes de darle un beso a Cleo—. Pero sí te he traído un regalo de boda. Es *muy* caro.

—Cariño, creo que se supone que no debes decirles eso.

Se trataba del novio a temporadas de Quentin, Johnny. Tenía la complexión de una rata topo desnuda y la misma expresión furtiva, como si siempre estuviera en busca de un agujero por el que escapar. Era una elección de pareja un tanto extraña para Quentin, cuya naturaleza era más bien la de una prolongada entrada triunfal.

—Siempre pensé que tú serías el primero en casarse con ella —le dijo Frank.

—Yo también —contestó Quentin, apesadumbrado.

El resto de invitados llegó, y Cleo ocupó su puesto en la cabecera de la mesa. Pasó platos a su alrededor, presentó a conocidos y aceptó felicitaciones según la sala se volvía ruidosa y alegre. La mayoría eran amigos de Frank; arquitectos, diseñadores y trabajadores del mundo de la publicidad, personas que habían encontrado la intersección entre la creatividad y la economía, las cuales creaban cosas bonitas sin sufrir por ello. Cleo sonreía y llenaba copas y trataba de centrarse en las conversaciones que se daban a su alrededor.

—La gente no lo sabe, pero el polaco es un idioma muy poético —le decía un académico calvo, que no hablaba polaco, a Quentin, quien sí lo hacía—. ¿Sabes que cuando tradujeron *Los Picapiedra* hicieron que todo rimara?

—¡Siento no haber vuelto a llamarte! —exclamó una invitada a otro desde extremos distintos de la sala—. ¡Tiré mi teléfono por la ventana después de un mal corte de pelo!

Cleo se puso de pie y trató de abrirse paso a través de los invitados para ir al baño.

— … y ahora solo quiere hablar de la ayahuasca —le estaba diciendo una mujer con turbante a Zoe—. Va a Perú por las ceremonias y pretende que es una habilidad poco común que ha aprendido. Y yo le digo «cariño, es una droga, no un máster».

—Mi profesor de interpretación dijo que le neutralizó el ego —contestó Zoe—. Al menos durante unas pocas semanas.

Zoe era el único miembro de la familia que habían invitado y, a sus diecinueve años, también era la más joven de la sala.

Frank y Zoe no se parecían casi en nada, a pesar de ser medio hermanos, en parte por la diferencia de edad y en parte porque el padre de Zoe era negro, mientras que el de Frank, al igual que su madre, era blanco. Con gafas, pecas y de cabello rizado, Frank era apuesto y encantador, pero no era la persona más guapa de la sala. Zoe, por otro lado, era impresionante. Su rostro tenía la simetría de una escultura de Brâncuși, su cabello era un revoltijo de rizos de color cobre y dorado y no parecía tener ni un solo poro. Cada vez que Cleo la miraba, no podía evitar buscarle algún defecto.

La mujer con el turbante se volvió para incluir a Cleo en la conversación. Cleo recordaba que era una crítica gastronómica, aunque no cómo se llamaba. Aquello, según creía, era un tipo de lapsus de memoria típico de los neoyorquinos.

—Cleo, tú creas arte —declaró con brusquedad—. ¿Crees que consumir ayahuasca mejoraría tus cuadros?

—Creo que necesito mi ego —respondió ella con una carcajada—. Es lo único que me hace volver al lienzo en estos días.

—Bueno, Frank dice que tienes mucho talento —dijo la crítica gastronómica con turbante, tras aspirar por la nariz—. Tal vez tu generación vuelva a situar la pintura en la cúspide del mundo del arte por fin.

Cleo esbozó una sonrisa educada. Incluso en lo que escribía, aquella mujer tenía un modo de dar cumplidos con un aire de falta de voluntad, como si tuviera un número finito de ellos y nunca estuviera segura de si era la ocasión ideal para soltar uno.

—Eso espero —dijo Cleo.

—Estoy segura de que el juicio de Frank no es nada sesgado —espetó Zoe.

Cleo notó cómo su expresión se quebraba. Cada vez que se encontraba con Zoe, acababa con la afligida sensación de que a la joven no le caía bien. Cómo no, aquello solo hacía que estuviera más desesperada porque Zoe pensara bien de ella, al mismo tiempo que se sentía incómoda al saber que estaba tratando de ganarse la aprobación de una adolescente malhumorada. Ya le había hablado de aquella tensión a Frank en otras ocasiones, pero él había evitado el conflicto con la ligereza que lo caracterizaba.

La crítica gastronómica parecía haber perdido el interés por la conversación una vez que ella había dejado de hablar, por lo que un silencio incómodo cayó entre Cleo, quien seguía intentando no mostrarse molesta, y Zoe, cuyos ojos dorados estaban clavados en ella con la calma típica de un depredador. Por suerte, Frank llamó a Cleo desde el otro lado de la sala.

—¡Cley, tienes que oír esta historia de Anders! —gritó, todavía a media carcajada—. ¡Tú también, Zo!

Frank había abandonado su sombrero y su chaqueta, pero aún llevaba la servilleta metida en la camisa. Tenía las gafas un poco torcidas, un claro indicio de que ya estaba camino a la borrachera. Zoe se apresuró a ir hasta allí, lo cual dejó a Cleo atrás, siguiéndola.

—Tú siéntate aquí, esposa mía —dijo Frank, y tiró de Cleo para que se sentara en su regazo.

—Vale, empiezo desde el principio —comenzó Anders.

Zoe, para quien no había ningún asiento disponible, se quedó de pie junto al hombro de Anders. Él era de Dinamarca y había trabajado durante muchos años como director de arte de Frank antes de dejar la empresa para liderar el Departamento de Arte de una revista de moda femenina. Al igual que Zoe, era tan atractivo que casi resultaba injusto, y, de hecho, había sido modelo. Sin embargo, mientras que Zoe parecía irradiar su propia calidez, Anders emanaba un frío nórdico.

—Bueno —continuó Anders—. Me lesioné la rodilla de forma bastante grave jugando al tenis.

—Durante un partido que yo gané, si mal no recuerdo —interpuso Frank.

—Tú solo «recuerdas» las partidas que ganas —le contestó Anders—. Y no es una muy buena victoria si tu oponente está lesionado, ¿no? Pero bueno, volví a casa y el dolor era horrible, casi insoportable. Recordé que tenía unos relajantes musculares que me sobraron de cuando me había lesionado unos años atrás. Estaban caducados, pero vaya, pensé que solo probaría uno. Me lo tomé, olvidé todo ello y pasé la tarde en el tejado bebiendo cervezas con unos amigos, tal vez una botella de vino rosado también. Me di cuenta de que tenía que ir al baño, así que fui al ascensor y le di al botón de mi planta. En aquellos tiempos vivía en un piso en el que el ascensor se abría directamente a…

—Muy buen piso —lo interrumpió Frank.

—Sí, estaba muy bien —siguió Anders—. Entonces me di cuenta…

—¿Qué fue lo que le pasó? —preguntó Frank.

Anders agitó las manos de forma distraída.

—Christine se lo quedó después de que nos separáramos, ya lo sabes. Todavía vive allí con su hijo.

—Menuda zorra —dijo Frank.

—Frank —lo regañó Cleo.

—Cleo —la imitó Frank—. No conoces a esa mujer. Si la abres, en vez de un corazón encontrarías un ábaco.

—Aun así, no deberías llamarla… —empezó Cleo.

—¿Preferirías que la llamara «cerda»?

—Preferiría que no la llamaras nada.

—¿De dónde vendrá la palabra «ábaco»? —preguntó Frank—. ¿Del griego?

—No —contestó Zoe, confiada.

Cleo dudaba de que Zoe hubiera visto un ábaco en su vida.

—El ascensor bajó —continuó Anders—. Las puertas se abrieron, y me di cuenta de que no me podía mover. Estaba paralizado del todo. Si hubiera dejado de sujetarme a la barra, me habría caído como un saco de patatas.

—También me ha pasado —asintió Frank—. Por dos tabletas de ácido en una granja al norte del estado cuando tenía dieciséis años. Acabé pasando toda la noche en un abrevadero.

—¿Y qué hiciste? —preguntó Zoe.

—Nada —contestó Frank—, no podía salir de allí.

—No te lo decía a ti —dijo Zoe.

—¡Yo tampoco podía hacer nada! —exclamó Anders—. Me quedé esperando a ver si podía moverme en un rato, y, un tiempo después, alguien llamó al ascensor desde otra planta. Se abrieron las puertas, y una joven familia estaba en su piso mirándome. He olvidado mencionar que solo llevaba mis pantalones cortos de tenis; no llevaba camiseta ni zapatos y ni siquiera podía abrir la boca para musitar alguna disculpa.

—Qué sexy —comentó Zoe.

—Ni lo pienses —dijo Frank.

—Me quedé ahí como un enorme vikingo baboso mientras ellos se apretujaban en la esquina del ascensor —continuó Anders—. ¡Los tenía aterrados!

Frank soltó una risotada y estiró la mano por detrás de Cleo para servirse uno de los profiteroles de los que Santiago estaba presumiendo por toda la sala mientras cantaba «That's Amore».

—Al final conseguí volver al tejado, y todos me preguntaron dónde había estado —siguió Anders—. Les expliqué la situación, cómo al final había logrado arrastrarme bocabajo desde el ascensor hasta el baño, cómo me había apoyado en el toallero para mear, lo cual, como podréis imaginar, no salió demasiado bien. ¿Y sabéis qué me dijeron? «¡Hombre, eso suena increíble! ¿Tienes más?». Os lo juro, en aquel momento me di cuenta de que jamás llegaré a entender a los estadounidenses.

Zoe, cansada de estar de pie, o tal vez de no ser el centro de atención, se apretujó junto a Anders en el estrecho montón de cajas de manzanas sobre el que él estaba sentado, un acto que le habría resultado más complicado si Zoe no hubiera sido ligera como una pluma. Anders esbozó una sonrisa, lo que dejó ver una dentadura desigual e incompleta, y la simetría perfecta de su rostro se quebró por unos instantes.

—Ah, sí, los estadounidenses somos todos adictos a las pastillas —dijo Frank—. Eso ya lo he oído antes.

Zoe pasó la mano por el cabello rubio de Anders, y Cleo se preguntó si terminarían acostándose, aunque era posible que ya lo hubieran hecho. No era algo difícil de imaginar, dado que Anders se había acostado con todas, incluida Cleo.

—No digo que todos sean drogadictos —explicó Anders—. Solo señalo que existe una diferencia cultural en términos de actitudes hacia la automedicación. Dame la razón, Cleo.

Había ocurrido poco después de conocer a Frank, cuando todavía creía que iba a abandonar el país unos pocos meses después, tras una fiesta con barra libre, lo cual había resultado letal. Tras un breve y poco satisfactorio polvo en su sofá Chesterfield, Anders la había echado sin pensárselo mucho: «¿Seguro que no estarás mejor en tu propia cama?».

—Anders cree que todos los estadounidenses se toman algo —dijo Frank.

—El auge de la industria farmacéutica de este país habla por sí mismo —insistió Anders.

Todo lo que Cleo tenía que saber sobre la lujuria y su humillación lo había aprendido en el momento en el que se encontró dando tumbos hasta su casa desde el piso de Anders con su semen todavía cubriéndole el estómago. Ninguno de los dos se lo había contado a Frank.

—Vale, vale, mantengamos las críticas culturales al mínimo —dijo Frank—. Ya que Cleo está a punto de ser una de nosotros.

—¿Cómo? —Cleo regresó de repente a la conversación al oír su propio nombre.

—Que te vas a hacer ciudadana estadounidense —interpuso Zoe, de manera deliberada—, ¿verdad? Para eso es todo esto, ¿no? —Señaló con su largo dedo alrededor de la sala.

—Sí. Bueno, no… —tartamudeó Cleo.

—Primero tienes que solicitar un permiso de residencia permanente —interpuso Anders—. Eso es lo que quiere decir. —Le dedicó una mirada tranquilizadora.

—Primero llega el amor, luego llega el matrimonio, luego llega una solicitud de permiso de residencia y un montonazo de papeleo —canturreó Frank.

El dobladillo del vestido de Cleo se había subido sobre su rodilla. Miró hacia abajo para alisarlo y se percató, por primera vez, de que había una diminuta etiqueta de seda en la costura. Escrito en una letra cursiva y femenina había una sola palabra: «Íntimos». Así que sí se trataba de un camisón. Había llevado un camisón a su propia boda. Cleo agachó la cabeza poco a poco.

—Pero no pierdas el acento —dijo Zoe, rodeando la cintura de Anders con el brazo para acomodarse mejor—. Los acentos británicos son muy difíciles de imitar a la perfección. Mi instructor vocal dice que me sale un acento *cockney*.

—Yo nunca he llegado a perder el mío —interpuso Anders—. Por desgracia.

—Sí, aún suenas como Terminator —se rio Frank.

—Él era austríaco, idiota —le dijo Anders.

Cleo alzó la vista cuando oyó que alguien la llamaba desde el otro lado de la sala. Se volvió para ver que el rostro de Audrey se asomaba por la puerta del baño y que articulaba «Ayuda». Cleo se puso de pie para excusarse y le dio a Frank un beso en los labios. Más tufo a vino.

—No te olvides de ir bebiendo agua —le aconsejó ella.

Audrey estaba inclinada sobre el lavabo cuando Cleo entró, frotando con fuerza una mancha de vino tinto en la parte delantera de su blusa. Parecía un esfuerzo inútil hasta que Audrey recordó que el truco para quitar las manchas de vino tinto era echar vino blanco encima, algo sobre la neutralización. Cleo corrió a la cocina, volvió con una botella de *pinot* gris de la nevera y, ante las instrucciones de su amiga, procedió a echarlo sobre su pecho mientras ella se mantenía de pie en la bañera, con dificultad para respirar.

—Joder, estoy empapada. ¿Ha salido?

Cleo miró la blusa de Audrey, la cual se había tornado de un tono amarillo orina, con la mancha roja intacta en la parte central. Audrey se la despegó del cuerpo con un sonido húmedo para inspeccionarla, tras lo cual intercambiaron una mirada y estallaron en carcajadas. Audrey se quitó la blusa y se quedó de pie, en sujetador.

—¿Crees que puedo salir así sin más?

—Espera —dijo Cleo, antes de saltar de la bañera y abrir el cesto de la ropa sucia. Sacó una camisa formal que parecía estar lo suficientemente limpia y se la ofreció a Audrey. En ella, la camisa era tan larga para ser un vestido, por lo que se la ató a la cintura con el cinturón y se miró al espejo.

—No está mal. —Se subió el cuello de la camisa—. Y da igual, el único vestido que recordarán será el tuyo.

Cleo se sentó sobre el frío borde de la bañera con las rodillas juntas. El cabello le cayó como una cortina alrededor de su cabeza gacha.

—Audrey —susurró—. ¿A ti te parece que llevo un camisón?

—Es una pregunta un poco rara, Cley —repuso Audrey, tras volverse y arrodillarse frente a ella—. Dado que pareces un puto ángel.

Audrey apartó la cortina que era su pelo y le dio un beso en la mejilla antes de regresar al espejo para arreglarse el delineador con la punta del dedo.

—Anders tiene una especie de atractivo como de un asesino en serie —dijo el reflejo de Audrey. Cleo asintió lentamente y trató de poner una expresión neutra—. ¿Te he hablado de la vez que nos liamos?

—¿Os liasteis? —A Cleo le sorprendió notar un atisbo de celos en su interior.

—Hace siglos —respondió Audrey—. Fue como si una de esas cajoneras con una pequeña llave que sobresale se me hubiera caído encima.

Cleo notó que el rostro se le empezaba a encender por la vergüenza, pero no, era otra cosa, algo más ligero y cálido. Era risa.

—E intentó meterla, ya sabes, por detrás —añadió Audrey.

—¡No!

Ninguna de las dos podía parar de reír. Audrey se inclinó sobre el lavabo para recuperar el aliento.

—Quizá por eso no me volvió a llamar —suspiró.

—¿Tú crees?

—Si me fuera el sexo anal —dijo—, toda mi vida habría sido distinta.

Habían servido el postre mientras estaban en el baño. Además de la torre de profiteroles, había bandejas de plata con fresas bañadas en chocolate blanco, platos de cerezas Rainier rojas y doradas, cuencos de nata batida y dulce de leche caliente, botes de almendras azucaradas de color rosa y una caja de puros de chocolate. Los invitados casi ni tocaron la comida. Cleo sospechó que había suficiente cocaína en circulación como para que la mitad de ellos hubiera perdido el apetito. Se sintió un poco mejor al pensar en que a la tarta que tanto había ansiado en secreto —tres pisos de crema de mantequilla adornados con escamas, sedosas cintas blancas y una cascada de rosas glaseadas— tampoco le habrían hecho mucho caso.

Santiago golpeó su copa con una cuchara y pidió silencio. Se estaba balanceando peligrosamente sobre una caja de leche y los miraba a todos con una sonrisa.

—¡Discurso! —gritó uno de los invitados que fumaban en la ventana—. ¡Silencio para el discurso!

Alguien se movió para bajar el volumen de la música, y la cháchara disminuyó al mismo tiempo, como si el dial controlara toda la sala.

—No se me dan bien las palabras —empezó a decir Santiago, dándose golpecitos en el muslo con la cuchara, nervioso—. Me expreso a través de la comida. Pero me gustaría decir algo para conmemorar esta bella ocasión entre dos amigos, uno viejo y una nueva.

—¡Quieres decir uno viejo y una joven! —gritó alguien, lo cual hizo que la sala vitoreara.

—Pero los dos jóvenes en espíritu —apuntó Santiago—. Cleo y Frank, os conocisteis en esta misma casa, o, mejor dicho, en mi ascensor. Ahora que os veo aquí sentados, tan felices y enamorados, rodeados de amigos, espero que no os moleste si me permito enorgullecerme un poco como si fuera el casamentero. Y, por eso, os ofrezco esta cita de *Don Quijote* que es muy conocida en mi país natal: «El amor mira con unos antojos que hacen parecer oro al cobre, a la pobreza, riqueza, y a las lagañas, perlas».

Santiago miró a su alrededor, expectante, y recibió un leve murmullo de aprobación.

—Ah, ya veo que tendré que explicároslo, panda de incultos. Significa que el amor es ciego. —Se volvió hacia Cleo y Frank con una sonrisa cálida—. Aunque, por supuesto, a mis ojos, los dos ya sois de oro.

La sala rompió en vítores y en un estruendo de cubiertos contra cristal.

—Y ahora —continuó Santiago, radiante—, ¡a beber y a bailar!

Trasladaron los muebles hasta las paredes, apilaron platos aún con comida y apagaron cigarrillos en la mesa. El sonido de un tintineante grupo brasileño, caótico y alegre, invadió la sala. Una de las amigas de Cleo, una bailarina que había estudiado en la compañía de danza Batsheva y había pasado a trabajar de canguro, llevó a cabo una acrobática secuencia de movimientos que terminó con unas peonías volcadas y un maquillador francés recibiendo una patada en la cara. Las botellas vacías se apilaban en la encimera de la cocina, en la mesa y en los alféizares. Todo el mundo quería ser el próximo en escoger la canción.

Cleo estaba bailando con despreocupación con Quentin cuando Frank la tomó a medio giro y la condujo a través del pasillo, lejos de los invitados, hasta la habitación de Santiago. La cama estaba cubierta de regalos. Frank cerró la puerta tras ellos.

—Casi ni te he visto —la saludó, atrayéndola hacia él.

Se besaron con ansias. Fuera, podían oír cómo los invitados reían. Alguien cambió la canción, y el sonido de una vieja pista de soul se deslizó por debajo de la puerta y llenó la habitación de un *ostinato* de guitarra que le resultaba muy familiar. Frank la rodeó con los brazos y la guio alrededor de la cama. El baile se le daba sorprendentemente bien y tenía una confianza que solo se podía obtener por la edad. Había sido una de las primeras cosas de las que Cleo se había alegrado al descubrirla.

—Nuestro primer baile —dijo Frank, entre risas—. Nuestro primer baile como casados.

La inclinó hacia atrás, casi tocando el suelo, y a Cleo le dio un vuelco el corazón. Estaba borracho; la iba a dejar caer. Sin embargo, Frank tiró de ella, la atrajo contra él y le movió las caderas al ritmo de las suyas. Luego le deslizó las tiras del vestido una a una. Cleo se quedó de pie sobre un charco de seda azul en el suelo. Llevaba ropa interior blanca de encaje con un diminuto lazo rosa en el centro, su única concesión hacia el atuendo de boda tradicional. Frank se echó atrás para admirarla, y Cleo se sintió muy joven, muy bella. Deleitarse con otro, y que otro se deleitara con ella al mismo tiempo, era lo que siempre había querido. Frank la acercó a él y le besó las orejas, el cuello, la clavícula, los pezones. Se arrodilló para besarle las costillas, el ombligo, las caderas.

—Estás deliciosa —dijo con la boca llena de su piel.

La levantó y la sentó en el tocador. Cleo apoyó la cabeza contra el espejo. Al otro lado de la sala, la ventana enmarcaba un cuadrado lavanda de cielo. Frank le separó las piernas y se arrodilló delante de ella. Con ternura, le hizo la ropa interior a un lado y la atrajo hacia su boca. Las manos de Cleo se enredaron en su pelo y le acunaron la cabeza por detrás. La lengua de Frank era como una pequeña llama. Cleo llevó la mirada hacia el techo y exhaló. Luego Frank le metió los dedos y los movió poco a poco mientras la llama de su lengua la lamía, y ya solo existía la calidez y ningún otro pensamiento. Cleo se llevó los nudillos a la boca. *Demasiado*. Echó la cabeza hacia atrás y soltó un grito de dolor.

La cabeza de Frank volvió a aparecer ante ella. Sus ojos miraban por toda la cabeza de Cleo.

—¿Estás bien?

Cleo se volvió para ver qué estaba mirando. Era una ligera grieta en el centro del espejo. En la fisura había un solo mechón de su cabello rubio. Se llevó las manos a la nuca.

—¿Estás sangrando? —preguntó él.

—Creo que no —respondió—. Casi no lo he notado.

—Bueno, estabas pensando en otra cosa —dijo Frank, sonriendo.

Fue a inspeccionarle la cabeza y le dio un beso con cariño en la coronilla.

—¿Qué le decimos a Santiago? —preguntó ella.

—Ni se dará cuenta —contestó Frank, sin preocuparse—. Vamos. —La bajó del tocador y le dio el vestido, que estaba en el suelo—. Huyamos de la escena del crimen.

Salieron de la habitación para encontrar a Quentin, melancólico, apoyado contra la pared de fuera. Llevaba un regalo envuelto en las manos.

—Sé lo que estabais haciendo —dijo.

—Tú tienes su corazón —le contestó Frank, antes de reír—. Déjame quedarme con su cuerpo.

—No seas vulgar —respondió Quentin—. ¿Queréis abrir vuestro regalo de boda?

Cleo desató el lazo de grogrén, le quitó la tapa a la caja y rebuscó entre ondeantes capas de pañuelos. En el interior había un huevo de Fabergé, del color crema y azul pálido de los cielos que pintaba Miguel Ángel, enmarcado en un entramado dorado con diamantes engarzados. Lo sacó de la caja con cuidado; se sostenía sobre cuatro patas doradas plegadas, como un carruaje en miniatura, y pesaba más de lo que parecía.

—Oh, Quentin… —suspiró—. Es tan bonito.

—No es de verdad —se apresuró a decir Quentin—. Ni de la Rusia imperial ni nada. Esos valen como tres millones de dólares.

Pero sí que es de la misma empresa. Y, bueno, pensaba que te gustaría.

Frank rodeó los hombros de Quentin con el brazo y le dio un apretón.

—Es genial —dijo—. Muy Cleo.

—Hay más —explicó Quentin—. Cuando se le dio el primer huevo a la familia real rusa, tenía una sorpresa dentro. Una yema dorada, y dentro había una gallina dorada, y dentro de ella había una corona diminuta. Se supone que cada huevo tiene una sorpresa dentro, así que… ábrelo.

En la parte superior del orbe había un cierre dorado que sostenía cada lado del entramado. Cleo lo pulsó, y el huevo se abrió de repente. En su interior había un pequeño pedestal de oro que sobresalía de un suelo azul cielo. Contenía un diminuto cofre metálico con joyas engarzadas.

—Abre eso también —le pidió Quentin.

Cleo abrió la tapa del cofre con la punta del dedo. En el interior había un vial de polvo blanco. Frank estalló en una carcajada.

—Me imagino que esa es la parte del regalo que es para Frank —comentó Cleo.

—Es para los dos —dijo Quentin—. Y para mí.

—Muchas gracias —respondió Cleo, antes de cerrar el huevo y darle un beso en la mejilla a Quentin—. Es mi nueva cosa favorita.

Hizo el ademán de ir a dejarlo sobre la cama de Santiago, pero Quentin la sujetó del brazo y tiró de ella en dirección al baño.

—No, no —dijo—. Tú te vienes aquí conmigo.

Cleo le entregó el huevo a Frank con una sonrisa cansada. Estaba claro que su destino era pasar la mayor parte del día de su boda en el baño.

—Ya me encargo yo de entretener a la muchedumbre —dijo Frank—. Ve tranquila.

Quentin tiró de ella tras de sí y cerró la puerta del baño, tras lo cual extrajo su propio alijo y sus llaves.

—Sabes que me habría casado contigo. —Se llevó una llave a la nariz y esnifó con fuerza—. Si te hacía falta.

—De verdad lo quiero. —Su voz sonó más mordaz de lo que había pretendido—. No es solo por el permiso de residencia.

—Lo sé, lo sé —repuso Quentin—. Es solo que se me hace muy raro verte casada de verdad.

Cleo se estaba mirando en el espejo y se estaba haciendo una trenza, más que nada por darle a sus manos algo que hacer. Se tocó la nuca con cuidado. Le dolía el punto en el que su cabeza había chocado con el cristal. Quentin le ofreció su llave, pero Cleo negó con la cabeza. Él se encogió de hombros y la esnifó.

—Hay peores razones por las que casarse con alguien —dijo Cleo.

—También las hay mejores —repuso Quentin, frotándose las encías con un dedo.

—¿Y qué sabrás tú? —le espetó Cleo.

—Oye. —Quentin se puso detrás de ella, le rodeó la cintura con los brazos y apoyó la barbilla en su hombro—. Cálmate. Nadie piensa que hayas hecho algo malo. Sé que os queréis. Es solo que yo siempre te querré más.

—Lo sé —dijo Cleo—. Límpiate la nariz.

Quentin tomó un poco de papel higiénico y se sonó, tras lo cual inspeccionó el contenido antes de lanzar el papel a la papelera.

—Estoy seguro de que te quiero más de lo que Johnny me quiere a mí —dijo con una voz dura pero positiva—. Creo que me roba. Bueno, creo que me roba las vitaminas. ¡Lo digo en serio! Cientos de dólares de ellas. Pero cuando se lo pregunté, se puso como loco y me dijo que debía habérmelas tomado todas y que después lo habría olvidado. ¿Quién mierda se toma tantas vitaminas y se olvida de ello? Ni siquiera me dejó el magnesio, que ya sabes que lo necesito para mantenerme estable.

—Eso es horrible —dijo Cleo, tratando de no sonreír—. El magnesio es… bueno, es algo vital, a decir verdad. Esencial.

—Al menos sabes que Frank nunca te robará nada —comentó Quentin, mirándola de arriba abajo—. Aunque tampoco es que haya mucho que robar.

—Ya, ojalá hubiera incluido eso en sus votos —repuso Cleo, esquivando el insulto antes de que este pudiera asentarse—. «Prometo amarte, respetarte y jamás robar tu mierda inservible».

—O hacer que pongas la mano en un fuego encendido —dijo Quentin—. Como le hizo mi padre a mi madre.

Quentin tenía un don para cambiar una conversación de alegre a oscura en un abrir y cerrar de ojos.

—¿De verdad le hizo eso? —inquirió Cleo.

Quentin tenía la mirada gacha, y sus largas pestañas arrojaban unas débiles sombras sobre sus mejillas.

—Polonia —fue lo único que ofreció como respuesta, encogiéndose de hombros.

—No lo sabía —dijo Cleo.

—¿Cómo ibas a saberlo? —Alzó la mirada, con el rostro de repente despierto por la posibilidad—. ¿Ahora sí te meterás una raya conmigo?

Cleo puso los ojos en blanco y accedió con el asentimiento más imperceptible.

—De verdad estás muy guapa —le dijo él mientras Cleo se arrodillaba a su lado junto al retrete—. Como una niña novia.

En el exterior del baño se estaba reuniendo un grupo alrededor de la puerta frontal, tratando de encontrar sus zapatos y volver a llenar sus copas. Los cuencos de nata y dulce de leche estaban mancillados por las colillas. Zoe había perdido el conocimiento en el sofá y tenía la chaqueta del traje de Frank puesta por encima.

—Ahí estás —dijo Frank, acercándose por detrás de ella. Se estaba frotando un ojo con el nudillo de arriba abajo, como un niño con sueño—. Vamos a ir al tejado a lanzar fuegos artificiales. Fuegos artificiales de boda.

—¿En qué se diferencian? —quiso saber Cleo, pero Frank ya estaba desapareciendo por las escaleras.

En el tejado, el titilante horizonte de Manhattan se desplegaba ante ellos en contraste con un cielo negro como el terciopelo.

—Me sobraron unos cuantos fuegos artificiales de la última fiesta —explicó Santiago mientras sacaba unos paquetes de color neón—, aunque también he comprado otros para la ocasión.

El Día de los Caídos. Le había parecido que estaba muy lejos, pero tan solo habían pasado unas cuantas semanas. El permiso de residencia de Cleo se acababa a fin de mes, y la empresa para la que había estado trabajando como diseñadora textil independiente no podía permitirse patrocinarla. Como último adiós, o eso había imaginado, Frank la había llevado hasta la cabaña que tenía al norte del estado y que no usaba mucho. Dado que ninguno de los dos sabía conducir ni era particularmente doméstico, fueron tres días de camas sin hacer, cereales para cenar y alegría pura y privada.

Frank se dirigió al lado más alejado del tejado y trató de colocar un fuego artificial, apoyado entre dos botellas de vino. Se tropezó hacia delante e hizo que las botellas cayeran alrededor de sus pies.

—Eh, ¿por qué no dejas que me encargue yo? —preguntó Santiago, yendo tras él para ayudarlo a enderezarse—. Tú ve a mirar el espectáculo con Cleo.

—¿Quién tiene un mechero? —gritó Frank, sin hacerle caso. Se dio unos golpecitos en los bolsillos de sus pantalones. Alguien le lanzó uno, pero falló, y el mechero cayó más allá del tejado y se perdió entre la oscuridad. Anders apareció por la puerta y, tras intercambiar una mirada con Santiago, logró llevar a Frank hacia donde un grupo de invitados se había reunido para mirar. Cleo le dio la mano.

Se lo había pedido en el viaje en tren de vuelta desde Hudson. Ella había estado medio dormida, apoyada en su hombro, y él tenía la mejilla contra su coronilla. «Cleo, mi Cleo», le había dicho. El río, que parecía una cinta negra, fluía a su lado, casi sin poderse distinguir de los campos y árboles oscuros que lo rodeaban. «¿Qué te parecería?». Había podido ver el reflejo blanquecino del rostro de Frank, que relucía en la ventana. Parecía un santo. «¿Qué te parecería que nos casáramos?».

Santiago gritó a todos que se echaran atrás mientras él y Anders encendían los primeros fuegos artificiales. Unos chorros de luz brillante se encendieron tras ellos, suspendidos por unos instantes en forma de estrellas. El cielo crepitó con la luz. De repente, Frank le soltó la mano a Cleo y salió corriendo por el tejado, medio encorvado. Se lanzó a por un cohete y lo encendió directamente en la mano, tras lo cual lo hizo salir disparado en un ángulo que no le dio a Anders en el hombro por los pelos.

—¿Qué mierda haces? —oyó que Anders le gritaba mientras Frank corría de vuelta hacia la multitud.

Frank le dio la mano de nuevo a Cleo y la apretó con fuerza. Unas chispas llovieron sobre ellos. Los fuegos artificiales tomaron impulso e iluminaron los rostros de la multitud que se encontraba en el tejado con distintos destellos. Cleo observó el perfil de Frank bajo aquella luz. *Bum, bum, bum.* Él estaba mirando hacia arriba, con la mandíbula apretada y los ojos húmedos y pensativos.

Cleo no le había contado a Quentin cuáles habían sido los votos de Frank de verdad. La había sorprendido al pedirle que dijera algo al final de la ceremonia, después de que ya hubieran leído el guion habitual. Su nerviosismo había sido bastante obvio, y la sociabilidad que lo caracterizaba había desaparecido. Cuando se decidió a hablar por fin, pronunció una sola frase: «Cuando la parte más oscura de ti se encuentra con la más oscura de mí, crean luz».

CAPÍTULO TRES

Julio

Menos de un mes después de la boda de Cleo y Frank, Quentin y Johnny rompieron. Cleo había dejado de pasar todo su tiempo libre con Quentin, lo cual quería decir que él disponía de mucha energía extra para centrarse en Johnny, y este no le pareció suficiente. Resultaba que Johnny era solo otra reina irlandesa católica con un problema con la bebida. Tenía unos padres republicanos a los que adoraba en secreto y el tipo de vello corporal que podía describirse como pelaje. Quentin estaba mejor sin él.

Dado que Johnny había desaparecido del mapa y que Cleo siempre estaba ocupada con Frank, Quentin tenía tiempo para hacer lo que quisiera, como pasarse toda la noche viendo *anime* o fumar sin parar en la cama o acudir a orgías exclusivas para invitados, lo cual era exactamente lo que tenía planeado para aquella noche. Le habían metido la invitación en su taquilla del gimnasio: «Queremos que vengas. Evento privado. Escribe un correo para más detalles». Ya había oído hablar sobre aquellas fiestas, las cuales estaban organizadas por una red clandestina de gays cuya misión era volver a establecer el sexo en grupo previo a la era del sida en unos entornos seguros pero glamurosos. Aquella había sido la primera invitación que había recibido, y saber que lo habían estado observando y que lo habían escogido le provocó una oleada de placer en todo el cuerpo.

Johnny jamás lo habría permitido. Era demasiado serio, demasiado juicioso. Si bien Quentin solo había querido acostarse con él una o dos veces, Johnny se había adentrado en su vida gracias a su amabilidad agresiva. Por ejemplo, para la fiesta de cumpleaños de Quentin de temática de la Revolución francesa, Johnny había comprado un libro de cocina francés antiguo y le había ofrecido a Quentin prepararle cualquier pastel que quisiera. Quentin había elegido una tarta de pera que consistía en cientos de pétalos de hojaldre glaseados doblados de forma individual, no porque le gustaran las tartas de pera en particular, sino porque aquel parecía el más trabajoso. Johnny se lo había preparado sin soltar ni una sola queja, y, cuando Quentin se había plantado sobre el brillo ámbar de las velas de su cumpleaños número veintiséis, había estado seguro de que la tarta era una prueba empírica de un amor tan puro, tan solícito, que jamás podría encontrar otro igual.

Sin embargo, desde que había admitido ante Cleo que Johnny le estaba robando, había empezado a sospechar cada vez más que tal vez fuera él, y no Johnny, de quien se estaban aprovechando. Todo había llegado a su punto crítico unos pocos días antes, cuando Quentin, a quien le gustaba mantener su enorme piso de piedra rojiza a unos gélidos dieciocho grados durante el verano, había ido a ponerse su delgado jersey de cachemir naranja favorito. Tras no encontrarlo, había deambulado hasta el piso de abajo para ver que Johnny lo llevaba puesto.

—Ese es mi jersey —le dijo.

—¿Y?

—Sabes que es mi favorito. Lo compré en las rebajas de Barneys Warehouse con Cleo.

—Estás un poco obsesionado, cariño —dijo Johnny, poniendo los ojos en blanco.

—¿Con la tienda?

—Con Cleo.

Quentin soltó un resoplido de desdén y vergüenza a partes iguales.

—Es mi mejor amiga.

—¿No debería serlo yo? —le preguntó Johnny.

Se metió un bocado de los cereales de chocolate orgánicos de Quentin del cuenco de cerámica de Quentin. Un chorrito de leche marrón goteó por su barbilla hasta la parte delantera del jersey de Quentin. Johnny se lamió los dedos, frotó la mancha, y Quentin se estremeció. El dedo de Johnny solo había logrado que penetrara más la leche en el tejido de la tela. Una leve mancha marrón seguía siendo visible en el cachemir naranja. Quentin notó que se le encendían los ojos.

—Quítatelo —le dijo.

—¿Qué? —rio Johnny—. No.

Quentin alzó sus temblorosas manos hasta sus sienes.

—¡Que te lo quites! —le gritó.

Johnny se quedó boquiabierto durante unos instantes. Unas motas marrones de chocolate se habían incrustado en las esquinas. Se puso de pie de un salto y se quitó el jersey, lo cual dejó ver su suave y pecoso estómago bajo él.

—¡Joder, Quentin! —Le lanzó aquella mancha naranja en su dirección—. Solo es una cosa. ¿Acaso importa? ¿Te hace feliz?

—No me hace *infeliz* —repuso Quentin.

—Las cosas no son personas, Quentin —dijo Johnny, con la satisfacción engreída de los obtusos de verdad.

—Las cosas no me tratan como un idiota —contestó Quentin—. Las cosas no me roban la identidad.

—¿Robarte la identidad? —Johnny se llevó las manos a su pecho desnudo y echó un vistazo por toda la sala, como si estuviera actuando frente al público de un programa de debate matutino—. ¿Eso te ha dicho Cleo?

De hecho, ella no le había dicho nada, pues siempre había permanecido en un silencio muy diplomático en lo que concernía a Johnny, pero le pareció satisfactorio hacer que él pensara que así había sido.

—Solo intenta protegerme —repuso Quentin con delicadeza—. Eso es lo que hacen los mejores amigos.

Johnny arrugó el rostro en una mueca muy poco atractiva.

—Zorra británica —espetó.

—¿Te caería mejor si fuera de Ohio como tú? —le soltó Quentin.

—Por enésima vez, Quentin, Cincinnati es una de las ciudades más europeas de Estados Unidos.

Quentin no logró contener un resoplido de burla.

—¿Lo ves? —exclamó Johnny—. Eres un esnob, igual que ella. Los dos me dejasteis solo durante una hora en su boda. Está claro que piensa que no soy lo suficientemente bueno para ti.

—Quizá sea porque es verdad —dijo Quentin.

Johnny contuvo un grito de forma muy dramática.

—Lo único que he hecho ha sido quererte —le dijo—. El problema es que estás demasiado mal de la cabeza como para darte cuenta de lo que es eso.

—Tal vez —repuso Quentin. Se agachó para recoger el jersey y se lo puso por encima del hombro al tiempo que aunaba todo su orgullo—. Pero me conformaré con saber lo que es el cachemir italiano.

Quentin estuvo orgulloso de aquella ocurrencia, la cual le había parecido extraída de una película, de un tono idóneo entre la resignación y la esperanza. Estuvo orgulloso de ella justo hasta que Johnny dio un paso hacia él y le dio un puñetazo en la mandíbula. Había sido como si un fuego artificial le hubiera estallado en la cara.

—Os merecéis entre vosotros —le dijo.

En una situación normal, Quentin lo habría corregido con cierto menosprecio («¡os merecéis el uno al otro!»), pero estaba demasiado aturdido como para decir nada mientras Johnny procedía a salir de la casa hecho una furia y todavía desnudo de la cintura para arriba. Tras oír el portazo, Quentin se sorprendió a sí mismo al romper a llorar. Se llevó una mano al lado del rostro y esperó a que las lágrimas cesaran. Cuando no lo hicieron, llamó a Cleo.

En menos de media hora, ella ya estaba en su cocina. Llevaba un vestido mexicano de bordado tradicional, con el cabello recogido en dos trenzas de espiga que caían por su espalda y estaban atadas con cintas blancas. Su estilo le parecía demasiado bohemio para su gusto, aunque apreciaba que siempre se esforzara en su apariencia. Puso una botella de su refresco japonés favorito y un paquete de ibuprofeno frente a él, en la mesa de la cocina, y le inspeccionó el rostro con una mirada llena de preocupación.

—Te está saliendo un moretón —le dijo—. ¿Qué ha pasado?

—Se había puesto mi jersey —contestó Quentin, de mal humor—. Y es un psicópata.

—¿Tienes guisantes congelados?

Cleo abrió la puerta del congelador y encontró una botella de vodka y tres paquetes de cigarrillos polacos. Alzó una ceja hacia Quentin, quien se encogió de hombros.

—Así están más frescos.

Cleo extrajo la botella y la envolvió con una toalla para secar los platos antes de sentarse frente a él y sostenerla con delicadeza sobre su mandíbula. Los ojos de Quentin no dejaban de gotear.

—¿Te duele? —le preguntó.

Quentin negó con la cabeza y se frotó el rostro con fuerza con el dorso de la mano.

—No sé por qué estoy… —Se interrumpió y se frotó las manos en los pantalones. Trató de reír, pero lo que salió de su garganta fue solo un sollozo.

—Solo estás sensible —le dijo Cleo, poniéndole la mano en la mejilla—. Te ha dado en tu lado sensible, eso es todo.

Inclinó la cabeza y apoyó la frente junto a la de ella. Estaba a punto de decirle que todo él era la parte sensible cuando el teléfono de Cleo vibró, y ella se apartó.

—Le diré a Frank que venga para aquí, ¿vale? —dijo.

—O tal vez podrías no hacerlo —respondió él, tras sentir un atisbo de molestia.

—Quentin —puso su voz de madre más estricta—. Sabes todo lo que trabaja, y los fines de semana son el único tiempo que podemos pasar juntos de verdad. Por favor, no te pongas difícil con esto.

—¿No puedes pasar y ya? —se quejó Quentin—. Pasas de muchas cosas en todo momento. Es uno de tus mejores rasgos.

—Pero no quiero. Llevo toda la mañana pintando, y ahora quiero ver a mi marido.

—Puedes limitarte a llamarlo «Frank». Odio toda esa mierda de «mi marido».

—¡Es que es mi marido!

—Solo porque necesitabas el permiso de residencia.

—Por enésima vez, la boda no fue solo por el permiso de residencia. —Suspiró, agotada—. ¿Por qué actúas así? Frank te cae bien, ¿recuerdas? Me hace más feliz que ninguna otra persona que haya conocido…

Cleo se dispuso a soltar todo un monólogo sobre la felicidad marital que ella y Frank compartían, pero Quentin había perdido el interés. Sí que le caía bien Frank, pues siempre estaba dispuesto a ir de fiesta, y, a diferencia de la morralla de *skaters* y artistas callejeros con quienes Cleo solía salir, él al menos tenía algo de dinero, solo que no era la persona para Cleo. Porque esa persona era Quentin. En el fondo, sospechaba que él y Cleo acabarían juntos, no de forma romántica, por supuesto, sino como almas gemelas de verdad, envejeciendo en alguna casa señorial medio derrumbada del centro de la ciudad, rodeados de perros con pedigrí y pieles de época. Frank no era más que un breve interludio típico de la heterosexualidad tradicional de Cleo. Quentin y Cleo debían estar juntos, eran más una familia para el otro de lo que sus familias de verdad lo habían sido. Eran prácticamente hermanas.

— … incluso he dejado los antidepresivos —estaba diciendo Cleo.

—Nena, no. —Quentin volvió a prestar atención de golpe—. Eso no es buena idea para ti. ¿Recuerdas a la Cleo triste de antaño? Nadie necesita que vuelva.

—Eso solo fue porque estaba sola y, ya sabes, por todo lo que pasó con mi madre. Mi vida ha cambiado mucho. Tengo a Frank, tengo una casa de verdad…

—Su casa.

—*Nuestra* casa. Creo que estoy mucho más preparada para ser feliz ahora. Sé que lo estoy.

Quentin sintió una oleada de preocupación, seguida de un torrente de apatía. Al final iba a hacer lo que quisiera.

—Es tu vida. —Se encogió de hombros—. Solo déjame preguntarte algo. Pero tienes que contestar con sinceridad. —La miró a los ojos—. ¿Cuándo fue la última vez que estuviste con un hombre hetero, y me refiero a cualquier hombre hetero, y te dijo algo más interesante de lo que ya estabas pensando?

Cleo se echó a reír y se volvió.

—Le diré a Frank que nos traiga algo de comer —dijo.

—Me lo tomaré como un «nunca».

Para cuando Frank llegó, cargado de bolsas de sushi para llevar, la barbilla de Quentin se había tornado de un color morado moteado y le producía un dolor apagado y pulsante. Cleo corrió a saludar a Frank como si fuera un soldado que regresaba de la guerra con un botín y se puso a rebuscar entre los contenedores de plástico de sopa *miso*, ensalada de algas y arroz.

—Al menos ya puedes decir que has aguantado un puñetazo de pie —le dijo Frank—. Es más de lo que puedo decir yo.

—Por qué será que no me sorprende —respondió él, mirando a Frank de arriba abajo—. ¿Me puedes recordar por qué has venido?

Cleo le dedicó una mirada de súplica.

—Oye, estaba preocupado por ti —repuso Frank, soltando la mano de Cleo—. Y puede estar bien que haya un hombre por aquí, ya sabes, por si vuelve.

—Por experiencia, que haya un hombre por aquí suele ser el problema —apuntó Quentin.

—Ahí llevas razón —rio Frank.

Aun con todo, cuando Johnny regresó aquella misma noche, Quentin se alegró de que Frank hubiera estado ahí. Estaban viendo uno de los documentales favoritos de Quentin, *Princess Diana: Her Life in Jewels*, mientras bebían destornilladores con el vodka que ya estaba caliente, cuando oyeron que la puerta delantera se abría. Johnny gritó el nombre de Quentin con una voz que sonaba espesa y amortiguada. Cleo apoyó una mano en la pierna de Quentin y le hizo un gesto para que no se moviera, y Frank se puso de pie y fue al recibidor. Podía oírlos murmurar, hasta que la voz de Johnny se volvió cada vez más alta y exigió verlo. Se apartó de Cleo y se acercó al recibidor.

—¿Que no quiere verme *a mí*? —estaba diciendo Johnny, arrastrando las palabras—. Soy yo quien no quiere verlo *a él*.

—Vale, vale —dijo Frank, conduciéndolo en dirección a la puerta—. ¿Por qué no vuelves cuando estés sobrio?

—Sabes que cree que es una mujer, ¿verdad? —continuó Johnny—. Todos esos vestidos que tiene... —Empezó a reír—. Jamás conocerá a alguien mejor que yo.

Al otro lado de la puerta frontal, Quentin oyó una sirena que pasaba por delante. Se le ocurrió que en Nueva York, si se escuchaba con la suficiente atención, siempre se oía alguna sirena. Alguien, en algún lugar, siempre estaba sufriendo.

—Vale, ya me voy —dijo Johnny.

Quentin se asomó desde la sala de estar hacia el pasillo. Johnny estaba en el último escalón, hecho una silueta por la luz amarilla de una farola. Se volvió para marcharse, pero cambió de idea y se tambaleó para mirar a Frank una vez más.

—Los gays quieren salir con hombres —le dijo—. Esa es la realidad.

—Vale ya —lo cortó Frank—. Ve a dormir la mona.

—¡Te veo, Quentin! —gritó Johnny por encima del hombro de Frank—. ¡Trans de mierda!

Frank cerró la puerta y se quedó de espaldas a Quentin. Al otro lado de la puerta, Johnny seguía gritando algo sobre la realidad. Quentin observó la espalda de Frank: ¿qué estaría pensando? ¿Lo estaría juzgando? ¿Le tendría lástima? Seguro que pensaba que no era más que otro marica desgraciado con el armario lleno de vestidos. Debía pensar que era patético. Frank se volvió y advirtió que lo estaba mirando, tras lo cual caminó hacia él y le dio un apretón en el hombro.

—De verdad —dijo—, me caía mejor cuando lo conocía menos.

Quentin no había vuelto a hablar con Johnny desde entonces, aunque no podía dejar de pensar en lo que le había dicho. ¿Qué tenía que ver la realidad con todo aquello? Odiaba la realidad. La realidad era sudorosa y fea. Era manchas de desodorante en ropa negra y crema para herpes labiales y facturas por pagar. Era novias falsas y cenas formales y trajes que no le quedaban bien. Era su padre dándole un sermón en su intento de inglés sobre cómo ser un hombre. Era todo Polonia, aquel taller en decadencia que tenía por país natal, con sus perros callejeros y bosques secretos en los que los hombres follaban a oscuras antes de volver a sus respectivas casas con sus respectivas mujeres. No, Quentin quería fantasía, lo cual era precisamente la razón por la que se dirigía a la orgía aquella noche.

La noche tardaba demasiado en llegar. La puesta de sol arrojaba una luz dorada sobre los edificios mientras Quentin paseaba a su dachshund, Lulu, por el barrio. Era aquella hora de la tarde en la que las tiendas seguían abiertas pero los bares y restaurantes ya se empezaban a llenar, por lo que un ambiente de industria y frivolidad a partes iguales cubría las calles. Entró en su piso y echó comida de perro en un cuenco, conforme pensaba a quién podía llamar.

A su madre, no, porque estaba haciendo submarinismo con su nuevo novio en una isla privada donde, tal como le había dicho con mucha alegría, no se permitía llevar móvil. Trató de llamar a su padre y dio directamente con el buzón de voz; en Varsovia ya pasaba de la medianoche. Intentó hablar con Cleo una vez más, pero tampoco obtuvo ninguna respuesta. Pensó en llamar a Johnny. En su lugar, abrió su bandeja de entrada, buscó el correo electrónico que contenía la dirección de la orgía y lo leyó y releyó varias veces en busca de pistas, aunque la información era la misma, por supuesto. Luego llamó a su camello, quien respondió el teléfono al segundo tono. Le pidió lo de siempre y se apoyó en el alféizar para encenderse otro cigarrillo. En el exterior, el cielo se estaba tornando de un color azul oscuro, casi morado.

La dirección que le habían dado se encontraba en una parte de Brooklyn en la que no había estado nunca. La única construcción no residencial que había allí era una lavandería situada unos cuantos edificios más allá. Aquella noche habían dejado las luces encendidas, lo cual iluminaba su suelo de vinilo a cuadros y sus filas de lavadoras plateadas.

Se había preparado un par de vodkas con soda antes de salir, lo cual se percató de que había sido demasiado cuando meneó la cabeza y notó como si un tanque de agua se meciera de lado a lado. Había decidido no comer nada aquel día, lo que probablemente había sido un error. Tras adentrarse en el ligero halo de luz que arrojaba la ventana de la lavandería, sacó el vial del bolsillo de su chaqueta y lo inspeccionó: ya estaba medio vacío. Pensó, molesto, que debería haber llevado dos consigo, mientras le daba un par de golpecitos contra el dorso de la mano. Era el modo de meterse coca que menos le gustaba, puesto que era sucio y poco eficiente, pero quería ser rápido. Se sintió mejor casi al instante, cuando aquella claridad aguda y amarga le centró la cabeza una vez más y le proporcionó un propósito.

No le había dicho a nadie a dónde iba. Para cuando Cleo le devolvió la llamada, ya estaba en el taxi y no quería que lo convenciera de no ir. Sospechaba que incluso a las chicas como ella, las socialmente liberales y aventureras en términos sexuales, les daba un poco de asco lo que los hombres hacían entre sí. No se imaginaba manteniendo las conversaciones francas con ella que otras amigas mantenían durante el brunch, mientras soltaban risitas por el tamaño de un pene o un orgasmo elusivo. «¡Y luego dejé que me meara en la boca mientras su poderoso novio pasivo miraba! ¡Otra ronda de mimosas!».

Ya había visto en otra ocasión cómo Cleo había retrocedido cuando le había contado sobre los baños a los que solía ir antes de conocer a Johnny. Habían estado en la parte trasera de un taxi, yendo de una fiesta a otra; él se había tomado tanta ketamina que casi no podía levantar la cabeza, por lo que no dejaba de decir: «Como un bebé, como un bebé». Conforme parloteaba sobre lo que les había pedido a aquellos hombres que le hicieran, sobre lo que les había hecho a ellos, vio, como si estuviera a una gran distancia, que Cleo volvía la cabeza poquito a poco hacia la ventana, lo cual le dejó ver tan solo un atisbo de su perfil, majestuoso y remoto, con los ojos centrados en el brillo húmedo de los semáforos en la carretera, y una vergüenza —que casi podía saborear en aquel momento, junto con la poca cocaína que se había metido—, una vergüenza amarga y horrible, lo había invadido por completo. *Basta. Ya basta.*

Pulsó el timbre y lo dejaron pasar a un oscuro vestíbulo, donde un hombre calvo que llevaba un taparrabos de cuero y un collar de perro con pinchos estaba sentado sobre un taburete para proteger una segunda puerta.

—¿Nombre? —le preguntó, antes de repasar la lista para confirmarlo—. ¿Prueba negativa?

Quentin sacó un trozo de papel. Se había sometido a la prueba a inicios de semana para estar preparado y se había sorprendido de lo aliviado que se había sentido al ver que había dado negativo. Si bien usaba condón, en un par de ocasiones con Johnny se los habían ahorrado. No había nada como una prueba del sida para convencerlo a uno de que lo tenía. El hombre calvo examinó el papel y asintió.

—Guarda toda la ropa y tus pertenencias antes de entrar. No se pueden llevar móviles.

Quentin se echó a reír, pero el hombre lo miró sin emoción, a la espera.

—¿Lo dices en serio? ¿Quieres que me quite la ropa aquí mismo?

Si bien pensó en dar media vuelta e irse, le pareció todo un desperdicio, tras las horas de expectativa, además del viaje en taxi y el dinero para las drogas, no ver al menos lo que había al otro lado. Se quitó la camisa y se arrodilló para desatarse sus sandalias de gladiador. Con cierta dificultad, logró quitarse sus pantalones cortos de cuero. Lo dobló todo tan bien como pudo y se lo pasó al portero.

—Son piezas de coleccionista —le dijo Quentin—. Valen más que tú.

—La ropa interior también —repuso el calvo.

Quentin se apretó el puente de la nariz, dio un largo suspiro y se quitó la ropa interior. A cambio, el hombre le entregó una pulsera de plástico en espiral con una etiqueta con un número enganchada, similar a la que solían dar en las piscinas públicas.

—¿Y ahora, qué? —inquirió Quentin—. ¿Un examen de cavidades corporales?

—Eso te lo pueden hacer ahí dentro —contestó—. Solo no dejes que nadie te quite la pulsera.

—¿Este accesorio tan fabuloso? —dijo Quentin—. Ni en sueños.

El hombre se removió en su asiento para indicar que Quentin podía pasar. Abrió la puerta y se adentró en un largo y estrecho pasillo que conducía hasta otra puerta, tras la cual oía el ritmo de golpes insistentes de la música tecno y el sube y baja oscuro de las voces masculinas. Le habría encantado meterse otra raya, otro pequeño impulso que lo ayudara a cruzar la puerta, pero, cómo no, las drogas se habían quedado atrás, con la ropa. Desnudo salvo por su pulsera amarilla, se sentía expuesto de un modo para nada erótico. De hecho, en su opinión, hasta entonces la experiencia había sido tan poco sexy como ingresar en prisión.

Empujó la puerta y entró en lo que parecía ser una enorme sala de estar. Un mural que brillaba en la oscuridad y mostraba a unos musculosos bañistas griegos cubría una de las paredes por completo. Unas fuentes de piedra falsas con jóvenes querubines que orinaban agua moteaban la estancia. Las luces estroboscópicas destellaban desde lo alto. Frente a una cabina de DJ improvisada, tras la cual había un hombre cubierto de aceite que llevaba unos cuernos de cabra enormes y se balanceaba al ritmo de la música, bailaba un grupito de hombres desnudos. Todo aquel lugar parecía cutre; habían querido alcanzar una fantasía helénica y no habían podido pasar de restaurante griego.

Quentin deambuló por la periferia de la sala, donde unas cortinas negras separaban unas áreas más pequeñas y privadas. Se asomó por entre algunas cortinas y vio a una pila de hombres, cinco o tal vez seis, follando. Le recordó al interior de una colmena, con toda aquella actividad de enjambre. Tras asomarse en la siguiente zona, intercambió una mirada con un hombre de espaldas anchas que arremetía contra una figura encapuchada situada a cuatro patas bajo él. Mantuvo la mirada en Quentin durante un largo y feroz momento antes de poner los ojos en blanco.

Se estaba preguntando si debía marcharse, pues no se sentía lo suficientemente desinhibido como para dirigirse a la pista de baile, y mucho menos para acudir a una de las zonas privadas, cuando vio que un chico alto se movía de forma deliberada y con gran rapidez hacia él. Sonreía de un modo que daba a entender que había estado esperando a Quentin.

—*Zdravstvuyte* —lo saludó, poniendo una mano con suavidad sobre el hombro de Quentin.

Quentin se lo quedó mirando en silencio. Era muy apuesto, con un rapado al cero reciente que le daba a su cabeza un aspecto vulnerable, como de un recién nacido. Su rostro estaba lleno de contradicciones: unos ojos pálidos y sensibles sobre una nariz torcida de boxeador, unos labios redondeados femeninos y una mandíbula cuadrada y fuerte. Quentin dejó que su mirada descendiera bajo su sinuoso torso hacia su larga polla recta, rodeada de un nido de vello oscuro.

—¿Fuiste tú quien me puso la nota en la taquilla? —le preguntó Quentin, sintiéndose ridículo.

—¿La nota? —La sonrisa del hombre se tornó en una expresión confusa—. Lo siento, no. Es solo que estaba seguro de que eras ruso.

—No —respondió Quentin. Luego, tras percatarse de que lo había decepcionado, añadió—: Soy polaco. Nací en Polonia.

—¡Ah! —Al chico se le volvió a iluminar la mirada—. Es por eso entonces.

—¿Por qué has pensado que era ruso?

El chico miró a Quentin de arriba abajo durante unos instantes.

—Por tus cejas —contestó, antes de echarse a reír.

Se trataba de un sonido brillante y sorprendente, como el agua que sale de repente de un grifo que parecía no funcionar. De hecho, la gente solía hacer comentarios sobre las cejas de Quentin: oscuras y como de terciopelo, con unas pestañas largas y gruesas a juego, eran uno de los pocos beneficios de ser de Europa del Este que se le ocurrían.

—Siento no ser ruso —dijo Quentin, pensando de forma desesperada algo que decir.

—Es mejor que seas polaco —repuso el chico, encogiéndose de hombros—. Así tienes menos problemas.

Le tomó la mano a Quentin y se la estrechó. La mano del chico era suave y dura al mismo tiempo, como la lengua de un gato. Quentin notó cómo se le despertaba el pene ante el roce del hombre.

—Soy Alex —se presentó el chico.

—Quentin. ¿Quieres que te traiga algo de beber? —le preguntó.

—Sí —respondió el chico, todavía sonriendo—. Yo te traeré algo también. He oído que son gratis.

Alex condujo a Quentin hasta el bar, el cual era un listón de madera contrachapada colocado sobre dos cajas, tras el que otro hombre imposiblemente musculoso, quien en aquel caso llevaba cuernos de ciervo, servía bebidas en pequeños vasos de plástico.

—Es un bar sin alcohol, chicos —gritó desde el otro lado de la mesa—. ¿Queréis un refresco?

Quentin y Alex intercambiaron una mirada.

—Conozco un sitio perfecto al que podemos ir, si lo prefieres —propuso Alex—. Justo al otro lado del puente.

De vuelta en el exterior, ambos se percataron mucho de su desnudez, como si los hubieran expulsado del Jardín del Edén. Le pidieron la ropa al hombre calvo, quien les quitó las pulseras con la misma inescrutabilidad sin emoción de antes, y se vistieron deprisa en el pasillo. Quentin observó a Alex de reojo; llevaba ropa simple: una camiseta blanca, tejanos holgados, zapatillas de deporte y una chaqueta tejana desgastada. Parecía escogida adrede para revelar tan poca información como fuera posible sobre quien la llevaba. En cuanto se vistieron, se miraron como si fuera la primera vez.

—Vas vestido para otro tipo de fiesta —se rio Alex.

El bar al que Alex lo condujo, en el Lower East Side, no tenía cartel y se encontraba al fondo de unas escaleras resquebrajadas y sin iluminación que ya no parecían estar en uso.

—Ten cuidado —le dijo Alex, volviéndose para ofrecerle una mano.

En el interior, el espacio era pequeño, similar a una cueva, y estaba iluminado por una difusa luz roja que se acumulaba en la pegajosa barra del bar y en el sucio espejo situado al otro lado. En las estanterías situadas por encima de las brillantes botellas de licor había una colección de samovares. Unas pequeñas mesas redondas y unas frágiles sillas de madera estaban dispuestas de cara a un escenario ligeramente elevado. Varios hombres estaban sentados encorvados alrededor de las mesas, y a Quentin le dio la sensación de que nunca se marchaban de allí, que eran tan permanentes en aquel lugar como las sillas y los samovares. Alex saludó al camarero, ya entrado en años, y mantuvo una breve conversación en ruso con él mientras servía tres vasos de vodka.

—¡*Nostrovia!* —exclamaron.

Ambos se bebieron su vaso de un largo trago lleno de deleite e hicieron un gesto para que Quentin los imitara. El camarero ya estaba volviendo a servir otro vaso para Alex y para sí mismo cuando Quentin todavía estaba atragantándose con el suyo.

—Otro —pidió Alex, con su acento más eslavo posible—. Hoy beberás como un cosaco.

—Tengo que ir al baño —le dijo Quentin.

—Vale, pero no tardes, la actuación está a punto de comenzar.

En el baño, Quentin colocó la cocaína restante del vial en el dispensador metálico de papel higiénico, un objeto que parecía haber sido diseñado para esa actividad en concreto, y sacó su tarjeta de crédito. Le quedaba lo suficiente para formar dos rayas cortas pero suficientemente gruesas que, si bien no eran lo ideal, sí que bastarían para abrir un claro entre las nubes de vodka que se le estaban formando en la cabeza. Sacó una pequeña caña de la cartera y esnifó la primera raya. Estaba deliciosa. Consideró por unos breves instantes guardarse la otra para más tarde, pero, un instante después, se la metió por la otra fosa nasal.

Cuando volvió a aparecer, la actuación ya había empezado. En el escenario, bajo una luz plateada, había una mujer cantando. Era delgada de forma sinuosa y llevaba un vestido dorado de tirantes que se hundía muy abajo entre sus pechos pequeños. Sus rodillas y sus tobillos huesudos se asomaban desde un par de medias de rejilla. Alex le hizo un gesto para que se sentaran en una de las mesas más cercanas al escenario y llevó una garrafa de vodka y dos vasos desde la barra. Tras verlo, la cantante lanzó un beso en su dirección, y Alex asintió y se cubrió el corazón con la palma de la mano. La mujer llevó sus largas y oscuras pestañas hacia abajo y se meció con suavidad de lado a lado mientras cantaba con una voz grave que sonaba como una aguja que atravesaba la seda.

Alex sirvió otro vaso para cada uno y se bebió el suyo en un solo movimiento suave y muy practicado. Quentin lo imitó, lo cual hizo que Alex asintiera con aprobación. Desde aquella distancia, podía ver mejor que la complexión de la cantante, a pesar del polvo blanco con el que se había embadurnado, era del color amargo del vino blanco. A lo largo de su barbilla, la sombra oscura del vello incipiente ya se estaba empezando a mostrar, y Quentin notó, muy a su pesar, un escalofrío de miedo. Su mayor temor era no ser capaz de pasar por mujer.

Se quedaron allí sentados sin decir nada mientras la cantante actuaba. Ella se mecía, y los hombres se mecían con ella, imitando sus movimientos, y, en poco tiempo, toda la sala se estaba balanceando: las paredes y el suelo y el pequeño ejército de samovares, y a Quentin le dio la sensación de que el vaivén constante de las caderas de la cantante los obligaba a moverse a un lado y al otro. Se preguntó qué pensaría Cleo si lo viera allí. Ella nunca acabaría en un lugar como aquel con una persona como Alex: itinerante, misterioso y tal vez hasta un poco peligroso. O quizá sí que lo habría hecho, solo que ya no, no después de haber conocido a Frank. Su matrimonio le había dado acceso a un mundo que él jamás podría experimentar. Ella no lo llegaría a admitir, y tal vez no lo llegaría a saber de forma consciente, pero lo había dejado atrás. Se había convertido en aceptable.

Finalmente, la cantante habló en voz baja hacia el micrófono y dio una palmada, lo cual le dio a entender a Quentin que se trataba de su última canción. Conforme las primeras notas empezaron a sonar, un murmullo de reconocimiento recorrió el bar, y los hombres comenzaron a dar palmadas al ritmo de la música.

—¡Ah! —exclamó Alex, dando palmadas también—. Esta es una canción rusa muy famosa. De los gitanos.

—¿Qué dice? —quiso saber Quentin.

—Veamos. —Alex estiró el cuello hacia delante para escuchar con mayor atención—. Ahora canta: «Íbamos en *troika*», no sé cómo traducir eso, un carruaje, quizá, «con campanas que sonaban. Lejos estaban…» cómo se dice… «las luces brillantes. Cómo me gustaría poder seguirlas, alejar esta tristeza de mi vida…». Traducida no suena tan bien.

—Suena muy rusa —comentó Quentin.

—Sí, es bella y triste, como Rusia —afirmó Alex, con la vista al frente, hacia la brillante figura sobre el escenario—. Canta bien.

—¿Y ella? ¿También te parece que es bella y triste? —preguntó Quentin.

—Pues claro —respondió Alex—. ¿A ti no?

—No serás alguna especie de fetichista de transexuales, ¿no?

—Nunca había oído esa expresión —respondió Alex, tras volverse para mirarlo—. Pero no. Cuando vine aquí había alguien como ella, no ella, pero similar, y se convirtió en una madre para mí. ¿No te parece bella?

—Tengo mejores vestidos —dijo Quentin.

Alex soltó una carcajada y sirvió las últimas gotas de vodka.

—Entonces tal vez deberías estar tú ahí arriba —comentó.

Quentin echó la cabeza hacia atrás para beberse su vaso. Una nube de luz roja giró alrededor de su cabeza.

—Debería haber sido mujer —dijo—. Eso es lo que debería haber sido. Debería haber nacido mujer.

En el exterior, el aire frío le rozó la piel. Fueron en taxi hasta la casa de Quentin, y le alivió ver a través de la ventana que unas figuras oscuras seguían fumando en el exterior de los bares, pues odiaba ser el último en volver a casa. Aparcaron frente a su piso, y pagó por el taxi tras sacar varios billetes de su cartera sin mirar.

—Eres rico —comentó Alex en voz baja después de que Quentin abriera la puerta principal.

—Mi abuela lo es —contestó, dejando caer las llaves y la cartera en el suelo del pasillo.

—Yo soy muy pobre —dijo Alex.

—¿Quieres algo de beber? —le preguntó Quentin, mientras lo conducía hacia la cocina.

Lulu corrió hacia ellos cuando entraron, soltando unos ladriditos de felicidad y alivio al ver que Quentin había regresado con ella.

—¡Es igualita a ti! —rio Alex, alzándola para que pudiera olerle la cara—. Sois gemelos.

La volvió a dejar en el suelo, y ella se escabulló entre sus tobillos. Quentin trató de apartarla con el pie, pero perdió el equilibrio y se tambaleó contra la encimera.

—¿Tienes algo de vodka? —preguntó Alex.

—Claro. Hay agua con gas y creo que…

—Solo vodka —lo interrumpió Alex—. Siempre que esté frío.

—También tengo esto —dijo Quentin, antes de sacar sus otros dos viales del escondite dentro del cajón de los cubiertos—. Si quieres.

La atención de Alex se centró en su mano extendida. Bajo la luz de la cocina, Quentin vio que sus ojos eran de un color pálido sombrío, con unas pupilas negras y brillantes del tamaño de una pequeña moneda.

—¿Y hielo? —inquirió Alex en voz baja.

—Eh… claro. —Quentin se volvió hacia el congelador, y Alex lo agarró del antebrazo.

—No —insistió con impaciencia—. *Hielo*. Cristal.

—¿Te refieres a metanfetaminas? —Quentin lo miró, alarmado—. Dios, no.

—¿Las has probado? —le preguntó, soltándole el brazo.

—Bueno, no —repuso Quentin—. Pero ¿por qué tomarse eso cuando se puede tomar esto?

—Porque es como esto —dijo Alex, con un ademán hacia los viales— a la enésima potencia.

Quentin lo miró, escéptico. Ya había visto lo que les pasaba a los hombres que se enganchaban a las metanfetaminas. Sus rostros acababan pareciendo uno de los juguetes mordisqueados de Lulu.

—¿De verdad son tan buenas? —quiso saber.

—Tenemos un dicho en Rusia: «Si te vas a ahogar, ahógate en aguas profundas».

Quentin meneó la cabeza, sin saber muy bien a qué se refería.

—Vale. —Alex volvió a esbozar su sonrisa de dientes afilados—. Esta noche lo haremos a tu manera.

Entonces se puso de rodillas, como si se ofreciera a sí mismo como un regalo a los pies de Quentin.

Una hora más tarde, Quentin estaba danzando por la sala de estar, con unas botas altas y un vestido de seda, cantando al ritmo de una pista de disco mientras Alex lo miraba desde el suelo. A su alrededor se encontraba la mitad del contenido del armario secreto de Quentin: un surtido de vestidos escotados de satén y terciopelo, tacones de aguja desparejados y pelucas de cabello real. Alex llevaba una peluca torcida de una melena corta color rubio platino y estaba preparando más rayas sobre un plato mientras se reía al ver a Quentin tratar de bailar sobre el acolchado sofá, donde sus tobillos se hundían. Quentin se puso de rodillas, todavía cantando, y se levantó el vestido para revelar el trozo de muslo entre la parte superior de sus botas y su bóxer. Se sentía ágil y sexy, femenino y libre. Alex lo tomó de la muñeca y agarró de él, un embrollo de piernas y tacones, hasta el suelo.

Se quitó la peluca de la cabeza y rodó encima de Quentin para que estuvieran cara a cara, con las manos colocadas a ambos lados de la cabeza de Quentin. Alex estaba jadeando, y Quentin pudo ver unos cúmulos de polvo blanco que se aferraban al vello de su nariz conforme exhalaba. Volvió el rostro hacia un lado y estiró las manos por encima de la cabeza. Ya no quería ver más, quería notarlo y que lo notara, textura contra textura. Alex llevó una mano hacia abajo y le abrió las piernas al tiempo que le subía el vestido por encima de los muslos. Tiró de la ropa interior hacia abajo y metió una mano entre sus nalgas para acariciarlo, dibujando círculos con la punta de dos dedos para abrirla.

—Tu vagina está mojadísima —murmuró Alex hacia el aire encima de la cara de Quentin.

—Ah, ¿sí? —dijo Quentin. Había pretendido sonar juguetón, pero la pregunta le salió de forma genuina, con la voz aguda por la sinceridad.

—Mmm —continuó Alex—. Tiene hambre de mí. —Se desabrochó los tejanos con dificultad y puso el pene entre las piernas de Quentin. Se enderezó mientras empezaba a meterla en él.

—Espera —le dijo Quentin, más alto de lo que había querido. Llevó las manos al pecho de Alex—. Necesito algo. Hay aceite de oliva en la cocina.

—No, no —murmuró Alex, tomándolo de los brazos para sujetarlos por encima de su cabeza—. Las chicas no necesitan esas cosas. Estás mojado, ya estás mojado para mí.

Dejó que Alex se escupiera en la palma de la mano y se introdujera en él, y el dolor se mezcló con aquella palabra: «chica».

Quentin se despertó de espaldas, con la luz en los ojos. Habían improvisado una cama en la sala de estar a partir de los cojines del sofá y de dos de los abrigos de piel de Quentin. Ambos estaban desnudos, y la espalda de Alex estaba curvada a su lado. Quentin se volvió y, con mucho mimo, llevó la mano a la nuca de Alex, quien se movió de inmediato, se puso de espaldas y se protegió los ojos con la curva del brazo. Un rayo de sol le caía sobre el rostro.

—¿Hemos dormido? —preguntó.

—Un poco —repuso Quentin.

—Agua —dijo.

Se puso de pie con dificultad, recogió su ropa interior del suelo con el pie y la lanzó hacia su mano. Se la puso y fue hasta la cocina. Quentin se apoyó en los codos y observó cómo Alex abría el grifo y se inclinaba para beber directamente de él, como un gato. Se salpicó el rostro y el cuello.

Regresó de la cocina y empezó a buscar su ropa entre la pila que había en el suelo, sin mirar a Quentin.

—¿Tienes que irte? —le preguntó Quentin.

—Sí, debería trabajar hoy.

Quentin se puso de pie y echó un vistazo alrededor, en busca de su propia ropa interior. Mientras se la ponía, la mañana, con su resaca de boca ácida y su decepción vacía, parecía una deuda insoportable. Se acercó a Alex por detrás, apoyó la mejilla contra la parte trasera de su hombro y notó el roce rugoso de la tela de su chaqueta tejana contra la piel.

—Podrías quedarte —dijo hacia la espalda de Alex—. Si quieres. Quédate.

Alex se volvió para dedicarle una mirada extrañada e inquisitiva, pero no dijo nada.

—Te acompañaré hasta la puerta —continuó Quentin—. Deja que me vista.

Se retiró al piso de arriba, a su habitación, y se quedó, inseguro, frente a la ropa que todavía seguía en su armario. Sacó un par de pantalones cortos de baloncesto y una vieja camiseta de Johnny antes de regresar al piso de abajo. Alex ya se había puesto los zapatos y estaba frente a la mesa del comedor, mirando atentamente una pila de euros.

—¿Los necesitas? —le preguntó Alex, volviéndose para mirarlo—. Puedo cambiarlos por dólares.

—¿De verdad? Creo que te subestimas. —Quentin trató de forzar una risa—. Solo serán como unos sesenta dólares.

—No es por nada en concreto —dijo Alex—. Es solo un regalo. Tú no lo necesitas. Mira. —Se agachó para recoger un billete que había caído al suelo, bajo la mesa—. Lo dejas por ahí tirado como si no fuera nada.

—Vale, quédatelo —contestó Quentin, avergonzado por ambos—. Tienes razón, no es nada. Vámonos.

Siguió a Alex por el pasillo mientras observaba cómo se movía el cuadrado blanco de su cuello por encima de la chaqueta. Llegaron a la puerta, y Quentin recogió la cartera y las llaves que se le habían caído la noche anterior. Trató de esbozar una sonrisa. Su cara le parecía algo nuevo, algo más frágil.

Caminaron juntos hasta la esquina y se despidieron sin tocarse. Quentin se dirigió en dirección contraria y se sentó en una escalera para encenderse un cigarrillo. Notaba que varias personas se lo quedaban mirando conforme corrían durante sus entrenamientos matutinos o conducían a sus hijos al parque que había en aquella manzana, pero le daba igual. Pensaba volver a casa a buscar a Lulu para llevarla de paseo. Quizá también compraría algunas flores en el mercado de agricultores. Echó un vistazo al teléfono: Cleo lo estaba llamando. El día, después de todo, solo acababa de comenzar.

CAPÍTULO CUATRO
Principios de agosto

Frank estaba teniendo un mal día. Su nuevo cliente, el segundo fabricante de ron más grande de Sudamérica, había pedido que editaran *otra vez* un anuncio de televisión de quince segundos que debería haber estado listo y entregado hacía varias semanas, y, además, aquel anuncio en concreto correspondía a una grabación que habían trasladado a Buenos Aires, lo cual quería decir que Frank no había podido ir, a pesar de haberle prometido al cliente que supervisaría todas las grabaciones en persona, porque había coincidido con la semana en la que se había casado con Cleo. El vídeo que veía en aquellos momentos, de la grabación en la que él no había estado pero que debía pretender que sí había supervisado, estaba, a ojos de Frank, mancillado —o, mejor dicho, arruinado— por la presencia de un extra tan mal escogido que Frank tuvo que preguntarse si estaba rodeado de personas incompetentes o si alguno de sus empleados quería perjudicarlo adrede. Sumado a todo ello, también tenía resaca; una enorme y dolorosa resaca.

—Ahí —dijo Frank, señalando con fuerza a la gran pantalla que los iluminaba a él y al editor, un tipo pálido que creía que se llamaba Joe—. Justo ahí. ¿Soy el único que ve a ese enorme tipo blanco sin camiseta en todo el plano? De verdad, ¿me estás diciendo que no lo ves?

—Ah, sí —contestó el editor, haciéndose crujir los nudillos con una satisfacción tan clara que Frank tuvo que contenerse para no estirar una mano y romperle los dedos como si fueran colines—. ¿Qué hace ahí?

—Lo que hace ahí —repuso Frank con una lentitud deliberada— es destrozarnos el plano. Lo que hace ahí es interrumpir un ambiente muy coreografiado de jóvenes argentinos de buenos genes, quienes, por cierto, cobran más por estar sindicados, con su… ni siquiera sé cómo llamarlo. ¡Porcina! Con su apariencia porcina.

—Quizá se supone que añade, ya sabes, una especie de toque real a la escena.

Frank le dedicó una mirada asesina al editor. Habían grabado en Argentina por su mayor valor de producción, a pesar de que el producto en sí se había desprendido de todo atisbo de cultura sudamericana, puesto que la empresa estaba intentando distanciarse del mercado latino. El anuncio mostraba a un hombre blanco de zona residencial de un atractivo improbable que estaba sentado a solas en un bar. Pedía una bebida —un vaso de ron reluciente como una joya—, se la bebía de un trago y, de repente, aparecía en una playa tropical. Un grupo de guapos fiesteros (morenos, pero de un modo europeo que resultaba familiar) se reunía a su alrededor. Mientras una chica en forma y vestida con un bikini le daba otra bebida, un avión con el logotipo de la marca grabado de forma un tanto estridente tiraba de una pancarta que decía: Siempre hay una fiesta en alguna parte. Encuéntrala, mientras sobrevolaba el cielo azul.

Frank no había pasado por alto la ironía de tener que trabajar en aquel anuncio en concreto mientras estaba como estaba, con el cerebro como si fuera una bola de algodón empapada de alcohol etílico que se secaba al sol poco a poco. La noche anterior había quedado con Anders después del trabajo con la inocente intención de ver las jugadas destacadas del partido de la Premier League de aquel día. Anders ya había estado allí cuando había llegado y le había estado contando sus aventuras sexuales de la noche anterior al camarero.

—Ya te digo —había dicho, haciéndole un gesto al camarero para que le llevara a Frank la misma cerveza lager oscura que bebía él—. Si los géneros hubieran sido al revés, se habría considerado acoso sexual.

—¿Con eso quieres decir que no se te puso dura? —Frank se subió a un taburete y miró a Anders por encima de las gafas.

—Bueno —Anders se pasó las manos por su cabello rubio y le ofreció su sonrisa imperfecta—, no quise ofenderla. Pero ella fue la agresora. Demasiado agresiva para mí, de hecho.

—Tienes suerte de que Cleo no esté aquí —dijo Frank, bebiendo un trago con ansias del gran vaso que había aparecido frente a él—. Estoy seguro de que ese comentario habría desencadenado toda una protesta feminista.

—Quizá —repuso Anders, distraído, antes de volverse hacia el brillo de la pantalla—. Ah, ¿has visto ese pase? Qué maravilla.

—Solo beberé cerveza hoy, por cierto —comentó Frank, antes de dar otro largo trago más—. *Only* cerveza.

—¿Acaso Cleo ha decidido eso por ti? —preguntó Anders, alzando una de sus cejas de color rubio claro.

Frank se había percatado de que Anders no solía decir mucho sobre Cleo, lo cual era extraño viniendo de él. Se preguntó si estaría celoso de ella. Anders y él habían sido amigos durante décadas, una amistad que se hacía más profunda y se ponía en riesgo a partes iguales debido a una intensa rivalidad. Cuando

Anders había cortado con su exnovia, Christine, había sido en el sofá de Frank donde había dormido durante varias semanas mientras buscaba casa. Ninguno de ellos había estado en una relación seria desde hacía años —incluso se tenían como contacto de emergencia del otro, por el amor de Dios—, así que debía haber sido algo desconcertante para Anders ver cómo Frank iba de soltero a casado en cuestión de meses.

O quizás Anders estuviera celoso de *él*. ¿Quién no querría estar con alguien como Cleo, tan atenta, tan especial y tan hermosa después del desfile de modelos aburridas con las que Anders había salido desde que había cortado con Christine? Fuera como fuere, pensar en que tenía algo que Anders quería le proporcionaba un brillo de satisfacción interna.

—Entonces, ¿quieres que corte el plano? —le preguntó el editor—. ¿Aunque eso signifique perder el periquito posado en la rama que hay por ahí?

Frank volvió a centrar su atención en la pantalla y se quedó mirando el horrendo eslogan que colgaba como un veredicto divino desde el cielo. Todo aquello era, por supuesto, pura basura. Lo que había comenzado como un anuncio que pretendía subvertir los estándares de los anuncios de alcohol se había convertido en uno que se había valido de dichos estándares, y luego se había reducido a un anuncio que ni siquiera estaba a la altura de ellos.

—Sí —repuso Frank, abriendo su tercer refresco sin azúcar del día—. Eso es lo que quiero que hagas, Joe.

—Hombre, me llamo Myke —dijo Joe—. Con «i» griega.

—Hasta que quites a ese idiota sin camiseta de mi plano, no —insistió Frank.

Pese a que no le sorprendía cómo había quedado el anuncio al final, en el fondo seguía siendo un idealista. Se había saltado la universidad y había empezado a trabajar como redactor creativo a los dieciocho años, por lo que había alcanzado la mayoría de edad en una época en la que todavía era posible llevar a cabo un trabajo que, de algún modo, pareciera tener importancia. Tenía un don para contar historias y un muy buen ojo; su ambición era escribir y dirigir películas, pero el dinero familiar con el que su madre había vivido a lo grande durante años se había acabado, y la publicidad era una apuesta más segura. Para cuando tenía poco más de treinta años, ya había ganado premios y se había comprado su propio piso, aunque no había olvidado lo que su antiguo jefe, un icono del mundo publicitario que había sido una de las mentes creativas detrás de la campaña «Just Do It» de Nike, le había dicho, arrastrando las palabras, en su fiesta de jubilación: «Si quieres hacer arte, no te metas en la publicidad. Y, si quieres hacer buenos anuncios, no te quedes en Estados Unidos».

—¿Frank? —Jacky, su secretaria, asomó la cabeza por la puerta—. Tengo a Zoe en espera en tu oficina.

Jacky había nacido en Queens, tenía un cabello rubio teñido que parecía algodón de azúcar y un delineador color azul marino que Frank estaba seguro de que era un tatuaje. Durante los quince años que había sido la secretaria de Frank, nunca había olvidado ni una sola cita, nunca había dado información sobre Frank a partes entrometidas y había faltado al trabajo por enfermedad una sola vez, por apendicitis.

—¿Por qué no me ha llamado al móvil?

—Dice que nunca le contestas.

—Será por algo. —Frank hizo rodar su silla hacia Jacky y le dio la mano para impulsarse en una pirueta sentado bajo ella. Jacky le dedicó una sonrisa cómplice.

—La familia es la familia, cielo. Dice que es importante.

—Todo es importante para Zoe —repuso Frank—. Es actriz.

Zoe era el resultado de lo que su madre decía que había sido un embarazo sorpresa poco tiempo después de haber cumplido los cuarenta, pero que Frank sospechaba que había sido un intento desesperado de última hora para crear un interés compartido con su segundo marido, Lionel. Este era un apuesto hombre afroamericano del medio oeste con un negocio inmobiliario moderadamente exitoso y un talento para el squash. También era el primer hombre que no había permitido que la madre de Frank le pasara por encima, un hecho que Frank reconocía con un respeto otorgado a regañadientes. La madre de Frank se había divorciado de su padre cuando Frank tenía dos años, lo que había provocado que su padre regresara a Italia y empezara una nueva familia con una mujer que, según imaginaba, no dejaba cuchillos en la cama cuando él volvía tarde a casa.

—¿Qué vas a hacer mientras no estoy? —Frank se volvió hacia el editor, que estaba mirando la pantalla, acongojado.

—Quitar al idiota sin camiseta del plano —respondió él, con una voz baja y monótona.

Frank soltó una carcajada y le dio una palmada en la espalda.

—Así me gusta. —Le dedicó un pequeño guiño—. Myke con «i» griega.

Frank siguió a Jacky hacia la luz blanca del pasillo. A decir verdad, se sentía agradecido con Zoe por haberle dado una excusa para salir de la soporífera sala de edición. Prefería hablar con ella antes que con ningún otro miembro de su familia.

—Míralo de este modo, cielo —dijo Jacky, con su particular don para leerle la mente—, podría haber sido tu madre.

Lionel y su madre habían criado a Zoe en Manhattan antes de matricularla en un internado tras mudarse a Colorado para abrir una tienda de ropa de esquí de lujo. A la madre de Frank le encantaba esquiar; él había crecido entre viajes para esquiar en los Alpes y en Aspen. Su madre venía de una familia adinerada y tenía un porte real tanto dentro como fuera de las montañas. Su larga nariz y su frente blanca y arqueada le proporcionaban el aspecto de un galgo ruso. Sin embargo, había tenido a Frank de joven, por lo que lo trataba más como a un compañero que como a un hijo.

Durante su infancia, había cenado con ella en numerosas ocasiones en restaurantes cerca de su piso del Upper East Side, donde ella había pedido caracoles, ensalada de trufas o filete tártaro, unos platos no muy apropiados para el paladar poco delicado de un niño, y había hablado de su vida con la misma franqueza con la que habría hablado con un adulto: «Ah, a los hombres les dan miedo las mujeres de mi edad. ¡Creen que cualquier mujer con más de treinta tiene una trampa para osos en lugar de vagina!». En ocasiones habían robado la cubertería, solo porque sí, y habían compartido risas mientras cruzaban las puertas tomados de la mano, con los cuchillos para untar deslizándose dentro de los pantalones de él. Años después, al recordar el sonido de la risa de su madre, todavía era capaz de oír el tintineo de la plata al caer contra la acera.

—Hermanita —la saludó al atender el teléfono. Miró por la ventana hacia el bullicio placentero del Madison Square Park, situado más abajo—. ¿Qué te he dicho sobre los adultos con trabajo?

—*Fraaaaaank*. —La voz de Zoe era aguda y chirriante.

—*Zoooooooo* —la imitó Frank, mientras hacía como si se estuviera atando una soga al cuello para entretener a Jacky, quien se había quedado en la puerta para asegurarse de que contestara. Pese a que Jacky meneó la cabeza, los ojos le brillaban con el buen humor que le había permitido tolerar las chorradas de Frank durante más de una década. Frank se percató de que había dejado una botella de agua y un par de ibuprofenos junto al teléfono.

—¡No te burles! —le chilló la voz de Zoe en el oído—. Estoy en el Hospital Beth Israel. He sufrido convulsiones en el teatro, y el director de escena me ha traído aquí. Se supone que me van a hacer una prueba en la cabeza, pero quieren ponerme un pegamento raro en el pelo. —Alzó la voz, seguramente para que la oyera bien algún médico agobiado que estuviera por allí—. *¡Y no pienso permitirlo!* ¿Puedes venir a buscarme? Me estoy volviendo loca.

A Zoe la habían diagnosticado con epilepsia en el internado después de haber sufrido convulsiones mientras se colaba, borracha, en la habitación de un chico. Había sido Frank quien había acudido a los fines de semana familiares del programa de salidas al campo (o «no un centro de rehabilitación», tal como lo llamaba su madre) en el que ella había pasado su último semestre de secundaria, y había sido Frank quien se había encargado de los gastos de la Escuela de las Artes Tisch y de su alquiler durante su segundo año allí, después de que el negocio de esquí de su madre no lograra sacar ningún beneficio.

Le había dado una paga mensual a Zoe para que pudiera centrarse en sus ensayos para la producción de *Antígona* de la Tisch de aquel verano, pero había parado cuando Cleo y él habían decidido casarse. Había un límite de jóvenes artistas caprichosas que un hombre podía mantener al mismo tiempo. Aun así, nunca había dejado de preocuparse por Zoe y pensaba hacer cualquier cosa e ir a cualquier lugar para asegurarse de que nadie le tocara un pelo sin su permiso.

—Allí estaré —dijo Frank—. Dame quince minutos.

Se lanzó a por su mochila, que había dejado en el sofá de cuero blanco, y, sin querer, tiró el teléfono y una pila de papeles que había en el escritorio.

—¡Yo me encargo! —gritó Jacky desde el pasillo.

El movimiento del ascensor le provocó náuseas. Se puso las gafas de sol y trató de respirar profundamente, con la cabeza apoyada en el frío acero de las paredes mientras se paraban en la planta 24, la 19, la 11… Dios, qué viejo estaba. Cuando tenía la edad de Cleo, había sido capaz de quedarse toda la noche de fiesta antes de trabajar e incluso había encontrado tiempo para ir al gimnasio durante la hora de la comida. En aquellos momentos, si no hubiera sabido que tenía resaca, habría pensado que se estaba muriendo.

Anders y él se habían acabado unas cuantas cervezas más mientras terminaban de ver las jugadas destacadas, las cuales habían llegado a su conclusión por todo lo alto con un precioso gol desde más de veinte metros de distancia. El espíritu festivo había conducido a Frank hasta un bar situado en el sótano de un restaurante del centro, donde Anders conocía a alguien que hacía algo con alguna revista. Se encontraba en el sótano del bar, con la música retumbando a su alrededor, y Anders le estaba pasando un chupito. Luego estaba hablando con el DJ y pagando otra ronda para él, para Anders, para un tipo que llevaba una corbata de bolo, para cualquiera. Estaba en el baño, preparando rayas en el lavabo con dos chicas que se llamaban Sara y que pensaban que todo lo que decía era graciosísimo. Estaba en la pista de baile una vez más, y una canción que conocía estaba sonando, y él se sentía bien, bien, bien. Estaba apretujado en un taxi con otras cinco personas yendo a quién sabía dónde. «Siempre hay una fiesta en alguna parte. Encuéntrala». Luego estaba en su pasillo, frente a la puerta de su piso, y trataba de descifrar cómo se colocaba la llave en la cerradura cuando había una sola cerradura, tres llaves y él veía doble.

Cuando Frank por fin había logrado abrir, se había encontrado con Cleo, sentada en la oscuridad y con la mirada fija en la puerta. La única concesión que había hecho a su llegada había sido cerrar los ojos ante la barra de luz amarilla del pasillo que había caído sobre su rostro. Pensar en ella escuchándolo en silencio sufrir para meter la llave en la cerradura le provocó un impulso de humillación que le recorrió el cuerpo entero. Había cerrado la puerta tras él con una cautela inútil, como si no quisiera despertarla. Al volverse, la mirada de ella había sido tan directa que lo había asustado. «¿Por qué te haces esto a ti mismo?», le había preguntado.

A decir verdad, no tenía ni idea de por qué bebía; del mismo modo en que no tenía idea de por qué el corazón bombeaba sangre o por qué los pulmones absorbían oxígeno: era algo que sucedía y ya. No existían palabras capaces de explicarlo, por lo que se había limitado a pasar por su lado, dejarla sentada en la oscuridad, y dejarse caer contra la cama sin mirar. A la mañana siguiente, cuando se había despertado, ella ya no estaba.

En el taxi camino al hospital, Frank bajó la ventanilla para tratar de refrescarse y sacó el teléfono. Se quedó allí sentado, con el pulgar flotando sobre el contacto de Cleo, durante cinco manzanas enteras. Cuando se decidió a llamarla por fin para pedirle que fuera a su encuentro en el hospital, nada en su tono de voz reveló calidez ni frialdad. Escucharla era como tratar de comprobar la temperatura de un baño con guantes de protección biológica puestos.

Frank subió hasta la planta de radiología a través de las puertas abatibles metálicas y se encontró con Zoe hecha un ovillo en la sala de espera, hojeando *The New Yorker* sin demasiado entusiasmo. Llevaba su atuendo de bohemia moderna de siempre, el cual consistía en un diminuto vestido de leopardo, alpargatas y unos enormes pendientes de aro. Un interno se la quedó mirando cuando desplegó las piernas sobre las que había estado sentada.

Frank se resistió a la necesidad de decirle que se tapara un poco, como hacía siempre. Después de todo, no era su padre.

—¡Has venido! —Zoe saltó del sofá y se abalanzó sobre él para abrazarlo. Sus brazaletes le tintinearon en los oídos.

—¿Cómo estás? —le preguntó, tocándole los hombros, el rostro y el pelo—. ¿No te duele nada?

—No, estoy bien —repuso ella con una sonrisa—. Mejor ahora que estás aquí.

—Cleo está de camino también.

Las fosas nasales de Zoe se hincharon en un gesto de frustración que le resultaba muy familiar. Tenía un rostro de aspecto felino en el que se podían distinguir sus emociones con total claridad y unos ojos con motas de color bronce que brillaban por sí mismos. Su belleza era una ligera fuente de preocupación para Frank, la cual surgía de una rudimentaria sensación de que todas las mujeres atractivas que conocía eran infelices en secreto.

—¿Y por qué viene ella?

—Porque ahora es familia —contestó él—. No seas así, Zo.

—Lo que tú digas —dijo ella.

Frank no comprendía la animosidad de Zoe hacia Cleo. Había dado por sentado que iba a encantarle tener a Cleo de hermana mayor, y más teniendo en cuenta lo parecidas que eran las dos: obstinadas, creativas y con una irreverencia incontenible provocada por la juventud. Lo más probable era que Zoe se sintiera intimidada; Frank sabía que finalmente se le pasaría y que en poco tiempo acabaría queriendo a Cleo. Todos lo hacían.

Zoe se lanzó de nuevo contra la silla de la sala de espera y se quedó mirando al frente, apesadumbrada, mientras soltaba un suspiro dramático de vez en cuando. Unos momentos más tarde, un enfermero con una melena de cabello castaño apareció frente a ellos, sujetapapeles en mano.

—Bueno, ya pareces estar mejor —dijo.

—Este es mi hermano mayor —lo presentó Zoe, haciendo un ademán con la barbilla en su dirección.

Frank vio aquel atisbo de sorpresa que tanto conocía al cruzar la mirada del enfermero. Había estado esperando a un hermano de piel color caramelo que se le pareciera, no a un tipo blanco con gafas y de aspecto ligeramente judío.

—Frank, por favor, pregúntale por qué tengo que someterme a esa estúpida prueba —se quejó Zoe.

—No te preocupes, les pediremos toda la información —contestó Frank, echándole un vistazo al teléfono para ver si Cleo le había mandado algún mensaje para indicarle dónde estaba—. Estoy seguro de que es lo mejor para ti.

—Sí que lo es. —El enfermero asintió de buena gana—. Se trata de un electroencefalograma, o EEG, y nos permite ver la actividad en tu cerebro mediante unos electrodos que colocamos en la cabeza. Lo mapeamos todo en un ordenador y luego, con suerte, podremos averiguar qué es lo que te provoca las convulsiones.

—Tienen que ponerme un puto pegamento en el pelo —dijo Zoe.

—Sí —confirmó el enfermero con una mirada de preocupación tan genuina que Frank se preguntó cuánto tiempo iba a durar en aquel trabajo—. Usamos un adhesivo bastante fuerte en el cuero cabelludo para asegurarnos de que los electrodos no se muevan. Pero se va en un par de lavados, o eso me han comentado otros pacientes.

—Sí, tal vez en pacientes blancos —dijo Zoe, meneando su cabeza llena de gruesos rizos—. ¿Tienes alguna idea de lo difícil que es mantener esto?

Frank le rodeó sus esbeltos hombros con el brazo y le dio un beso en la coronilla.

—¿De verdad es el único modo que hay? —quiso saber.

—Ah, habrá más métodos —respondió el enfermero, muy contento, mientras le daba el sujetapapeles—. Solo que aún no se han descubierto.

Para cuando Cleo llegó, Zoe estaba colocada en una cama de hospital como una Medusa tumbada, con una docena de electrodos que salían de su cabeza, conectados a cables. El enfermero había usado algo llamado «gel abrasivo» para exfoliarle el cuero cabelludo antes de colocarle los discos, un proceso que a Frank le pareció igual de cómodo que recibir un masaje con una lijadora. Zoe le había dado la mano con fuerza durante todo el proceso, mientras su expresión pasaba de la resignación a la ira incontenible por momentos.

Frank vio a Cleo antes de que ella lo viera. Se quedó quieta durante unos instantes, mirando a un lado y al otro del pasillo, nerviosa, y a él le volvió a sorprender lo joven que era. Todavía parecía ser la hija de alguien. Acabó viéndolos y se apresuró hacia donde estaban. Frank se quedó sentado, avergonzado. Trató de intercambiar una mirada con Cleo, aunque su atención estaba puesta en Zoe. Le buscó en el rostro algún atisbo de ira o decepción y vio que estaba en calma. Cleo se inclinó para saludar a Zoe, y su cabello cayó hacia delante en una cortina dorada que dejó a Frank fuera de escena.

Tal vez fue la sensación de alivio seguida de nerviosismo que notó al ver a Cleo, pero algo le recordó a cuando se encontraba con su madre. Aquella vergüenza era lo que solía sentir cuando llegaba a buscarlo a la escuela. Siempre llegaba tarde, siempre molesta, como si su vida fuera algo que él había concebido para importunarla. No lo saludaba con abrazos ni con preguntas sobre su día, como hacían las otras madres y canguros. No era hasta que regresaban a casa y los primeros cubitos de hielo estaban ya en el vaso, rodeados de ginebra, después de que lo mandara a encenderle un cigarrillo en el fuego de la cocina y de que se lo llevara, que escuchaba por fin lo que Frank tenía que contarle sobre su día, mientras toda su expresión se suavizaba conforme la ginebra se abría paso por su corriente sanguínea.

—Solo a ti te podría quedar tan bien una bata de hospital —le comentó Cleo, antes de ofrecerle un pañuelo para la lágrima que se deslizaba por su mejilla.

—No hace falta —dijo Zoe, rechazándolo con una mano.

¿Había estado llorando antes de que llegara Cleo? Frank había tratado de no hacerla sentir peor, por lo que había evitado mirarla. Se le daban tan mal esas cosas...

—Te he traído un par de bufandas para que podamos envolverte el pelo después —continuó Cleo—. Y también una botella de hamamelis. He leído que eso quita el pegamento sin problema.

Frank nunca había valorado demasiado la amabilidad en las personas. Suponía que su madre nunca le había enseñado a hacerlo. Siempre se había sentido atraído por personajes, personas con talento o ambición o a quienes les fuera la marcha. El tipo de personas que, al igual que Frank, se centraban en ellas mismas antes que en los demás. Incluso con Cleo, había sido su inteligencia y su impulso sexual lo que lo había capturado; no había considerado ni una sola vez si era buena persona o no. Sin embargo, en aquel momento, mientras la veía sacar bufandas del bolso como si fuera una maga que extraía pañuelos de un sombrero, se percató de que se había equivocado. La marcha estaba muy bien cuando se era joven, pero conforme uno se hacía mayor, lo que contaba era la amabilidad, la amabilidad de estar presente.

—Solo son unas viejas muestras que hice para el trabajo —explicó Cleo.

—¿Todavía trabajas para aquella marca? —le preguntó Zoe.

—Me estoy centrando más en mis cuadros —repuso Cleo, negando con la cabeza.

—Me alegro por ti —dijo Zoe.

Si bien Frank no estaba seguro, creyó ver que Cleo daba un respingo. Zoe se volvió para dirigirse a Frank.

—Por cierto —le dijo—, te alegrará saber que he conseguido un nuevo trabajo. Es en una *boutique* cerca de la calle Christopher.

—¿Del lado burgués cerca de Citarella o en la parte que tiene todas esas tiendas eróticas para gays? —preguntó Frank.

—Burgués —repuso Zoe—. Empecé la semana pasada.

—¡Qué bien! —exclamó Frank—. ¿Lo encontraste a través de uno de tus amigos de clase?

—Conocí al propietario en una *after-party* —repuso Zoe, encogiéndose de hombros.

Frank puso los ojos en blanco en dirección a Cleo. Suponía que el dicho «de tal palo, tal astilla» también aplicaba para hermanos. Cleo alzó las manos y dejó que las coloridas madejas de tela pasaran entre ellas. Una de ellas estaba pintada con ramas en flor en el estilo de los cuadros de tinta japoneses, otra con formas abstractas de color azul eléctrico y la última con unas arrugadas flores rojas como la sangre moteadas con sombras. Frank seguía tratando de mirar a Cleo a los ojos entre las tiras de tela, pero su rostro quedaba oculto. Habría preferido que estuviera enfadada de forma abierta, al menos así habría sabido qué pensaba.

—Las amapolas —pidió Zoe—. Me va el rojo.

—Puedes quedarte las que quieras —dijo Cleo.

—Muchas gracias —repuso Zoe—. De verdad.

Y, así, se alcanzó una paz momentánea. El enfermero volvió a hacer acto de presencia a través del biombo.

—Parece que tenemos una fiesta por aquí —comentó.

—Hola, soy su cuñada —lo saludó Cleo, estirando una mano para estrechársela.

—¡Qué suerte tengo! —soltó el enfermero, radiante—. Dos bellas mujeres aquí el mismo día. Podríais ser modelos.

—Bueno, Zoe sí que podría —dijo Cleo.

—No después de lo que me has hecho en el pelo —se quejó.

—¿Hablaremos con algún médico de verdad en algún momento? —preguntó Frank.

—Después de la prueba vendrá un especialista a explicaros los resultados, una vez que hayamos acabado con la parte difícil. —Le guiñó un ojo a Zoe—. Os podéis relajar y charlar durante la primera mitad o así, pero, Zoe, tengo que pedirte que no te muevas. Y luego estaremos unos quince minutos en silencio para monitorizarte en estado de reposo. ¿Qué os parece?

Cleo y Frank se sentaron a ambos lados de Zoe al tiempo que el enfermero encendía el monitor. Unas líneas rojas onduladas empezaron a danzar por la pantalla.

—Eso es tu actividad cerebral —explicó el enfermero—. Interesante, ¿eh?

—Mucho —dijo Zoe—. ¿Quieres que nos cambiemos de sitio?

—Oh, cuando estaba en formación pasé por cosas mucho peores que esta —repuso él, antes de inclinarse hacia ella de forma conspirativa—. Solíamos practicar enemas entre nosotros.

Cleo trató de contener una carcajada al llevarse una bufanda a la boca, pero acabó resoplando con fuerza contra ella. Zoe le sonrió al enfermero.

—Suena sexy —contestó ella, sacando la punta rosa de su lengua entre sus dientes frontales.

—De verdad, sois de lo que no hay —dijo Frank.

El enfermero volvió a correr la cortina alrededor de ellos, y se quedaron sentados durante unos momentos mientras escuchaban los pitidos del monitor. Frank echó un vistazo al reloj; ya pasaban de las 04 p. m.

—Bueno, parece que no volveré al trabajo hoy —comentó, subiendo los pies en la parte lateral de la cama de Zoe.

—Yo tampoco —dijo Zoe—. Vayamos a por algo de beber después, así podemos pasar la tarde.

—Ni hablar —se negó Frank, echándose atrás de repente en su asiento—. Estoy seguro de que ha sido eso lo que te ha traído aquí. ¿Era eso lo que estabas haciendo anoche?

—¡Era broma!

—¿Seguro?

—No bebí tanto —se defendió Zoe, mirando hacia el techo—. Estaba bien antes de ir al ensayo.

—¿Has sufrido las convulsiones en el teatro? —preguntó Cleo.

—¿Estabas con esa compañera de piso tuya? —inquirió Frank—. ¿Esa que siempre está con drogadictos?

A Frank le había dado mala espina aquella chica cuando había ayudado a Zoe a mudarse a su piso. Tenía una rata por mascota, lo cual ya lo decía todo.

—Trabaja en un programa de intercambio de agujas —repuso Zoe—. No es lo mismo.

Frank soltó un sonido para ilustrar que, en su opinión, sí que lo era.

—Pero bueno, ha sido horrible —continuó Zoe—. He tirado todo el fondo de la cueva de Antígona.

—Antígona ha pasado por cosas peores —murmuró Cleo.

—El director de escena me ha traído aquí después de eso —dijo Zoe—. Le he dicho que te llamaría. —Jugueteó con su bata de hospital, arrepentida—. Me apostaría lo que fuera a que mi suplente estará encantada. Se moría por que le dieran el papel.

—Tú te lo has buscado, Zo —interpuso Frank—. Sabes que no debes beber con tu medicación.

Las líneas onduladas del monitor junto a ella empezaron a moverse a mayor velocidad.

—No le hagas caso —le dijo Cleo—. Solo se está comportando como un hombre.

Le acarició el brazo para tranquilizarla, solo que Zoe no pensaba ponerse de lado de Cleo por encima de Frank, por lo que apartó el brazo.

—Eres tú quien se casó con él —respondió. Luego, incapaz de resistirse a lanzarle una pulla a Frank también, añadió—: Aunque Dios sabe por qué.

—Por el permiso de residencia —explicó Frank—. Ya lo sabes, Zo.

A decir verdad, no debería culpar a Cleo por tratar de acercarse a Zoe, pero le molestaba tener que ser el malo de la película en todo momento. Además, estaba harto de que usaran «hombre» como sinónimo de «imbécil». Le alegró ver que Cleo abría los ojos, sorprendida.

—No es justo —dijo ella en voz baja.

—En cuanto a ti —continuó él, volviéndose hacia Zoe—, mi pequeña sanguijuela desagradecida, solo quiero que te cuides.

—Lo sé —contestó Zoe, dándole una palmadita en la mejilla—. Ahora deja de hacer que me mueva, ya has oído lo que ha dicho el chico enfermero.

—Puedes llamarlo «enfermero» a secas —dijo Cleo.

Frank sonrió a pesar de sí mismo: sabía que Cleo no iba a dejarlo pasar. Se volvieron a sumir en un silencio solo interrumpido por el incesante pitido del monitor, que marcaba el ritmo.

—Vale, nada de bebidas —acabó diciendo Zoe—. ¿Y una peli? De todos modos, hace demasiado calor para estar en la calle. Hay una en el IFC que quería ver.

—Dios, no he estado allí desde… —empezó a decir Frank—. ¿Te acuerdas, Cley?

—Me acuerdo —repuso Cleo.

—¿De qué? —quiso saber Zoe.

—Imagino que habrá sido nuestra primera cita oficial —dijo Cleo, mirando a Zoe, pero hablándole a él—. Aunque nunca salimos juntos en el sentido tradicional del término.

—Básicamente solo nos acostábamos —añadió Frank.

—Qué asco —dijo Zoe.

—Pero tiene razón —asintió Cleo, dedicándole a Frank la más ligera de las sonrisas—. Fuimos a ver una película de ese director noruego… ¿Cómo se llama? Ese que siempre hace películas deprimentes.

—Ya sé de quién hablas —dijo Zoe—. Los noruegos son muy lúgubres.

—¿Bergman? —propuso Frank.

—Ese es sueco —dijeron Cleo y Zoe al unísono.

—Bueno, Bergman también es bastante deprimente —dijo Zoe—. ¿Sabéis que la tasa de divorcios de Suecia se duplicó después de que estrenara *Secretos de un matrimonio*?

Aquel hecho quedó flotando en el ambiente durante unos momentos.

—Bueno —empezó Frank, para reconducir la conversación lejos del divorcio y hacia el recuerdo que quería que tuviese Cleo—, fue en mitad de aquella horrible nevada.

Había sido la última nevada de invierno, a mediados de marzo, la cual cubrió la ciudad de una capa de nieve de metro y medio de grosor y la sumió en un silencio que Frank jamás había presenciado. Había algo de milagroso en encontrarse en un cine vacío, el cual, de forma improbable, seguía abierto, y sentarse a oscuras y a solas, con el olor a lana húmeda y a mantequilla derretida arremolinándose a su alrededor. Después de la película, habían caminado a ciegas a través de calles cubiertas de blanco, con los faros ocasionales de algún coche que pasaba por allí para iluminarles un poco el camino. Como no circulaba ningún taxi, se habían refugiado en una pastelería italiana de la calle Bleecker que seguía abierta. Cleo había pedido un chocolate caliente estilo veneciano que era más espeso que el sirope y le había quemado el paladar.

—Fuimos a una pastelería —explicó Cleo— y empezamos a discutir nada más entrar.

—Creo que quieres decir «debatir acaloradamente los méritos cinematográficos de la película» —la corrigió Frank.

—La actriz principal me pareció horrible —interpuso Zoe.

—Bueno, nuestro acalorado debate fue sobre la decisión del padre de ser el primero en comer después de haber arriesgado la vida para conseguirle a la familia algo de alimento durante la guerra —aclaró Frank.

—Frank lo estaba defendiendo, de hecho —dijo Cleo.

—Dijiste —interpuso Frank, mirando a Cleo a los ojos— que empatizaba con el padre porque yo siempre ponía mis propias necesidades por delante de las de los demás.

Cleo era la primera mujer que lo había excitado al criticarlo. Lo hacía de un modo inteligente y perspicaz, que lo hacía sentirse indefenso pero visto, considerado de verdad, por primera vez en la vida.

—Es un poco duro —opinó Zoe.

—Eso fue antes de que supiera todo lo que hago por ti —explicó él.

—Se puso de pie, me quitó el chocolate caliente y salió de la pastelería —continuó Cleo—. Hasta se dejó la chaqueta dentro. Pensaba que se estaba marchando enfadado, pero cuando alcé la vista, estaba fuera y sostenía mi vaso para que le cayera nieve.

—¿Por qué? —preguntó Zoe, conteniendo un bostezo.

—Para enfriarlo —dijo Cleo.

—Para hacerla reír —explicó Frank.

Le parecía casi imposible imaginar el frío que había hecho al encontrarse en pleno calor de agosto, del mismo modo en que resultaba imposible pensar en tener hambre cuando uno estaba lleno. Frank trató de recordar las débiles nubes de vapor que había hecho con el aliento y la sensación de los pesados copos de nieve que se hundían a través de la fina capa de su camisa. Lo que podía recordar con absoluta claridad era cómo Cleo lo había mirado desde el otro lado de la ventana, su perfecto rostro brillante y su cabello del color de la miel. Todo sobre ella había sido dorado en aquel momento, el montón de anillos dorados que siempre dejaba en su fregadero, la primera sorpresa de su ligero y sedoso vello púbico. Incluso olía a miel, debido a algún tipo de crema con la que siempre se embadurnaba tras quejarse de que su piel era demasiado sensible para los duros inviernos de Nueva York.

—¿Podemos volver a hablar de mí ya? —preguntó Zoe.

Pero Frank estaba mirando a Cleo, y ella le devolvía la mirada. Sonrió, y Frank supo que lo había perdonado por la noche anterior. Sabía que era sensible, aunque también era fuerte. Aquel día le había gritado desde la calle, solo que ella no lo había oído. «¿Estás contenta?». Era lo que le había preguntado a través de la ventana, a través de los remolinos de nieve. «¿Te he hecho feliz ya?».

CAPÍTULO CINCO

Finales de agosto

El grupo Clímax hacia la Conciencia se reunía cada viernes en un centro de *hot* yoga en la calle Canal sobre una tienda que ofrecía lecturas de aura a diez dólares. A Zoe la había convencido de ir allí su compañera de piso, Tali, quien llevaba el cabello del color del limpiador Windex y decía cosas como: «En tu vagina está el poder». Solo había accedido a ir porque la clase era gratis, lo cual significaba que era lo único que podía permitirse aquella noche.

Hasta aquella semana, había ganado el dinero justo al ser la única trabajadora de una *boutique* femenina en la calle Christopher que parecía una diminuta caja de terciopelo y cuya propietaria era una estilista de familia adinerada que tenía un problema con las drogas bastante obvio, a la cual Zoe le había dejado un tampón en una *after-party* (había usado el aplicador para esnifar cocaína). La ropa que vendían allí estaba pensada para gustar a un tipo en concreto de mujer del West Village, una con dinero y un cierto aire bohemio que trabajaba de... Bueno, Zoe no estaba segura del todo, pero en algún tipo de trabajo que le proporcionara el tiempo libre suficiente para ir de compras entre semana.

A Zoe le habían ordenado que se quedara cerca del escaparate y se pusiera guapa para atraer clientes, lo cual le había parecido bien a la exhibicionista que llevaba dentro. A pesar de aquel robusto plan de marketing, la tienda solía pasar varias horas vacía, lo cual le daba tiempo libre para practicar sus diálogos sin problema. Y, dado que estaba cerrada entre sus turnos, Zoe había decidido que podía tomar prestada la ropa con total impunidad siempre que tuviera cuidado de no mancharla, un plan que cortó de raíz su incipiente hábito de ir de compras. Lo mejor de todo era que cobraba un extra en negro, lo cual quería decir que había podido ahorrar algo de dinero por primera vez en la vida.

Hasta que le había llegado la factura del médico. Había abierto el sobre del Hospital Beth Israel sin preocuparse, pues no pensaba que contuviera el equivalente financiero de una patada en la entrepierna. En su interior encontró los considerables costes descritos con detalle clínico del electroencefalograma que le habían hecho en el hospital junto a Cleo y Frank. A pesar de que disponía de seguro médico (pagado por Frank, por supuesto), este solo reducía el pago restante a poco más de mil dólares. Sus opciones para obtener fondos en poco tiempo eran limitadas: desde la boda, Frank le había dejado claro que el Banco Hermano había cerrado sus puertas de forma oficial, y acudir a sus padres implicaría contarles que había sufrido las convulsiones. No había tenido otra opción que pagar la factura, y, al hacerlo, había consumido sus míseros ahorros de una sola vez.

Por ello, sus planes del viernes por la noche se habían reducido de una cena en el restaurante Indochine con sus amigos de la Tisch a asistir a un encuentro de positivismo sexual con su ligeramente inestable compañera de piso. A sus diecinueve años, Zoe era bastante más joven que la mayoría de los hombres y las mujeres que estaban sentados en un semicírculo en el suelo de madera cuando llegó. Pensó que, si le pedían que describiera al grupo después, lo resumiría diciendo que había dos personas que llevaban calentadores sin ningún motivo aparente. Un par le pertenecía al hombre que estaba de pie frente a todos, dando una palmada con sus grandes manos y pidiéndoles que se pusieran cómodos, con las piernas cruzadas.

Zoe se sentó junto a Tali y examinó el grupo con mayor atención. Contó dos camisetas *tie dye* (una de ellas con el eslogan «La moción es la loción»), un puñado de boinas y sombreros de fieltro, una mujer blanca que llevaba un *bindi* en la frente y todo un surtido de pendientes de cristal. La única otra persona de la edad de Zoe era una chica que estaba sentada directamente frente a ella y que llevaba una camiseta de cuello tan abierto que casi no podía contener su escote elevado, y que tenía un rostro bonito y un poco malhumorado que a Zoe le recordó a un bulldog francés.

—Bienvenidos —dijo Calentadores—. Como la mayoría de vosotros sabréis, soy Kyle. ¿Cómo estáis todos hoy?

—¡De puta madre, Kyle! —gritó una mujer, la que llevaba el *bindi*, y el grupo estalló en vítores.

—Me alegro —respondió él, radiante—. Antes de que empecemos, ¿hay algún miembro nuevo esta noche?

Varias personas alzaron la mano un poco, incluidas Zoe y la chica del escote frente a ella. Zoe notó que la atención del grupo se centraba en ella, y aquella sensación cálida de ser presenciada, de que la admiraran de forma inevitable, le recorrió el cuerpo.

—Os doy la bienvenida —dijo Kyle—. Podéis estar tranquilos. Todos somos unos bichos raros aquí, pero os prometo que somos de los buenos. Espero que ya sepáis algo sobre Clímax hacia la Conciencia y lo que hacemos en este lugar.

Aun con todo, Kyle se dispuso a darles una explicación detallada de la práctica. Zoe notó que se ruborizaba conforme él describía cómo un «estimulador» acariciaría el clítoris de la receptora en un intento por llevarla hacia un plano de conciencia más alto. Según Kyle, existían tres fases físicas: acariciar la parte interior de los muslos de la receptora, aplicarle presión en el cuadrante superior izquierdo del clítoris y apoyar la palma de la mano sobre la zona de las ingles después de alcanzar el orgasmo.

—¡La parte superior izquierda! —repitió Kyle—. Ahí está lo bueno. ¿Hay alguna pregunta?

Sonrió con entusiasmo a los asistentes de la sala. Zoe, quien ya se sentía suficientemente presionada, miró hacia la puerta con añoranza.

—¿Ninguna? Bueno, la clase de hoy es para conocernos —continuó Kyle—. Vamos a recrear las fases de la meditación física de forma verbal, a través de algunos juegos de palabras y ejercicios divertidos. —Guiñó el ojo hacia el grupo—. Así que lamento deciros que nadie se va a quitar los pantalones hoy.

Varias personas imitaron un quejido o vitorearon, lo cual se vio seguido de unos pocos aplausos. Zoe le echó un vistazo al teléfono: llevaba allí menos de diez minutos. Para el primer ejercicio, Kyle le pidió al grupo que recorriera el semicírculo mientras cada persona gritaba cómo se sentía en ese preciso momento: «¡Contento!», «¡Nerviosa!», «¡Cachonda!», «¡Preparado!», «¡Agradecida!», «¡Amada!», «¡Motivado!», «¡Más sexy que nunca!».

—En bancarrota —dijo Zoe cuando fue su turno.

—Perdona, ¿has dicho «rota»? —le preguntó Kyle.

Zoe repitió su palabra.

—Está muy bien, Zoe —contestó Kyle—. Aunque creo que a eso lo consideraría más un estado que una emoción.

—Es un estado muy emocional cuando una está en él —replicó Zoe.

Tali le dedicó una mirada de desaprobación de reojo, pero la otra chica, la bulldog bonita, la miró a los ojos y sonrió. A Zoe siempre se le había dado bien conectar con otra persona de un grupo de aquel modo. El terapeuta del internado terapéutico al que la habían mandado lo llamaba «conexión a través del rechazo» o «establecer vínculos mediante el mal comportamiento».

—Bueno. —Kyle se frotó las manos, nervioso—. Adelante y hacia dentro.

En el siguiente juego, los miembros del grupo podían ofrecerse voluntarios para sentarse en un taburete situado en el centro de la sala, conocido como el «asiento caliente», mientras los demás les hacían preguntas personales. Así fue como Zoe se enteró de que Sandra, la chica del *bindi*, era una mentora personal que disfrutaba de masturbarse en la bañera; lo que más excitaba de una mujer a Ralph, uno de los recién llegados, era la amabilidad y que estuviera dispuesta a probar el sexo anal; y Kyle —quien, bastante avergonzado, accedió a un turno en el asiento caliente después de que se lo pidiera el grupo— era un vegano poliamoroso al que le encantaba cocinar para su madre. Zoe intercambió una mirada con Tali y le dijo «te odio» sin voz antes de volver a contemplar al grupo con una sonrisa de labios apretados.

Después de ello, Kyle les pidió que se tumbaran en el suelo y relajaran el cuerpo todo lo que pudieran. Zoe volvió a echar un vistazo a su teléfono; algunos de sus amigos habían quedado para tomar algo en la inauguración de un bar en East Village. Parecía que toda la vida estaba sucediendo en el exterior de aquella sala.

—Quiero que todos cerréis los ojos y os imaginéis un momento en el que fuisteis vulnerables de verdad —les pidió Kyle, mientras disminuía la intensidad de las luces.

Zoe no pensaba hacer nada parecido siquiera. Se quedó mirando el techo y, en su lugar, trató de pensar cómo podía ganar dinero rápido y sin demasiado esfuerzo. Sin embargo, el pensamiento, aquel que tanto había intentado evitar, se abrió paso hasta la parte frontal de su cabeza. Tenía quince años y estaba enamorada. Él estaba un año por delante en su primer internado y era un guitarrista de la banda de jazz del centro. Él la había besado en la fiesta de Halloween —vestido como una tira de beicon, mientras ella iba de ratona sexy— y luego la había llevado hasta una loma tras el edificio de ciencias. Habían tenido sexo sobre la hierba húmeda, con los disfraces subidos hasta la cintura. Y aquello había sido todo. Se convirtió en el gancho del que ella colgó todo su ser.

—¿Cómo os hizo sentir aquel momento? —susurró Kyle—. ¿Asustados? ¿Eufóricos? ¿Enfadados? Sumíos en ese sentimiento.

Tan solo pensar en él le hacía sentir una especie de calor, un rubor desde dentro. En clase, no hacía ni caso de la lección que tocara y se sumergía en sus recuerdos para revivir cada momento de aquella noche. Él se mostraba amable pero indiferente con ella cuando iba a los ensayos de la banda o se inventaba modos de que se toparan entre clases. Zoe no podía soportar ni entender su pasividad. Habían encontrado algo maravilloso juntos, ¿por qué no quería hacerlo una y otra y otra vez?

El siguiente fin de semana, agotada por su propia decepción, había tratado de emborracharse. Había esperado junto a una amiga en el exterior de una tienda de licores de la ciudad hasta que encontraron a un hombre dispuesto a comprarles una botella de vodka, tras lo cual se habían sentado en un banco con un brik de zumo de naranja mientras bebían de uno y de otro por turnos hasta que se acabaron ambas bebidas. Una hora más tarde, le había parecido la mejor idea del mundo entrar a escondidas en su habitación para sorprenderlo. Iba a ser una aventura, algo romántico. Quería tumbarse a su lado y que le apoyara la cabeza en el pecho para peinarlo con los dedos. Había estado tratando de entrar por la ventana, demasiado borracha como para acordarse de ello después, cuando cayó al suelo de su habitación tras sufrir su primera convulsión.

—Ahora imaginad un momento en el que os sintierais a salvo y amados —dijo Kyle.

Sin embargo, Zoe ya estaba demasiado dentro de aquel recuerdo como para abandonarlo. Despertar tras unas convulsiones era como atravesar un panel de cristal. Recordaba haber abierto los ojos para encontrarse con el rostro redondo de la enfermera del internado. No tenía ni idea de dónde estaba. Fue cuando la enfermera la ayudó a ponerse de pie cuando notó que la falda, húmeda, se le quedaba pegada a los muslos. Había una mancha oscura en la moqueta. Había pasado una vergüenza tan grande, tan física, que incluso en aquel momento, años después, tuvo que llevarse las manos a la cara sin querer.

—Ahora imaginad un momento en el que hicierais que otra persona se sintiera a salvo y amada —dijo Kyle.

Más adelante había leído que aquello era común durante las convulsiones de epilepsia mayor, por lo que había vivido aterrada de que le fuera a suceder otra vez, pero, hasta el momento, solo había sido aquella vez. Durante las semanas siguientes al episodio, había visto vídeo tras vídeo de personas temblando en el suelo, con la cabeza moviéndose de un lado para otro como si quisiera separarse del cuerpo. Verlos era un acto de violencia hacia sí misma. Él la había visto así. ¿Alguna otra persona de la sala habría estado tan vulnerable como ella? ¿Alguna persona de la historia del mundo habría sufrido una humillación como esa?

—Puedo percibir la energía de sanación en la sala —dijo Kyle—. La noto.

Tras estirar y ponerse de pie, Kyle les explicó que iban a trabajar en pareja para el último ejercicio. A Zoe le alivió ver que le tocaba con la chica a la que parecía haberle hecho gracia antes.

Kyle les pidió a las parejas que juntaran las palmas de las manos y dijeran frases declarativas cortas sobre ellos mismos que empezaran por «yo» y «yo no».

Zoe puso las palmas de las manos contra las de la chica, quien se presentó como Portia. De cerca era más sensual que guapa, con una nariz ligeramente inclinada hacia arriba y unos labios plenos y regordetes pintados de color ciruela oscuro. Tenía un piercing de diamante en la mejilla, donde podría haber habido un hoyuelo. Se miraron con timidez.

—Venga, chicas —las animó Kyle—. Yo…

—Yo creo que todo esto es una mierda y una total pérdida de tiempo —musitó Portia cuando Kyle se alejó de ellas, poniendo sus oscuros ojos en blanco al mirar alrededor de la sala.

—Yo no creo que te equivoques —repuso Zoe.

—Yo solo he venido porque mi psiquiatra me lo sugirió.

—Yo no estoy aquí por voluntad propia —dijo Zoe—. La loca de mi compañera de piso me convenció.

—Yo estoy lista para empezar a beber todo lo que me quepa —sonrió Portia.

—Yo no estoy en contra de eso —añadió Zoe con una carcajada.

Intimidad acelerada, eso era lo que se le daba mejor a Zoe. Mucho tiempo atrás ya había aprendido que era más rápido llegar a conocer a alguien por lo que no le gustaba que por lo que sí, y el modo más fácil de sentirse cercano a alguien era cometer alguna transgresión juntos. Era por ese motivo que los fumadores siempre hacían amigos. Su terapeuta, después del incidente de las convulsiones, le había indicado que aquello era una de las razones por las que Zoe se metía en líos, pero a ella no le parecía una conducta problemática, pues, hasta el momento, siempre le había surtido efecto. Tali, quien había vuelto la mirada en su dirección cuando habían empezado a reír, frunció el ceño hacia Zoe desde el otro lado de la sala.

—¿Por qué te dijo tu psiquiatra que te vendría bien esto? —susurró Zoe, inclinándose hacia ella.

—Porque me gusta mi trabajo, y él es un cabrón mojigato. Era esto o ASAA. —Al ver que Zoe ladeaba la cabeza, añadió—: Adictos al Sexo y al Amor Anónimos.

—Ah, ya. Mi madre está en el otro grupo.

—¿En Alcohólicos Anónimos? La mía también. —Portia puso los ojos en blanco—. O lo estaba.

—¿Y a qué te dedicas?

—Soy una *sugar baby* —repuso, orgullosa—. Estoy en una web llamada Papi Querido que junta a «caballeros con ciertos medios» —Separó las manos de las de Zoe para arquear sus largas uñas moradas y dibujar unas comillas en el aire— con chicas como yo. Tienes que estar en la universidad o haberte graduado para ser una *baby*. Ellos solo tienen que ser ricos. Se trata de hombres que quieren mujeres atractivas pero también inteligentes, para llevarlas a eventos del trabajo, reuniones de negocios y cosas así.

—Y alguna vez…

—¿Dices que si me acuesto con ellos? —preguntó Portia, alegre—. Eso es entre tú y tus *daddies*. Aunque si quieres acordar algo con ellos… Bueno, yo me pagué el préstamo universitario y me compré un Honda Accord con esa mierda.

Si bien Zoe no sabía qué aspecto tenía un Honda Accord, la parte del préstamo sí que la impresionó.

—¿Y solo tienes que estar en la universidad?

—Y estar buena —respondió Portia, mientras el diamante de su mejilla relucía—. Y tú lo estás. Si de verdad estás en bancarrota como has dicho antes, deberías probarlo. Ahí se vuelven locos por las chicas étnicas.

Zoe decidió dejar pasar el último comentario.

—Creo que le pediré a mi hermano que me ayude —dijo—. Pero está muy bien lo de tu coche y todo eso.

Sabía que Frank ya estaba siendo muy generoso al pagarle el alquiler y las clases de teatro. A decir verdad, era culpa de su madre que estuviera metida en ese lío: ella siempre había sido descuidada con el dinero, del modo en que lo suelen ser quienes han crecido con mucho. Jamás debería haber empezado aquel negocio de alquiler de esquí de lujo al que había arrastrado al pobre padre de Zoe. A ella le parecía que era la única persona de su grupo de amigos de la Universidad de Nueva York a quien sus padres no le daban fondos infinitos para cenas y noches de fiesta, todo lo que hacía que vivir en Nueva York fuera divertido de verdad.

—Mira, te daré algo. —Portia se volvió para rebuscar en su bolso de Louis Vuitton y sacó una tarjeta de visita—. Voy a dejarlo pronto, así que no lo hago para hacerles promoción ni nada. Uno de mis *daddies* me quiere para él solo y me ha enchufado en un puesto de gestora de oficina muy top. ¡Voy a ganar guita, bonita! —Chasqueó los dedos y bailó con las piernas cruzadas en el suelo.

Zoe soltó una carcajada y tomó la tarjeta. Era gruesa, de color negro mate, y tenía el nombre de Portia y las palabras *Sugar Baby* escritas en un color rosa chillón sobre la dirección web. En el otro lado de la tarjeta aparecía la silueta de una mujer. Podría haber sido cualquiera.

Para acabar la sesión, el grupo se tomó de las manos y entonaron una serie de «om» con los ojos cerrados. Tras unos pocos minutos, Zoe ya no era capaz de distinguir dónde acababa su voz y dónde empezaba la de los otros, pues notaba que todo el sonido humano de la sala resonaba en su propia garganta. Pensó que quizás aquello fuera cómo se sentía tener un orgasmo con otra persona, esa sensación de no saber cuándo acaba uno y empieza el otro.

La verdad era que nunca había tenido ninguno, ni con otra persona ni consigo misma. Tal vez fuera una persona de desarrollo tardío, pero nunca lo había intentado de joven. Había perdido la virginidad antes de haber conocido de verdad su propio cuerpo. Si bien había tratado de tocarse varias veces después del incidente de las convulsiones, en general se había sentido incómoda y adormecida ahí abajo, por lo que se había rendido al poco tiempo. Desde entonces, para ella el sexo había sido sobre validación y poder, muy pocas veces por placer físico. No se sentía más cerca del orgasmo con un hombre dentro de ella que cuando iba en el metro. Había decidido que su cuerpo estaba defectuoso. No podía beber alcohol como una persona normal, y mucho menos correrse como ellas. Lo único que su cuerpo sabía hacer bien era traicionarla.

El cántico fue disminuyendo de volumen hasta que se quedaron en silencio. Kyle le dio un solo golpe a un gong, y las personas a ambos lados de ella le soltaron las manos. Cuando volvió a abrir los ojos, se sorprendió al ver que estaba conteniendo las lágrimas. Trató de apresurarse a ir al baño, pero Kyle la interceptó.

—Me alegra mucho que hayas venido con nosotros esta noche, Zoe —le dijo—. Me da la sensación de que todavía estás un poco confundida sobre lo que hacemos aquí, así que me preguntaba si podría contarte una breve historia. —Zoe asintió a regañadientes—. ¡Perfecto! Un día, de la nada, un hombre cayó en un profundo agujero. «¡Ayuda, ayuda!», gritó, pero no había nadie. Un tiempo después, un rabino pasó por allí, le dio una Torá y le indicó que rezara para encontrar un modo de salir.

Zoe miró en dirección a Tali con la esperanza de que pudiera ayudarla *a ella* a salir de allí, solo que la chica estaba charlando alegremente con una mujer que Zoe había oído decir antes que había dado a luz en silencio.

—Luego, un cura pasó por el lugar y le dio una Biblia. Y, una vez más, no logró nada. Un psiquiatra le explicó que estaba atascado ahí porque estaba deprimido y le tiró unas pastillas. Y nada. Un nihilista le dijo que se imaginara que el agujero no existía, pero eso tampoco surtió efecto. Un político, un intelectual y un montón de personas más lo intentaron, y nada sirvió. Entonces, un espiritualista, un hombre sabio, se acercó al borde del agujero. Miró al hombre desde arriba y saltó para estar a su lado. Y de eso trata la meditación, Zoe, es alguien que se mete en el agujero contigo. —Kyle le esbozó una sonrisa, esperando su respuesta.

—Pero ¿cómo van a salir del agujero? —le preguntó Zoe.

—Exacto —dijo Kyle.

—Pero ahora hay dos personas atrapadas en el agujero —apuntó Zoe.

—Espero verte la semana que viene —se limitó a decir Kyle, antes de darle un apretón en el brazo y alejarse de ella.

Zoe miró hacia la puerta justo cuando Portia se marchaba. Vio que Zoe la miraba, se daba un azote en el culo y le articulaba algo. Era «guita, bonita».

Animada por la conversación que había mantenido con Portia e incapaz de soportar la idea de que el punto álgido de la noche de un viernes fuera enterarse de la relación poliamorosa de Kyle, Zoe dejó a Tali y se dirigió al norte, hacia el bar del que le habían hablado sus amigos. Lo hizo, según se dijo a sí misma, solo por la compañía; no pensaba gastar nada.

Era una de esas noches de finales del verano en la que el ambiente parecía el agua de una bañera y el potencial para el sexo estaba en todas partes. Zoe se había frotado con una crema hidratante cara antes de salir de casa, y su perfume se desprendía de su piel conforme caminaba. Se había quitado la camisa a cuadros que llevaba y se la había atado a la cintura, por lo que estaba tan cerca de ir desnuda como podía, con un minivestido blanco tan ceñido que casi se le veían los latidos del corazón. Lo había tomado prestado de la *boutique* de la calle Christopher, por supuesto, tras comprobar, encantada, cómo resaltaba el bronceado en el que se había estado esforzando todo el verano. Un camarero que limpiaba mesas en el exterior de una marisquería llegó a dejar los platos a un lado para poder verla pasar sin ninguna molestia de por medio. Zoe se puso los auriculares y añadió un contoneo más a sus pasos conforme avanzaba. Dios, cómo le gustaban los últimos días del verano en la ciudad.

Zoe llegó a aquel lugar abarrotado de la avenida B y mostró su carnet falso al portero mientras los nervios la carcomían por dentro, como siempre. Era un hombre blanco de espaldas anchas, con su cabeza calva moteada por gotas de sudor.

—Espera, déjame que vea eso bien.

Le quitó el carnet y le echó un vistazo a ella, durante el cual se quedó un momento mirándole el pecho.

—Así que eres de Delaware —dijo—. ¿De qué parte?

Zoe se quedó en blanco: jamás había estado en Delaware. Le había comprado el carnet al primo de un tipo de su residencia por cuarenta dólares. Echó los hombros atrás y esbozó su mejor sonrisa.

—De la parte en la que hace viento.

117

El portero mantuvo la mirada fija en ella durante unos instantes antes de estallar en una carcajada.

—Vale, vale —le dijo—. Puedes entrar. —Luego la pellizcó en la cintura mientras pasaba por su lado, y murmuró—: Luego sal a verme, ¿eh?

Zoe le volvió a sonreír, aunque aquella vez sin tanta alegría. Pese a que le encantaba la atención, sabía que esta era como caminar sobre una cuerda floja.

En el interior, no había ningún indicio de sus amigos. Se abrió paso entre la multitud hasta la parte trasera del bar. Un trozo de papel pegado a las puertas del baño rezaba: Drogaos fuera. Hay personas que necesitan mear de verdad. Aun así, nadie parecía haberle hecho caso, y el carrusel de siempre, que consistía en grupos de chicas risueñas y hombres con tics nerviosos, entraba y salía del baño. Se puso a hacer cola y echó un vistazo al teléfono. Al menos tenía algo que hacer, ya que no se podía permitir comprar nada para beber.

Las puertas del baño se abrieron una vez más, y de allí salió Cleo con su amiga asiática, a quien Zoe había conocido en la boda, pero cuyo nombre no conseguía recordar. Tenía una memoria horrible, lo cual era un problema para una actriz. Sabía que se debía a sus convulsiones. La amiga de Cleo llevaba unos tejanos diminutos que dejaban ver los tatuajes de las piernas, y, por instinto, Zoe se miró las suyas para ver cuál de las dos era más delgada.

—¡Pequeña Zoe! —gritó Cleo, antes de rodearle el cuello con sus cálidos brazos—. ¿Qué haces por aquí? Ya conoces a Audrey, ¿verdad?

—Qué calor hace aquí, joder —dijo Audrey, haciendo caso omiso de la presentación. Indicó con mímica que quería salir a fumar y señaló hacia la puerta. Cleo entrecerró los ojos en dirección a Zoe y le dio un apretón en el codo.

—¿Vienes con nosotras? —le preguntó.

Si bien Zoe sabía que Cleo estaba tratando de ser amable con ella, sus incesantes intentos por ser su amiga la molestaban a más no poder. Era muy fácil ser generosa cuando había alguien que se lo pagaba todo. No obstante, sin ningún amigo a la vista, no era como si Zoe tuviera otra opción.

—Iba a marcharme pronto de todos modos —murmuró, antes de seguirlas.

El exterior no era mucho más fresco que el bar. Cleo sacó un abanico de madera del bolso y se levantó su larga melena para refrescarse la nuca con él. Luego se lo entregó a Zoe para que intentara lo mismo, antes de sacar unos cigarrillos. Zoe evitó con sumo cuidado la mirada hambrienta del portero mientras se abanicaba. Cleo le pasó un cigarrillo a Audrey y se puso uno en los labios.

—¿Me das uno? —le pidió Zoe.

—Frank me mataría —repuso Cleo, alzando una ceja.

—No se lo diré —dijo Zoe—. Lo juro.

Cleo accedió a regañadientes y le ofreció uno.

—Qué finos son —comentó Zoe, encendiéndoselo con una despreocupación fingida. No era fumadora de verdad, solo odiaba ser la única que no lo hiciera.

—Cleo es demasiado chic como para fumar algo que no sean cigarrillos finos —explicó Audrey.

—Tan chic como sea posible —dijo Cleo, sin emoción—. Esa soy yo.

—¿Dónde está mi hermano? —le preguntó Zoe.

—En un rodaje nocturno —respondió ella—. Trabaja tanto...

—Bueno, alguien tiene que hacerlo —espetó Zoe, sin poder evitarlo.

Vio que Cleo daba un pequeño respingo antes de volver a esconder el rostro tras una máscara de tranquilidad.

—Ay, Dios, escóndeme —soltó Audrey de repente, colocando a Zoe frente a ella—. Es ese tipo del restaurante.

—¿Al que le van los pezones? —le preguntó Cleo, mirando a su alrededor—. ¿Qué pasó con él?

—Uf, acaba de irse. —Audrey soltó a Zoe—. En primer lugar, no conseguía que me corriera.

A Zoe le impresionó que hablara con tanta libertad de algo así, pero trató de que su expresión no lo demostrara.

—Además —continuó—, me llamaba «sexy».

—¿Eso no es algo bueno? —le preguntó Zoe.

—No como adjetivo, sino como nombre propio. Me decía cosas como «espérame aquí, sexy», o «¿qué vas a pedir, sexy?».

—Ya lo capto —dijo Zoe—. Qué asco.

—Y encima cazaba animales de verdad —continuó Audrey—. Y tenía hormas en todos los zapatos, incluso en los deportivos. Como un psicópata.

—¿Hormas? —preguntó Cleo, tras soltar un grito ahogado—. ¿Y le permitían trabajar con comida?

—Deja de reírte de mí —dijo Audrey—. Estoy segura de que eso es un síntoma no diagnosticado de alguna enfermedad mental.

Zoe, quien siempre estaba dispuesta a seguir el rollo de aquel tipo de conversaciones, le dedicó a Audrey una mirada conspirativa.

—Sí que es algo psicótico —asintió—. Tienes suerte de que no te acabara matando.

—¿Verdad? —dijo Audrey, tomando a Zoe del brazo—. Me caes bien. Cleo, me cae bien. ¿Cuántos años tienes?

—Diecinueve —repuso Zoe—. Y medio —se apresuró a añadir.

—Ay, madre, te odio —se quejó Audrey—. Venga, vámonos de pesca.

—¿De pesca?

—Yo me quedo en un extremo del bar y Cley en el otro, y las dos ponemos cara triste, como si estuviéramos perdidas, hasta que algún tipo se ofrece a comprarnos algo de beber. Pedimos dos para hacerle pensar que una copa es para él y luego salimos pitando y nos bebemos las dos nosotras.

—Es el único deporte que se nos da bien —rio Cleo.

—Solo que hemos dejado de jugar desde que conociste a Frank —le espetó Audrey.

—Porque él nos paga las bebidas —respondió Cleo.

—Eso es verdad —concedió Audrey. Le dio un empujoncito en el hombro a Zoe—. Tienes un hermano muy generoso.

Zoe recordó, con una punzada de dolor, la factura médica. *No lo suficientemente generoso*, pensó.

—¿Sabéis qué? —dijo—. Creo que mejor me marcho. Es tarde y… sí, me iré.

Tiró el cigarrillo a la acera y lo apagó pisándolo con el tacón de su botín de deporte. Cuando alzó la mirada, vio una expresión de decepción sincera en el rostro de Cleo.

—Ay, no te vayas —se quejó Cleo—. Nunca nos vemos sin Frank. Y esperaba…

—Me piro —la interrumpió Zoe, encogiéndose de hombros—. Que os vaya bien la pesca.

Se marchó sin dejar que Cleo acabara de hablar. Sabía que era de mala educación y que era probable que no se lo mereciera, pero pensar en sus fondos bancarios agotados le había drenado la energía necesaria para ser amable. Pasó dando grandes zancadas por la puerta del bar y notó que alguien le tiraba del vestido. Esperó ver a Cleo al volverse, aunque, en su lugar, se encontró con el portero, que se cernía sobre ella. A esa poca distancia, podía verle los poros bloqueados de la punta de la nariz y la capa de sudor que le cubría la frente.

—¿Ya te vas a casa? —le preguntó.

Zoe se bajó el dobladillo del vestido, pues este se había subido cuando el portero había tirado de él.

—Ajá —soltó.

—Sé que no me vas a hacer eso después de que te dejara entrar con ese carnet tan sospechoso.

Zoe le dedicó una sonrisa forzada y se encogió de hombros para indicar que no tenía nada más que decir al respecto. Se volvió para seguir con su camino.

—Al menos dame tu número —le pidió.

—No lo creo —repuso ella, mirando hacia atrás.

El portero caminó a su ritmo conforme ella seguía recorriendo la manzana. Habría cruzado la calle a toda prisa para alejarse de él, pero estaba bloqueada por el tráfico.

—¿No tienes una puerta que vigilar? —le preguntó.

Pese a que había pretendido sonar más juguetona, la pregunta había salido con más intención de la que había querido.

—Ah, así que esas tenemos. ¿Te crees demasiado buena para alguien que vigila puertas?

Ahí estaba: el cambio de admiración a agresión. Zoe lo conocía de sobra. Se detuvo para que no pudiera seguir caminando con ella. El otro lado de la manzana estaba tranquilo, y no quería ir más lejos con aquel hombre.

—Es solo que… no quiero salir con nadie por el momento —se excusó con debilidad.

El portero se acercó a ella para que su rostro estuviera a escasos centímetros del de Zoe y bajó la voz.

—¿Quién ha dicho algo sobre salir? —murmuró.

Miró de forma intencionada hacia abajo por la parte frontal de su vestido, y a Zoe le recorrió un rubor de vergüenza que le llegó hasta las mejillas. ¿Qué tenía ella que la hacía parecer como que quería eso? De repente odió aquel diminuto vestido blanco, odió que su escote y sus piernas estuvieran expuestos, lo cual era lo que le había gustado antes sobre el vestido. Quería volver a ponerse la camisa y regresar a casa sin que nadie la mirara, quería desaparecer. El portero estaba a punto de decirle alguna otra cosa, seguro que algo asqueroso, cuando oyó que alguien la llamaba.

—¡Zo! ¡Zo! ¿Te está molestando este tipo?

Cleo y Audrey estaban corriendo por la calle hacia ella, tomadas de los brazos.

—Eh, ¿puedes apartarte de ella? —le dijo Audrey—. Un poco invasivo, ¿no?

—Solo estamos hablando —se excusó él, encogiéndose de hombros.

—¿Acaso sabes cuántos años tiene? —continuó Audrey, quien aferró a Zoe del brazo y la atrajo hacia ellas.

—Tiene veintiuno —musitó Cleo entre dientes—. La edad legal, ¿recuerdas?

—Ah, cierto —se apresuró a decir Audrey—. Pero recién cumplidos.

—Exacto —dijo Cleo, volviéndose hacia el portero—. E imagino que tú no.

—Y, por cierto, conocemos al propietario —añadió Audrey—. Así que... eso, no te metas con nosotras.

El portero se encendió un cigarrillo e inhaló antes de reír ligeramente para sí mismo mientras el humo escapaba de su boca. Miró a Zoe a los ojos y se puso la lengua en el labio superior.

—Ya sabes dónde estoy —dijo.

—Asqueroso —murmuró Audrey a media voz.

Zoe se quedó aliviada por no tener que soltar una respuesta igual de enfadada a todo ello, ya que ambas chicas la estaban acompañando de vuelta hacia el bar. Cleo se detuvo en la entrada y se volvió hacia Audrey.

—¿Conocemos al propietario? —le preguntó—. ¿Quién es?

—Ni idea —repuso Audrey—. Pero podríamos conocerlo, ¿no?

Intercambiaron una mirada y se echaron a reír. Cleo miró a Zoe, con la expresión seria una vez más.

—¿Estás bien, Zo? ¿Quieres que te busquemos un taxi para que vuelvas a casa?

Lo consideró. Pensar en estar sola en su piso le pareció la peor idea del mundo en aquel momento. Se percató, muy para su sorpresa, de que quería quedarse allí.

—Ni hablar —dijo Audrey, respondiendo por ella—. ¿Llevar un vestido como ese a casa antes de las once? No lo podemos permitir.

—Ven a bailar con nosotras —propuso Cleo, canturreando—. Puede que te lo pases bien y todo.

Zoe sonrió, por mucho que no quisiera. De verdad era un vestido magnífico, a pesar de todos los líos en los que la estaba metiendo.

—Pero no llevo dinero encima —repuso.

—¡Podemos ir de pesca! —dijo Audrey, alegre.

—No hace falta que pesquemos nada. —Cleo sonrió y agitó el bolso—. Tengo la tarjeta de crédito de Frank.

Zoe pensó en soltar algo cortante como respuesta, aunque luego cambió de idea. Al menos podría sacar algo de beber gratis de todo ello. Audrey vitoreó y las rodeó a las dos con los brazos conforme avanzaban de nuevo hacia el bar.

—¿Sabéis lo que es esto? —gritó por encima de la música—. ¡Es una puta noche de chicas!

Si bien Zoe nunca llegó a encontrar a sus amigos aquella noche, no le importó. Las siguientes horas fueron un feliz torbellino de bebidas y bailes. Muy para su sorpresa, le encantaba encontrarse en la esfera protectora de las chicas mayores, quienes, entre risas, rechazaban las torpes insinuaciones de cualquier hombre que tratara de hablar con ellas y la protegían en una especie de bocadillo entre sus cuerpos.

Nunca había tenido un grupo de amigas íntimas, sino que solía contar con una sola persona con quien tenía una relación cercana, una especie de amiga satélite a decir verdad, y estas iban rotando. Solían ser chicas introvertidas y tímidas que soñaban con alcanzar la gloria social y que de forma inevitable acababan venerando a Zoe. Sabía que era más guapa que la mayoría y había aceptado un tiempo atrás que el precio de la belleza era que siempre se iba a sentir un poco sola. No le parecía lo peor del mundo. Sin embargo, en aquel momento, sumida en la cálida atención de Cleo y Audrey, se preguntó si se habría estado perdiendo algo.

A las 02 a. m., la noche llegó a su punto culminante, y el trío decidió volver a casa de Cleo y Frank. Zoe estaba sentada junto a Audrey en la enorme salida de incendios y estaba aprendiendo a armar el porro perfecto cuando Cleo apareció dando trompicones con los brazos llenos de polos de colores.

—He asaltado el congelador —explicó—. Hace demasiado calor para otra cosa.

—Amén —dijo Audrey, lamiendo el papel de liar con mucha pericia. Pellizcó la punta y agitó el porro hasta convertirlo en un suave cilindro relleno.

Abajo, al otro lado de la calle, tres hombres con aspecto de trabajar en finanzas, con las camisas arremangadas, se detuvieron para mirarlas mientras se daban codazos.

—Guau, chicas, ¡qué guapas! ¿Dónde está la fiesta hoy? ¿Queréis dejarnos subir?

—¡Claro! —gritó Audrey—. ¡Pero primero tenéis que adivinar la contraseña!

Los hombres empezaron a reírse entre ellos.

—¡Ábrete, sésamo! ¡Abracadabra!

—Lo siento, tontos —gritó Audrey—. Seguid caminando.

Los hombres esperaron a ver si les estaba gastando una broma, y, cuando quedó claro que no era así, uno de ellos agitó el puño delante de su entrepierna en su dirección mientras se marchaban.

—Qué encantador —dijo Cleo.

—¿Y cuál era la contraseña? —preguntó Zoe, entre risas.

Audrey encendió el porro y le dio una gran calada.

—Salid-de-aquí-cabrones-blancos-privilegiados —respondió al exhalar.

—Ah, pues creo que eso iba a ser su siguiente intento —comentó Cleo.

—Los blancos de este país creen que pueden hacer todo lo que quieran —dijo Audrey, meneando la cabeza.

—Creo que este es un buen momento para decirte que Audrey odia a los blancos —le explicó Cleo.

—Más que nada a los hombres —especificó Audrey—. Pero sí, todos tienen el potencial de convertirse en unos cabrones.

—Sé a qué te refieres —asintió Zoe, antes de mirar a Cleo rápidamente para asegurarse de no haberla ofendido.

—Estoy de acuerdo —dijo Cleo, alzando las manos en un gesto de rendición.

—No creo que a las mujeres blancas les caiga muy bien —soltó Zoe. Se paró a reflexionar sobre ello—. A ninguna mujer, vaya.

—Al menos a los hombres sí pareces gustarles —dijo Audrey. Cleo le dedicó una mirada de desaprobación—. ¡Es broma! —añadió—. Más o menos.

—¿De verdad crees que no les caes bien a las mujeres? —preguntó Cleo.

—No sé —respondió Zoe deprisa—. Estoy generalizando. En mi clase de psicología leímos un estudio que decía que a lo que más le temen los hombres es la lástima, y las mujeres, a la envidia. Y caló en mí. A un tipo, la envidia puede empoderarlo, pero para una chica eso solo quiere decir que la van a atacar o a excluir.

Zoe miró de forma furtiva las expresiones de las otras chicas. Pensó que acababa de exponer una parte muy oculta de sí misma ante ellas, una verdad que siempre había sabido pero que nunca había articulado, y tuvo miedo de que fueran a tacharla de arrogante o de alucinada. Solo que las dos estaban asintiendo.

—Ya... —dijo Audrey—. Es por eso que nosotras siempre hacemos rebotar los cumplidos. O sea, si me dices que te gusta mi pelo, yo tengo que ponerme en plan «no, da asco y está sin vida, ¡tu pelo sí que es bonito!».

Cleo se echó a reír.

—Y si le dices a un hombre que tiene buen pelo, te dirá algo como «gracias, y, además, tengo el pene enorme» —dijo ella.

Audrey abrió el envoltorio de un polo de uva y empezó a quitarle la escarcha del congelador con el dedo.

—Aun así, entiendo por qué a los hombres les asusta la lástima. Mi padre es así, siempre tiene que ser duro y fuerte. Los hombres asiáticos lo tienen difícil en este país. Se les emascula mucho aquí, lo que es una locura, porque los hombres coreanos son supermachos en realidad.

—Ah, ¿sí? —preguntó Zoe.

—¡Sí! ¿Nunca habéis estado con uno?

Zoe y Cleo negaron con la cabeza.

—Pues os lo estáis perdiendo —repuso—. Son como focas sexy, muy suaves y sin vello.

Las tres estallaron en carcajadas.

—Pero ese tipo del bar era blanco —dijo Zoe, aceptando el porro— y te acostaste con él.

—Cierto —asintió Audrey—. ¿Qué puedo decir? Los colonos han podido conmigo. Incluso me tiré a Anders, el idiota ario original.

Zoe agachó la cabeza. Tras la boda de Cleo y Frank, había besado a Anders después de emborracharse, aunque sabía que no debía contárselo a nadie. Frank la mataría, y, de todos modos, se había sentido rara después de ello. Era mayor que Frank, quien ya era bastante mayor. Cuando volvió a alzar la mirada, se percató de que a Cleo también parecía haberle afectado esa información.

—¿Os he hablado de aquella vez que un hare krishna me enseñó sus partes pudendas en el metro? —preguntó Cleo, claramente ansiosa por cambiar de tema—. Se levantó la túnica así, sin más, sin dejar de mirarme a los ojos.

Zoe se estremeció de forma dramática. Luego les contó sobre el conserje de su internado, a quien le gustaba apostar con las chicas que era capaz de adivinar el color de su ropa interior. Y, si acertaba, tenían que dársela.

—Era irlandés —explicó—. Así que nos decía —imitó un acento irlandés casi perfecto—: «¿De qué color lleváis las bragas, chiquitas?».

—Pero ¿por qué accedíais a unos términos como esos? —preguntó Audrey, tras soltar un sonido que podía ser tanto de risa como de asco.

—Porque, aunque no os lo creáis, era nuestro camello —explicó Zoe.

Volvieron a reír una vez más.

—Yo se la chupé a mi camello una vez —dijo Audrey, cuando hubo recuperado el aliento.

Cleo se tapó la boca con la mano como si estuviera horrorizada, y Zoe, que se había sorprendido de verdad, intentó que no le cambiara la expresión. Audrey se encogió de hombros.

—No para pagarle ni nada, es que estaba bueno.

Zoe rio por la nariz. Había algo muy liberador en el hecho de hablar con chicas mayores que ella de aquel modo. No les sorprendía nada, no la juzgaban y no estaban celosas de ella, sino que la trataban como a una más.

—A ver, ¿qué creéis que significa esto? —les preguntó Zoe, y repitió la historia que Kyle le había contado sobre el hombre que se caía al agujero.

—¿Y así acaba? —preguntó Audrey—. ¿Hay dos personas en el agujero y ya está?

—Eso parece —repuso Zoe.

—Estoy demasiado colocada como para descifrar todo eso —dijo Audrey—. ¿Acaban teniendo sexo en el agujero?

—No creo —respondió Zoe con una risita.

—El agujero es la soledad —explicó Cleo en voz baja.

—¿Y por qué? —quiso saber Audrey.

—No puedes ponerte sobre alguien y decirle que salga de ahí —contestó—, ni tampoco sermonearles a ambos sobre ello. Tienes que estar ahí dentro con ellos.

—¿De verdad crees que es eso? —preguntó Zoe.

—Por eso es un acertijo —continuó Cleo—. Que alguien más esté en el agujero contigo significa que ya no estás en el agujero.

—Qué profundo, Cley —dijo Audrey—. Aun así, todavía creo que acaban teniendo sexo. —Se puso de pie y se tambaleó al entrar por la ventana—. ¡Voy a intentar mear de pie como un hombre! —gritó hacia atrás.

Cleo intercambió una mirada con Zoe y se echaron a reír.

—¿Es así como te sientes con Frank? —le preguntó Zoe—. ¿Como si alguien estuviera en el agujero contigo?

Cleo miró hacia los otros edificios, los cuales tenían las luces apagadas. La calle bajo ellas estaba vacía y en silencio. Parecía que eran las únicas personas que seguían despiertas en toda la ciudad.

—A veces —contestó, antes de pararse a pensarlo más—. Y otras veces… Frank es el agujero.

Zoe miró a Cleo, y, durante tan solo un instante, vio su tristeza. Algo en sus ojos, la ligera curva hacia abajo de su boca cuando pensaba que nadie la veía. Parecía la chica más solitaria del mundo.

—Siento no haberte tratado demasiado bien —dijo en un hilo de voz.

Cleo le devolvió la mirada y esbozó una ligera sonrisa. Zoe pensó que iba a pretender no haberse dado cuenta, pero, cuando contestó, lo hizo con una voz directa.

—Gracias por haberte disculpado.

—Supongo que trataba de proteger a Frank —explicó Zoe—. Y también he sido un poco idiota.

—No eres ninguna idiota, Zoe. —Cleo negó con la cabeza poco a poco—. Eres un encanto.

A Zoe le dieron ganas de abrazarla, aunque pensó que eso sería un tanto incómodo, por lo que se limitó a estirar una mano y ponerla sobre la de Cleo. Luego se percató de que aquello también era incómodo, pero un poco menos. Y de pronto Cleo hizo algo que Zoe no se esperó: le alzó la mano y le dio un beso en el centro de la palma. Nadie la había besado ahí nunca, y le pareció algo muy tierno. Era la parte más tierna de su cuerpo. Cleo le soltó la mano y la dejó con suavidad entre ellas.

—Estoy agotada —dijo—. ¿Quieres dormir un rato?

Dejaron los polos derritiéndose en el balcón y volvieron a entrar por la ventana. Si bien Zoe y Audrey podrían haber dormido en los sofás, Cleo insistió en que todas fueran a la cama de ella y Frank. Zoe estaba en medio, apretujada y hecha un ovillo entre la espalda de Cleo y el hombro de Audrey. Jamás había dormido tan bien.

CAPÍTULO SEIS

Principios de septiembre

Estaban en el metro, dirigiéndose al norte, hacia Grand Central, donde Cleo y Frank habían quedado con el padre y la madrastra de Cleo para comer. Era mediodía de un día de entre semana, y el vagón estaba fresco y tranquilo tras el escándalo de la calle. Un anciano que hacía traquetear un vaso de café lleno de monedas arrastró los pies por su lado.

—¿Quién me ayudará? —repetía en una voz aguda y quejumbrosa.

Frank le dejó un dólar arrugado en el vaso y se volvió hacia Cleo.

—¿Cómo has dicho que se llaman? —preguntó.

—Puedes llamarlos Peter y Miriam, es lo que hago yo.

—¿No «papá»?

—Es mi padre, pero no mi papá —repuso, negando con la cabeza—. ¿Sabes lo que quiero decir?

Frank asintió, pues la entendía a la perfección.

—Peter la llama Mimi, lo que me parece... —Cleo hizo el gesto de meterse los dedos en la garganta.

Peter y Miriam solo estaban de paso por la ciudad durante un par de horas y le habían pedido a Cleo que se encontraran en el centro antes de que tuvieran que abordar un tren hasta New

Haven, donde Miriam, sanadora y psicóloga, iba a impartir un taller de un retiro corporativo para que los trabajadores encontraran al niño que llevaban dentro.

Fue Frank quien había sugerido que fueran al Grand Central Oyster Bar y había insistido en tomarse un rato extra para comer para poder ir con ellos. En su opinión, le parecía absurdo que no pudieran destinar más que un par de horas a estar con Cleo, pero sabía que cada familia funcionaba según su propia lógica impenetrable, por lo que se resistió a la necesidad de comentarlo. Por el contrario, a Cleo le había sorprendido que hubieran tratado de quedar con ella en primer lugar. Lo normal era que su padre estuviera tan absorto en su nueva familia que no pareciera recordar que tenía otra hija.

—Nuestra parada es la siguiente —dijo Frank—. ¿Algo más que deba saber?

—Déjame pensar —repuso ella—. Peter *dice* que Humphrey es su hijo, aunque no es así de verdad. Él tenía ocho años cuando mi padre conoció a Miriam, y lo adoptó más adelante. Por más que Humphrey no esté ahí, hablarán mucho de él. El año que viene irá a Cambridge y los deportes se le dan de muerte. Todos *adoran* a Humphrey.

Puso los ojos en blanco e intentó sonreír. Frank reconoció en la indiferencia forzada de aquel gesto un intento por hacer caso omiso de los años de resentimiento y dolor que le resultaba muy familiar. Le dio la mano y la miró a los ojos con honestidad.

—Solo tengo una pregunta —le dijo—. ¿Qué tipo de persona mira a un bebé recién nacido y lo llama… Humphrey?

Cleo se echó a reír y meneó la cabeza.

—No has conocido a Miriam —repuso ella.

Cleo y Frank subieron las escaleras de la fétida plataforma de metro y surgieron al espacioso vestíbulo principal de la estación.

Alzaron la mirada hacia su famoso mural celestial e intercambiaron una sonrisa para reconocer sin palabras la buena suerte que tenían de vivir en aquella ciudad. Incluso al neoyorquino más hastiado le costaba encontrarse bajo el gran techo de color azul verdoso claro de Grand Central e inclinar la cabeza hacia las constelaciones doradas grabadas en la cúpula sin sentir un atisbo de asombro. Sobre el mostrador de información, el reloj dorado que había sido testigo de tantos millones de reuniones y separaciones brillaba con calidez. A su lado, les estaban haciendo las fotos de boda a unos novios japoneses, ataviados con un traje y un vestido blanco con volantes.

—Ahora que lo pienso —dijo Frank—, no tenemos ni una sola foto de la boda.

—Tenemos las fotos de la lectura de aura —repuso Cleo.

—Cierto —asintió—. ¿Te habría gustado que hiciéramos algo así?

Señaló hacia la pareja. El novio había alzado a la novia en brazos y la llevaba como si fuera una bebé difícil de cargar, con sus voluminosas faldas de tul que casi le tapaban todo el rostro a él. Entre los dientes llevaba una sola rosa roja.

—No cambiaría nada de lo que hicimos —repuso Cleo.

—Yo tampoco. —Le dio la mano—. Pero estaba pensando que sí deberíamos hacer al menos una cosa tradicional.

—¿Cuál?

—Una pequeña luna de miel. Tú y yo tomando el sol al sur de Francia... ¿Qué te parece?

Cleo dio un saltito a su lado y balanceó la mano junto a la de él.

—¡Creo que *c'est cool mais c'est fous*! —respondió, radiante.

El Oyster Bar estaba situado en el nivel inferior de la estación, bajo dos amplias escaleras de mármol. Para llegar hasta allí, tenían que cruzar el gabinete de secretos, una gran sala con arcos con unas baldosas de terracota interconectadas en un patrón en espina de pez de forma meticulosa.

—¿Sabes cómo funciona este sitio? —le preguntó Frank.

Cleo negó con la cabeza.

—Si estamos en esquinas opuestas, y susurro algo hacia la pared, podrás oírme. Tiene que ver con la acústica de la arquitectura, algo hace que el sonido se transmita. ¿Quieres probar?

Se fueron a esquinas separadas y se apoyaron contra las frías paredes cavernosas. Los sonidos de la estación resonaban a su alrededor. Frank estaba a punto de susurrarle a Cleo que la quería cuando oyó su voz, reverberando a través de las baldosas junto a su oreja.

—No les he dicho que nos hemos casado —susurró.

—¿Cómo que no? —susurró él.

—Así que no menciones la boda —continuó.

Frank se volvió para mirar a Cleo, que seguía de espaldas a él. Llevaba un largo vestido de seda de color limón que la hacía parecer un rayo de sol. Estaba cruzando la pasarela para hablar con ella cuando oyeron que alguien la llamaba. Peter y Miriam estaban frente al restaurante, saludándolos con la mano.

—Les he dicho que vivimos juntos —se apresuró a decir Cleo—, pero eso es todo.

—Como tú digas —dijo Frank.

El padre de Cleo era un hombre corpulento, de cabello rubio fresa y los mismos ojos pálidos y expresión de cierta desconfianza que tenía su hija. Llevaba un polo desgastado y pantalones cargo cortos, de los cuales sus gruesos brazos y piernas surgían como partes de cactus cubiertas de una fina pelusa rubia. Su cuerpo denso y curtido indicaba una vida de labor física dura, a pesar de que aquella impresión quedaba socavada por un delicado anillo de plata en el pulgar y una colección de brazaletes con joyas atados alrededor de cada muñeca.

Miriam también llevaba todo un surtido de joyas de color plateado y turquesa, las cuales incluían un pesado anillo veteado en cada dedo y un reloj antiguo que colgaba de una cadena que lucía en el cuello. Era una mujer atractiva, a los mediados de sus cincuenta, con un cabello color caoba salpicado de canas. En la cabeza se había puesto una bufanda verde azulada, del mismo color que la holgada túnica de lino. Tanto ella como Peter llevaban sandalias Teva del mismo modelo, las de ella de color turquesa, y las de él, negras. Las uñas de la mano de Miriam, que se movían según los saludaba, emitían destellos verdes.

—Ah, cierto —murmuró Cleo mientras avanzaban hacia ellos—. Miriam está obsesionada con el color turquesa.

—Pensábamos que no nos ibas a reconocer —dijo su padre cuando llegaron hasta ellos.

—¿Por qué no os iba a reconocer?

—Ah, ya sabes —contestó—. Han sido varios años ya.

—Estáis iguales —les dijo Cleo—. Os veis bien. —Le dio un abrazo tenso a cada uno—. Este es Frank —lo presentó.

Frank avanzó de inmediato para estrechar la gruesa mano de Peter. Trató de darle a Miriam un beso en cada mejilla, al estilo europeo, pero ella se resistió, por lo que acabó juntando su rostro con el de ella con torpeza antes de separarse.

—Qué guay que hayáis podido venir —los saludó.

Si bien «guay» no era una palabra que soliera usar, dado que ya pasaba de los cuarenta y no era ningún universitario de una fraternidad, el fracaso del doble beso lo había confundido y se había sumido en un remolino de incomodidad social. Recurrió a sonreírles como un loco y a frotarse las manos como si fuera una especie de villano de dibujos animados. Cleo, por otro lado, notó que se encogía físicamente ante su presencia. Hizo un esfuerzo consciente por cuadrar los hombros y mirar a Miriam a los ojos, los cuales observaban a Frank con una expresión de desconcierto.

—Eres muy norteamericano, ¿a que sí? —dijo Miriam.

—No estoy seguro de que eso sea un cumplido —repuso Frank, ampliando su sonrisa en una expresión que mostraba incluso las encías.

—Es de Nueva York —interpuso Cleo, a la defensiva—. Es así como suenan.

—Oh, me encanta, cariño —gorjeó Miriam—. No dejan de decirnos: «Que tengan un buen día». —Puso un acento estadounidense obscenamente nasal—. Todos son muy amables, ¿no?

—Me gusta tu, eh… cosa verde —comentó Frank—. Muy bonita.

—El turquesa representa alcanzar el poder que llevamos dentro —declaró Miriam—. Es algo más que «bonito».

—Tengo hambre —dijo Peter—. Vamos ya.

El subterráneo Oyster Bar podía haberse encontrado en cualquier estación del año, pues ni el tiempo ni la luz del sol lo tocaban. Los mismos techos curvos que había en el gabinete de secretos continuaban en el interior, y los redondeados contornos de las baldosas creaban la sensación de estar dentro de un horno de ladrillo. Unos candelabros bajos con forma de timones arrojaban su luz amarillenta sobre las relucientes barras de acero inoxidable y formica, alrededor de las cuales había filas de taburetes rotatorios de vinilo. El grupo decidió sentarse a una mesa en lugar de a la barra, por lo que los condujeron a una sección aparte con manteles a cuadros rojos y blancos y unas servilletas blancas bastante tiesas que parecían ser de color ámbar bajo aquella luz.

—Qué lugar tan pintoresco —dijo Miriam mientras se sentaba.

—Es toda una institución en Nueva York —explicó Frank—. Las ostras más frescas de la ciudad. Mi madre solía traerme aquí cuando era pequeño.

—Debe hacer mucho tiempo de eso ya —repuso Miriam, como si nada—. Eres un poco mayor que Cleo, ¿no?

—Venga, venga —interpuso Peter—. Vamos a pedir antes de empezar con el interrogatorio.

Cleo solía encontrar un placer privado en ver cómo los desconocidos trataban de descifrar su relación con Frank. Los dos tenían un aspecto más joven de lo que en realidad eran; solían imaginar que ella se encontraba al final de la adolescencia, mientras que a él le echaban unos treinta y pico. ¿Sería su padre? ¿Un amigo de la familia? «No —se imaginaba que les susurraba—, me lo tiro». Sin embargo, en aquel momento, frente a su padre de verdad, lo único que podía sentir era vergüenza.

—¿Qué quieren beber?

Un camarero con la cara de un caballo de carreras retirado apareció frente a ellos. Tanto Cleo como su padre pidieron unos tés helados. Miriam pidió agua caliente con limón, y Frank, un Tom Collins. Pese a que había esperado que la bebida que había solicitado pasara tan inadvertida como fuera posible, Miriam se le echó encima en cuestión de segundos.

—¿Eso es como un Arnold Palmer? —le preguntó.

—Más o menos —respondió, distrayéndose con la servilleta.

—¿Un Bombay Sapphire le va bien, caballero? —preguntó el camarero.

—Claro, claro —repuso.

Frank le dedicó al camarero una mirada cargada de significado, la cual pretendía que transmitiera lo decepcionado que estaba con él, pero este se limitó a dar media vuelta tras dedicarle una leve inclinación con la cabeza.

—¡Alcohol durante la comida entre semana! —exclamó Miriam—. Pero qué urbano.

Cleo notó que se le encendían las mejillas y dio un largo sorbo a su agua con hielo. Frank, quien se había sentido avergonzado por unos instantes, tomó la decisión consciente de que le diera igual lo que pensara ella. No tenía ninguna posibilidad de sobrevivir a aquella comida sin haber bebido algo.

—¿Servirán pan en este sitio? —preguntó Peter, mirando por toda la sala, algo malhumorado.

—Estoy segura de que sí, cielo —lo tranquilizó Miriam—. Es toda una institución en Nueva York, después de todo.

Miriam cubrió la mano de Peter con la suya, y Cleo se puso de pie de repente.

—Puedo ir a pedirlo —dijo.

—Tonterías —gruñó su padre—. Siéntate.

Cleo se volvió a hundir en su asiento. Ni siquiera después de tantos años podía desobedecer a su padre. A Frank, el padre le pareció una especie de oso pardo cascarrabias al que se le estaba sometiendo al equivalente de un pícnic para un osito de peluche.

—Ah, Cleo —murmuró Miriam—, recuerdos de Humphrey. ¿Sabes que el mes que viene empezará a estudiar en Cambridge?

—Siempre trabaja muy duro —añadió Peter.

—Con suerte eso quiere decir que se podrá deshacer de esa novia horrible que tiene —continuó Miriam—. No deja de intentar romper con ella, pero cada vez que lo hace ella se pone a llorar, y el pobrecito no tiene ánimos para insistir.

—Tal vez no quiera romper con ella de verdad —propuso Cleo.

—Claro que quiere —dijo Miriam—. La chica es espantosa, como no dejo de repetirle. El problema es que él es demasiado amable.

—Parece que tiene que echarle pelotas —interpuso Frank.

Miriam inhaló de repente, como si la hubieran abofeteado.

—Humphrey es un chico muy sensible —lo defendió—. Excepcional en muchas cosas. No le pasa nada malo, desde luego.

—El chico es cinturón rojo en artes marciales —añadió Peter.

—Solo era una broma —dijo Frank.

—Era una broma —dijo Cleo.

—¿Dónde está ese pan? —preguntó Peter.

Frank miró a Cleo de reojo, pero ella había vuelto a quedarse contemplando su propio regazo. Supuso que era responsabilidad suya tratar de encauzar la conversación.

—Bueno —comenzó—. Cley me ha dicho que organizas una especie de taller para niños o algo así.

Miriam echó la cabeza hacia atrás y soltó una carcajada con tanto desenfreno que sonó de lo más falsa.

—Organizo talleres para sanar al niño que llevamos dentro. Es un poco distinto. —Se volvió hacia Peter, todavía soltando risitas—. ¿Has oído eso, Pete?

Peter gruñó para demostrar que la había escuchado, puesto que estaba distraído por una rebosante panera que se dirigía hacia ellos junto a la bandeja con las bebidas. El camarero todavía estaba descargando lo que había llevado cuando Peter partió un colín y lo clavó en la mantequilla.

—Acabamos de organizar un taller para una empresa emergente de San Francisco y ahora nos dirigimos a New Haven. De hecho, hemos estado de gira por todo el mundo. ¡El mes pasado estuvimos en China!

—Suena asombroso —dijo Cleo.

Frank se percató de que Cleo no parecía nada asombrada por ello, sino todo lo contrario; se la veía bastante deprimida. Le dio un largo sorbo a su bebida.

—¿Hacéis los talleres juntos? —les preguntó.

—Mimi es el cerebro detrás de toda la operación —repuso Peter, devorando un panecillo—. Ahora que estoy jubilado puedo viajar con ella.

—Eres como mi grupi, ¿verdad, cielo? —dijo Miriam.

El colín que sostenía Cleo se le partió entre los dedos.

—Pidamos algo de comer, ya que tienes tanta hambre, Peter —propuso Frank, antes de hacerle un gesto al camarero de rostro alargado—. Una docena de ostras y un par de las bandejas de mariscos para la mesa. ¿Qué os parece?

—Perfecto —repuso Cleo, disfrutando del hecho de que por una vez su padre no tuviera las riendas. Frank tenía mucho más éxito del que él había llegado a tener nunca.

—Y yo invito —añadió Frank—, así que no os cortéis, pedid lo que os apetezca.

—No, no podríamos —se quejó Peter.

—Insisto —dijo Frank.

—De ninguna manera —continuó Peter.

—Es muy generoso por tu parte, Frank —dijo Miriam—. Gracias.

—Mmm —soltó Peter, resentido.

—Frank tiene su propia agencia publicitaria —explicó Cleo—. Es el director creativo.

—Ah, ¿sí? —preguntó Peter.

—Yo misma trabajo con muchísimas personas de los medios —añadió Miriam.

—Solo es una pequeña agencia —dijo Frank—. Pero está creciendo bastante deprisa.

—El año pasado ganó un gran premio del Festival de Creatividad de Cannes —siguió Cleo.

Ni Peter ni Miriam respondieron a aquel comentario. A pesar de su anterior promesa de someterlos a un interrogatorio, Frank se percató de que, por alguna extraña razón, no albergaban ni un atisbo de curiosidad por él ni por Cleo.

—¿Y a qué te dedicabas antes de jubilarte, Peter? —le preguntó.

—Era ingeniero —respondió—. Principalmente en el mundillo de la construcción.

—Así fue como conoció a mi madre —explicó Cleo—. Ella era arquitecta.

—Y una muy buena, debo añadir —dijo Peter.

—Pero ahora me es muy útil *a mí*, ¿verdad, cielo? —interpuso Miriam.

—Se intenta —contestó.

—Por no hablar de a los cientos de personas que necesitan un espacio seguro en el que sanar —añadió Miriam.

Peter la miró con orgullo y timidez a la vez.

—Cuéntales lo que te dijo aquel hombre de negocios chino, Mimi.

—Ay, seguro que no quieren oír nada de eso. —Miriam alzó las cejas hacia Cleo y Frank, a la expectativa. Estaba claro que debían responder, pero Cleo guardó silencio, firme.

—Claro que queremos —dijo Frank.

—Bueno, ya que insistís —repuso Miriam—. Lo que estábamos estudiando en China eran las ramificaciones de la política de un solo hijo. Hay toda una generación de adultos que crecieron siendo hijos únicos, la cual ahora se conoce como la «generación solitaria». Numerosos estudios psicológicos han demostrado que los hijos únicos muestran un mayor grado de egoísmo, pesimismo y aversión al riesgo que los niños con hermanos. Sin ánimo de ofender, Cleo —añadió, mirándola con descaro desde el otro lado de la mesa.

—Humphrey también es hijo único —señaló Cleo.

—Él es un poco diferente —la cortó ella—. Como decía, todo eso puede afectarlos como adultos cuando se incorporan a un entorno laboral y se espera que formen parte de un equipo. Por tanto, mi papel es adentrarme en las empresas para ayudarlas a ver cómo las infancias de sus empleados afectan a su productividad diaria mediante nuestros talleres interactivos de varios días de duración en los que me interno de verdad en esas heridas de la infancia y comienzo a sanarlas desde dentro.

—Cuéntales lo que te dijo el hombre —repitió Peter.

—Y bueno, al final de un taller, el director ejecutivo de la empresa se me acercó, y te digo que ese hombre es más rico que Dios, y ¿sabéis qué me dijo? Me dijo: «Miriam, he viajado por todo el mundo y he conocido a los líderes de pensamiento más influyentes del mundo, hasta he conocido al Dalai Lama, por el amor de Dios, pero has sido *tú* quien me ha cambiado la vida más que ninguna otra persona que haya visto jamás. Miriam, eres la primera genio que he conocido nunca».

Hizo una pausa para mirar primero a Frank y luego a Cleo a los ojos para asegurarse de que hubieran notado el impacto de sus palabras de verdad.

—¿Y sabéis qué le contesté? Le dije «Liu», así se llamaba, Liu, «No soy ninguna genio. No soy ninguna líder mundial. Tan solo soy una humilde viajera como tú. Y me siento muy honrada de encontrarme en este viaje contigo».

—La invitaron a volver allí el año que viene dos veces —añadió Peter.

Frank no quiso mirar a Cleo por si aquello lo hacía soltar la carcajada que estaba conteniendo. Cleo, por otro lado, estaba fantaseando con estirarse por encima de la mesa y darle una fuerte bofetada a Miriam. Sin embargo, una de las pocas cosas que le había enseñado su niñez había sido a hacer lo contrario de lo que quería.

—Parece que tienen mucha suerte de que hayáis acudido a ellos —dijo.

—Ha sido lo mejor que hemos hecho nunca —confirmó Peter.

—Soy yo quien tiene suerte —dijo Miriam, abanicándose el rostro con la mano—. Que me hayan dado la oportunidad de ayudar a otro ser humano con total libertad…

—Entonces, ¿los talleres son gratuitos? —inquirió Frank.

—Bueno, no —repuso ella—. Pero no lo hacemos por el dinero.

—¿Y cuánto cuestan?

—Su valor no se puede cuantificar.

—Son muy caros —interpuso Peter—. Pero valen la pena.

—Peter —lo calló Miriam—. Damos mucho más de lo que recibimos.

—También sacamos mucho de ellos —continuó Peter—. Esa vez pudimos viajar por todo el norte de China. Fuimos a la Gran Muralla.

—Eso sí que fue sensacional —concedió Miriam.

—*Eso* fue lo mejor que hemos hecho —dijo Peter.

—Me temo que New Haven va a ser toda una decepción después de eso —comentó Frank.

—Ah, en realidad somos personas sencillas —repuso Miriam—. Nueva York, por ejemplo, es demasiado para nosotros. Solo hemos estado aquí unos cuantos días y ya estamos deseando marcharnos.

Cleo alzó la mirada de repente de la servilleta con la que había estado jugueteando.

—¿Unos cuantos días? Pensaba que solo ibais a estar en la ciudad un par de horas antes de vuestro tren.

—Decidimos venir un poco antes para ver el paisaje —explicó Miriam—. Lamento que no te hayamos dicho nada, cielo, pero todo ha sido muy de último minuto, y de verdad necesitábamos tiempo para nosotros para relajarnos entre talleres. Tener ese espacio para todo el mundo resulta agotador.

Cleo miró a su padre, que se había puesto visiblemente rojo.

—No me dijiste nada —le espetó.

—Miriam tiene razón —tartamudeó—. Fue todo en el último minuto.

La expresión de Cleo se endureció. Debería haber sabido que los modos en los que su padre podía decepcionarla no tenían fin. Frank le dio un apretón de apoyo en la pierna, bajo la mesa.

—¿Y qué te ha parecido Nueva York, Peter? —le preguntó.

—No sé cómo podéis vivir aquí —repuso Miriam—. ¡Hay tanto ruido! Y está sucia. Ayer vi una rata de verdad.

—Es una buena ciudad —añadió Peter—. Muy buena. Pero no es para todo el mundo.

—Mi madre siempre me decía que no follara con alguien a quien no le gustase Manhattan —dijo Frank.

—No seamos vulgares —se quejó Miriam.

—Al menos ella tiene una opinión —soltó Cleo, mirando a su padre de reojo.

Miriam, ante aquellas palabras, le dio a la mesa un suave golpe con su mano de manicura turquesa.

—Muy cierto —dijo—. A las mujeres con opiniones propias no se las celebra lo suficiente, ¿verdad, Cleo?

—Y a algunas se las celebra demasiado —repuso ella.

—¡Ah! ¡Ahí viene la comida! —exclamó Frank.

El camarero colocó con mucha ceremonia dos grandes bandejas de plata llenas de mariscos sobre hielo ante ellos. Las langostas de color rojo rubí estaban en el centro, con el caparazón abierto para revelar la esponjosa carne del interior. A su alrededor había varias ostras frescas peladas, gruesas gambas rosa, mejillones de labios verdes y almejas del tamaño de una mano humana. Unos endebles vasitos de papel llenos de salsa tártara y unas gruesas rodajas de limón daban el toque culminante a aquella impresionante muestra.

Frank vació su vaso y se lo devolvió al camarero.

—Tráeme otro —dijo, antes de volverse hacia la mesa—. ¡A comer!

Miriam continuó siendo la que más hablaba mientras comían. Le habían pedido que participara en un estudio psicológico sobre los traumas infantiles y la masturbación, y les estaba ofreciendo la historia de su propio primer orgasmo, el cual había alcanzado a la tierna edad de cuatro años y medio. Frank se asombró de que ni ella ni Peter hicieran ni una sola pregunta sobre Cleo en todo aquel tiempo. Ni dónde vivía, ni cómo se habían conocido, quiénes eran sus amigos, qué estaba pintando, ni sobre ninguna otra faceta de su vida en Nueva York. Un rato después, las abundantes bandejas quedaron reducidas a un montón de cáscaras descartadas que flotaban en charcos de hielo derretido y se movían a la deriva.

—¿Tenéis alguna foto de Cleo de bebé? —preguntó Frank—. Me encantaría verlas.

—Ah, ¿sabes qué, cielo? —repuso Miriam—. No tenemos ninguna.

—No pensaba… —empezó a decir Peter.

—Deberíamos haber traído algunas fotos de los cuadros de Cleo —lo interrumpió Frank—. Tiene mucho talento.

—¿Cleo, cuántos años tenías cuando te conocí? —preguntó Miriam, haciendo caso omiso de lo anterior.

—Catorce —respondió.

—Así que Humphrey debía haber tenido ocho —dijo ella—. Ay, qué bonito era.

—Cleo fue una niña preciosa —se atrevió a decir Peter—. Con el pelo como hilos de oro.

—Ah, sí, era un bellezón —dijo Miriam—. Hasta aquella horrible fase de marimacho. ¿Puedes creerte que aún veo a algunos de esos chicos *skaters* con los que solías ir por la ciudad? Los llamo «chicos», aunque deben ser hombres ya. ¿Cómo se llamaba aquel que tanto te gustaba, el del nombre raro? ¿Ragamuffin? Ahora trabaja en el Café Nero.

—Ragdoll —la corrigió Cleo—. Se llamaba Ragdoll.

—Ah, claro, eso es mucho más sensato.

Miriam alzó una ceja en dirección a Frank en una especie de conspiración irónica, pero él desvió la mirada hacia Cleo, quien miraba el mantel a cuadros con una expresión vacía.

—¿Y eso fue en Londres? —preguntó.

—Miriam y yo vivimos en Bristol —explicó Peter—. Cleo pasó un año con nosotros cuando su madre estaba enferma.

Frank volvió a mirar a Cleo, solo que ella ya no estaba en la mesa, sino que había vuelto a Bristol, con catorce años. Había sido la primera vez que a su madre la ingresaban en el centro psiquiátrico, pero no sería la última. Ragdoll era mayor que ella, de dieciocho años tal vez, y le habían puesto aquel nombre en honor a las muñecas de trapo, por el modo en que se caía del skate, con las extremidades desperdigadas por doquier. Ella había estado patinando en el hielo con algunas de las chicas de su nueva escuela cuando él la vio. Había estado girando en una lenta órbita, con los brazos estirados, cuando él se inclinó por encima de la partición y la sujetó de la muñeca para tirar de ella hacia él. Si bien ninguna de las otras chicas pudo creer que se fuera con él con tanta facilidad, ella no era como las demás, sino que se había quedado sin madre, sin ataduras. La llevó bajo un paso a nivel, donde los chicos iban y venían sobre sus tablas bajo

147

aquella penumbra cada vez más oscura y, más tarde, a un piso de protección oficial con un solo colchón en el suelo. Perdió la virginidad aquella primera noche. Después de ello, él se había quitado el condón y lo había tirado dentro de una caja de pizza vacía. Cuando Cleo volvió a casa, nadie le preguntó dónde había estado; ni aquella noche ni ninguna otra de las que pasó en esa casa.

—No sabía que habías vivido ahí —le dijo Frank.

—No me sorprende —interpuso Miriam—. ¡Casi ni os conocéis!

—Sabemos las cosas que importan —soltó Cleo.

—Lo que Miriam quiere decir es que no queremos que toméis decisiones sin pensar —dijo Peter—. Eres muy joven, Cleo, no hay ninguna prisa.

—Por favor, no hables por mí, cielo —lo regañó Miriam—. Pero tienes razón, Cleo de verdad es muy… joven.

—¿Y cuánto esperasteis vosotros antes de que tú y mamá os divorciarais? —preguntó Cleo—. ¿Cinco minutos?

—No exageres, Cleo —dijo Miriam—. No eres norteamericana.

Peter se ruborizó por la incomodidad y se miró los puños, los cuales estaban cerrados sobre la mesa, como dos montañitas de carne picada.

—Era una situación distinta —explicó, malhumorado—. Una que no podías haber entendido a tu edad. No era asunto tuyo entenderlo.

—Tienes razón —soltó Cleo—. ¿Por qué carajos iba a ser asunto mío con quién se casara mi padre?

—El enfado de Cleo es algo natural y saludable —explicó Miriam, volviéndose hacia Frank—. Eso hemos dicho siempre, ¿verdad, Pete?

—No estoy enfadada —se defendió Cleo.

—Solo decimos que sería perfectamente aceptable que lo estuvieras, cielo.

—Ni siquiera me invitasteis a la boda.

—Eso fue hace diez años —dijo Peter.

—Sí, no guardes rencores —añadió Miriam—. Te saldrán arrugas.

—Soy tu hija —continuó Cleo.

—No quería molestarte a ti y a tu madre —se excusó Peter—. Estaba tratando de protegerla. De protegerte a ti.

—Pues lo has hecho de rechupete —dijo Cleo—. Cinco estrellas, Peter.

—Tu padre siempre ha pensado en los demás primero —lo defendió Miriam.

—Tu madre no estaba bien, Cleo —explicó Peter—. Nada de lo que hubiéramos hecho podría haber cambiado eso.

—Bueno, pues ¿sabes qué? —empezó Cleo, con el rostro encendido—. Yo tampoco os invité a la mía.

—Cleo, no creo que… —dijo Frank.

—Nos casamos —lo interrumpió—. En junio.

El camarero y su largo y triste rostro volvieron a hacer acto de presencia.

—¿Qué les ha parecido la comida? —les preguntó.

—La cuenta, por favor —dijo Frank.

—¿Querrán algo de postre?

—¡No! —exclamó Frank, casi echándolo a empujones de la mesa.

—Vaya, ¡entonces debo felicitaros! —soltó Miriam, volviéndose hacia ellos con una radiante sonrisa que no le llegó a los ojos.

—No quiero hablar de eso —dijo Peter, con la cara de un tono rojo oscuro.

149

—No, cielo —lo corrigió Miriam, con el tono de una madre que regaña a un hijo malhumorado—. No es bueno que Cleo se guarde todas esas cosas. Hablar es sanar…

—Mi madre nunca me hablaba de nada real —la cortó Frank—. ¡Ni siquiera sobre quién es mi padre!

Miriam le dedicó una mirada perturbada. Estaba claro que odiaba que la interrumpieran.

—Bueno, la madre de Cleo —dijo—, como es probable que ya sepas, era una mujer con muchos problemas. No estaba bien en mente ni en espíritu.

Cleo, de hecho, jamás le había hablado mucho de su madre. La noche en que se conocieron le había contado que había muerto cuando ella estaba en su último año en la universidad, y aquello era todo lo que le había podido sonsacar al respecto.

—No hables de mi madre —le advirtió Cleo.

—Fue un golpe terrible para todos nosotros —dijo Miriam.

—No hables de mi madre —repitió ella.

—El suicidio —empezó Miriam, tomando aire como si la palabra fuera algo ácido a lo que acababa de darle un bocado— es una enfermedad hereditaria.

Cleo notaba que le vibraba todo el rostro. Quería marcharse, aunque sabía que no lo haría. En poco tiempo, se sumiría en la oscuridad y ya no sentiría nada.

Frank miró a Cleo, cuyo rostro estaba pálido, salvo por un solo punto rojo en cada mejilla. Notaba, bajo aquella superficie inmóvil que presentaba, una agitada tormenta de sentimientos. Sin embargo, Cleo no se movió, ni siquiera dio un pequeño respingo. A Frank le recordó a un gran y noble boxeador que se quedaba de pie, aturdido, tras recibir lo que debería haber sido un noqueo. Se levantó de la silla de repente.

—Lo siento, pero todo esto me parece un despropósito —dijo—. Cleo, no te mereces esta mierda.

—¡Menudo lenguaje! —exclamó Miriam—. Los norteamericanos pueden ser tan brutos…

Peter se quedó en silencio, con la cabeza colgando entre sus gruesos hombros. Frank se volvió hacia Cleo y le ofreció una mano. Poco a poco, con mucha dignidad, ella se levantó para ponerse de pie a su lado.

—Nos vamos —anunció Cleo.

Salió del restaurante, con Frank pisándole los talones. Pero entonces, él se dio media vuelta y sacó la cartera. Avanzó hacia la mesa dando grandes zancadas y puso dos billetes de cien dólares en la superficie frente a Peter.

—Lo mejor que has hecho nunca —le dijo— es Cleo.

CAPÍTULO SIETE

Finales de septiembre

Había sido la luna de miel perfecta, hasta que Frank había decidido aceptar la apuesta. Estaba haciendo equilibrio, descalzo, en el balcón del hotel, listo para saltar desde allí arriba hasta la piscina, mientras Cleo observaba la silueta de su espalda y lo fulminaba con la mirada. A pesar de que era una noche fresca, Frank se había quitado la ropa hasta quedarse solo con sus pantalones de traje de lino, sostenidos en su cintura gracias al cinturón de piel de cocodrilo marrón que ella le había comprado aquella misma semana en el mercado de Niza. Estaba de pie sobre el último escalón de la barandilla y tenía los brazos estirados, como un trapecista que se preparaba para un truco.

—¿Cuánto hemos dicho? —gritó.

—¡Mil! —respondió una voz de hombre desde abajo.

—¿Solo eso? —preguntó Frank, tras soltar una carcajada.

—¡Dos mil si ella salta contigo!

Cleo se removió en su sillón de mimbre. Tras ella, podía oír el leve murmullo de las últimas cenas de la terraza del restaurante, y, más allá de eso, las cigarras de las laderas de lavanda que se inclinaban hacia Cannes, y, más lejos aún, los perros de los viñedos que ladraban desde las jaulas en las que pasaban la noche, y, después de ello, el mar, donde todos los animales eran libres.

—No haría algo así —dijo Frank.

Sin embargo, cuando se volvió para mirarla, ella reconoció su expresión incluso entre la penumbra, aquella mirada que era mitad pregunta y mitad reto. Cleo miró el cenicero al que le había estado dando vueltas con las manos. Dorado y ondeado, desentonaba con el aspecto espartano de la habitación. A Frank le gustaba bromear sobre que aquel hotel pedía un precio de rey para vivir como un monje, por mucho que hubiera sido él quien había sugerido hospedarse allí. A Cleo le gustaba la simplicidad de la habitación, tal como él sabía que iba a ser, los suelos de piedra que permanecían frescos todo el día, la cama baja de madera y la mosquitera desteñida por el sol que colgaba sobre la cama como si fuera un nido de abejas.

Los artistas más célebres de Europa se habían hospedado en aquel hotel y habían pagado por el placer de hacerlo mediante sus obras. Un gran móvil de Calder se mecía ante la brisa al principio de la piscina. Había un mural de Fernand Léger en un lado del patio del restaurante y una escultura de César Baldaccini que vigilaba la entrada. En la habitación de Cleo y Frank, un boceto a lápiz de la Virgen María pintado por Matisse colgaba con modestia sobre la cama.

—¡Mil quinientos! —gritó la voz de abajo—. Pero tienes que acertar de pleno en el cisne. Última oferta.

—¿El cisne? —gritó Frank—. ¡Estarás de coña! ¡Es del tamaño de un niño!

El cisne era el vehículo favorito de Cleo. Aquella mañana, Frank había regresado del estanco con una bolsa llena de juguetes para la piscina que incluían un delfín sonriente, una colchoneta cocodrilo, un flotador con alas y cabeza de cisne y una

153

pinza de langosta gigante un tanto surrealista. Cleo y Frank habían echado unas carreras con ellos mientras los demás huéspedes tomaban el sol, como lagartos, alrededor de la piscina.

—Frank, por favor —le dijo Cleo a su espalda a media voz.

—¡Cleo tiene algo que objetar! —gritó Frank, entre risas, hacia la voz de abajo.

—¡No te acobardes ahora, hermano! —lo retó la voz—. Solo es una planta. Bueno, dos…, pero tú puedes.

—Por favor, no —insistió Cleo—. Hazlo por mí.

Frank miró a Cleo, quien le devolvió la mirada, y luego esbozó una sonrisa.

—¡A la mierda! —gritó, y se volvió de nuevo hacia la voz de abajo. Escaló por encima de la barandilla y se quedó firme, con ambas manos detrás de él—. ¡Mil quinientos! ¡Será un anticipo para la operación que me tendrán que hacer!

—¡Estamos en Europa! —respondió la voz a gritos—. ¡Es gratis!

A Cleo le llevó menos de diez segundos salir de la habitación con un portazo, y luego unos treinta segundos más darse cuenta de que él no pretendía ir a buscarla. Se quedó quieta en el pasillo, todavía con el cenicero en la mano, y prestó atención para escuchar el chapuzón, pero no oyó nada. No pensaba volver a la habitación. Con cuidado, bajó por las escaleras y se dirigió al patio. Se detuvo de nuevo frente a la puerta de madera que conducía al exterior, la cual se abrió de repente para dejar ver al par de directoras de escuela jubiladas que se habían presentado ante Cleo y Frank unos días antes, junto a la piscina.

—Hola, guapa. ¿Sales?

Era el principio de la temporada baja, y el puñado de huéspedes que quedaban en el hotel habían formado una comunidad temporal mientras charlaban sobre un plato de melón y un café por las mañanas y ocupaban siempre los mismos puestos en la piscina cada día. Cleo y Frank sospechaban que las directoras eran pareja en secreto y habían disfrutado de verlas sentadas bajo la sombra de los cipreses mientras jugaban a las cartas. Ambas adoraban a Frank, quien flirteaba con ellas de forma descarada y siempre les ofrecía un vaso de las botellas de vino blanco frío que pedía cuando iba a la piscina.

—Deje que la ayude —Cleo se apresuró para sujetarle la pesada puerta.

—Es complicado comprar fruta a esta hora de la noche —dijo la directora, mientras alzaba una red con naranjas—. A mi edad hace falta mucha fruta, nos ayuda a ir al baño como un reloj.

Pasó por su lado antes de volverse y sujetar a Cleo del brazo con una firmeza que la sorprendió.

—Eres encantadora, ¿sabes? —le dijo—. Tienes que disfrutarlo mientras puedas. Crees que durará para siempre, pero no es así.

La mujer mayor le dio una palmadita en el codo sin más y prosiguió su camino. Cleo suspiró y cruzó la puerta de madera hasta encontrarse en la plaza del exterior, donde unos hombres jugaban a la petanca en un tramo de tierra roja. La cafetería al otro lado de la plaza relucía como una linterna de papel. Varios grupos de personas estaban sentados alrededor de mesas de madera en la terraza y soltaban burbujas de conversaciones y risas que rebotaban contra la piel de Cleo. Se volvió en la dirección contraria y caminó por la tranquila calle de adoquines que conducía hasta la parte superior de la ciudad.

Se dijo a sí misma que se daría media vuelta tras cada paso que daba, aunque no ralentizó la marcha conforme escalaba en dirección a las oscuras tiendas llenas de arte turístico cutre, los estancos cerrados y las pastelerías. Desde lo alto, podía ver la gran muralla medieval de piedra que rodeaba la ciudad, construida para alejar a los intrusos, pero que se había convertido en una plataforma desde la cual los visitantes observaban las luces brillantes de Cannes y del Cap d'Antibes, situados más abajo.

Cleo se puso el cenicero bajo el brazo y comprobó los bolsillos de la falda que vestía. En uno llevaba cigarrillos y un mechero y en el otro, dos grandes billetes que Frank le había dado aquella misma mañana para comprar souvenirs. Todo lo que necesitaba. Se sentó en la terraza de una cafetería medio vacía al otro lado de una lúgubre iglesia y una heladería cerrada. Miró a través de la ventana de la cafetería, en cuyo interior había un puñado de hombres encorvados bajo el brillo verde de un partido de fútbol en la televisión y encontró la mirada del camarero. Este se alejó de los demás con la expresión contrariada de alguien que creía haber terminado de trabajar por el día.

—*Un verre de malbec, s'il vous plait* —pidió Cleo, complacida por haber pronunciado las palabras bien por una vez.

—No tenemos malbec —repuso él. Tenía una nariz con forma de anzuelo y unas orejas rosa diminutas, como caracolas.

—Ah, ya veo. —Los nervios le arrebataron el francés a Cleo—. Cualquier vino tinto está bien. —El rostro se le tensó con una sonrisa amable.

El camarero asintió y regresó al interior. ¿Por qué sentía la necesidad de gustarle a todo el mundo, incluido aquel camarero? Qué bueno debería ser sentir indiferencia ante la indiferencia.

Un grupo de adolescentes se había reunido frente a las puertas cerradas de la iglesia y se habían apoyado en sus ciclomotores mientras fumaban un cigarrillo tras otro. Cleo reconoció a algunos de ellos del hotel: eran las chicas de brazos bronceados que llevaban toallas hasta la piscina y los jóvenes camareros que les servían a ella y a Frank durante la hora de la cena. Cleo se sentía incómoda en su presencia, consciente de que no era mucho mayor que ellos. Frank contaba chistes y gastaba bromas a todos los empleados sin ninguna vergüenza, con la misma libertad con la que les soltaba cumplidos y les llenaba las manos de euros. Mientras tanto, Cleo mantenía la vista baja cuando los ansiosos camareros se estiraban a su alrededor para retirar los platos y pretendía no ver sus miradas de admiración. En aquel momento, libres de sus camisas blancas almidonadas y de sus corbatas, a Cleo le parecían incluso más jóvenes y robustos. Observó cómo se inclinaban hacia las chicas, bromeaban y se alejaban, aquella danza de timidez y deseo que le resultaba tan familiar.

El camarero regresó con una pequeña botella, un vaso y un cenicero.

—No te preocupes, he traído uno. —Cleo sostuvo el cenicero blanco y dorado que, por alguna razón, se había llevado del hotel. Y su incansable sonrisa volvió a aparecer. El camarero no dijo nada, y Cleo estuvo segura de que había regresado al partido de fútbol con un desdén todavía mayor hacia los turistas a los que debía atender durante todo el verano, con sus extrañas costumbres, sus quemaduras por el sol y su absoluto desconocimiento acerca del vino. Llevar su propio cenicero habría sido el tipo de broma sin sentido que le habría gustado a Frank, aunque su hábito era más bien llevarse cosas de los lugares que visitaban. A menudo, tras salir de un restaurante, Frank esbozaba una enorme sonrisa y se abría un bolsillo para dejarle ver un salero, una cucharita o un portavelas.

—De recuerdo —le solía decir.

—Un botín —respondía Cleo, pero siempre terminaba riendo. Le resultaba liberador estar con alguien a quien no le daba miedo quebrantar alguna que otra regla.

Cleo bebió un largo sorbo de vino, y luego otro. Aún no había logrado aprender el arte de estar sola en público sin sentirse extraña o sin que le pareciera que podía observar en lugar de ser observada. Se lo había intentado explicar a Frank, que la vida en público, para ella, ocurría desde fuera hacia dentro.

—Deberías disfrutar del hecho de que los demás te admiren —había contestado él—. Hazme caso, lo echarás de menos cuando tengas mi edad.

El hombre estadounidense se había percatado de ella durante la cena. Frank y Cleo habían estado sentados a una de las mesas de la terraza, cerca de la pared, donde la hiedra y la buganvilla crecían con mayor espesor, cuando el hombre se había adentrado en su conversación a través de un conocido mutuo con Frank en Nueva York. A Frank no le importaba, porque le gustaba tener a alguien con quien beber, pero Cleo se había dado cuenta de que se había acercado a ellos solo por ella desde el momento en que se había inclinado para estrecharle la mano.

Pese a que se había girado para hablar con Frank, la había observado con la parte lateral de la cabeza, como una gaviota. Era apuesto y sureño, con un bronceado color caoba y un sombrero de paja toquilla color crema, y sus dientes tintineaban contra su vaso. Por mucho que Frank fuera de Manhattan, aquel hombre era lo que Cleo pensaba que era un estadounidense de verdad, de aquellos que habían crecido yendo a partidos y acostándose con chicas en la parte trasera de un coche. Ni Frank ni Cleo sabían conducir.

—Cleo es la aficionada a Francia —le había explicado Frank durante la cena—. Hizo su tesis sobre Soutine, sobre sus cuadros de carne. Cosas de genios.

—Así que eres lista —comentó el estadounidense—. Hay muchas chicas guapas por aquí, pero tú eres lista, además. ¿Eso es lo tuyo?

El hombre apagó el cigarrillo y la miró directamente a la cara por primera vez.

—No creo que nada sea lo mío —repuso Cleo.

—Claro que sí —dijo el estadounidense—. Todo el mundo tiene algo.

—Cleo es como un gato —interpuso Frank—. Puede tocarte, pero tú no puedes tocarla a ella. Eso es lo suyo.

—Eso es cosa de británicos. —El estadounidense soltó una carcajada y les sirvió otra ronda de la botella que Frank había pedido. Cleo cubrió su vaso con la mano—. ¿No quieres más? Vale. ¿Qué es lo que se suele decir? ¿Que solo mostráis afecto a los perros y los caballos? Mantenerse impasibles y toda esa mierda.

—En realidad, somos el país con mayor actividad sexual de Europa —dijo Cleo, haciendo un ademán con la cabeza hacia una pareja francesa de mediana edad que se toqueteaban mientras compartían un suflé en la mesa de al lado—. Incluso más que aquí, aunque no te lo creas.

—Claro que me lo creo —repuso el hombre—. Los más peligrosos son siempre los más educados.

Las gafas de Frank relucieron bajo la luz de las velas.

—Y ¿qué es lo mío? —preguntó.

—Eso es fácil —respondió el estadounidense—. Tienes que ganar.

—A todo el mundo le gusta ganar —dijo Frank—. Eso no puede ser lo mío.

—No digo que te guste —explicó el estadounidense—, sino que tienes que ganar. Lo necesitas. Conozco tu agencia. ¿Cuántos Lions os habéis llevado en Cannes este año?

—Uno de oro y dos de bronce —contestó Frank con un orgullo muy evidente.

—¿Lo ves? —dijo el hombre.

Frank sonrió hacia sus manos, recordando con alegría sus triunfos. El estadounidense se encendió otro cigarrillo y le dedicó a Cleo un guiño casi imperceptible.

—¿Y qué es lo tuyo? —le preguntó Frank.

—Tú dirás —repuso el hombre.

—Tú eres el experto.

—Bueno, pues… —empezó el estadounidense.

—Quieres lo que otras personas tienen —lo interrumpió Cleo. El hombre soltó una risotada.

—No te falta razón, guapa —dijo—. Aunque solo has acertado a medias. Quiero lo que otras personas tienen, sí, pero, además, no quiero lo que tengo yo.

—Así es la condición humana. —Frank se encogió de hombros.

—¿No quieres lo que tienes? —le preguntó Cleo.

—Quiero *más* de lo que tengo —respondió él, y empezó a contar con los dedos—: Dos Lions de oro, dos agencias…

—¿Dos mujeres? —aventuró Cleo.

—Solo si son dos como tú —se apresuró a contestar Frank.

—Buen intento. —El estadounidense rio y le dio una palmada en la espalda a Frank antes de estirar los brazos por encima de la cabeza—. La cosa es que queremos algo por la insuficiencia. En los dos sentidos de la palabra, el que nos falte algo y el creer que carecemos de algo, todo junto. Cuanto más insuficiente se siente alguien, más quiere.

—Así que eres un filósofo —dijo Cleo.

—Y tú eres más lista de lo que pareces —repuso el estadounidense.

—Eso solo se les dice a las mujeres —señaló Cleo.

—¿Y qué soy yo? —preguntó Frank—. ¿El bufón de la corte?

Cuanto más bebían los dos, más competitivos se volvían. Cleo los observó y se preguntó qué antigua creencia estaría haciendo efecto para que, a pesar de sus vidas llenas de abundancia, pensaran que nunca iban a tener suficiente. El estadounidense fanfarroneó de la escuela de negocios a la que había asistido en Pekín. Frank contraatacó, de manera triunfal, con que nunca había ido a la universidad. Cleo se reclinó en su silla, somnolienta y olvidada. Habían pasado al tema de los logros en el instituto. El estadounidense, de forma muy apropiada, había sido algo llamado *all-american*. Frank reveló que había sido un saltador de trampolín profesional y que había roto récords estatales en la categoría de diez metros.

—Eso tengo que verlo —dijo el hombre.

Cleo sacó un cigarrillo de su cajetilla, y este se inclinó para encendérselo. Ambos intercambiaron una sonrisa sobre la llama.

—Bueno, fue hace mucho tiempo —se excusó Frank. Luego tomó un cigarrillo y se lo puso del revés entre los labios.

—Oye. —Cleo estiró una mano para darle la vuelta—. Tú no fumas, ¿recuerdas?

—Pero aquí las chimeneas me estáis dejando de lado.

—Volvamos a lo de los saltos —dijo el estadounidense.

El malhumorado camarero de la cafetería regresó y le echó un vistazo al vaso vacío de Cleo.

—¿Has terminado?

—Tráeme otro, por favor.

Una campana sonó con firmeza desde la torre de la iglesia. Eran las 11 p. m. El día anterior, Cleo había dejado a Frank caminando de un lado para otro en la habitación mientras discutía con su director artístico en Nueva York sobre un nuevo empleado y había ido a la capilla de Matisse. Por fuera, parecía un simple terrón de azúcar, pero por dentro era como entrar en el centro de una joya. Unos ventanales de vitral arrojaban una luz multicolor sobre las paredes blancas. Matisse solo había empleado tres colores para los ventanales: verde para las plantas, amarillo para el sol y azul para el cielo, el mar y la madona. Lo había considerado su obra maestra.

A su madre le habría encantado la arquitectura de la catedral. Siempre había dicho que un edificio debía ser dos partes satisfacción y una parte deseo. A pesar de que Cleo nunca había entendido qué quería decir, la frase regresó a ella en aquel momento, como una profecía. «Dos partes satisfacción, una parte deseo». Parecía una buena fórmula que seguir en la vida, aunque no la había conseguido dominar del todo aún. Su madre no lo había logrado nunca, desde luego.

Frank no le había insistido sobre el tema del suicidio de su madre, pero había pasado a mirarla desde los umbrales de las puertas, nervioso, mientras ella leía o veía la televisión. Estaba buscando los indicios. Cleo sabía que había estado distante desde que habían quedado con su padre, pues no quería que él viera su tristeza, que era tan fea y vieja. Si bien sabía que el dolor no era algo lineal, odiaba ver cómo aquellas emociones tan antiguas volvían a ella. Se sentía torpe, rebajada, de un modo en que no se había sentido desde que había vivido en Londres. Había considerado volver a tomarse los antidepresivos, aunque esperaba que pasara por sí solo. Y, en la mayoría de los casos, se le daba bastante bien ocultar sus sentimientos. Se lavaba el pelo y comía postre y trataba de reírse cuando todos los demás lo hacían.

Solo que Frank sí se había dado cuenta. Había sido él quien había sugerido Francia, el hogar de sus artistas favoritos, para ir en su luna de miel con retraso. Había estado tratando de animarla. Y mientras estaba allí, en aquella bella noche de aquel bello país, no quería pensar en su madre, en su tristeza ni en todo lo que bebía Frank. No quería pensar en absolutamente nada.

El camarero le volvió a llenar el vaso, y ella drenó la mitad de un solo trago. Se sentía animada por el vino y empezaba a disfrutar. Con la punta del cigarrillo, empujó la ceniza hasta la circunferencia exterior del cuenco blanco. Alzó la mirada para ver que uno de los adolescentes de la iglesia se dirigía hacia ella con el andar fanfarrón y de caderas sueltas de alguien que sabía que estaba siendo observado. Las chicas habían desaparecido, por lo que solo quedaban otros dos chicos que la miraban con una vigilancia firme mientras su amigo se acercaba a ella.

—*Avez-vous du feu?* —le preguntó él, tras llegar a su mesa y señalar hacia el mechero. Cleo asintió—. *Parlez-vous français?* ¿Hablas francés?

—*Un peu* —respondió ella, y la pronunciación incluso de aquellas diminutas palabras la hicieron sentir muy insegura—. ¿Y tú hablas inglés?

—Estudio en la escuela.

—Tienes un muy buen acento.

—No —repuso él, soltando el humo por la nariz—. No lo es.

Tenía la nariz cuadrada y chata, pero sus ojos eran de un color marrón terciopelo, con unas largas y gruesas pestañas.

—Te visto por el hotel —comentó el chico—. Llevas un, cómo se dice… amarillo…

Trazó un par de círculos con las manos en el pecho y estalló en una carcajada que lo hizo doblarse sobre sí mismo antes de mirar a sus dos amigos, quienes saludaron desde sus ciclomotores y gritaron algo en francés que Cleo no entendió. Se dio cuenta de que seguían siendo unos niños, y de repente se sintió muy vieja, cuando lo que quería era todo lo contrario.

—Ya. Bueno, que pases una buena noche —dijo ella.

Hizo un gesto para levantarse de la silla y miró a su alrededor para llamar la atención del camarero.

—No, no. —Sacudió las manos y liberó la carne imaginaria que sostenían, tras lo cual le dedicó una mirada de remordimiento exagerado—. Soy tonto. Mi amigo me pide que venga a decir que eres *trop belle*. Guapa. ¿Entiendes?

Cleo se lo quedó mirando. Una brisa rozó la pared de piedra e hizo que los árboles aplaudieran con las hojas. Lavanda, tierra y un ligero atisbo a sal.

—¿Vienes a la discoteca con nosotros?

—No. —Se puso de pie y se limpió la ceniza de la falda—. ¿Dónde está?

—No muy lejos —repuso—. A un tiro de piedra.

Cleo se rio.

Dejó un billete sobre la mesa, más de lo que debía, pero no pudo esperar, pues la brisa la alejaba de la cafetería y en dirección a la iglesia, donde los incrédulos amigos del chico lo esperaban, y luego hasta la parte trasera de una moto que tembló al arrancar bajo ella, tras lo cual la llevaron por una calle de adoquines tras otra, lejos de las luces de la ciudad y hacia el azul oscuro de la noche. El cenicero quedó olvidado en la mesa de la cafetería.

Desde la parte trasera de la moto, el mundo se suavizó y se volvió una mancha. Estiró los brazos a ambos lados y atrapó puñados de aire sólido. La noche era un millar de alas de mariposas negras que batían contra su piel. Cleo comprendió por qué se solía describir a las motos como si fueran la libertad; no era por su habilidad de llevarlo a uno a cualquier sitio, sino por el modo en que transformaban el lugar en el que se encontraba.

Avanzaron a toda prisa hacia las luces al pie de la colina y aparcaron en un bar antiguo en la esquina de una tranquila calle residencial. Un vaso de martini de neón parpadeaba de color azul, rosa, azul, rosa, en la ventana. El chico bajó de la moto de un salto y alargó una mano para ayudarla a descender. Cuando estuvo en tierra firme, notó que el cuerpo entero le temblaba, como si un motor siguiera en marcha en su interior.

El bar había sido transformado en una discoteca improvisada con la ayuda de unos altavoces, una chisporroteante máquina de humo y una bola de discoteca que giraba con pereza en lo alto. Unos rombos de luz plateada rotaban sobre los brazos y los rostros de los cuerpos que se encontraban allí. Estaba repleto en su mayoría de personas del lugar, adolescentes que trabajaban en los hoteles cercanos, mujeres de grandes pechos que se encargaban de los estancos y pastelerías de la ciudad, un par de tipos que parecían pescadores viejos encorvados sobre la barra, con sus camisas blancas que relucían sobre la piel marrón y arrugada. Los altavoces emitían a todo volumen el tipo de música que Cleo escuchaba de adolescente.

El chico se llevó un pulgar a los labios y bebió un líquido imaginario antes de llevarla hacia la barra. Le abrió paso hasta situarla en el frente y llamar la atención del camarero, quien se había desabrochado la camisa para revelar un tatuaje que le cubría todo el pecho, de un halcón que sostenía un arenque entre las garras.

—Yo me encargo —dijo ella, metiendo la mano en el bolsillo, en busca del billete que le quedaba.

—No. —El chico le apartó las manos—. Eres invitada.

Las bebidas llegaron en dos grandes vasos escarchados con sombrillas y cerezas marrasquino en la parte superior. A Cleo le parecieron algo demasiado juvenil y habría preferido un vaso de vino o una cerveza. La cereza dejó una mancha roja, como una huella ensangrentada, en la parte superior de la espuma blanca. Bebió un sorbo a través de la pajita: sabía a coco, a azúcar de caña y a jabón.

—Bueno, ¿eh? —dijo él, haciendo una mueca para disimular su asco conforme se bebía su propio trago enorme.

Se le ocurrió que habría pedido aquello por ella, que probablemente se tratara de la bebida más cara del menú.

—Delicioso —repuso ella.

Cleo dejó que la rodeara con los brazos y la llevara hacia la multitud de cuerpos. Sus amigos ya estaban en la pista de baile, apretujados contra dos chicas de cabello largo, livianas y ágiles como anguilas metidas en tops y faldas de licra. Cleo se quedó allí, tímida y rígida de repente, contra el cuerpo del chico. Deseaba que Quentin o Audrey estuvieran allí con ella, pues ellos sabrían perfectamente qué hacer. El chico la agarró de la cintura y la movió de lado a lado mientras seguía el movimiento de sus caderas con las suyas. La música llenaba la sala como el agua y se colaba hasta en la esquina más remota. Giró y giró sobre sí misma y se le cayó algo de bebida en la muñeca. El chico la sujetó del brazo y la lamió desde el codo hasta la punta de los dedos, los cuales se sacó de la boca con un sonido húmedo. Cleo echó la cabeza hacia atrás en una carcajada silenciosa, y él la acercó una vez más.

—¡Esta canción mola! —dijo el chico.

—¡Estoy casada! —respondió ella.

—¡No te oigo! —exclamó él.

—¡Casada con un hombre! —continuó—. ¡Te dobla en edad!

Pero el chico solo se rio y se señaló las orejas.

A pesar del sabor, ambos se acabaron las bebidas en un santiamén. Cleo se dirigió a la barra y pidió otra ronda. La segunda sabía mejor que la primera. Una canción que todos conocían empezó a sonar, por lo que se rodearon con los brazos unos a otros y gritaron la letra mientras giraban en un círculo torpe. Estaba dando vueltas, desatándose como las cintas de un árbol de mayo, sin que nadie la atrapara. Una de las chicas de cabello largo encendió un porro y lo pasó por el grupo. Cleo dijo que no con las manos. Con un movimiento sorprendentemente fuerte, la chica se inclinó hacia delante, la sujetó de la nuca y atrajo la boca de Cleo hacia la suya. Cleo vio grumos de sombra azul de ojos que relucían bajo la luz en los pliegues de sus párpados. Y la sorpresa fue demasiada como para detenerla antes de que esta exhalara en su boca y le llenara la garganta con aquel humo espeso. Se apartó, entre toses, y los chicos empezaron a reír.

—No pasa nada —la tranquilizó su chico, dándole unas palmadas en la espalda.

Cleo trató de sonreír, pero volvió a toser, y una oleada de náuseas se le alzó en la garganta. La sala le daba vueltas. Se tambaleó hacia la puerta hasta llegar al fresco exterior justo a tiempo para vomitar en la calle mientras se sujetaba a la pared del bar para no caerse. Se había producido un movimiento sísmico: se había trasladado desde el interior hasta el exterior sin darse cuenta. El chico salió tras ella y echó un vistazo al vómito, el cual era del mismo color blanco espumoso de la bebida de coco, y luego se encendió un cigarrillo.

—Ahora estás mejor —le dijo.

Cleo asintió y apoyó la espalda contra la ventana del bar mientras se secaba la frente con la palma de la mano. Cerró los ojos, y un ballet de cisnes danzaron frente a ella. El chico le puso las manos en los hombros, y ella vio el cuerpo de Frank, una coma curva en el aire. El chico le apartó el cabello del cuello. Frank se estaba lanzando hacia el centro de los cisnes. Cleo abrió los ojos. El cartel con el martini de neón iluminaba el rostro del chico. Azul. Rosa. Azul. Rosa. Se inclinó hacia ella. Aún le sabía la boca mal por el vómito. Aun así, podría dejar que lo hiciera. Sería mucho más fácil así.

—¿Puedes llevarme? —le preguntó, apartando la cara—. Hasta el hotel.

—Es temprano —repuso el chico, dándole un beso en un lado del cuello.

—Por favor —insistió ella, apartándolo con suavidad.

—*S'il vous plait*… —dijo el chico, imitándola. La volvió a tomar de la cintura y puso la cara de nuevo en su cuello—. *Allez* —murmuró.

Cleo lo apartó de un empujón. El chico se tambaleó hacia atrás, le dedicó una mirada imperiosa y luego lanzó el cigarrillo al suelo. El ascua naranja rodó ante la brisa.

—*Non*. —Se encogió de hombros.

—¿No? —repitió ella.

—Tú vas —le dijo—. Yo no.

Cleo se lo quedó mirando unos instantes antes de dar media vuelta y marcharse por aquella calle tranquila, más allá de la fila de farolas que la iluminaban con su luz sulfúrica, hacia la calle principal. El chico le gritó algo en francés a lo lejos, pero no lo entendió, por lo que se limitó a alzar el dedo corazón en el aire sobre su cabeza y continuó caminando.

La euforia que había sentido al marcharse se vio sustituida por pánico cuando se vio caminar con dificultad por la calle oscura que conducía de vuelta al centro de la ciudad. Se percató de que lo que había sido un viaje de algunos minutos en moto sería casi una hora a pie. La balaustrada blanca relucía en la oscuridad. A lo largo de la calle, unas laderas de lavanda llenaban el ambiente con su fragancia morada. Un par de faros de coche apareció más adelante, y Cleo se protegió del brillo. El corazón le latía a mil por hora: podía ser cualquiera. Nadie se enteraría si el coche se detenía y alguien la metía en la parte trasera. El coche estaba cada vez más cerca. Apretó los puños y continuó avanzando. Un asalto de luces brillantes, y luego la oscuridad. Pasó a toda velocidad por su lado sin frenar.

Le costaba respirar. Las luces de la parte superior de la ciudad no parecían estar más cerca. Era algo interminable, insoportable. Pensó en tumbarse entre la lavanda para dormir hasta que se hiciera de día, pero aquella parte del país era fría y húmeda de noche; cada mañana, las hojas de los limoneros estaban cubiertas de heladas gotas de rocío que se evaporaban bajo el sol. Otro coche giraba en su dirección. Y una nueva sensación de miedo se le estableció en el pecho. El coche frenó conforme se le acercaba, y Cleo se quedó atrapada entre los dos rayos de luz de los faros, rígida por el pánico. Una cabeza oscura se asomó por una ventana de atrás.

El cabello rizado de Frank era una silueta contra la colina morada, y su voz la llamaba. Entonces ella corrió hacia las luces, y la puerta se abrió de par en par con el taxi todavía en movimiento y Frank se tambaleó hacia ella, y Cleo se abalanzó contra sus brazos, y sus labios la besaron, cálidos y rápidos, en la cara, los oídos y el cabello, porque era un milagro; contra todo pronóstico, la había encontrado allí, en aquel oscuro tramo de carretera, y en aquel momento todo quedó olvidado, perdonado, y lo único que importaba era que estaba allí, sosteniéndola contra el pecho que tanto conocía, y ella supo lo que era ser un milagro.

Más tarde, mientras yacían desnudos en los brazos del otro, con la mosquitera meciéndose con suavidad a su alrededor, Cleo se volvió para mirarlo de perfil.

—Frankenstein —dijo ella, trazándole el contorno de la nariz con el dedo.

—Cleopatra —repuso él.

—¿Estás bien?

—¿Por el salto? Ni un rasguño.

—No, quiero decir… en general.

—Solo es estrés por el trabajo —contestó Frank, volviéndose para mirarla—. Ya hemos sobrepasado el presupuesto para el año y me obligan a contratar a una nueva redactora creativa solo porque es mujer…

—No preguntaba por el trabajo.

—Entonces, ¿qué?

—Da igual.

Cleo se giró para apagar la lámpara de la mesita.

—¿Por qué has aceptado la apuesta? —preguntó hacia la oscuridad.

Frank la acercó a él.

—Por la historia, Cley —respondió—. Es una historia cojonuda.

CAPÍTULO OCHO

Octubre

Por algún milagro de la vida, me ha salido un nuevo trabajo. Es un puesto de redactora creativa autónoma en una agencia publicitaria. Es un contrato de tres meses con la opción de extenderlo. Lo llaman «de temporal a fijo», una frase que me encanta. No solo suena bien, sino que resulta muy útil. Todas las situaciones de la vida se pueden clasificar en esas dos categorías. Por ejemplo, el hecho de que alguien tenga treinta y siete años y viva con su madre en Nueva Jersey, como no me dejo de repetir, es algo temporal. La forma de tu barbilla, por desgracia, es algo fijo.

Hasta hace poco, vivía en Los Ángeles y trabajaba en la sala de redacción de un programa sobre un gato clarividente, pero, debido a diferencias creativas, me despedí de ellos. Me despidieron. Me «invitaron a retirarme», en palabras exactas. Ni siquiera el gato lo vio venir.

A la mierda todo. Me alegro de poder salir de Los Ángeles, de ese socavón de ambición creativa que se hace pasar por ciudad industrial. Al menos en Fair Lawn, Nueva Jersey, la primera pregunta que me hacen no es «¿televisión o cine?», como si a una le preguntaran si quería el agua «¿con o sin gas?» en un restaurante.

Jacky, la secretaria del director creativo, me muestra la oficina. Pasa de los cincuenta y tiene el pelo rubio acomodado en un recogido sobre la cabeza y unos grandes ojos azules delineados, de forma desconcertante, con más azul. Jacky es como un caniche, en el sentido de que su exterior esponjoso oculta una inteligencia aguda y astuta.

—No —dice cuando ve donde me siento—. De ninguna manera. No te vamos a tener aquí. —Se inclina sobre el escritorio y teclea unos números en el teléfono con una eficiencia muy practicada—. ¿Raoul? Hola, cielo, soy Jacky. Voy a necesitar que me ayudes a mover a una nueva recluta. La tenemos en el escritorio equivocado. Sí, te veo en un ratito. Gracias, guapo.

Cuelga y se vuelve hacia mí.

—¿Le pasa algo al escritorio? —le pregunto.

—Eres nuestra única redactora —responde—. Y una adulta de verdad. No te vamos a tener aquí en los suburbios con los becarios.

El único objeto que contiene mi nuevo escritorio cuando llego es una taza que dice «Siempre haz lo que te guste hacer». La meto directamente en el cajón.

Mi madre está recogiendo menta fresca del jardín para preparar té cuando llego a casa. Sus tazas tienen distintas especies de aves pintadas en ellas, y su favorita es el jilguero. A mí me da el cardenal rojo. Solo les da el mirlo a quienes no le caen bien.

Pasamos la tarde viendo *Sing Your Heart Out*, un concurso de canto que parece exigir que los participantes hayan superado alguna dificultad en la vida que va desde lo terrible (la muerte de un padre o la leucemia) hasta lo que resulta un poco triste (la muerte de un abuelo o la acumulación compulsiva) o hasta lo que ya parece una exageración (la muerte de una mascota o la mononucleosis). Los participantes cuentan sus historias por turnos, entre lágrimas, frente a un muro que anuncia una bebida energética.

—¿Qué canción cantarías tú? —me pregunta mi madre.

—No sé —contesto—. Quizás algo sobre ser mujer. ¿Y tú?

—Ah, alguna canción pop sexy —me dice—. Para darles todo un espectáculo.

El salón de mi madre tiene dos sofás, el de comer y el de las visitas. Una redacción que escribí sobre la naturaleza en el último año de primaria cuelga de la pared. Ella dice que supo que era una niña sensible cuando leyó la primera frase: «El parque es un lugar de una belleza exquisita y un peligro extremo».

Observo cómo los faros de los coches iluminan el techo y trato de hacer una lista de todo lo que quiero hacer con el resto de mi vida. Llego al número tres, «Encontrar mis patines», antes de que la lluvia empiece a caer sobre el tejado y me entregue a los brazos de Morfeo.

Una de las desventajas de mi escritorio mejorado es que ahora me siento junto a un editor llamado Myke. Myke es alto, tiene el cabello rubio arena y un rostro pálido y deshuesado. Parece un cono de helado. Tiene un aro de baloncesto en miniatura encima de su escritorio, junto a una foto de *Karate Kid*.

—¿Has conocido al director creativo ya? —me pregunta, antes incluso de preguntarme cómo me llamo.

—Aún no —le respondo.

—Es el mejor —me explica—. En nuestra última fiesta de Navidad se emborrachó y empezó a darnos billetes de cien dólares. El año pasado rodamos un anuncio de ambientadores en Tokio y le mostró el culo a todo el mundo en el cruce de Shibuya desde la ventana de un Starbucks porque había perdido una apuesta. Los japoneses se volvieron locos.

—Y, aun así, increíblemente, todavía existen las barreras laborales —le digo.

Myke pone los ojos en blanco y aparta su silla de mi escritorio.

—No hizo todo eso por ser hombre —dice—. Sino porque estaba borracho.

Mi hermano Levi me llama del norte del estado para decirme que ha conseguido un nuevo trabajo en la vitrina de comida caliente del supermercado de la zona. Levi toca jazz experimental y sigue viviendo en la misma ciudad en la que fue a la universidad, la cual tiene una gasolinera y cuatro iglesias. Comparte una casa con una camada de sus compañeros de grupo y su novia, quien puede que hubiera sido alguien sin techo antes de que empezaran a salir. Me dijo que lo único que tenía ella cuando la conoció era un secador de pelo tamaño industrial.

—Felicidades por tu puesto en la vitrina de comida, Levi —le digo.

—De comida caliente —me corrige.

Antes de dejar Los Ángeles, empecé a escribir un guion sobre dos parásitos, Cachivacho y Cachivache, que viven en una pila de chatarra en un mundo posapocalíptico. Cuando cierro los ojos, veo unas coloridas montañas de basura, sofás esqueléticos, carros de bebé llenos de moho, libros que vuelan, envases de condones retorcidos, latas de pintura aplastadas, ordenadores destrozados, colchas mohosas, televisores quemados… Creo que es un programa infantil. O tal vez una comedia. Una comedia infantil. Se llama *Basura humana*.

Encuentro a Jacky preparando café en la cocina de la oficina. Va vestida un poco como una agente inmobiliaria de Palm Springs de los años ochenta, toda ella en tonos de puesta de sol y hombreras.

—¿Y dónde trabajabas antes? —me pregunta—. ¿En otra agencia?

Le cuento todo sobre el programa del gato clarividente, aunque omito la parte sobre mi vergonzosa marcha.

—Mi hermana tiene tres gatos —dice Jacky.

—¿Alguno de ellos es clarividente? —le pregunto.

—No que yo sepa. —Suelta una carcajada—. No le encuentro sentido a ningún animal que cague en una caja.

—¿Te van más los perros?

—Los delfines —contesta Jacky.

El director creativo viene a presentarse. Se llama Frank. Una vez oí que describían a un hombre como que tenía tanta fuerza gravitatoria sexual que podía ser su propio planeta. Si bien no sería así como describiría a Frank, sí que tiene una especie de energía eléctrica —movimientos repentinos, cabello que parece que lo han electrocutado y unos extraños ojos destellantes— que hace que la corriente pase de su mano a la mía.

—Mi madre también se llama Eleanor —dice con una sonrisa—. Pero intentaré que eso no juegue en tu contra.

Antes de jubilarse, mi madre enseñaba inglés en un instituto para niños superdotados. Ahora juega al bridge con otras mujeres de su sinagoga tres noches a la semana y asiste a cursos de la Escuela de Horticultura Profesional para mejorar sus habilidades de jardinería. Mi madre es como un colibrí: si deja de moverse, aunque sea por un momento, morirá.

Mi padre vive en una residencia para personas que sufren de alzhéimer no muy lejos de la casa de mi madre. Era, hasta hace unos cuantos años, un célebre ginecólogo. Mis padres se divorciaron cuando yo tenía diez años, y luego mi padre se mudó con una dermatóloga brasileña, quien lo acabó dejando por otra mujer. A pesar de todo eso, mi madre todavía lo va a ver una vez a la semana. Solo nos referimos al lugar en el que vive como «Esa Casa», aunque no debe confundirse con una casa de verdad, pues de eso no tiene mucho.

Un ginecólogo judío y una dermatóloga brasileña. Mi madre suele decir que debe haber algún chiste malo por ahí.

—¡He oído algo maravilloso en la tele hoy!

Mi madre me llama desde la mesa de la cocina, donde está informándose sobre distintas variedades de hortensias. Voy hacia allí y saco leche de soja de la nevera.

—¿No quieres saber qué es? —insiste.

—Puedes decírmelo y ya, mamá —le digo—. No te hace falta una invitación.

—Qué malas pulgas tenemos hoy —contesta, pasándome una taza. Gorrión—. Bueno, ha sido por ti que me he acordado.

Era en uno de esos programas de debate matutinos que nunca veo. Una casamentera fue a hablar sobre las citas en la era digital. ¿Y sabes qué les pide a sus clientes que se digan a sí mismos cada día nada más levantarse? «Recuerda, podrías enamorarte hoy mismo». Y he pensado que te gustaría eso. —Puntuó cada palabra con un golpe de lápiz—. Podrías. Enamorarte. Hoy. Mismo.

—¿Y por qué no vas tú y te enamoras hoy mismo, mamá? —le suelto, y dejo el brik con tanta fuerza sobre la encimera que lo mancha todo de leche.

—El trapo está bajo el fregadero —dice, antes de volver a su libro.

No debo olvidar llenar el bebedero de colibrí de mi madre con néctar. Resulta que el néctar no es más que azúcar hervido y agua.

Me siento sola, por supuesto. Tan sola que podría dibujar un mapa de mi soledad. En mi mente se parece a Sudamérica: colosal hasta que se encoge en una puntita irregular. En ocasiones estoy tan sola que ni siquiera estoy en ese mapa. A veces me siento tan sola que me encuentro en las putas Malvinas.

—¡Me tiraría de un puente, pero me dan miedo las alturas! —le dice una mujer a otra mientras cargan con la compra hasta su casa por delante de mí.

Me paso la mañana trabajando en un eslogan de un anuncio de metro para una empresa de yogures sueca.

«La lactosa más mimosa».

«¡Soy muy cultivado!».

«Cucharéame…».

Y luego mátame.

Levi me llama para decirme que ha empezado a tallar madera tras leer un artículo que lo pintaba como el antídoto perfecto para el estrés y los problemas de la vida moderna. Le digo que a mí también me vendría bien algún que otro pulido.

—Mmm… ¿Y qué tal el trabajo? —me pregunta, masticando algo al otro lado del teléfono.

—Soy una máquina humana de juegos de palabras —le contesto.

—Eso es un oxímoron —me dice, todavía masticando—. No puedes ser humana y una máquina al mismo tiempo.

—Espero que estés haciendo un buen uso de esa racha de pedantería en la vitrina de comida caliente.

—¿Sabes cuál es el mejor antídoto para el hastío existencial? —me pregunta.

—No, dime —contesto.

—El dolor físico.

Levi nació con el coeficiente intelectual de un genio, pero me preocupa que toda la maría que ha fumado lo haya reducido a rata de laboratorio particularmente lista.

Myke insiste en hablar conmigo, a pesar de no tener ningún interés verificable en mí como persona. He organizado un juego conmigo misma para ver cuántas preguntas le puedo hacer hasta que él me haga una a mí. Por el momento llevo nueve. Es como meter moneda tras moneda en una máquina tragaperras sin la esperanza de que me llegue a tocar algún premio.

Estoy en la oficina, tarde, cuando Frank pasa por delante de mi escritorio.

—¿Sigues por aquí?

Le explico que estoy esperando que mi madre acabe su clase en los jardines botánicos para que pueda llevarla de vuelta a Nueva Jersey.

—Ah, así que eras una niña de las afueras —dice Frank—. Cuando estaba en el instituto, ellas eran siempre las más alocadas. ¿Tú también te solías escabullir hasta la ciudad los fines de semana?

Por alguna razón, no me parece apropiado decirle que me pasaba los fines de semana con mi novio de cuarenta años haciendo cosas como su colada y ayudándolo a corregir sus «memorias» sobre su incipiente trayectoria como piloto de carreras. De hecho, no hay nada sobre aquella situación que me parezca apropiado contarle a nadie.

—No mucho —respondo.

—Ah, así que eras un trozo de pan —dice Frank.

—Más bien un trozo de pan seco —digo.

—Seco, qué graciosa —dice—. ¿Y yo qué sería, entonces? —Se echa a reír—. Toda una barra de pan —continúa.

Sigo en la oficina cuando veo que un e-mail de Frank aparece en mi pantalla.

«He olvidado preguntarte qué tal te está yendo por ahí con Myke».

«Ah, todo va *byen*», le contesto.

Oigo cómo Frank se ríe desde mi escritorio.

Todo lo que hay en esa tienda de regalos de buen gusto de los jardines botánicos me hace querer gastar dinero. ¿Llegaría a usar un par de tijeras de podar con forma de pelícano? Quién sabe.

Encuentro un paño de cocina que dice: «Uno no deja de cuidar el jardín porque se hace viejo, se hace viejo porque deja de cuidar el jardín». Me parece algo apropiado para mi madre, con su mano para la jardinería y sus metas aforísticas, así que se lo compro.

Me estoy dirigiendo a la salida cuando me percato de un frisbi que dice: «Uno no deja de jugar porque se hace viejo, se hace viejo porque deja de jugar». Luego paso por delante de un maniquí que lleva un delantal con la frase: «Uno no deja de cocinar porque se hace viejo, se hace viejo porque deja de cocinar» bordada en él. Y después veo un cartel cerca de la estantería. «Uno no deja de leer porque...»

Cuando se lo cuento a mi madre durante el trayecto de vuelta a casa, se ríe tanto que se vuelca los tiestos de narcisos sobre la rodilla.

—Uno no deja de soltar estupideces porque se hace viejo —dice.

—Se hace viejo porque la vida es una estupidez —acabo.

He empezado a ver animales muertos con el rabillo del ojo. Que ocurra alguna vez es comprensible, o eso creo. Una hoja aplastada en la acera sí que parece un ratón muerto. Una deportiva negra abandonada con los cordones por detrás es prácticamente del mismo tamaño que una rata. Pero son las cabezas de vaca en la basura y los cuerpos de mapaches que cuelgan de los árboles lo que más me cuesta explicar. Busco en Google los primeros indicios de la esquizofrenia, la manía y la psicosis.

—Creo que el problema es que no te pones las gafas tanto como deberías —me dice mi madre—. El otro día, en el banco, leíste «Cuenta corriente» como «Cuenta caliente».

Me asignan redactar un anuncio para un nuevo desarrollo inmobiliario del Upper East Side que está diseñado para ser una minimetrópolis. El informe dice cosas como: «Este paradigma de vida suntuosa es una mezcla progresiva de lo corporativo y las creaciones más innovadoras, *todo* lo que un urbanita profesional podría necesitar».

Frank está trabajando en ello conmigo. Dado que los dos somos vegetarianos, vamos juntos al restaurante de faláfeles de esa misma calle. Si bien se supone que debemos estar hablando de los más de quinientos mil metros cuadrados de espacio para oficinas comerciales, él se me pone a hablar de sus mascotas de la infancia.

—La gata de mi madre, Mooshi, sí que era bien cabrona —dice—. Brigitte era un angelito, una gata persa, y no se llevaban bien. Yo no dejaba de organizarles reuniones familiares para que hicieran las paces, pero, un tiempo después, Brigitte acabó desapareciendo.

—Mi primera mascota fue un ala de cuervo —le contesto—. Mi madre me dejaba tenerla en la cabaña del jardín, aunque solo se me permitía acariciarla si llevaba los guantes de látex que usaba mi padre en el trabajo.

—¿Tu padre es médico? —me pregunta Frank.

—Lo era —respondo—. Y bueno, cuando esa pluma quedó destrozada, tuve una pluma blanca llamada Araña que guardaba en una caja de cerillas llena de hojas muertas.

—¿Ya no ejerce la profesión? —continúa Frank.

—No —digo—. Un día abrí la caja y la pluma había desaparecido, así sin más. Lloré durante una semana entera.

—Debería presentarte a mi mujer —dice Frank—. Ella hace lo mismo. Antropomorfiza.

Por alguna razón, tenemos una pila de tarjetas del test de Rorschach por la oficina. Estoy tratando de psicoanalizarme a mí misma poniéndolas bocabajo antes de girarlas y juzgar mi reacción instantánea cuando Frank pasa por allí y se ríe.

—Catorce mariposas y una vagina —dice—. Eso es todo lo que debes saber.

Accedo a ir a una cita con el hijo del bróker de una amiga de mi madre. Acabo de meterme el pincel del rímel en el ojo cuando me llama mi madre. Va a pasar la noche en Esa Casa con mi padre. Puedo oír *Sing Your Heart Out* de fondo.

—Esta noche no hagas eso que sueles hacer —me dice mi madre.

—¿A qué te refieres?

—Ya lo sabes.

—No lo sé, por eso preguntaba.

—Y no te olvides de meter tripa.

—Chao, mamá.

—Una cosa más —dice—. Podrías. Enamorarte. Hoy. Mismo.

Cuando le pregunto al hijo del bróker a qué se dedica, se pasa las manos por la parte frontal brillante de su camisa y contesta:

—Me dedico a ganar dinero.

De hecho, está metido en el mundo inmobiliario. Me habla de un nuevo complejo de viviendas que están construyendo en Randall's Island. En lo que a mí me parece que es una victoria para los menos favorecidos, el alcalde se ha puesto de lado de los residentes actuales en una disputa por los derechos sobre el terreno.

—Vamos a construir el futuro —me explica el hijo del bróker entre bocados de pastel de cangrejo—, y ellos se aferran a su pasado de alquiler estable.

Le cuento al hijo del bróker que, si yo fuera alcaldesa de Nueva York, implementaría una política de desmembración pública para los violadores condenados. La idea es una guillotina de penes construida en el Puente de Brooklyn. Originalmente había pensado que los penes cortados podrían clavarse a lo largo del puente, junto a la foto policial de sus expropietarios, pero ahora creo que sería mejor idea que los lanzaran hacia el público para que los hicieran pedacitos con sus manos enfadadas. Estoy dispuesta a garantizar que, en menos de un año, el índice de crímenes sexuales violentos se reduciría al menos a la mitad.

—Eso —me dice mi madre al día siguiente, después de que su amigo la llamó para contarle lo que había pasado—. Eso es lo que haces.

La pareja sentada junto a mí en el tren PATH lleva chaquetas de cuero que les llegan a los tobillos. Me pregunto qué habrá sido primero, si las chaquetas o la relación.

—¿Qué te pasaba esta mañana? —pregunta ella.

—Es solo que estaba de buen humor —responde él.

—¿Eso eras tú de buen humor? —dice ella—. No te pega para nada.

Frank y yo estamos volviendo del restaurante de faláfeles cuando me pregunta cómo me fue la cita. Trato de responderle a grandes rasgos, pero es demasiado tarde y acabo contándole a él también mis planes si llego al puesto de alcaldesa.

—Habría carteles de mí en el metro —le digo—. Vestida con traje y sosteniendo un pene cortado como si de un micrófono se tratase.

No pienso soltar otra estupidez durante el resto del día. Si eso significa que no debo abrir la boca en lo que queda del día, o en cualquier otro día a partir de hoy, que así sea.

Recibo un correo electrónico de Frank. Dice:

«Podrías llamarla la "pollatina"».

El día del cumpleaños de mi padre, le llevo un libro sobre las aves de Nueva Jersey. Hago todo lo que puedo para contenerme mientras lo veo tratar de abrir el envoltorio del regalo como si tuviera pinzas de ensalada en lugar de manos antes de rendirme y abrirlo por él. Le doy el libro, y él se lo ata en el zapato. Luego nos sentamos a ver *Sing Your Heart Out* hasta que la tele es la única luz que queda en la sala.

La enfermedad de mi padre es algo que creía que iba a ser temporal, pero ahora sé que es algo fijo.

Frank y yo hemos empezado una cadena de correos con los sucesos perturbadores que experimentamos a lo largo del día. La idea detrás de ello es que, si uno de nosotros ha tenido que pasar por eso, el otro también debería hacerlo. Imagino que de eso trata la amistad, o algo así.

«Una mujer ciega se ha tropezado con el bordillo de la acera».

«Rata bebé muerta en las vías del metro».

«Un condón, vacío pero aparentemente usado, fuera del Gray's Papaya».

—¿Por qué sonríes? —me pregunta mi madre.

—Por nada —respondo—, un correo de un compañero de trabajo.

—¿Es una imagen de un gato? —me pregunta—. Las chicas de la sinagoga no dejan de mandarme imágenes de gatos. ¿Para qué carajos quiero yo ponerme a ver gatos?

—Creo que eso es parte de ser una mujer mayor —le digo.

—La menopausia es la única parte de ser una mujer mayor —me contesta—. Todo lo demás no es más que marketing.

Frank quiere abrir una oficina en París y está escuchando unas cintas que se supone que le van a enseñar francés en cosa de un mes. Me dice un par de frases que suenan bastante bien. Significan «¿Te gustan las verduras?» y «¿Eras guapa cuando eras pequeña?».

Myke me cuenta que la mujer de Frank es una artista británica. Me dice que es de la edad fetal de veinticinco. Me explica que se casaron en verano y que ella fue a la oficina una vez. Y aclara que está buena.

—Lo único que no pienso tolerar es algo peor que la perfección —dice la mujer de negro que camina frente a mí por la Quinta Avenida. Más tarde, trato de repetirme esa frase mientras continúo con mi día. «Lo único que no pienso tolerar es algo peor que la perfección». «Buen intento», me digo a mí misma.

Todas las personas que conozco tienen más éxito o son más interesantes que yo. No se trata de algo de lo que me acabe de percatar; de hecho, solía pensar que todas las personas que *no* conocía también tenían más éxito y eran más interesantes que yo. Todavía recuerdo la sensación de ver un concurso de talentos en la tele cuando era pequeña y darme cuenta de que la chica que bailaba tenía todo un año menos que yo. Iba con un vestido rojo de lentejuelas y zapatos de tap de charol. Parecía un rubí, una joya humana que danzaba por el escenario, mientras yo llevaba puesto el pijama de oferta de T. J. Maxx y cenaba un cuenco de cereales, ya destinada a una vida de mediocridad. ¿Por qué no enderecé mi vida en aquel entonces? ¡Tenía cinco años! ¡Tenía tiempo para darle la vuelta a la tortilla!

He conocido a un amigo de Frank, Anders, quien solía ser el director de arte de la empresa antes de abandonarla por un cargo de pez gordo en una revista de moda. Solo puedo imaginar lo que es ser un hombre heterosexual soltero de cuarenta y tantos años en un lugar como ese. Además, es tan apuesto que resulta casi insultante. Cuando Frank me presenta, la mirada de Anders se desliza sobre mí como si estuviera leyendo por encima un artículo de las noticias que se ha percatado demasiado tarde de que no le interesa, pero que, por alguna razón, se ve obligado a terminar de leer.

Recibo un correo electrónico de Frank. Es un vídeo de unos peruanos que tocan «Hotel California» en el andén del metro con flautas de pan. Cada vez que llega a lo que debería ser el final de la canción, vuelve a comenzar.

«He vivido esto durante quince minutos hoy, así que tú también».

—Estás sonriendo otra vez —señala mi madre.

—Ajá —respondo—. A veces pasa.

—¿Y por qué sonríes?

—Cosas del trabajo.

—¿En fin de semana? Por favor, que no me chupo el dedo. ¿A quién has conocido?

—Son cosas del trabajo, mamá.

—Vale, así que trabajáis juntos. ¿Cómo se llama?

—No quiero hablar de ello.

—¡Así que hay algo de lo que hablar! —Los científicos que descubrieron vida microscópica en Marte sonaron menos triunfantes.

—No, no hay nada de lo que hablar, mamá —le digo.

—Ellie —me dice en voz más baja—. Es solo que me gusta enterarme de lo que te hace feliz.

La miro. Cada año que pasa es más bajita.

—Vale —accedo—. Sí, trabajamos juntos. Se llama… Myke. Con «i» griega. Eso es todo lo que te voy a contar.

—¡Myke con «i» griega! —Alza las manos al aire—. Y ¿por qué no? Myke. ¡Myke! Me gusta. ¡Un pez gordo llamado Myke!

Salgo de la sala en cuanto empieza a agitar unas maracas con mímica. O tal vez debería decir *mymica*.

—¿Y cómo te llaman? —me pregunta Jacky.

—¿Qué quieres decir? —le digo.

—¿Tienes algún apodo o algo?

—Bueno, mi madre me llama Ellie —respondo—. Y un exnovio me solía llamar Nor; lo odiaba porque parecía que me hacía sonar como un vikingo. Pero la mayoría me llama Eleanor y ya.

—¿Y qué te parece Lee? —pregunta—. ¿Te importa que te llame así?

—Para nada —le digo.

—Te pega. —Asiente—. Es un poco masculino.

Mi madre y yo estamos planeando pasar el Día de Acción de Gracias en Esa Casa con mi padre. Viajar no tiene ningún sentido, y de todos modos no se me ocurre ningún lugar al que ir. El ala de Esa Casa en la que vive mi padre se llama Jardines del Recuerdo, aunque he oído que algunos miembros del equipo del centro se refieren a ella como Jardines del Olvido. Cada vez que pienso en ello quiero darle la mano a mi padre, echar gasolina por todo el lugar, lanzar una cerilla por encima del hombro,

encenderme un cigarrillo con las llamas y correr y correr con él
sin volver la vista atrás.

—¿Sabes dónde puedo comprar maría?

Frank y yo estamos volviendo del restaurante de faláfeles. De
repente ha empezado a hacer frío.

—¡Ostras! —Suelta una carcajada—. ¿Grandes planes para
Acción de Gracias?

—Solo cosas de familia —contesto.

—Suena a que tienes la misma opinión sobre las cosas de
familia que yo —dice—. Y claro, puedo ponerte en contacto con
mi camello.

—Muchas gracias.

—¿Para qué están los jefes? Aunque debo advertirte que no
vayas a su piso.

—¿Por qué? ¿Es peligroso?

—¡Para nada! Es más bueno que el pan. Pero es acumulador.

—Voy a necesitar más contexto.

—El contexto es que nunca tira nada. Tiene periódicos ama-
rillentos hasta el puto techo. Tiene como doce televisores, ninguno de los cuales funciona. Y, una vez que estés ahí dentro, querrá
enseñártelo todo. Una vez me quedé atrapado durante veinte
minutos admirando su colección de teteras viejas y descascarilla-
das. Hazte un favor a ti misma y queda con él en la calle.

—Vale —respondo—. Acumulador. Me lo anoto.

Frank me dedica una mirada de soslayo.

—Puedo acompañarte si quieres.

—¿Eso no sería un tanto inapropiado? —contesto, tratando
de contener la sonrisa.

—Creo que hemos dejado lo apropiado hace como dos manzanas.

—Dos manzanas y dos meses atrás —digo.

—No. —Frank me agarra del brazo—. ¿Nos conocemos desde hace tan poco tiempo?

«Un mes, tres semanas y cinco días».

—Más o menos —respondo.

Frank me dice algo, pero un grupito de escolares se interpone entre nosotros cuando doblamos una esquina. Él se aparta para dejarlos pasar y me pierdo lo que dice.

Frank organiza una cita con su camello después del trabajo, en una esquina cerca del Gramercy Park, el parque menos sospechoso de todos. Conforme llegamos al lugar, veo a un hombre que lleva una camiseta que dice «99% Ángel» bajo una chaqueta de béisbol. Nos ve y corre hacia nosotros. Frank y él se dan un abrazo, durante el cual el hombre mete la mano en el bolsillo de Frank, y este hace lo mismo con el suyo.

—Hermano —lo saluda.

—Compadre —dice Frank—. ¿Cómo estamos?

—De maravilla —responde—. ¿Y tú?

—No he matado a nadie ni a mí mismo hoy —dice Frank con una sonrisa.

—Eso ayudará —contesta el hombre, con un ademán de la cabeza hacia el bolsillo de Frank.

—Esta es mi amiga Eleanor —me presenta Frank.

El camello me ofrece su mano para estrecharla.

—¿Y cuál es el otro 1%? —Señalo hacia su camiseta.

Se da media vuelta y se retira la chaqueta un poco por debajo de los hombros. La parte trasera de la camiseta reza «1%?».

—Todos tenemos un uno por ciento de interrogante —dice, guiñándole un ojo a Frank.

—Eso tengo que apuntármelo —dice Frank, entre risas—. ¡Eso sí es un eslogan!

Con el rabillo del ojo, diviso algo cerca de los arbustos junto a la barandilla del parque. Está medio tapado por las hojas marrones, pero no hay duda de que se trata de un cerdito muerto. Su cuerpecito hace una curva como una letra C y tiene una línea roja en un costado. Puedo verle los vellos blancos de su piel rosa pálido, además de sus patas oscuras y flácidas.

—Ay, Dios —exclamo—. Hay un cerdito muerto detrás de ti.

—¿Cómo? —El camello gira sobre sí mismo a toda velocidad.

—¿Dónde? ¿Dónde? —pregunta Frank, sujetándome del brazo.

El camello empieza a reír.

—Me has dado un susto de muerte —dice.

Se acerca a la barandilla y le da una patada, tras lo cual veo cómo el cerdito flota en el aire. Es una bolsa de la compra rosa. Me la quedo mirando. Tiene un logotipo rojo y unas asas negras.

—Su mente —dice, meneando la cabeza en dirección a Frank mientras la bolsa rosa aterriza con suavidad entre nosotros— es un lugar al que no querría ir nunca.

Frank me pone una mano en el hombro y me da un apretón mientras nos marchamos.

—Su piso —me susurra— es un lugar al que nosotros no querríamos ir nunca.

—El pelo me queda muy bien —dice al teléfono la mujer que hace cola delante de mí en la cafetería—. Pero, en general, se me está viniendo todo encima.

Esa Casa ha intentado decorar. Unos mustios pavos y sombreros de peregrinos hechos de papel de aluminio delinean las paredes. Encontramos a mi padre en el comedor, sentado solo en una de las mesas junto a la ventana. Lleva un grueso jersey de lana y tiene el cabello peinado hacia atrás en dos ligeras curvas alrededor de las orejas. El cuello de su camisa está alzado de forma desigual, como el de un niño desaliñado. Está mirando hacia delante con esa expresión de miedo y esperanza que ponen los niños cuando los padres llegan tarde a recogerlos.

—Hola, papá —lo saludo, inclinándome para abrazarlo.

Sus grandes manos ruedan por su regazo, y él sonríe hacia ellas a modo de disculpa.

—Hemos traído una tarta —dice mi madre, colocándola en la mesa—. Tarta de nueces pecanas para nuestro pastelito. —Se inclina para colocarle bien el cuello de la camisa. Él intenta apartarla con la mano con amabilidad, aunque luego se rinde ante ella con un vistazo triste hacia el techo.

—Feliz Día de Acción de Gracias —le digo—. ¿Recuerdas cómo solías cortar el pavo con la bata de laboratorio puesta?

Se le enciende el rostro con el recuerdo, pero se vuelve a apagar como una vela en un instante.

Pretendo haberme olvidado el teléfono en el coche y me quedo en el parking mientras me fumo el porro que Frank ha enrollado para mí. Tras la primera calada, que me provoca un ataque de tos, le pesco el truco y logro darle unas buenas caladas, aguanto el humo en los pulmones y lo exhalo poco a poco. Tiene un sabor nauseabundo, como comerse una bolsita de té. Escupo sobre la grava y continúo.

Todo lo que hay en el plato es beis, salvo por una línea rosada de mermelada de arándano. Aun así, está delicioso. Ninguna otra comida me ha satisfecho tanto. Si pudiera abrir la mandíbula de par en par como una serpiente para comerme el plato entero, lo haría. Cuando alzo la mirada, mi padre está mirando al frente, con el tenedor suspendido en el aire y un hilo plateado de babas que le cae por la barbilla.

—Doctor Rosenthal, ¿ya ha acabado? —Una sonriente enfermera con traje de color melocotón se inclina sobre su bandeja. El hecho de que aún lo llame «doctor» hace que quiera apretarle las manos y besar las puntas de sus dedos rosas.

—Sí que tenías hambre —me dice mi madre—. ¿No has desayunado nada?

—Me alegro de que te haya gustado —dice la enfermera, antes de llevarse la bandeja.

Pienso lo que debería decir. Lo tengo en la punta de la lengua. La amable enfermera ya se ha dado media vuelta y se dirige a la cocina cuando me viene a la cabeza: «Justo lo que recomienda el médico».

Mi madre y yo regresamos al coche en silencio.

—Me alegro de que hayamos venido —dice mientras salimos del parking—. Parece estar bien, ¿no crees?

—Muy bien —digo, con dificultad para abrocharme el cinturón—. Muy muy bien.

Entorna los ojos hacia mí en el espejo retrovisor. Parpadeo sin decir nada.

—Eleanor Louise Rosenthal —dice—. ¿Estás drogada?

No puedo evitar echarme a reír.

—¿Uno por ciento interrogante? —respondo.

—Habrase visto… —dice—. ¿Es esto por influencia de Myke? ¿Es Myke un fumador de marihuana?

Bajo la ventanilla y sigo riendo hasta que empiezo a llorar.

En Black Friday, mi madre me arrastra hasta el centro comercial para ver las ofertas. En concreto, está buscando un nuevo toallero, ya que el que tenemos ahora se derrumba si tiene que cargar con algo más pesado que una toallita para secarse la cara. Recorremos el pasillo de baño en la tienda de menaje del hogar.

—Tiene baja autoestima —dice mi madre, refiriéndose al toallero—. No cree en sí mismo.

—Quizás el problema sea que es vago —respondo.

Me duele la cabeza por la resaca de la maría y de toda la comida beis que consumí. Delante de nosotros, veo cómo un hombre carga con la caja de un televisor nuevo por encima de la cabeza, como si fuera un ataúd diminuto.

—Ya aprenderás a no usar esa palabra cuando tengas hijos. Cuando enseñaba, nos decían que la pereza en los alumnos era un problema de autoestima.

—No voy a tener hijos, mamá.

—Mmm, ya veremos —contesta—. ¿Sabes quién no tiene problemas de autoestima? Nuestro lavaplatos. ¡Nunca se calla! ¿Te has dado cuenta de que sigue haciendo ese chirrido incluso después de acabar el ciclo?

—No voy a tener hijos. Y es tu lavaplatos, mamá.

—¿Qué dices?

—Que es *tu* lavaplatos. Yo no he pagado por él. Todo lo que hay en esa casa es tuyo.

—Bueno, lo mío es tuyo, cariño.

—No, mamá. Lo mío es mío, y lo tuyo es tuyo. Ese es el límite apropiado entre una mujer adulta y su madre.

—¿Qué te molesta tanto?

Una chica que lleva pantalones de pijama bajo su larga chaqueta acampanada se mete entre nosotras para tomar una alfombra de baño con forma de carita sonriente.

—No voy a vivir contigo toda la vida —digo—. Tengo casi cuarenta años, es patético. Debería tener mis propios electrodomésticos con sus propios problemas de autoestima.

—Ni te acercas a los cuarenta, Eleanor, no exageres. Y nunca he dicho que vayas a vivir conmigo toda la vida. Pero ya que vives conmigo ahora mismo, he pensado que podría gustarte que te tratara como a un miembro del hogar.

—¿Hogar? ¿Qué hogar? Solo somos nosotras, mamá. Levi nunca viene de visita, y papá bien podría ser un toallero. Solo somos tú y yo, y luego vamos a volver a ser solo tú y solo yo.

—No hables así de tu padre —dice mi madre.

—¿Me tomas el pelo? Te dejó, mamá. ¡Por una lesbiana!

—¿Y qué? —contesta—. ¡Todos los hombres se van! Vivimos más que ellos, de todos modos. Por si todavía no te has enterado, cielo, al final siempre somos solo nosotras.

—¡Todos los hombres te dejan a ti! —exclamo—. ¡Yo todavía tengo posibilidades!

—¿Qué es exactamente lo que intentas decirme? —grita mi madre.

—¡No puedes ser el amor de mi vida!

Un hombre que empuja un carro de la compra a rebosar de artículos aparece en el extremo del pasillo, me dedica una mirada aterrada y se da media vuelta. Me apoyo en el toallero de muestra e inclino la cabeza.

—Quiero algo más, mamá —digo—. ¿No lo querrías tú?

Mi madre me ignora mientras esperamos en la interminable cola para pagar. Me ignora cuando señalo que la cola para «menos de cinco artículos» ahora dice «menos de cincuenta artículos», pues la han alterado con motivo de Black Friday. Me ignora cuando sugiero ir a la zona de restaurantes, donde venden sus panecillos de canela favoritos, los cuales son del tamaño de su cabeza y contienen las calorías de un día entero, por lo cual casi nunca se permite comerlos. Me ignora cuando le pregunto si tiene alguna idea de en cuál de los tres parkings idénticos hemos aparcado, aunque es probable que no tenga respuesta para esa pregunta.

Casi hemos salido del centro comercial para poder volver a casa cuando una mujer nos intercepta. Tiene todo el rostro embadurnado de maquillaje del mismo color beis que mi comida de Acción de Gracias. Lleva el cabello atado en un moño tan apretado que la obliga a arquear las cejas.

—¿Os gustaría disfrutar de una prueba gratuita de nuestras sillas de masaje de gravedad cero mecedoras y reclinables? —pregunta. La miro a los ojos y solo encuentro locura.

—No hace falta —respondo.

—Pero —dice, bloqueándonos el paso con una sonrisa feroz— tiene seis programas preajustados, cinco niveles de velocidad e intensidad y dos posiciones de gravedad cero inspiradas por la NASA.

—De verdad, no… —empiezo a decir, aunque la mujer ya está conduciendo a mi madre de espaldas para que se siente en una de esas butacas acolchadas. Mi madre se hunde, aturdida, con las piernas y los brazos envueltos de acolchado de cuero.

—Increíble, ¿verdad? —anuncia la mujer, radiante—. Pruébala.

Me quita el toallero y me lleva hacia la silla opuesta a la de mi madre. Resistirme no tiene ningún sentido. Parece que la silla me come y me hace rodar sobre su lengua de cuero, aunque debo admitir que no es para nada incómoda. La mujer le da a un botón en un mando, y unas pulsantes oleadas de presión fluyen por mi espalda, brazos y piernas, arriba y abajo. Imagino que así debe ser que lo digieran a uno.

—Relajante, ¿eh? —dice la mujer—. Ahora probemos la opción de gravedad cero.

Le da a otro botón, y nuestras sillas se alzan del suelo con un chasquido y empiezan a girar a un lado y a otro sobre sus plataformas. Me están pulsando, meciendo, amasando y rodando. No tengo ni idea de dónde acaba mi cuerpo y dónde empieza la silla. Miro a mi madre: parece diminuta, devorada por todo ese cuero. Ella también me está mirando. Las sillas nos acercan y nos alejan al mecernos.

—¡Eleanor! —grita por encima de las vibraciones de la silla.

—¡Mamá!

—¡Nunca he querido que tuvieras nada menos! —dice.

199

Colocamos el toallero nada más llegar a casa. Dos tazas llenas de té se sostienen en el borde de la bañera. Jilguero y cernícalo.

—Si pudieras comprar cualquier cosa del centro comercial, ¿qué comprarías? —le pregunto.

Cierra los ojos y piensa. Veo cómo una sonrisa se le dibuja en el rostro.

—Un abridor de latas eléctrico —responde.

A veces me preocupa que mi madre se esté encogiendo en todos los sentidos.

Dado que no tengo citas ni hijos, debería resultarme sencillo pasar las tardes escribiendo mi comedia infantil, *Basura humana*, pero no lo es.

Abro el navegador y escribo «ver animales muertos» una vez más. No parece ser una aflicción que otras personas padezcan. Pensaba que en la era de internet resultaba imposible encontrar algo que hiciera que una persona fuera única de verdad, y aquí estoy. Vuelvo a quedarme mirando la pantalla sin nada que hacer. De algún modo, todavía estaré desarrollando el síndrome del túnel carpiano.

Acabo rindiéndome y busco su nombre. Es una combinación de letras tan perfecta que hace que me duelan los dientes. Encuentro una foto suya de una exhibición de arte. Está delante de un llamativo retrato al desnudo y mira hacia la cámara con expresión seria. Lleva el cabello recogido en una larga trenza de espiga. Su piel es del color cremoso de la leche entera. También viste de ese mismo color, una blusa de seda metida en una larga y ondeante falda, con dos diminutos aros dorados en las orejas. Es una perla. Una chica perla perfecta.

Vale, no soy guapa, ni rubia, ni británica. Pero soy graciosa, puedo tratar bien a tu madre y sé chuparla de forma decente. Eso es lo que ofrezco.

Jacky me ha invitado a comer. Cuando me paso por su escritorio, veo una foto de ella en el océano, con un delfín a cada lado y ambos le dan un beso en la mejilla. En su ordenador hay una pegatina que reza: «¡Los delfines son el mejor amigo de una chica!».

—¿Estás casada, Jacky? —le pregunto mientras comemos.

—No, cielo —responde—. ¿Teniendo que dirigirlo todo aquí? ¿Cómo iba a tener tiempo?

—Pero… —Agacho la mirada— ¿querrías estarlo?

—No es mi estilo. —Sonríe—. El plan es mudarme a Florida y nadar cada día. La mayoría de los míos están por ahí abajo igualmente. —Se inclina hacia mí—. ¿Por qué lo preguntas? ¿Tú sí quieres casarte?

—No. —Niego con la cabeza y trato de encontrar las palabras adecuadas. Al final acabo diciendo—: Tienes suerte de haber encontrado los delfines, Jacky.

—Tú también tienes suerte —me dice, dedicándome una mirada extraña—. Frank me cuenta que eres una excelente redactora. Has encontrado lo que te gusta hacer.

Pienso en la sala de redacción de Los Ángeles. Los chistes, los hombres, los bocadillos para cada comida. Pienso en mis noches a solas en casa de mi madre mientras trabajo en *Basura humana*.

—A veces odio lo que me gusta hacer —digo.

—Lo que estamos buscando —explica el cliente de la inmobiliaria— son palabras que te hagan sonreír con la mente.

Frank me cuenta que en Polonia tradujeron *Los Picapiedra* con rimas, por lo que suena como un poema.

Frank me dice que no hay nada vergonzoso en ser creativo por dinero. Me cuenta que John Lennon y Paul McCartney solían sentarse juntos y decir: «Vamos a escribirnos una nueva piscina».

Frank me explica que el eslogan de Nike sacó su inspiración de las últimas palabras de un asesino en Utah. Al parecer, unos instantes antes de que lo fusilaran para ejecutarlo en 1977, volvió la vista hacia ellos y dijo: «Vamos a ello». Le respondo que tiene sentido.

Le digo a Frank, que, según mi experiencia, cuanto mejor sea el retrato, más loco es el actor.

Le cuento a Frank que mi cuadro favorito es un retrato de Thomas Cromwell pintado por Hans Holbein que se encuentra en la Colección Frick. Hay un trozo de moqueta frente a él que se ha quedado desgastado por los miles de pies que se han plantado delante a admirarlo. Le digo que eso es algo bueno que esperar para la vida de uno, que la moqueta se desgaste frente a ti.

La novia de Levi ha hecho las maletas y se ha largado. Conoció a un motero de los Hell's Angels canadienses en un bar de mala muerte y se ha ido, lo cual es el tipo de cosas que ocurren en el mundo de Levi.

—Debería haber sabido que no era apropiada para mí —dice Levi— cuando diseñó el folleto de nuestro grupo con Comic Sans.

Mi madre encuentra un colibrí muerto en el jardín. Parece un mal augurio. Lo lleva hasta la cocina y lo tumba sobre el trapo de cocina que le di. De cerca resulta impresionante, una joya con plumas. Tiene el pico del tamaño de una aguja, y sus diminutos ojos negros siguen abiertos y relucen como el ónice.

—¿Crees que podría disecarlo y llevarlo como broche? —dice ella, contenta.

Aquel hombre mayor con el que salía en el instituto ha muerto. Lo sé porque me encuentro con mi antigua compañera de clase, Candi Deschanel, fuera de un Home Depot y me dice:

—Aquel hombre mayor con el que salías en el instituto ha muerto.

Candi lleva a un bebé en la cadera y dos niños más aferrados a sus piernas. Yo llevo una bolsa de comida para pájaros extragrande para mi madre.

Más tarde, busco su nombre en internet y encuentro una breve esquela escrita por su familia. Murió en un accidente al cortar el césped. Según señala la propia esquela, no son tan poco comunes como se podría creer.

Un piloto de carreras asesinado por su propio cortacésped. Debe haber un chiste escondido por ahí.

El par de estudiantes de secundaria sentadas junto a mí en este tren PATH saben mucho más de la vida que yo.

—Estaba intentando ser, o sea, hiperracional —dice la primera chica— y explicarle que no me puede tratar así.

—Qué lista —contesta su amiga.

—Pero todos mis sentimientos humanos se pusieron en mi contra —dice la primera chica.

—Suele pasar —dice su amiga.

Hay un mensaje de voz en el teléfono de casa, es de Esa Casa y dice que ha habido un incidente con mi padre. Mi madre sigue en clase de botánica, por lo que devuelvo la llamada. Mientras suena, me agacho en el suelo como si estuviera a punto de mear, por algún instinto ancestral que me indica que estoy más a salvo ahí abajo. Para cuando me transfieren a la enfermera facultativa, ya tengo la frente apoyada en el suelo también. Me mezo hacia delante y hacia atrás con los pies y tararea en voz baja hasta que la enfermera aparece en la línea.

Me explica con cierta brusquedad que mi padre ha conseguido escabullir una vieja tarjeta de crédito y que ha pedido productos de la teletienda por valor de cientos de dólares hasta Esa Casa.

—Los paquetes han estado llegando estos últimos días —dice—. Va en contra de nuestra política que los pacientes reciban correo comercial.

—¿Y no podrías haber mencionado en el mensaje de voz —digo en voz muy baja hacia el suelo— que el incidente con mi padre anciano y enfermo estaba relacionado con el puto comercio?

Conduzco hasta Esa Casa y encuentro a mi padre a solas en su habitación, escondido como un perro que se acaba de comer la tarta de cumpleaños.

—Hola, papá —digo en voz baja, arrodillándome junto a su silla.

Está sujetando la punta de la cortina y no deja de frotar la esquina nudosa con el pulgar. El sol entra por la ventana. Le pongo la mano sobre el brazo, y él lo aparta de repente.

—No pasa nada, papá —le digo.

Se mueve para agarrar mejor la cortina y tira de ella poco a poco para cubrirse el rostro.

Todo lo que ha comprado ha sido confiscado y se encuentra en el puesto de enfermeras. «¿Confiscado? —quiero gritar—. ¡Es médico! ¡Ha ido a Princeton!».

Tomo prestadas unas tijeras y abro los paquetes en el vestíbulo. Hay un bastón retráctil, un rizador, dos sets de caligrafía, algo llamado «imán destruyegrasa», un cojín para el cuello morado con forma de panda y una olla a prueba de arañazos.

—Te aconsejo que lo devuelvas todo —me dice la enfermera.

Llevo las cajas hasta el coche y me siento en el asiento del conductor mientras relleno las etiquetas de devolución. De forma comprensible, no hay ninguna casilla para indicar enfermedad neurodegenerativa bajo «Razón para devolver el producto», por lo que acabo seleccionando «El producto no ha cumplido las expectativas del cliente».

Me quedo allí sentada y miro cómo el cielo se torna gris. Una enfermera con traje lavanda sale a fumar. Una bandada de palomas sale volando en espiral. Tomo el cojín con forma de panda y me lo meto bajo el brazo.

—Se quedará con esto —digo mientras paso a toda prisa frente al puesto de enfermeras.

Frank y yo estamos trabajando hasta tarde, supuestamente para la presentación de una empresa inmobiliaria.

—Es horrible, aunque no tanto como mi primer encargo de redacción —comenta Frank—. Era para un restaurante chino. Tantas bromas sobre restaurantes chinos…

—¿Como «wok and roll»? —contesto, riéndome.

—Todos los buenos ya habían sido usados —dice—. Tuvimos que recurrir a cosas como «Quién teme al arroz feroz», «Entra antes de que se te pase el arroz»…

—«Arroz y gallo muerto».

—Ves, tienes un don para esto —dice—. Yo quería que el eslogan fuera «No seas un chupaollas», pero no coló.

Frank apoya la mano, con la palma hacia arriba, sobre el escritorio. Y yo pienso en besarla. Solo esas dos partes de nosotros, mis labios y la palma de su mano, se encuentran en comunión. Pese a que me quedo sin hacer nada, mi cabeza no deja de echarse hacia delante, como si tratara de pescar manzanas. Escucha a mi boca.

Levi me llama para contarme que está trabajando en un álbum en solitario sobre su ruptura. Se llama «Mesa para uno… lejos de la ventana».

Encuentro un verso de un poema de Sáenz y se lo envío por correo electrónico a mi madre:

«Quiero soñar con un cielo | Lleno de colibríes. Me gustaría morir en esa tormenta».

Y ella me contesta:

«Creo que preferiría morir mientras duermo, como la tía Louise».

—Pero ¿podemos poseer esos conceptos? —pregunta el agente inmobiliario con un traje de raya diplomática—. ¿Usamos lenguaje y fraseología que sean indígenamente nuestros?

—Voy a tener que detenerte en «indígena» —dice Frank.

La reunión no fue bien.

—Nos merecemos un trago —dice Frank mientras abandonamos la anodina oficina del centro de la ciudad del cliente de la inmobiliaria—. O doce.

Nos dirigimos a un bar irlandés cerca de allí que huele a frutos secos salados y decepción. Creo que a Frank le preocupa perder al cliente y por eso pide tres whiskies por cada uno de mis vinos blancos con refresco. Poco tiempo después ya me mira como si me estuviera viendo a través de agua oscura y turbia.

—Vale, señor Jack Daniels —digo—. Vamos a llevarte a casa.

Intento parar un taxi para él en la calle mientras da vueltas a mi alrededor en una especie de baile a medias. Se aferra a un parquímetro y apoya la mejilla contra él con tristeza mientras me mira desde detrás de sus gafas.

—No quiero irme a casa —dice.

El corazón me da un vuelco. ¿Qué puedo decirle a eso? «¿Por qué no vienes conmigo a Nueva Jersey? Solo intenta no despertar a mi madre».

—Tu mujer estará preocupada —contesto en su lugar.

—Tienes razón —dice con un suspiro—. ¡Cuando tienes razón, tienes razón! —Da una vuelta alrededor del parquímetro sin dejar de mirarme—. Eres muy buena persona, Eleanor.

—Tú también —le digo hacia atrás, mientras llamo a un taxi vacío.

Frank niega con la cabeza, adormilado.

—No, no lo soy —dice—. Soy mala persona.

El taxi aparca frente a nosotros, y le abro la puerta para que pueda entrar.

—Malo, malo —repite mientras se tambalea al acomodarse en el asiento trasero. Me inclino para decirle algo antes de cerrar la puerta.

—No eres mala persona, Frank —lo tranquilizo—. Solo estás borracho.

—Es lo mismo —contesta, cayéndose hacia atrás a lo largo de todos los asientos.

Se ríe mientras cierro la puerta, pero no creo que le parezca gracioso de verdad.

En el correo electrónico que nos invita a todos a la fiesta de Navidad de la oficina hay una advertencia que indica que este año la empresa no pagará la fianza de ningún empleado que sea arrestado. Le pregunto a Myke si se trata de una broma.

—¿No lo sabías? Hace dos años, sorprendieron a un becario y a un ejecutivo de contabilidad metiéndose coca en la calle. Frank tuvo que pagarles la fianza. Fue épico. —Myke menea la cabeza, asombrado—. Totalmente épico.

Paso unas tres horas y media preparándome para la fiesta, lo cual es lo más que me he preparado para algo en toda la vida, incluidos los exámenes de acceso a la universidad. Me he remojado, restregado, frotado, rasurado, depilado y embadurnado con crema. Mi pelo está lavado, secado, vuelto a rizar y cubierto de laca. Me he echado todas las cremas y polvos que poseo en la cara. He espolvoreado perfume en el aire y he caminado a través de su nube húmeda.

También he hecho algo que no hago nunca, dígase comprar ropa. Saco un nuevo par de medias de su envoltorio y me las pongo. Costaban un ojo de la cara, mucho más caras de lo que una pensaría que dos diminutas fundas de nailon pudieran llegar a valer, pero el mundo de la moda está lleno de ese tipo de rarezas. Me las pongo con sumo cuidado, pues sé que, si las rozo con alguna de las uñas afiladas que tengo en los pies, tendré que matarme. Me subo la cremallera de mi nuevo vestido negro y me meto en un par de tacones de marca. Busco un pintalabios infantil con sabor a pastel de cumpleaños que he tenido desde el instituto y lo meto en el bolso, por si acaso.

Por último, me coloco frente al espejo y veo... un vientre flácido, pelo áspero, labios delgados y cintura gruesa. Soy un hombre judío vestido de mujer.

210

Vale, no soy guapa. Algunas personas sufren de diabetes. Algunas personas tienen seis dedos en un pie. Algunas personas se quedan atrapadas en incendios forestales y sufren quemaduras de tercer grado en todo el cuerpo. Algunas personas tienen jaquecas que ignoran durante meses antes de ir al médico para descubrir que se trata de un tumor cerebral que las mata en cuestión de semanas, sin que hayan llegado a alcanzar el potencial de su vida. Yo no he salido guapa. Pues qué más da.

Quisiera salir sin que mi madre se diera cuenta, pero está en el salón, sumida en uno de sus libros de jardinería, esperándome. Alza la mirada con las gafas que se le han deslizado hasta la punta de la nariz.

—Oh —suelta con voz ahogada—. Qué guapa estás.

Me aliso la parte frontal del vestido.

—¿No te parezco un hombre judío vestido de mujer?

—Menudas tonterías dices —rechista mi madre. Se pone de pie, me da un beso y un apretón en la cintura—. Pásalo bien. Y recuerda meter tripa.

Subo al tren PATH, camino a la ciudad. Hay dos universitarios frente a mí que hablan en voz alta sobre la discoteca a la que se dirigen. Algo sobre el servicio de botella. Los finales de sus frases se alzan, como colas de ballena, y parecen ser preguntas.

Aun con todo, debe estar bien contar con algo de compañía. Llevo el diminuto bolso de satén de mi madre, en el que casi ni cabía el pintalabios, así que mucho menos algo para leer. Me doy cuenta de que a veces no vale la pena esforzarse.

Las puertas del ascensor se abren y revelan a Jacky, tambaleándose en una escalera de pie mientras sostiene una bola de discoteca encima de la cabeza.

—¡Quien sea que seas, ayúdame! —grita hacia atrás.

—Soy yo, Jacks —respondo, sosteniéndola mientras pincha el cierre en la esponjosa baldosa del techo. Se baja y se frota la purpurina de las manos, la cual cae sobre su vestido rojo tipo jersey. Lleva un enorme par de cuernos de reno.

—Teníamos una bola extra, así que he pensado… —Me mira de arriba abajo y suelta un largo silbido—. Guau. Mira quién ha decidido venir a la fiesta.

Frank habla con todo el mundo menos conmigo, y acabo metida en una conversación con uno de los ejecutivos de la empresa inmobiliaria. Está claro que no tienen pensado despedirnos al menos hasta haber disfrutado de la barra libre.

—¿Tienes algún plan para estas fiestas? —le pregunto.

—Tengo que volar hasta el puto estado de Ohio para ver a mi exmujer y a mis hijos.

—Ah —respondo—. Bueno, he oído que Ohio es…

—Podría haber ido a Hawái —me interrumpe—. Pero en vez de eso tengo que ir a Pesadilla.

—Ajá —digo, mirando a mi alrededor en busca de Jacky—. ¿Y estarás mucho tiempo en Pesadilla?

—No —responde a regañadientes—. Tenemos un horario: leche, galletas, regalos y a la mierda.

Estoy a punto de decirle que me gustaría implementar la última parte de ese horario ahora mismo cuando veo a Frank descender sobre nosotros como un arcángel.

—¿Le está diciendo a una de mis redactoras que se vaya a la mierda, señor?

El cliente suelta una carcajada incómoda y se lleva la bebida a los labios. Frank nos excusa y me aleja de allí. Me rodea el hombro con un brazo y acerca el rostro al mío. El aliento le huele a vodka y a zumo de naranja.

—Lamento lo de la otra noche —dice—. Al parecer, ha llegado la temporada de hacer el ridículo en frente de tus compañeros de trabajo.

—No fue nada —respondo—. No hay problema.

—Bueno, eres una campeona —dice—. Y gracias por encargarte de ese tío. Siempre parece que acaba de entrar en una habitación de hotel cutre. ¿Te has fijado?

Miro a Frank. Eso es lo que tiene, que él se había fijado. Se fijaba en las personas, era su don. O, mejor dicho, era un regalo que hacía a los demás. Que se sintieran vistos.

—¿Qué pasa? —pregunta Frank, mirándome.

—Nada —digo—. Estás muy guapo.

—Mira quién habla —contesta.

—¿Te lo estás pasando bien? —le pregunta un becario con nariz de Rudolph a otro.

—El único lugar de una fiesta en el que me gusta estar —responde el segundo becario— es dormido bajo las chaquetas.

Estoy bailando lento, con los brazos estirados, al ritmo de «Last Christmas», de Wham. Es mi canción favorita, llena de desdicha y reflexiones. Tal vez la verdadera tragedia no sea que alguien le rompiera el corazón a George Michael, sino que aquella bella canción quedara relegada a solo un mes, cuando no cabe la menor duda de que su mensaje de amor no correspondido que conduce a una determinación más profunda para escoger a parejas más merecedoras es relevante todo el año.

—No sueles beber muy seguido, ¿verdad, cielo? —me pregunta Jacky cuando le cuento mi reflexión.

Myke y yo estamos dando saltos y no puedo parar de reír. Su imitación de un baile irlandés es graciosísima. Ambos nos hemos puesto guirnaldas en el cuello, y eso también es graciosísimo, además de dar calor y hacer que me pique todo. Siento una calidez como de hoguera hacia toda la humanidad. No hay nadie a quien no quisiera besar ahora mismo. Myke y yo nos sujetamos de las muñecas y damos vueltas en un círculo apretado y alegre. La sala se convierte en un eufórico giro de máquina de algodón de azúcar.

Y entonces la veo. La perla. Su cabello es una cortina de oro que le cae por la espalda. Lleva lo que parece ser un mono de seda y bailarinas doradas. A su lado hay un hombre imposiblemente delgado que lleva un jersey de angora y pantalones de vinilo brillantes. Le suelto las muñecas a Myke y dejo de girar. La miro. Toda la luz de la sala se refleja en ella. Myke mira a Frank, quien me está mirando a mí, quien la está mirando a ella. Ella se vuelve y le dice algo a su amigo que lo hace reír.

Pues menudo golpe para todos, pienso.

Estoy tratando de escabullirme hacia el baño cuando ocurre: nos presentan.

—Cielo, ¿has conocido a Cleo, la mujer de Frank? —Jacky me sujeta del brazo, y me doy cuenta de que lleva los cuernos torcidos y de que un mechón se le ha quedado enganchado en una de las puntas de arriba. Me apresuro a quitarme la guirnalda del cuello—. Lee es un regalo del cielo. Tanto talento… y es mujer.

—Ya veo.

Cleo me sonríe, y trato de asimilar su rostro. Es más y menos guapa de lo que esperaba al mismo tiempo. Su tez es del color crema más pálido, con ojos verde menta. Sus cejas son de un rubio invisible por encima de una nariz estrecha y una barbilla puntiaguda y menuda. Sus labios son dos delgadas líneas rosas. Hay algo en ella que casi no está ahí, algo desgastado, como un brillante trozo de tela desteñido por el sol.

—Tienen suerte de contar contigo —dice.

Había olvidado el acento británico. Es el encanto personificado.

—Gracias —contesto—. ¡Adiós!

Mi valoración más sincera, mientras vomito en el cubículo del baño, es que podría haber ido mejor, pero también que podría haber ido mucho peor.

Salgo del baño para encontrar que una de las diseñadoras gráficas júnior se ha subido a una silla con dificultad y está tratando de pronunciar un discurso.

—Sois como… Sois como una familia para mí —logra decir antes de romper a llorar.

Se produce un momento de incomodidad mientras todos nos quedamos mirando cómo su amiga la ayuda a bajar de la silla y se la lleva, todavía entre lágrimas. Frank se pone de pie y aplaude.

—Genial, muchas gracias por ese mensaje tan cariñoso, Courtney —dice.

—¡Se llama Corey! —grita su amiga hacia atrás conforme se marchan.

—Bueno, sigo estando de acuerdo con ella —dice Frank—. Sí que somos como una familia. —Mira a su alrededor, y la muchedumbre asiente sin demasiado entusiasmo—. Y no sé vosotros —Alza su copa por encima de la cabeza—, pero a mí me hace falta beber mucho para estar con mi familia. Así que *mazel tov!*

Todos ríen. Todos menos Cleo.

—¿Tienes algún propósito de Año Nuevo? —le pregunta un becario a otro.

—Dejar los antidepresivos de una vez por todas —responde el segundo becario—. Estoy harto de no poder experimentar las alegrías que da la vida. ¿Y tú?

El primer becario se inclina para subirse el dobladillo de los pantalones.

216

—Calcetines de moda —contesta.

Estoy junto a la mesa de los entremeses, tragando agua y galleti-tas Fig Newtons sin parar para que se me pase la borrachera cuando Cleo se acerca a mí. Miro a mi alrededor. Frank no está en ningún lado.

—Me encanta tu pelo —dice.

—Oh —digo, limpiándome miguitas del vestido—. Gracias. El tuyo también es muy bonito.

—El mío es todo liso y soso —responde Cleo—. El tuyo resulta mucho más emocionante.

Ah, ya conozco este baile.

—Para nada —digo con valentía—. Cuando era pequeña siempre quería tener el pelo liso. El tuyo es exactamente lo que quería.

—Y yo siempre he querido rizos. —Cleo suelta una leve carcajada—. Ojalá pudiéramos cambiar.

—Ojalá —digo.

Intercambiamos una mirada. Aquella única palabra, tan llena de añoranza, queda flotando en el aire entre nosotras.

—¿Qué tal es trabajar con él? —me pregunta.

—¿Con Frank? Es muy listo. Y... gracioso. Y un buen tipo en general.

Aquella última parte la suelto con un acento británico. Me pregunto si seré capaz de volver a mirarme a los ojos después de eso. Cleo me dedica una gran sonrisa.

—Me alegro —dice—. De que sea buen tipo. —Se acerca a mí con complicidad y me mira a los ojos. Tengo la alocada idea de que está a punto de plantarme un beso en la boca cuando dice—: Lee, ¿puedo preguntarte algo? Es un poco delicado...

—Cley, ¿sabes si se puede fumar aquí? —Su amigo del jersey de angora nos interrumpe y nos dedica una breve mirada—. ¿Estabais a punto de besaros o algo?

Cleo se ruboriza. Es tan pálida que de verdad se puede ver cómo la sangre se alza hasta la superficie de su piel.

—Este es mi amigo Quentin —lo presenta.

—Mejor amigo —la corrige Quentin.

No he oído que nadie hablara de mejores amigos desde el instituto, y me percaté de que aquella era la cosa. Cleo, su vida, sus amigos, seguían siendo los de una chica. Yo parecía mayor que ella cuando tenía dieciocho años. De hecho, seguramente era mayor que ella cuando tenía dieciocho años.

—Tendrás que preguntarle a Frank si puedes fumar o no —contesta Cleo.

Como si lo hubiera invocado al pronunciar su nombre, Frank aparece junto a Anders. No puedo estar segura de ello, pero creo verle un atisbo de pánico en los ojos.

—Veo que ya has conocido al verdadero marido de Cleo —dice, dándole una palmadita a Quentin en la espalda.

Quentin mira a Cleo con orgullo territorial.

—Soy Eleanor, por cierto —digo.

—Frank, voy a fumar aquí, ¿vale? —dice Quentin.

—¿Te llamas Eleanor? —me pregunta Cleo.

—Estáis muy guapas —dice Anders—. Me encantan los vestidos.

—Cleo lleva un mono —dice Quentin.

—¿*Tú* eres Eleanor? —repite Cleo.

—Me encanta el mono, entonces —dice Anders.

—Puedes fumar ahí, por la ventana —dice Frank.

Quentin pone los ojos en blanco y se quita el cigarrillo sin encender de la boca.

—¿Vienes, Cleo? —pregunta, aunque suena más a orden.

—Un segundo —responde Cleo, volviéndose hacia mí.

—¿Creías... Me has confundido con otra persona? —le pregunto.

—Cleo —se queja Quentin.

—He dicho que un segundo —dice Cleo, con un ligero tono enfadado. Luego se vuelve hacia mí, y ver su expresión es como ver que un jarrón se rompe marcha atrás. Todas las piezas se unen de repente.

—Pensaba que te llamabas Lee... Me ha confundido.

—Cley, ¿puedes venir a ayudarme a sacar los regalos del amigo invisible? —interpone Frank. Tiene la expresión inquieta y tensa.

—Por favor, discúlpame —dice, antes de seguirlo. Parece extrañamente atontada.

—Típico —suelta Quentin, y se va, enfadado, a fumar a solas en la ventana abierta.

Por lo que me quedo sola con Anders. Está mirando el árbol de Navidad y parpadea un ojo y luego el otro al ritmo de las luces intermitentes.

Me subo al ascensor de vuelta al vestíbulo. Un grupo de trabajadores de contabilidad entran tras haber salido a la calle a fumar. No quiero que me vean la cara, por lo que me agacho como si estuviera atándome el zapato. Sus carcajadas resuenan por todos los pisos. Saco el teléfono, y este suena una sola vez.

—Mamá —digo en voz baja.

—¿Qué ocurre? —inquiere.

—Tengo que contártelo —respondo.

—¿Contarme qué? —pregunta—. ¿Necesitas que vaya a buscarte? Voy a por las llaves.

Niego con la cabeza, aunque no pueda verme.

—Está casado, mamá —le suelto—. Está casado con otra mujer.

Me cubro la boca con la mano para controlar los pequeños sonidos ahogados que suelto.

—¿Myke está casado?

—No, Frank está casado. —Me río a pesar de mí misma y me limpio la nariz con la manga—. Myke es un idiota.

Se produce un silencio al otro lado de la línea. La oigo exhalar.

—Ay, Ellie —dice—. Pensaba que me ibas a contar algo horrible de verdad, como que pensabas mudarte de vuelta a Los Ángeles.

A la mañana siguiente, mi madre me prepara tortitas antes de irme a trabajar mientras yo apoyo la cabeza en los brazos y lloriqueo un poco. Fuera está nevando. Trato de inhalar los copos de nieve conforme camino hacia el tren; necesito algo puro en mi interior. Uno me acaba aterrizando en la lengua al fin. Nada.

—¿Qué tal tu día? —me pregunta Jacky.

Alzo la cabeza, que tenía apoyada sobre los brazos.

—No ha sido ningún beso de delfín doble —respondo.

—Nada lo es, cielo —dice, tras soltar una gran carcajada.

Es el día antes de que la oficina vaya a cerrar durante un par de semanas. Frank y yo vamos de camino a comer cuando un judío ortodoxo se nos acerca y nos pregunta si somos judíos. Frank responde que es de la mitad incorrecta, pero yo le digo que sí. Me sonríe y me desea un feliz Janucá.

«La mitad incorrecta». No dejo de repetirme esa frase mentalmente mientras caminamos. Quiero decirle a Frank que no existe la mitad incorrecta, que, de hecho, no existen las mitades, porque si lo hicieran, nos partiríamos por la mitad una y otra vez hasta llegar al cuadradito de nosotros mismos que es bueno y entonces todos seríamos libres de amar y ser amados.

—Vayamos por el parque —dice Frank, dándome un empujoncito en dirección a las puertas.

Entorno los ojos ante la gélida luz del sol. El camino reluce por una fina capa de escarcha. Todo está duro y es brillante, como si estuviera mirando al exterior desde un diamante.

—¿Así que eres judía? —me pregunta Frank.

—¿No lo sabías?

—Mi madre siempre ha querido que me casara con una mujer judía —dice.

—Me acabo de dar cuenta de que el matrimonio es la definición de temporal a fijo —suelto.

—¿Cómo?

—De temporal a fijo —repito—. Eso es lo que soy.

—Oh, tú eres fija —dice Frank—. Eres de lo más fijo que hay.

Una brisa llena de luz y hielo nos rodea. Un policía sentado en un banco abre un bombón Hershey's Kiss plateado. Unos niños gritan, eufóricos, en algún parque infantil que no llegamos a ver. Dejamos de caminar. Frank me está mirando. Yo lo miro a él. Este es un lugar de una belleza exquisita y un peligro extremo.

CAPÍTULO NUEVE

Enero

No es feliz —dijo Frank.

Estaba en su oficina con vistas al Madison Square Park, el cual estaba cubierto de parches de hielo sucio. El cielo era de un gris pizarra. Era esa época del año en que el invierno dejaba de ser festivo y se convertía en una prueba de resistencia que duraba hasta la primavera. Quedaba tal vez una hora de luz. Al otro lado del teléfono, oyó el chasquido del mechero de su madre y la primera calada.

—No entiendo esa obsesión con la felicidad —repuso ella—. La felicidad es como el cartel de Hollywood: es grande, es inalcanzable, y, si de algún modo llegas a él, ¿qué otra cosa puedes hacer salvo volver a bajar de ahí?

—¡Madre! —exclamó Frank—. ¡Por favor! Te estoy pidiendo ayuda.

—Vale, vale. Dime qué pasa.

Frank empañó la ventana con su aliento y escribió su nombre en ella con letra cursiva, distraído.

—Estamos intentando conseguir un nuevo cliente —explicó—. Una bebida energética llamada Kapow!

—Qué nombre más estúpido —soltó su madre.

—Qué me vas a contar —dijo Frank—. El signo de exclamación forma parte del nombre.

—Lo he oído —contestó ella—. De algún modo lo he oído.

Frank soltó una carcajada.

—Bueno, si lo conseguimos, voy a empezar a viajar mucho más, incluso más de lo que ya viajo. Y, bueno, me preocupa dejarla aquí.

—¿Qué posibilidades tenéis de conseguirlo?

Frank sonrió a pesar de sí mismo.

—No tenemos las de ganar, pero sí que tenemos alguna posibilidad. Es mucho dinero, mamá. Del tipo que podría pagar el resto de la carrera de Zoe y un nuevo piso más grande para nosotros.

—Bien por ti, Frankie. —La oyó exhalar humo—. En esta vida hay que ir a por lo que se quiere, sin importar lo que digan los demás.

—Mmm —dijo Frank—. ¿Igual que hiciste tú?

Durante la infancia de Frank, su madre siempre había estado en algún viaje de esquí u otro. Y, antes de que dejara de beber, en algún bar u otro. No le gustaba el calor, por lo que a él lo mandaba a un campamento de verano cristiano en Minnesota cada año y pasaba todo agosto en Zermatt, Suiza, donde había nieve el año entero. No le caían bien las otras madres, así que nunca acudía a sus actuaciones en la escuela ni a las clases de buceo cuando estaba en casa. «Cuéntamelo después, Frankie. Lo disfruto más si viene de ti», le solía decir.

—Cuidé de mí misma —dijo ella—. Y no me disculpo por ello.

—Ya sé que no —soltó Frank y borró su nombre de la ventana con la manga.

—¡Ah, ya sé! —exclamó su madre—. ¿Qué te parece una mascota? ¿Recuerdas que te compré a Brigitte para que te hiciera compañía? Te encantaba.

—Brigitte se escapó —repuso Frank, malhumorado.

—Tonterías —dijo su madre—. Brigitte murió de cáncer de tiroides. Solo te dije eso para que no te afectara. ¿Todavía crees que te envió todas aquellas postales también?

Después de que Brigitte desapareciera, Frank había estado desconsolado. La gata de su madre, la artrítica Mooshi, que parecía que iba a vivir más que todos ellos, no le proporcionó ningún consuelo. Su madre, por supuesto, había salido de viaje poco después. Unos pocos días más tarde, había encontrado una postal en el buzón de parte de Brigitte. En ella, se disculpaba por haberse marchado y le explicaba que la habían invitado a su gira mundial de un show de Broadway, un *spin-off* de *Cats* sobre su propia vida. Una semana más tarde, recibió una postal del hotel Ritz de París, luego de Londres, y, más tarde, de Zermatt, Suiza.

—Ya no me acordaba —dijo Frank—. Me encantaban esas postales.

—Cómprale un gato —insistió su madre—. Os hará bien a los dos.

—Es alérgica —contestó él.

—Un gato sin pelo, entonces. ¡Cómprale un lagarto! Todos necesitamos algo de lo que cuidar.

—¿Y alguien que cuide de nosotros?

—No sois niños. Podéis cuidaros vosotros solitos.

—Ya, pero sí que era un niño, mamá —dijo Frank—. Lo era.

Frank colgó un poco después de ello y se puso a girar en su silla mientras veía cómo el techo daba vueltas. Hablar con su madre siempre le afectaba. Deseaba quererla un poco más u odiarla un poco menos, algo que desequilibrara la balanza. En su lugar, vivía en el frágil equilibrio entre ambos estados, y cada uno aumentaba la intensidad del otro: cuanto más la echara de menos, más lo decepcionaba ella; cuanto más decepcionado estaba, más la echaba de menos. Echó la cabeza hacia atrás, cerró los ojos y soltó un largo «jodeeeer».

—Eso es lo que quiero decir yo también cada vez que hablo con un cliente —dijo una voz a sus espaldas.

Eleanor. En una ocasión, Frank había visto una imagen de un tsunami que arrastraba consigo cientos de especies marinas, tiburones, rayas y bancos enteros de peces plateados, todos alzados en el arco de la ola antes de caer sobre la tierra. Así se sentía cuando estaba cerca de Eleanor. Pese a que nunca se habían tocado ni se habían besado, la respuesta que tenía ante ella era titánica. Todo él se alzaba para encontrarse con ella.

—¿Y después de hablar con tu madre? —preguntó él, antes de abrir los ojos y girar para volverse hacia ella.

—Ah. —Eleanor asintió—. El cliente complicado original.

—Solo que no tiene dinero.

—Venga ya —sonrió Eleanor—. ¿Cuán mala puede ser una mujer que te crio a ti?

Estaba de pie bajo el umbral de la puerta. Su cabello castaño rizado se apilaba de forma desordenada sobre su cabeza. Era la única mujer que había visto que usara un bolígrafo para sujetarse el cabello no como un accesorio, como Cleo hacía a veces con palillos chinos o una pluma larga, sino por distracción. Su rostro, al que algunos podrían describir como normalucho, pero que a él nunca se lo había parecido, con su tez pálida y mejillas redondeadas, cejas rebeldes y ojos oscuros e incansables, estaba a plena vista. Cuando sonreía, sus dientes eran sorprendentemente pequeños, unos diminutos cuadrados de color crema que revelaban, por un instante, la niña que había sido, pícara y precoz, todavía visible en el rostro de la mujer.

—¿Qué opinas de los gatos sin pelo? —le preguntó.

—Criaturas del averno. Prefiero las tortugas.

—Viven demasiado —dijo Frank—. No quiero una mascota que vaya a vivir más que yo. Es para Cleo, por cierto.

Observó si se producía algún cambio en su expresión, pero era imperturbable, como siempre.

—¿Y un pez?

—Demasiado mortal —dijo Frank—. Lo mataríamos en cuestión de semanas.

—¿Y ya has descartado un perro por ser algo demasiado de pueblo?

—Nuestro edificio no nos permite tener perro.

—¡Ah, ya sé! ¿Qué te parece un petauro del azúcar? Mis vecinos tenían uno cuando era pequeña. A mi hermano y a mí nos encantaba.

—¿Cómo está Levi? —quiso saber Frank.

—Su novia ha vuelto —repuso Eleanor—, así que mejor.

—¿Qué ha pasado con el motero?

—No creo que queramos saberlo —dijo Eleanor—. Busca al petauro del azúcar en internet.

Frank se volvió hacia su ordenador y tecleó las palabras en el motor de búsqueda. Unas imágenes de un pequeño roedor con enormes ojos oscuros y una cola larga llenaron la pantalla.

—Parece loco —comentó.

—Lo loco es que no te parezca bonito —replicó Eleanor—. Es como un cruce entre una ardilla voladora y una chinchilla.

—Es muy propio de ti que te gusten —comentó él.

—Mira, son unas mascotas perfectas —dijo Eleanor—. Tengo que irme. Piénsatelo.

—¿Tienes una cita? —preguntó Frank antes de poder evitarlo.

—No, he pensado que mejor me ahorraba la humillación hoy. —Esbozó una sonrisa triste—. A mi padre no le va muy bien.

Hace poco ha... ido a peor, así que quiero ir a verlo antes de que acaben las horas de visita.

—Cómo no —repuso Frank—. Lo siento mucho. Si necesitas tomarte un tiempo de descanso para estar con él, díselo a Jacky y no pasa nada. Puedes tomarte todo lo que necesites. Pagado, por supuesto. —Aquello no era ni de lejos la política de la empresa con los autónomos.

—Buena suerte con la mascota —dijo Eleanor—. Estoy segura de que a Cleo le encantará lo que sea que le regales.

Después de que ella se fue, Frank se dispuso a informarse sobre los petauros del azúcar. Se limpiaban ellos mismos, eran cariñosos y no costaba mucho dinero alimentarlos, por lo que de verdad parecían ser excelentes mascotas. Buscó si alguien cercano los vendía. El primer enlace que apareció fue un anuncio en Craigslist: ~!~!~!~!**PETAUROS DEL AZÚCAR BEBÉ EN VENTA SON LO MÁS MONO QUE HAY**~!~!~!~! Frank clicó en el enlace y leyó la breve descripción que pedía a los compradores interesados que llamaran para obtener más información. Se puso de pie para cerrar la puerta de la oficina y llamó al número del anuncio. La voz que respondió fue sorprendentemente seductora, parecida a la de una gatita.

—¿Quieres un petauro del azúcar? Claro, tengo petauros. Puedo venderte uno por ciento setenta y cinco, dos por tres cientos o tres por cuatrocientos veinticinco. ¿Cuántos necesitas?

—Esto... Creo que solo uno —repuso Frank—. ¿Cuántos es lo normal?

—¿Quieres que tenga un amiguito? —ronroneó ella—. Dos son una buena oferta.

Frank miró a la criatura de grandes ojos de su pantalla y rio.

—Vale, que sean dos.

Fue en metro hasta una dirección en el Bronx. Era la primera hora de la noche, por lo que el tren estaba lleno de las personas que volvían del trabajo, con sus auriculares y libros y un ambiente de ligera hostilidad. Bajó en la calle 149 y caminó las pocas manzanas que lo separaban de la dirección que le había dado la chica, con la cabeza agachada contra el viento. Las oscuras calles residenciales estaban casi vacías. Un coche pasó por allí, con un reguetón a todo volumen que había sido popular en la radio aquel verano; en aquella calle desierta, desentonaba tanto como una palmera que brotaba de un jardín frontal abandonado. Llegó a la dirección que le había proporcionado y observó la casa de piedra rojiza sin iluminar. No parecía haber nadie. Frank se sopló en las manos y llamó al número de la página web.

—Oye, estoy aquí fuera. ¿Seguro que me has dado la dirección correcta?

—Llegas tarde —lo reprendió la voz, alegre—. Mi madre volverá a casa pronto. —Vio que la cortina de una ventana de la planta baja se movía—. Te veo. Ven a la puerta.

«Ay, Dios», pensó Frank, mientras subía por los peldaños con lentitud. ¿Cómo carajos había acabado comprándole un roedor volador a lo que parecía ser una menor de edad del Bronx? ¿Qué tenía de malo un puto pez? Meneó la cabeza mientras llamaba al timbre. Era la única persona que conocía que podía acabar metida en una situación como aquella, excepto tal vez Eleanor. Sonrió para sí mismo al pensar en ella. Estaba seguro de que ella era capaz de cualquier cosa.

La mujer que abrió la puerta era grande, al menos tres veces más ancha que Frank, y, si tuviera que estimar la edad, le echaría casi cincuenta años. Llevaba un jersey lila con un logotipo de Mickey Mouse desgastado en la parte frontal y unas mallas ajadas y con manchas de lejía. Tenía la piel oscura, suave y sin poros. Frank le examinó el rostro en busca de algún indicio de que aquella fuera la voz con la que había hablado por teléfono. Tenía unos ojos marrón caoba, delineados por unas pestañas cortas rizadas y centrados en algún punto más allá de Frank con una intensidad desconcertante. Sus mejillas redondeadas y su gran barbilla tenían una aspecto triste, pero sus labios pintados estaban ligeramente tornados hacia arriba. No había una sola línea recta en todo su cuerpo.

—¿Eres Frank? —Ahí estaba, aquella voz tan sedosa. Frank asintió, atontado de repente—. Pasa. —Le hizo un gesto para que entrara—. Tenemos que ser rápidos. Mi madre sale del trabajo pronto y no le gusta que traiga gente a casa.

El olor a serrín, humedad y un hedor amargo insoportable que Frank supo que era de origen humano por instinto le dieron la bienvenida nada más cruzar la puerta. Pilas de ropa estaban tiradas por todo el salón al que lo llevó. Una gran pantalla de plasma cubría una de las paredes.

—No tienes gatos, ¿verdad? —le preguntó.

Frank negó con la cabeza.

—Bien, porque los gatos matan a los bebés. Voy a buscarte uno.

La mujer desapareció hacia las escaleras sin iluminar. Frank observó la sala, iluminada por una sola luz en el techo que zumbaba sin cesar. Entre los montones de ropa había bolsas de plástico, al parecer llenas de más ropa. Frank se sentó en el brazo del gran sofá que tenía al lado y se volvió a poner de pie. Se frotó las manos en los muslos. La mujer regresó haciendo una cuna con las manos frente a ella. No podía evitar tratar de descifrar su edad. No podía tener menos de cuarenta años, pues ya estaba perdiendo su cabello negro y tenía líneas blancas. Pero ¿todavía vivía con su madre? Todo aquello lo ponía nervioso.

—Vale, ¿estás listo? —ronroneó—. Este es macho. Lo acabo de despertar; esperemos que le caigas bien.

Hizo un gesto para que Frank pusiera las manos como ella, y él la imitó. Con mucha ternura, soltó el contenido de sus manos en las de él. Notó la ligera presión cálida de un cuerpo vivo, acompañado del cosquilleo del pelaje contra la piel. La mujer apartó las manos, y Frank vio por un momento una pequeña criatura gris colocada en su palma. Antes de que pudiera mirar más de cerca, el animal salió volando, chocó contra la cortina de la ventana a su espalda, rebotó contra el sofá y se lanzó hacia un montón de ropa situado a varios metros de allí.

—Oh, no —gimió ella en voz baja—. No le has caído bien. ¿Quieres probar con otro?

—Ay, madre —dijo Frank—. Tú dirás. —Dio un paso hacia el montón de camisas, las cuales no parecían estar limpias. Todo aquello estaba demostrando ser una locura, tal como sabía que iba a ser, pero estaba decidido. Iba a conseguir caerle bien a un petauro del azúcar—. Debería… ¿Debería tratar de encontrarlo?

—No te preocupes —repuso ella a la ligera—. Saldrá cuando esté listo. Voy a buscarte otro.

Volvió a desaparecer hacia las escaleras, y Frank se quedó mirando fijamente el montón de ropa que ocultaba a la criatura. El animalito no se movió.

—¿Seguro? —murmuró para sí mismo.

La mujer regresó, y Frank volvió a colocar las manos en posición.

—Esta es una hembra —dijo ella—. Tengo la sensación de que se te dan mejor las chicas.

Un revoltijo de pelaje pasó de las manos de la mujer a las suyas, y allí, sentada plácidamente en el centro de su palma, se encontraba la petauro del azúcar bebé. Miró a Frank. Era del color gris más pálido, casi lila, y tenía una raya negra que descendía desde su frente y pasaba por la espalda hasta llegar a la punta de la cola, la cual parecía que había mojado en tinta. Entre sus pies y manos había un pliegue de pelaje, ondulado como la parte inferior de una seta. Las alas. Tenía unos ojos negros enormes, húmedos como si acabara de llorar, una nariz rosa como un pétalo y unos dedos con puntas rosadas. La bebé alzó una mano para rodearle el pulgar a Frank como si fuera un mono. Era tan suave como las semillas de diente de león.

—Oh —soltó Frank.

—¿La quieres?

—La quiero.

—Yupi —dijo la mujer, dando una palmada—. ¿Quieres que te vaya a buscar otra chica?

—No, no —contestó él—. Ella es suficiente. Toma.

Con tanta ternura como pudo, se apoyó el petauro contra el pecho con una mano y sacó la cartera de su bolsillo trasero con la otra. Notaba cómo su corazoncito latía ligeramente bajo el pelaje, contra sus dedos. Sacó tres billetes de cien dólares y se los dio a la mujer.

—¿Estás seguro? —preguntó ella, mirando el dinero—. Si solo te llevas uno…

—Por favor, insisto —dijo—. Por haberme acogido en tu hogar.

Aceptó una caja de zapatos con agujeros en la parte superior para transportar la criatura hasta casa. Empezó a llover mientras se dirigía de vuelta al metro, por lo que paró al primer taxi que vio y se sentó sujetando la caja con firmeza sobre el regazo durante todo el viaje hacia el centro. Los semáforos pasaban como manchas ámbar y verde por la ventana. Unas grandes gotas de lluvia relucían sobre el cristal. Frank se inclinó hacia delante en el calor húmedo del asiento trasero y se dispuso a susurrar en voz baja a través de los agujeros de la caja, pequeñas tonterías insignificantes que sonaban de lo más extraño en su lengua. «Sí, no pasa nada, cariñito, amorcito, cosita, nos vamos a casa».

Frank entró en el oscuro piso y encontró a Cleo tumbada en el sofá, bajo una pirámide de luz que emitía una lámpara. No se movió al oír la puerta. Estaba de espaldas a él, encogida en el sofá con un libro frente a la cara. Llevaba unos tejanos holgados y un gran jersey de cachemir de Frank. Las suelas de sus pies descalzos estaban marrones por la suciedad de la casa. Con las puntas de los dedos, Frank le tocó la nuca. Su cabello dorado estaba apagado por culpa del invierno, y tenía varios nudos en la parte de atrás.

—Cleo, cielo —la saludó—. Te he traído algo.

Se dio la vuelta para mirarlo. Tenía las mejillas sonrojadas y una expresión de confusión y enfado. Frank le puso la mano en el cuello, que estaba cálido y húmedo, y le dio un beso en la frente. Había puesto la caja en el suelo, cerca del sofá, donde ella no podía verla.

—Estaba medio dormida —dijo ella—. ¿Has oído hablar de Berthe Morisot?

—No creo —repuso Frank—. Pero, cielo, quiero mostrarte algo.

—Mira —le pidió Cleo.

Tenía una especie de intensidad febril en ella. Se apoyó sobre el codo y abrió las páginas del libro en dirección a él. Se trataba de un cuadro de una mujer sentada frente a un espejo. Su espalda curvada estaba mirando al espectador, con solo una oreja y un atisbo plateado de su mejilla expuestos. El reflejo de su rostro en el espejo había sido dejado en blanco a propósito, desprovisto de rasgos y expresión. Con las manos, se apilaba su cabello oscuro encima de la cabeza, tal como lo había llevado Eleanor aquel día.

El fondo era de un color azul muy vivo, pintado con energía, como si una brisa se estuviera moviendo por la sala y lo agitara todo: la tela que caía de sus hombros, las flores rojas de la mesita.

—Muy bonito —declaró Frank—. Parece de Degas.

—¡No! —Cleo le dio un golpe a la página, asqueada—. Son los de Degas los que parecen de Morisot. Degas, Manet, Renoir, Monet… todos la admiraban, todos la imitaban, pero ¿ha oído alguien hablar de ella? ¡No! Degas no es más que un aficionado comparado con ella. Odio sus bailarinas insípidas. Mira lo vivos que son sus sujetos en comparación, lo llenos de voluntad que están.

—Sí, sí, ya lo veo —repuso Frank, mirando distraído el cuadro, el cual de verdad le parecía un Degas.

—Degas me la puede chupar —dijo Cleo, con fervor.

Frank soltó una carcajada y le quitó el libro para dejarlo a un lado. Apoyó la mano en la curva de su cintura.

—¿Has pintado hoy? —le preguntó.

Se sentó de repente, lo que hizo que la mano de Frank tuviera que apartarse de su cintura.

—¿Por qué me preguntas eso? —contestó ella.

A Frank le hacía gracia Cleo cuando estaba en ese plan, tan apasionada y encendida, aunque también sabía que debía andarse con cuidado. Aun con todo, prefería verla así que con el desánimo de mirada perdida en el que había estado sumida últimamente. Solía cuidar mucho su apariencia, y a él le había encantado ver cómo se vestía cada día para ir a trabajar. A pesar de que había apoyado su decisión de dejar su trabajo de diseñadora textil, un puesto que ella creía que estaba por debajo de su elegante pedigrí artístico, para centrarse en la pintura, en aquellos momentos sospechaba que había sido un error. Todo aquel tiempo libre no era bueno para ella. Estaba encantado de seguir apoyándola en términos económicos mientras creaba su arte, solo que cada vez pintaba menos. Y esa ira que tenía sobre las mujeres del mundo artístico, sobre las mujeres de cualquier parte a decir verdad... La pasión estaba muy bien, pero la histeria era algo muy diferente. Y solo parecía aumentar en ella conforme su vida de pintora disminuía.

—Mira, he traído a una chica que quiero que conozcas —dijo él—. Ha estado esperando con mucha paciencia y...

—Ay, Frank, no habrás traído a nadie a casa —se quejó—. No estoy de humor. ¿Es que no podemos estar juntos solo los dos nunca?

Frank recogió la caja del suelo y la sostuvo frente al ceño fruncido de Cleo.

—Ábrela.

Cleo abrió mucho los ojos. Con la punta de los dedos, levantó la tapa. Y allí, sentada sobre una pequeña cama de serrín, se encontraba la petauro del azúcar bebé. Alzó la mirada hacia Cleo con sus grandes ojos negros, y ella soltó un gritito. A Frank le dio un vuelco el corazón: lo odiaba.

—Ay, ¡no puede ser! —Las palabras salieron a trompicones de ella—. ¡Estás loco! ¡Más que loco! ¿En qué estabas pensando? ¡Me encanta! Tú me encantas. ¿Cómo has...? ¿Qué vamos a hacer con él? ¡Necesitamos comida! ¿Qué es lo que come? Me encanta, de verdad. Es adorable, pero... ¿qué demonios es?

—Es una petauro del azúcar —repuso Frank, sonriendo, aliviado—. Es como una especie de cruce entre ardilla voladora y chinchilla. Solo que pequeña y más mona.

—¿Puede volar? —Cleo echó la cabeza hacia atrás, encantada—. Estás loco, Frank. Es perfecto. Me encanta.

—Tienes que ponerle nombre —dijo Frank, sin poder dejar de sonreír.

—¿Has dicho que era hembra?

—Ajá —respondió él—. Una bebé para mi bebé.

Cleo torció el gesto, disgustada. Frank sabía que odiaba que hablara así, pues le parecía algo infantiloide, pero a veces no lo podía evitar. Incluso con aquel aspecto desaliñado, tenía algo muy femenino en ella, algo de niña pequeña que no se podía negar, por lo que parecía una locura que nunca se le permitiera reconocerlo.

—¿Puedo sostenerla?

—Cómo no —repuso—. Es tuya.

Cleo sacó a la petauro del azúcar de la caja y la acunó contra su pecho.

—Hola, cariño. ¿Cómo vamos a llamarte? ¿Cómo te llamas? Mmm...

—¿Qué te parece llamarla en honor a esa pintora de la que hablabas? —le preguntó Frank—. ¿Cómo se llamaba? ¿Berthe?

Cleo miró a la criatura en sus brazos, la cual estaba intentando escalar por su jersey, en dirección a su pelo. Si no se tenía en cuenta la cola, no era más grande que un paquete de edulcorante Sweet'n Low.

—No sé yo —respondió Cleo—. Parece un nombre demasiado serio para una cosita tan loca.

—Entonces... ¿nada de Berthe? —quiso confirmar Frank, decepcionado. Le había complacido que se le ocurriera aquella idea.

—No puede tener un nombre humano —explicó Cleo—. Es demasiado mágica para que le pongamos un aburrido nombre humano sin más.

—¿Qué quieres hacer, entonces? —preguntó Frank—. ¿Darle un nombre en lengua de signos o algo?

—¡Me encantaría! —exclamó Cleo—. ¿Sabes decir algo en lengua de signos?

—¿En serio? —dijo él—. Bueno, sé decir esto. —Signó con las manos.

—¿Qué significa?

—Oh, Jesús, cuánto te adoro.

Cleo se echó a reír.

—¿Y por qué carajos sabes decir eso?

—Porque la loca de mi madre me mandaba a un campamento cristiano fundamentalista cada verano, donde nos enseñaban a cantar los himnos en lengua de signos. Esa es la única parte de la que me acuerdo. Irónico para un medio judío, lo sé.

—Vale —dijo Cleo—. Enséñamelo otra vez.

Frank le mostró cómo decir las palabras con signos, y ambos se quedaron mirando a la petauro.

—Oh Jesús Cuánto Te Adoro —la llamó Cleo—. Bienvenida a nuestra pequeña familia.

Aquella primera noche fueron a un Petco, que, por alguna razón, no cerraba hasta la medianoche entre semana. Dejaron a Oh Jesús Cuánto Te Adoro en su caja de zapatos, con un solo cacahuete, pues habían leído que podía comer uno al día como recompensa especial.

—¿Crees que estará bien sin nosotros? —preguntó Cleo mientras caminaban hacia la tienda. Ya estaba metiéndose en el papel de madre preocupada.

—No le pasará nada. —Le rodeó el hombro con el brazo—. Tenemos que comprarle comida y una jaula grande en la que pueda vivir.

Cleo acurrucó la cara contra su cuello. La nariz le moqueaba por el frío. A pesar de que había dejado de llover, un viento gélido recorría la avenida y les agitaba las chaquetas y las bufandas a su alrededor. Frank había olvidado sus guantes, por lo que puso una mano en el bolsillo y la otra la estiró más alrededor de

Cleo para meterla entre los botones de su chaqueta de piel, donde la dejó resguardada contra la lana cálida de su jersey. Ella le dio un beso en la helada punta del lóbulo de su oreja, que sobresalía bajo su gorro.

—Te quiero, Frankenstein —le murmuró al oído.

En el interior del Petco, iluminado por fluorescentes, el olor a arena de gato y peceras rancias los rodeó. La tienda estaba prácticamente vacía, con sus largos pasillos repletos de juguetes para perros de color neón y enormes sacos de comida seca. A Frank le encantaba estar ahí, era un descanso de la vida ordinaria muy bien recibido. Buscaron por la tienda y lograron hablar con uno de los empleados de Petco cerca de las jaulas para pájaros.

—Perdona, ¿trabajas aquí? —le preguntó Frank.

—¿Que si trabajo aquí? Soy gerente júnior —contestó el gerente júnior de Petco. Tenía un rostro alargado y pálido, y resultaba más largo todavía debido a una perilla encerada y puntiaguda.

—Perfecto —dijo Frank—. Hipotéticamente, ¿cuál de estas dirías que es la mejor jaula para un petauro del azúcar?

El gerente júnior inhaló tan de repente que las fosas nasales se le pusieron blancas.

—Diría que ninguna de estas es una buena jaula para un petauro del azúcar —repuso—. Porque los petauros del azúcar son ilegales en los cinco distritos de Nueva York.

Cleo se volvió hacia Frank con una sonrisa casi sin contener.

—Ah, qué suerte que no tengamos ninguno entonces, ¿verdad, cariño?

—Mucha suerte —contestó Frank—. Nunca haríamos nada ilegal.

—Jamás —añadió Cleo—. Es por eso que hablamos…

—Solo de forma hipotética —acabó Frank.

—Hipotéticamente o no —dijo el gerente júnior de Petco—, iría en contra de mis mejores intereses recomendar algo para contener, alimentar o entretener a un petauro del azúcar a vosotros o a cualquier otra persona.

—¿Necesita entretenimiento? —preguntó Cleo, volviéndose hacia Frank una vez más.

—Creo que tú eres muy entretenida —repuso él.

—Podría imitar a Dolly Parton.

—Se te da muy bien imitarla. Yo puedo hacer malabares.

—No sabía que sabías hacer malabares.

—Solo con objetos muy redondos.

—Un hombre de muchos talentos —dijo Cleo, y le dio un beso.

El gerente júnior exhaló de forma exagerada.

—Con entretenimiento me refiero a actividades —explicó—. Los petauros del azúcar son animales nocturnos y muy activos, por lo que es esencial proporcionarles ruedas de hámster, pelotas o...

—¿Lo has entendido todo? —preguntó Frank.

—Rueda de hámster —asintió ella.

El gerente júnior se llevó las puntas de los dedos a los labios.

—He dicho demasiado —dijo.

—Ay, venga ya —soltó Frank—. ¿Por qué diablos son ilegales?

—Eso, ¿a quién le hacen daño?

—El problema no es a quien le hacen daño —explicó el gerente júnior.

Esperaron a que continuara, pero el hombre se limitó a dedicarles una mirada misteriosa y significativa.

—¿Cuál es el problema, entonces? —insistió Frank.

—Ilumínanos —le pidió Cleo.

—El problema es la reproducción —explicó el gerente júnior—. Aunque técnicamente están permitidos en el estado de

Nueva York, son ilegales en los cinco distritos debido a la proximidad con la ardilla gris de las Carolinas. Si un petauro del azúcar escapara y se reprodujera con esas ardillas, crearía una cepa de ardilla voladora que podría acabar siendo, por decirlo de algún modo, incontrolable para los ciudadanos.

—¿Has oído eso, Cley? —dijo Frank.

—Ardillas voladoras por toda la ciudad —asintió Cleo.

—Podría provocar una epidemia —explicó el gerente júnior con expresión seria.

—Suena… —empezó Frank.

—Maravilloso —acabó Cleo, sin aliento.

—Me temo que os tengo que pedir que salgáis de aquí —dijo el gerente júnior, torciendo el gesto—. Esta tienda es solo para personas con mascotas permitidas por la ley.

—¿Y esa jaula? —preguntó Frank, señalando hacia una que estaba detrás del hombro del gerente—. Parece bastante grande.

—¿Me habéis oído? —preguntó el gerente júnior.

—¡Vendida! —exclamó Cleo.

Frank tiró de ella hacia las jaulas mientras reían como niños. Cleo se volvió hacia el gerente júnior de Petco conforme avanzaba a toda prisa junto a Frank.

—Has sido muy amable —dijo en voz alta—. Y muy muy informativo. No sabes cuánto te lo agradecemos.

Luego le lanzó un beso con su mano envuelta en un guante infantil rosa y corrió por el pasillo, de la mano de Frank.

Los siguientes días fueron días de descubrimiento. Descubrieron, por ejemplo, que a Oh Jesús Cuánto Te Adoro le encantaban las manzanas, el Gatorade, la quinoa y el yogur de melocotón, pero no de ningún otro tipo. También se percataron de por qué a las mascotas no se les solía poner nombres en lengua de signos que significaban cinco palabras o más, y acabaron refiriéndose a ella como «Jesús» a secas. Vieron que se despertaba sobre las 10 p. m. y se quedaba despierta hasta las 10 a. m., tras lo cual dormía durante la mayor parte del día. Incluso con la jaula en el salón, oían a través de las paredes cómo corría en su rueda toda la noche y de vez en cuando emitía unos pequeños grititos, los cuales, según vieron por internet, significaban que quería atención. Pasaron mucho tiempo investigando su especie en internet y se leían en voz alta sus hallazgos favoritos.

—Escucha —dijo Cleo. Era viernes por la noche, y, por primera vez desde hacía mucho tiempo, ambos se habían quedado en casa juntos—. Aunque se encariñan con todos los miembros de la familia, cada petauro casi siempre tiene una persona favorita, normalmente la persona que los cargue más, y será con ella con quien establezca su vínculo principal.

—Oye, eso no es justo —se quejó Frank—. Está claro que la favorita vas a ser tú, porque pasas más tiempo en casa.

—Mala suerte —rio Cleo—. Ventajas de ser madre ama de casa.

—Ajá.

—He leído en alguna parte que cada noche corre el equivalente a una maratón en su rueda.

—No me extraña que deba dormir todo el día.

—Me parece cruel dejarla encerrada en su jaula cada noche —dijo Cleo—. Debería ser libre.

—Pero si la liberamos, la perderemos. El apartamento es demasiado grande; encontrará algún agujero en alguna parte y se escapará.

—Esta mujer de sugargliderlovers.com dice que deja que sus petauros den vueltas por la habitación por la noche. Solo tenemos que cerrar las puertas y proteger el espacio como se haría para un bebé.

—Cley, eso es una locura. —Frank se sirvió otra copa de vino y fue a llenar la de Cleo antes de ver que seguía llena.

—Pues a TuSugarMomma1956 no le parece tan loco.

—Te pediré que reflexiones sobre lo que acabas de decir —dijo Frank—. Y luego hablamos de locuras.

Sin embargo, cómo no, Cleo acabó saliéndose con la suya. Trasladaron la jaula hasta la habitación y dejaron la puerta abierta por la noche. Investigaron cómo preparar una sala para un petauro del azúcar, lo cual requirió que bloquearan los enchufes, se aseguraran de que las ventanas estuvieran cerradas a cal y canto para que no pudiera escapar y que la puerta del baño estuviera cerrada y con la tapa del retrete puesta, para que no se pudiera caer y ahogarse. Aparte de eso, era libre para ir donde quisiera. Resultaba extraño y emocionante oírla zumbar por la habitación mientras ellos estaban tumbados en la cama. Les llevó una nueva vida a su vida. Aquella primera noche, se quedaron despiertos escuchándola.

—Está de lo más activa —dijo Cleo. Estaban nariz con nariz en medio de la oscuridad.

—Le he dado un cacahuete tarde hoy, puede ser por eso.

—¡Yo también le he dado uno! Frank, tenemos que dejar de hacer eso, le vamos a provocar un ataque al corazón.

—Pero me gusta dárselos. ¿Cómo, si no, voy a conseguir ser su vínculo principal?

—Si alguna vez tenemos una hija, va a estar muy mimada —dijo Cleo.

—¿Quieres… quieres tener hijos?

Parecía ridículo que no hubieran hablado de ello antes. Supuso que era parte de casarse a toda prisa, tenían que hacerlo antes de saber lo suficiente como para no seguir con ello.

—Creo que sí —repuso ella—. ¿Tú, no?

—Sí que quiero —contestó Frank, y se sorprendió a sí mismo. Le parecía increíble que no estuvieran hablando de forma hipotética, que así fuera como las parejas tomaban decisiones como aquella en sus vidas—. Serías una madre perfecta.

—Siempre me ha preocupado no tener el gen maternal. No creo que mi madre lo tuviera, o si no nunca habría... ya sabes.

—Lo tienes —dijo Frank—. Claro que lo tienes. Eres muy cariñosa. Cuidas de todo el mundo.

—¿Tú crees?

—Pues claro —repuso él—. Cuidas de mí. —Buscó la mano de ella escondida bajo su almohada.

—Serías muy buen padre —dijo Cleo.

—¿Cómo lo sabes?

—Eres amable —contestó ella—. Y juguetón. Serás un padre muy divertido. Y veo cómo te comportas con Zoe, tú también cuidas de los demás.

—Me gusta cómo me ves. —Frank le dio un apretón en la mano en la oscuridad antes de ponerse bocarriba, y Cleo se movió para apoyar la cabeza en su pecho. Él le acarició el cabello sobre las sienes con una mano.

—Creo que te veo tal como eres —dijo ella.

—No quiero parecerme a mi padre —comentó Frank—. Eso sí lo sé. ¿Sabes que una vez fui a Italia a buscarlo? Cuando tenía veintipico años. Pero él se negó a verme. Encontré el restaurante al que solía ir con sus compañeros de juerga, fui ahí una noche y le dije quién era. No me reconoció y pretendió no hablar inglés, el muy capullo.

—¿Se lo has contado a tu madre?

—No —contestó—. Creo que le haría demasiado daño.

Cleo rodó sobre él para que estuvieran cara a cara, con las manos a ambos lados de su cabeza. En la oscuridad, no pudo ver qué cara estaba poniendo.

—¿Frank? —dijo.

—¿Sí?

—Voy a decirte algo, y quiero que me escuches bien.

—Vale.

—No te pareces en nada a tu padre.

Se bajó de encima de él y volvieron a estar lado a lado. En algún punto cercano, Jesús saltó de una superficie a otra con un suave golpecito. Frank estaba tumbado con los ojos abiertos, tratando de escuchar su siguiente movimiento.

—¿Cley? —dijo.

—¿Sí?

—¿Cómo era tu madre? Nunca hablas de ella.

—Era un montón de personas distintas —respondió en voz baja.

Frank guardó silencio. Si Cleo estaba dispuesta a hablar, lo haría. No quería presionarla.

—Hacía los mejores pasteles de cumpleaños —empezó a decir—. Creo que es porque se le daban bien los modelos de arquitectura. Un año, preparó un pastel con forma de Torre Eiffel con una muñequita que se parecía a mí en la cima. Habíamos ido a París durante Semana Santa y me había encantado, por lo que toda la fiesta tenía temática francesa. Éramos otros veinte niños de once años y yo con boina y jugando a cosas como enganchar el bigote al francés. Mi madre incluso nos compró cigarrillos falsos de una tienda de bromas, lo que me pareció todo un escándalo por aquel entonces.

—Suena divertido —dijo Frank—. ¿Qué aspecto tenía?

—Era rubia como yo, aunque más alta. Llevaba tacones cada día y unas camisas de seda hechas a mano. Solía ir a su armario para frotarlas con los dedos, me encantaba su tacto.

—Parece muy glamurosa —comentó.

—Sí que lo era —confirmó Cleo—. Solo que luego tuvo que empezar a tomar un medicamento que le hizo ganar mucho peso y dormir todo el día. Era muy activa, ¿sabes? Por eso lo odiaba. Creo que fue por eso que decidió dejar de tomarlo.

—¿Cuándo fue eso?

—Cuando ella y mi padre se divorciaron. Tuve que ir a quedarme con él y con Miriam en Bristol porque ella tuvo que estar ingresada en el hospital un tiempo. Luego se puso mejor y volví a casa. Cuando estaba bien, sabía cómo me había ido el día solo por cómo la saludaba. Quería saber todo lo que pensaba, lo que leía en el colegio. Me solía sentar en la encimera de la cocina y charlaba con ella mientras preparaba la cena. Pero también tenía unos periodos de mala racha en los que dejaba de dormir y casi no comía. Se centraba tanto en un proyecto que podía llamarla diez veces y no me oía. Lo odiaba. Era como si no existiera. Se hablaba a sí misma y se echaba a reír. Llevaba a muchos hombres a casa. A veces entraba en el baño y los sorprendía. La primera vez que intentó suicidarse fue durante uno de esos periodos.

—Lo siento mucho, Cley —respondió él—. Joder.

—Luego empezó con un nuevo medicamento —continuó Cleo, con las palabras surgiendo de ella con rapidez— y volvió a estar normal durante un tiempo. Volvió al trabajo, yo me mudé para ir a la uni, y ella empezó a salir con un tipo en serio, alguien amable, por lo menos. Otro arquitecto. Luego pasó algo, supongo que cortaron, y volvió a dejar la medicación. No lo supe por aquel entonces, los médicos me lo contaron más adelante. Murió cuando yo estaba en el último año de la universidad. Tenía algo de dinero antes de morir, aunque no demasiado, y todo fue para mí. Pero estaba deprimida, como te conté, y por eso vine aquí a estudiar mi máster. Empecé a tomarme los antidepresivos y a crear más arte y todo mejoró. Y luego te conocí, y eso fue lo mejor, de verdad, lo mejor que me ha pasado en años.

Frank se puso de lado y la abrazó con los brazos y las piernas. La sostuvo con tanta firmeza como pudo sin hacerle daño. Oía el ligero latido de su corazón bajo su oreja.

—No vas a ser como tu madre —dijo.

Jesús saltó a la cama cerca de ellos antes de volver a saltar hacia otra parte, y su diminuto cuerpo casi ni dejó una marca en las sábanas.

—¿Cómo lo sabes? —preguntó. Su voz en la oscuridad sonaba quejumbrosa.

—Porque me tienes a mí.

—Pero ¿y si te pasa algo? ¿Y si te vas?

—No me pasará nada. Y no me iré a ninguna parte.

—¿Lo prometes?

—Lo juro por Jesús.

No evitó a Eleanor en la oficina adrede, pero estaba tan ocupado trabajando en la propuesta para Kapow! que no se cruzaron mucho. A Frank le encantaba el proceso de lluvia de ideas, le encantaba sentir cómo las ideas lo rodeaban en una órbita y creía en lo que su equipo había creado. La noche antes de la propuesta, Frank había conseguido beber lo suficiente para calmar los nervios e irse a dormir sin que ello afectara su rendimiento el día siguiente, o eso esperaba. Justo estaba quedándose dormido cuando Jesús tiró al suelo el libro de Cleo de la mesita de noche.

—¿Has oído eso? —preguntó Cleo a la oscuridad.

—Ajá —repuso Frank—. Parece que se lo está pasando bomba.

—¿Me abrazas?

—Tengo demasiado calor —dijo Frank—. Se me recalienta el pecho. Abrázame tú.

—Vale. —Cleo se acurrucó contra su espalda y apoyó la nariz contra su nuca—. Mi horno. Me alegro de tenerte por aquí.

—Vivo aquí —repuso Frank.

—Ya sabes lo que quiero decir —dijo ella—. Ahora estás más por casa. Está bien.

Estaba casi dormido. Asintió con los ojos cerrados.

—¿Frank? —murmuró.

Guardó silencio. De verdad necesitaba dormir.

—¿Frank? —repitió ella, más alto que antes.

—Ajá.

—He estado sola.

Abrió los ojos en la oscuridad. Notaba el aliento de Cleo en la nuca.

—¿Sí?

—Ajá. Y Audrey y Quentin no son ninguna ayuda, ya sabes. Son tan...

—¿Desastre?

Cleo soltó una carcajada llorosa tras él.

—Sí. Pero, aunque odie decírtelo, cielo, nosotros también.

—Trataré de ser menos desastre. —Bostezó—. Lo prometo.

—¿Cómo? —preguntó ella.

—¿Quieres alguna medida en concreto?

—Nada tan concreto... Bueno, excepto una cosa tal vez.

Notó que el cuerpo de ella se tensaba, alerta, tras él. Frank se quedó perfectamente quieto, mirando hacia la oscuridad frente a él.

—Quizá, no sé, podrías beber un poco menos.

—¿Podría?

—¿No crees?

—¿Eso es lo que crees tú?

—Bueno, es que he pensado que parece estar yendo a peor... Y si pudieras, no sé, beber un poco menos o tratar de no beber cada noche, podría, bueno, podría ayudar.

Frank se sentó en la cama.

—¿Y has pensado que la noche antes de mi gran reunión era el mejor momento para sacar el tema a colación?

—Oh —dijo Cleo—. Vale, tienes razón. Es solo que no pensaba que fuera a ser una gran discusión ni nada, solo quería...

—Lo siento, debo haberme confundido —la cortó Frank—. ¿Hay algo que no te esté dando?

—¿Cómo?

Se percató de que estaba arrastrando un poco las palabras. Ralentizó la cadencia para tratar de ocultarlo y puntuó cada palabra.

—Hay. Algo. Que. No. Te. Esté. Dando.

—Claro que no —repuso Cleo en voz baja—. Me lo das todo.

—¿Qué intentas decirme, entonces? ¿Acaso no pago la hipoteca? ¿Acaso no voy a trabajar todos los días? ¿No me dejo la vida trabajando para que tú puedas hacer lo que te dé la gana con tu vida?

—No cuestiono lo mucho que trabajas, ¡nunca lo haría! Solo me he percatado de que...

—¿De qué te has percatado, Cleo? ¿Eres tú quien paga por este piso? ¿Con tus... con tus cuadros? Pero si vivías en un vertedero cuando te conocí.

—¡Frank, para!

A Cleo se le quebró la voz. Frank sabía que debía parar, solo que no podía. Sentía un cierto placer enfermizo al defenderse de forma tan despiadada.

—Ni se te ocurra ponerte a llorar —dijo—. No eres tú a quien están atacando. No puedo creer que te pongas a criticarme después de todo lo que he hecho por ti.

—No te critico —suplicó Cleo—. Solo me preocupa que a veces podrías...

—Pensaba que me había casado con una artista, no con una ama de casa mandona que me cuenta las bebidas.

—No te cuento las bebidas...

—¿Qué más puedo hacer? En serio, ¿qué más podría hacer por ti? —Cleo trató de decir algo, pero él la cortó—. No, dime, Cleo, por favor, dime qué es lo que no te estoy dando. Trabajo como una mula. Gano más dinero que todos tus amiguitos juntos. Te doy todo lo que pides y nunca intento controlar lo que haces. Pintas, no pintas, y yo te apoyo igualmente. Y ahora vas a venir a acusarme de dejarte de lado, de dejar de lado mi deber.

—¡Estás retorciendo mis palabras! No... no he dicho eso.

—¿Sabes qué? Me pone enfermo, Cleo. Me da asco que puedas ser tan desagradecida.

—Lo siento, lo siento mucho —dijo ella—. No sé qué es lo que quería decir. Hagamos como que no he dicho nada.

—Pensaba que eras una artista —repitió—. No me esperaba este puritanismo burgués por parte de ti, Cleo. De cualquier otra persona sí, pero no de ti. De verdad, me da asco. Me hace sentir como si no te conociera.

—Claro que me conoces —sollozó—. Eres el único que me conoce de verdad.

Frank se estaba mirando a sí mismo como si estuviera fuera de su cuerpo. Se sentía asqueroso y poderoso al mismo tiempo. Cuando era pequeño nunca le habían permitido estar enfadado, nunca le habían permitido sentir nada. En aquel momento, la ira ocultaba todos los otros sentimientos. No había vergüenza ni remordimiento ni ternura. Se sentía protegido, intocable. Borracho.

Cleo se levantó de la cama y se encerró en el baño. Frank miró la barra de luz amarilla que se colaba bajo la puerta. La oyó sonarse la nariz y abrir el grifo. Observó cómo la sombra de sus pies revoloteaba en aquella franja de luz bajo la puerta. La oyó cerrar el grifo y abrir el armario. *Que llore*, pensó. No había hecho nada malo. Todavía no había vuelto del baño para cuando se quedó sumido en un sopor intermitente y sin sueños.

Consiguieron al cliente de Kapow! Hicieron su propuesta por la mañana, y Frank recibió la llamada aquella misma tarde. El cliente dijo que lo había sabido nada más ver la propuesta. Frank reunió a todo el equipo para anunciar la buena noticia y exigió que todos dejaran de trabajar de inmediato y que fueran al bar que tenían cerca a celebrar. Había vuelto a la oficina para tratar de llamar a Cleo para contárselo cuando Jacky pasó con un grupito por delante de la puerta, entonando «We Are the Champions».

—¿No vienes, cielo? —gritó—. ¡Si eres el hombre del momento!

—Cleo no contesta —dijo. Tomó la chaqueta que había colgado en el respaldo de la silla—. Me pasaré por casa a ver si está ahí y para ver cómo está Jesús. Me reuniré con vosotros allí en una hora, seguramente menos.

—Vale, hombre de familia —le respondió Jacky con una sonrisa.

Frank entró en el piso y encontró a Cleo en el suelo del salón junto a Audrey, agazapadas sobre trozos de cartón con pinceles. Tenía a Jesús sobre el hombro, ligeramente enredada en el pelo.

—Buenas, Frank —lo saludó Audrey—. Mira lo que hacemos. ¡Estamos protestando!

—He intentado llamarte —le dijo Frank a Cleo—. ¿No lo has oído?

—He dejado el móvil en la otra habitación —repuso ella sin alzar la vista—. Perdona.

—Veo que Jesús se ha levantado pronto —comentó Frank, agachándose para darle un beso a ambas.

—Todavía se está despertando —repuso Cleo, girando la cara—. Nunca se está así de quieta durante tanto tiempo.

Frank alzó a la petauro del azúcar. Ya había crecido un poco. Podía verse reflejado en sus enormes ojos negros. Le hizo cosquillas bajo la barbilla con la punta de los dedos, y Jesús cerró los ojos de puro gusto. Juraba que a veces podía verla sonreír.

—Qué raros que sois —soltó Audrey.

—¿Por qué? —preguntaron Cleo y Frank al unísono.

—Tenéis un roedor llamado Jesús como mascota —dijo Audrey—. Si eso no es raro…

—No es un roedor —contestó Cleo, molesta—. Es un marsupial.

—¿Y? —dijo Audrey.

—Cley, ¿puedo hablar contigo un momentito? ¿En la otra habitación?

—Alguien se ha metido en un lío —canturreó Audrey.

—Estoy ocupada —repuso Cleo.

—Por favor.

—Podemos hablar aquí.

—Vale. —Frank le dedicó a Audrey una mirada de soslayo. Estaba tumbada bocabajo, con la barbilla apoyada en las palmas de las manos, claramente lista para que la entretuvieran—. Bueno, lo primero que quiero decir es que lo siento. Lo siento mucho.

Y, esto… sobre lo que dijiste anoche, es probable que tengas razón, y, bueno, voy a hacer algunos cambios, lo prometo.

—¿Eso es todo? —preguntó Cleo.

—No —dijo Frank—. Lo otro que quería contarte es que lo hemos conseguido. Me acabo de enterar.

—¿Qué? —Cleo se llevó las manos a la boca—. ¡Pero si habéis hecho la propuesta esta mañana!

—Lo sé, lo sé, es una locura. Han dicho que lo han sabido nada más ver la propuesta.

—¡No me lo puedo creer! —Cleo se puso de pie a toda prisa para ponerse a dar saltitos—. ¿No decías que creías que iban a quedarse con otra agencia?

—Pues parece que no. —Trató de encogerse de hombros como si no tuviera mayor importancia, aunque no podía dejar de sonreír.

—¿Puede alguien contarme lo que está pasando? —inquirió Audrey.

—Acaba de conseguir un cliente enorme —le explicó Cleo, antes de volverse hacia Frank—. Ay, estoy muy orgullosa de ti. No me lo creo. —Lo abrazó.

—Empezaremos a rodar el anuncio en Sudáfrica el mes que viene —dijo—. Eso es en pleno verano allí. ¡Veintiséis grados y soleado, nena!

Cleo dejó caer los brazos.

—Guau, sí, increíble —dijo, con la cabeza gacha.

—¿Qué te parece, Cleopatra? —preguntó, poniéndole las manos sobre los hombros—. ¿Quieres escapar del frío conmigo?

—¿Quieres que te acompañe? —Alzó la cabeza para mirarlo a los ojos.

—Pues claro que sí.

—Nunca me has pedido que fuera contigo a un rodaje.

—Bueno, antes estabas con tu trabajo textil —explicó Frank—. Y no pensaba que te lo fueras a pasar bien. Pero Sudáfrica te va a encantar. Puedes pintar, llamar al servicio de habitaciones, pasear por la playa. Será fantástico.

—¡Ay, Frank!

Cleo saltó sobre él y lo besó en las mejillas, en la frente, en los labios.

—Me alegro por vosotros —dijo Audrey lentamente desde el suelo.

—Toda la oficina lo está celebrando —continuó Frank—. He pagado por una barra libre. ¿Queréis venir al bar?

—De puta madre —accedió Audrey.

—Bueno, es que... —Cleo bajó la mirada hacia el cartel que había estado pintando en el suelo—. Íbamos a ir a una protesta contra la subida de precios de las escuelas de arte. Hemos hecho pancartas.

—Pero el bar —dijo Audrey.

—Es que es algo importante —explicó Cleo—. ¿Cómo va a crecer la siguiente gran generación de artistas si no pueden permitirse la formación?

—Yo solo iba por los chicos monos de la escuela de arte —repuso Audrey—. Vamos al bar.

—¿Quieres que vaya? —le preguntó Cleo a Frank—. Podría ir. Puedo protestar en otro momento.

—No, no, ve a hacer tus cosas —dijo Frank—. No me quedaré mucho tiempo de todos modos. Nos veremos en casa y celebraremos en privado.

—¿Sí? —preguntó Cleo—. ¿No querrás quedarte de fiesta?

—Para nada —repuso Frank.

Cleo miró la pancarta que había estado pintando. Rezaba: «¡Cread arte, no deudas!».

—Todo está cambiando —dijo ella.

—Algunos cambios son para bien, cariño.

Cleo alzó la mirada y le sonrió.

Frank llegó al bar, el cual estaba repleto de personas de su agencia. Un globo de orgullo se hinchó en su interior. Había fundado la agencia hacía diez años, en una oficina de mala muerte cerca de la autopista FDR. La primera persona a la que había contratado había sido Anders, un exmodelo a quien nadie se tomaba en serio como director de arte. Durante el primer año solo habían tenido un cliente, un fabricante de trajes de seda conocidos como los preferidos de la mafia italiana. Se había concedido a sí mismo una paga extra de final de año de cien dólares durante los primeros tres años. Y en aquel momento había llegado tan lejos...

—¡Frank! —Jacky lo estaba llamando con gestos y sostenía el móvil frente a ella—. Tengo a un periodista de *Admania* al teléfono. Quiere una declaración tuya antes de que divulguen la noticia esta noche.

Jacky gritó a todos que callaran y le hizo un gesto al camarero para que apagara la música. Frank sostuvo el móvil frente a él, y una multitud se reunió a su alrededor para escuchar la conversación. Una voz metálica surgió del dispositivo.

—Hola, Frank, felicidades por la gran victoria. ¿Podrías comentar algo sobre vuestro reciente éxito?

—Claro —repuso Frank—. ¿Cómo sabías que ese era mi tema favorito?

—Tenía una corazonada —repuso el periodista—. Bueno, te seré franco...

—¿Ese no soy yo? —lo interrumpió Frank.

Todos a su alrededor se echaron a reír.

—Muy gracioso —dijo el periodista—. Pero en serio, habéis competido contra algunos peces muy gordos por este cliente, y, vaya, no creo que nadie esperara que ganarais vosotros. Hemos oído que vuestra propuesta ha sido perfecta. ¿Qué te parece que una agencia de vuestro tamaño se haya incorporado al mapa de las agencias más importantes?

—Es increíble —repuso Frank—. Nos morimos de ganas de hincarle el diente a esta oportunidad. Es grande, es atrevida, es descarada, es lo que somos. Mira, no somos ningún pez gordo. Somos lobos. Y de los más salvajes.

Frank echó la cabeza hacia atrás y aulló. Un coro de sus trabajadores lo imitó, y el ambiente se llenó por unos momentos con el sonido de los ladridos y los aullidos. Frank mostró los dientes en una sonrisa y les hizo un gesto para que pararan.

—Eso me lleva a mi siguiente pregunta —continuó el periodista—. Te has dado a conocer como el chico malo de la publicidad. ¿Podemos esperar ver más, digamos, desventuras rebeldes en este nuevo capítulo de tu carrera?

—No, no, esos días han pasado a la historia —repuso Frank, antes de guiñarle un ojo a Jacky.

—¿Tienes algo que comentar sobre el rumor de que esperáis abrir una oficina en Europa?

—*T'etait jolie comme enfant?* —contestó Frank.

—¿Perdona?

—Significa «¿Eras guapo cuando eras pequeño?», en francés.

—¿Debo tomármelo como que París es la ciudad que se encuentra en el horizonte para vosotros?

—Tómatelo como quieras tomártelo —dijo Frank—. ¿Por qué no te pasas por aquí y te tomas algo? Yo invito. Jacky, quítame esto de encima, por favor.

El periodista seguía hablando cuando le devolvió el teléfono, y la música volvió a sonar a todo volumen. Se abrió paso hasta la parte trasera de la sala, mientras aceptaba felicitaciones y apretones de mano de la muchedumbre que se acumulaba a su alrededor. Estaba buscando a Eleanor. No podía evitarlo: siempre estaba buscando a Eleanor. La encontró sentada en un taburete en la esquina más alejada del bar, donde la multitud era más escasa y menos escandalosa. Se apoyó en la barra de madera junto a ella.

—Mira quién ha venido —dijo ella—. El hijo pródigo.

—No llevas tus gafas —comentó él.

—Llevo lentillas —repuso Eleanor—. Estaba harta de ver animales muertos.

—¿Cómo? —preguntó Frank.

—Nada.

—Bueno —dijo Frank—. Te quedan bien.

—Creo que la verdadera muestra de adultez es estar dispuesto a tocarte los ojos a diario.

—Eso —concedió Frank— y tener cosas como un aireador de vino.

—¿Tienes un aireador de vino?

—No, tengo dos —repuso él—. Nos dieron otro como regalo de bodas.

—Qué maduro por tu parte —dijo Eleanor.

Le dio un sorbo a su bebida y sonrió para sí misma de aquel modo tan secreto y gracioso que tenía. Siempre parecía estar manteniendo una conversación divertida consigo misma mentalmente, una en la que él siempre quería meter baza.

—Bueno, como hombre… —empezó a decir Frank.

—Ay, ¿eres un hombre? —Contuvo un grito—. Ojalá me lo hubieras dicho antes.

—Mutis por el foro —la calló Frank.

—Un hombre artístico, además.

—Es la influencia de Cleo —explicó Frank—. Pero bueno, como decía, como hombre, siempre he pensado que las lentes de contacto eran algo afeminado. No sé por qué. Pero siempre ando perdiendo las gafas, y si eres muy miope como yo, cuando pierdes las gafas, también pierdes la forma de encontrarlas. La vista, quiero decir... Así que es todo un dilema.

¿De qué estaba hablando? Estaba balbuceando sin más. Solo quería hablar con ella.

—Ya veo —dijo Eleanor, con su media sonrisa irónica.

—Lo que quiero decir —explicó— es que tal vez haya llegado el momento de que yo también haga el cambio. Después de todo, la vida es una renegociación constante con la vanidad de cada uno.

—Con eso sí que estoy de acuerdo —concedió Eleanor.

—Estamos de acuerdo en muchas cosas —dijo Frank, y, conforme lo decía, se dio cuenta de que era cierto—. ¿Qué bebes?

—Un refresco con limón. —Le dio una pequeña sacudida al vaso—. Ácido.

—Tú eres ácida.

Eleanor se echó a reír y apartó la mirada. Frank carraspeó.

—Suena perfecto —dijo él—. Beberé lo mismo.

—¿Nada de alcohol? —preguntó ella, con una ceja alzada, mientras él pedía.

El camarero sirvió refresco del grifo y colocó el vaso frente a él con una lima de aspecto deshidratado en el borde. Frank dio un largo y poco satisfactorio sorbo.

—Hago lo que puedo por hacer que la cuenta no me cueste un ojo de la cara. Estos me van a llevar a la quiebra. —Hizo un ademán con la cabeza hacia la muchedumbre al otro lado del bar, donde uno de los ejecutivos de contabilidad, de forma inexplicable, ya se había quitado la camisa y se había atado la corbata a la cabeza.

—Ah, ¿sí? —preguntó Eleanor.

—Y —Frank la miró de soslayo— estoy pensando en dejarlo.

—Eso demanda pensar mucho —dijo ella.

—Qué me vas a contar. —Se dio unos golpecitos en la frente—. El barrio más peligroso que conozco.

Eleanor volvió a echarse a reír. Su risa era el sonido del bote de una máquina tragaperras, de una lata al abrirse, de la música de la feria a lo lejos, de un motor Corvette al encenderse, de miles de manos aplaudiendo a la vez. Era uno de esos sonidos que eran bellos de verdad.

—Deberías probarlo —dijo ella—. Hacer las cosas que nunca has hecho para llegar adonde nunca has estado. O algo así.

—Vaya —soltó Frank—. ¿Dónde has oído eso? ¿En *Oprah*?

—Mi madre tiene un imán con esa frase.

—Deberías decir que se te ha ocurrido a ti. —Frank dio otro sorbo de su refresco.

—Pero no es así —dijo Eleanor—, así que no lo diría.

—Ah, parece que no sirves tanto como creía para el mundo de la publicidad —comentó Frank—. Es un cumplido, te lo aseguro.

La mano de Eleanor estaba apoyada en el taburete entre ellos, justo por debajo de la vista de cualquiera que pasara por allí. Le dio una palmadita en ella y luego dejó que sus dedos permanecieran sobre los de ella. Las partes suaves de sus palmas reposaron una sobre la otra como dos placas tectónicas que se colocaban por fin en su posición bajo la superficie de la Tierra tras mucho tiempo. Eleanor le dedicó una mirada extraña e intensa que caló en todo su cuerpo.

—No puedo mentir, Frank —dijo en voz baja—. Ni siquiera... ni aunque quisiera hacerlo.

—No te pido que lo hagas.

—Entonces, ¿qué me estás pidiendo?

Si fuera capaz, le preguntaría si recordaba que la primera vez que se habían visto una corriente había pasado de su mano a la de ella; electricidad estática. Era un detalle aparentemente sin importancia, pero había pasado a significarlo todo para él. Le preguntaría si sus correos electrónicos eran la mejor parte de su día, tal como los de ella lo eran para él. Le preguntaría si su padre estaba muriendo y si era por ello que siempre parecía estar un poco triste, incluso cuando afirmaba que no era así. Le preguntaría qué era tener un padre. Le preguntaría si creía que se podía estar enamorado de dos personas al mismo tiempo. Si sabía lo que era querer a quien no debía. Si sabía lo que era no quererse a uno mismo como debería.

—Nada —dijo Frank—. Solo… que te encargues del cliente de la inmobiliaria, ahora que tendré que centrar toda mi atención en Kapow!

Alicaída. Esa era la palabra para la expresión que puso. Eleanor apartó la mano de debajo de la suya.

—Como tú digas, jefe —contestó. Tragó lo que le quedaba de bebida, dejó el vaso en la barra entre ellos con fuerza y soltó un gran eructo—. Anda, he acabado.

Se puso rápidamente su sencilla chaqueta acolchada y se dio media vuelta. Frank la observó abrirse paso entre la multitud en dirección a la salida. Su cabello rizado estaba enganchado en su capucha. La vio marcharse. El camarero se acercó a llevarse los vasos vacíos.

—¿Quiere otro? —preguntó.

—Vale —repuso Frank. Luego, a pesar de sí mismo, a pesar de todo, añadió—: Esta vez con vodka.

258

Debió haber dejado la puerta del baño abierta cuando volvió a casa. Pasaba de la medianoche, y Cleo ya estaba dormida. Se había tambaleado hasta allí y se había duchado para desprenderse del olor. Podía ocultarlo. Si Cleo no lo olía, podía ocultarlo. Unas horas más tarde, se había despertado con ganas de ir al baño. Todavía se encontraba en la parte superficial del sueño, atontado por la resaca, cuando había mirado abajo y había visto que la petauro del azúcar estaba flotando en el agua del retrete. Su cuerpo se hundía bajo el chorro de orina. Estaba bocabajo, desplegada en forma de estrella. Parecía una estrella caída.

Había tirado de la cadena. ¿Qué más podía hacer? Quería deshacerse del cuerpo antes de que Cleo se despertara y viera lo que había hecho. Giró en espiral, se resistió y luego desapareció. Después de ello, Frank había vomitado por primera vez en años, y aquella posición tan familiar con las rodillas dobladas lo devolvió a los veranos de su juventud. «Ay, Jesús». Miró la hedionda agua espumosa bajo él y tiró de la cadena. No bajaba. Tiró de la cadena otra vez. No funcionó. El agua sucia seguía subiendo.

CAPÍTULO DIEZ
Febrero

Anders había asistido a regañadientes a la subasta benéfica de Cubed, un restaurante de empanadillas fritas convertido en galería de arte independiente en Chinatown que era más conocida por sus fiestas salvajes a altas horas de la noche que por el arte que mostraba. El lugar estaba a rebosar de personas del mundillo artístico, todas ellas vestidas para expresar un individualismo máximo, aunque a Anders le parecían todas iguales. Según él, se podía reconocer a un estudiante de Arte en cualquier parte del mundo, pues la búsqueda de la individualidad resultaba en todo lo contrario: una completa predictibilidad. Miró por encima de la aglomeración de gorros de lana y cabellos teñidos en busca de alguien que conociera, vio a dos mujeres con las que se había acostado hablando entre ellas en la pared más alejada y se dirigió en dirección contraria, hacia la barra del bar. Nueva York, que en otros tiempos le había ido como anillo al dedo, cada vez le quedaba más ceñida.

De camino a la barra se topó con Elijah, el creador de una página web de culto que redactaba opiniones ácidas sobre muestras de arte, y a quien la revista de Anders estaba cortejando para contratarlo como escritor. Elijah estaba ocupado poniendo una expresión poco impresionada mientras observaba una escultura compuesta por juguetes sexuales sobre una cinta transportadora cuando Anders se acercó a él.

—¿Te habías dado cuenta de lo mucho que se parece un tapón anal a una punta de flecha de los nativos americanos? —le preguntó.

—Yo también me alegro de verte —repuso Anders.

—Intento encontrar algo por lo que pujar —explicó—. Aunque parece que soy el único.

Recorrieron la parte periférica de la galería, al tiempo que Elijah declaraba sus opiniones, la mayoría de ellas negativas, en una voz alta y aguda. Anders examinaba las fotografías y los cuadros sin prestar demasiada atención, pues tenía un ojo puesto en el par de mujeres que había avistado antes. Nunca acababa bien para él que las mujeres se juntaran. Si era sincero consigo mismo, ya se estaba hartando del desfile de bellas criaturas que pasaban por su habitación. O, mejor dicho, estaba harto de sí mismo. Las había decepcionado a todas ellas. No porque hubiera roto ninguna promesa, sino porque se negaba a prometer nada. Les ofrecía instantes cuando lo que ellas querían eran meses, años, matrimonios.

—Pareces distraído —comentó Elijah—. ¿Estás considerando pujar por algo?

Anders miró a su alrededor. La mayoría de las obras de la sala resultaban impenetrables para él; todas parecían haber sido creadas por un ordenador. Se dirigió derecho a un óleo de una mujer desnuda, que, al menos, no estaba mal. Le gustaba que podía notar la presencia del pintor en el lienzo, que las pinceladas fueran expresivas y contenidas al mismo tiempo. Se acercó más para leer el nombre del artista. Era Cleo.

—¿Qué te parece este? —preguntó Anders.

Elijah se colocó bien las gafas y frunció el ceño.

—Tímido —declaró—. Sentimental y demasiado afeminado. Odio cuando se puede saber que un cuadro lo ha pintado una mujer nada más verlo. El arte no debería estar constreñido por los efectos del género. Es una lástima, a decir verdad, porque técnicamente es bastante buena.

Lástima para ti, quizá, pensó Anders. *Porque te acabas de quedar sin trabajo nuevo.*

—Bueno, vayamos a por algo de beber —dijo.

—Ay, yo no bebo alcohol. —Elijah se apretó las puntas de los dedos contra el pecho de forma protectora—. Estuve en rehabilitación hace dos años por una adicción al Adderall. ¿No has leído la biografía de mi página web?

—Agua con gas, entonces —repuso Anders, esbozando una sonrisa nada sincera.

Pasó el resto de la noche preparado para toparse con Cleo. Escaneó la multitud en busca de su cabeza, notó el vuelco del estómago por la emoción cuando creyó verla, y luego la decepción cuando resultó no ser ella. Tras más copas de plástico de champán de las que podía contar, pujó por su cuadro. Ofreció mil doscientos, no mucho más que el último postor, pero lo suficiente como para subir el precio para que ella lo acabara vendiendo a un precio respetable. Se sorprendió al recibir un correo electrónico al día siguiente que le informaba que había ganado la subasta. Aquella misma tarde, en el trabajo, recibió una llamada de su parte. Anders sonrió hacia sí mismo en el espejo sobre su escritorio mientras pulsaba el botón para responder.

—Doce mil dólares —dijo ella—. ¿Qué carajos significan doce mil dólares?

Anders estaba seguro de que su reflejo se había tornado pálido de repente.

—¿Eres Cleo? —tartamudeó.

—¿Es este tu modo de disculparte por lo que hiciste?

Su cerebro trabajó a marchas forzadas para digerir aquella nueva información. Mil doscientos. Doce mil. Un punto decimal mal colocado. Ocho, diez, doce vasos de champán...

—Me alegro de que te sientas mal por ello —continuó ella—. Así es como debería ser. Pero ya ha pasado un año, y esto... es un tanto extremo.

—¿Cómo sabes...? Pensaba que las pujas eran anónimas.

—No me lo podía creer cuando me lo han contado —rio Cleo, haciendo caso omiso de su pregunta—. Incluso me he enterado de que alguien estaba pensando pujar más que tú. ¿Te imaginas? Es como en el cuento de «El traje nuevo del emperador». Lo único que hace falta es que una persona crea, y entonces se convierte en realidad.

—Bueno, está claro que yo creo en ti.

Anders ya estaba recalibrando los sucesos de la noche anterior para que encajaran con aquella nueva narrativa. Tal vez sí que había pretendido pujar una cifra tan alta. No era algo ideal, por supuesto, pero se lo podía permitir, y en aquel momento le pareció un acto de una espontaneidad encantadora.

—Gracias, Anders. De verdad. —La oyó suspirar de satisfacción al otro lado de la línea.

—¿Qué vas a hacer con el dinero? —le preguntó Anders—. ¿Te comprarás algo bonito?

—Era una subasta benéfica, yo no me quedo con el dinero. Pero queda muy bien que lo vendiera por una cifra tan alta.

—¿Y quién se lo queda entonces?

—Creo que estaba destinado a la Sociedad Aviaria de Central Park.

—¿Eso qué es?

—Conservacionistas de aves.

—¿Me tomas el pelo? ¿Le he dado doce mil dólares a unos putos observadores de pájaros?

—Al parecer, hay un par de halcones que necesitan protección.

—Dime que es una broma.

—Nunca bromeo sobre el dinero —dijo Cleo con una voz que no confirmaba ni desmentía si aquello era cierto—. Bueno, ¿y dónde lo vas a poner?

—¿A poner qué?

—Mi cuadro, Anders.

—Ah. ¿No se suelen poner en una pared?

—No me seas listillo. ¿En tu piso?

Anders no lo había pensado, pues no había esperado que fuera a acabar haciéndose con la cosa de verdad.

—¿Por qué no vienes a verlo? Puedes ayudarme a encontrarle un buen sitio.

—Ambos sabemos que ya he visto tu piso.

Aquello lo sorprendió. Ninguno de los dos había reconocido de forma abierta ningún detalle de la noche que habían pasado juntos. Había sucedido poco después de que ella y Frank se conocieran, antes de que ninguno de ellos supiera que iba a ser una relación seria. De hecho, se percató de que aquella era la primera vez que hablaban sin Frank delante desde entonces.

—No lo has visto de día —repuso él.

—¿Y de quién es la culpa?

—No es culpa de nadie, solo es un hecho.

Aun así, sabía que había sido pésimo por su parte mandarla a casa en mitad de la noche. Había sido la culpabilidad. Dejarla dormir a su lado, tocarla bajo la luz sobria de la mañana, habría sido como una segunda traición hacia Frank.

—Me humillaste —dijo ella en voz baja.

—Mira —replicó—, me rompí los dientes por ello, te lo aseguro.

—¿Qué?

—Es lo que decimos en Dinamarca cuando nos arrepentimos de algo que hemos hecho. —La oyó sonreír en el silencio.

—¿Cuántos dientes te rompiste?

—Todos. Volviendo al tema, ahora es diferente.

—¿Qué es diferente?

—Mi piso. Deberías venir a verlo.

—¿Qué tiene de diferente?

—He puesto… nuevos pomos.

Cleo se echó a reír. Lo había conseguido.

El hecho de que Frank fuera a estar fuera del país durante las siguientes semanas rodando una serie de anuncios en Sudáfrica para una nueva bebida energética que afirmaba tener propiedades curativas para las resacas lo ayudó. «Millones de dólares de estupideces», le había dicho a Anders, entre risas, antes de irse, mientras compartían unas cervezas. A Anders le había dado la impresión de que Cleo iba a ir con él, pero estaba claro que se había quedado en Nueva York. Jamás se había planteado qué era lo que hacía ella mientras Frank estaba en aquellos viajes. Imaginaba que pintaba, aunque, cuando le preguntó sobre el trabajo unas pocas horas después, ella desestimó la pregunta con una brusquedad que se aproximaba a la irritación.

Cleo estaba en el piso de él y observaba las grandes paredes blancas de su sala de estar. Bajo ellos, el tráfico nocturno proporcionaba sus quejidos de sirenas y cláxones de siempre.

—¿Cómo puedes vivir sin nada en las paredes? —le preguntó Cleo.

Anders se encogió de hombros. Pasaba todo el día sufriendo emboscadas de imágenes en la revista, por lo que le resultaba todo un alivio volver a casa y no encontrarse con demasiada decoración.

—¿Quieres algo? —le preguntó—. Una bebida, tal vez, o…

Caminó hacia ella a grandes zancadas y la abrazó. Ella le rodeó la cintura con las piernas y dejó que le metiera la lengua en la boca. Se tambalearon hasta el sofá, pero Cleo negó con la cabeza y tiró de él hacia el suelo. Por supuesto. La última vez había ocurrido en el sofá. Cleo estaba envuelta en capas. Él le quitó un jersey, una camisa de cuello alto, una camiseta y le desabrochó los tejanos para revelar un par de medias debajo. Se rio mientras tiraba de las medias hacia abajo.

—Eres como abrir una muñeca rusa.

—El esfuerzo vale la pena —respondió ella, dedicándole su lenta sonrisa felina.

Estaba tumbada sobre la moqueta, desnuda frente a él, con la ropa desperdigada en un halo alrededor de la cabeza. Él se quitó la camiseta y se bajó los pantalones y la ropa interior hasta las rodillas. Ni siquiera esperó a quitárselos del todo antes de abrirle las piernas y entrar en ella, con fuerza y rapidez. Se transportó a otro mundo, sin ningún otro pensamiento más allá de la sensación de ella rodeándolo. Dios, qué bien se sentía, incluso mejor de lo que recordaba.

Cleo le puso las manos en el pecho, lo empujó para apartarlo y le dedicó una mirada seria.

—Anders —dijo—, esto no es sexo.

—¿Qué quieres decir? —Le devolvió la mirada, entre jadeos.

—Digo que esta cosa que haces, estos martilleos, no es sexo. Eres tú masturbándote con mi cuerpo en vez de con tu mano.

—Eh… Joder, Cleo… Bueno, ¿qué te gustaría que hiciera?

Cleo le puso las manos en las lumbares y tiró de él para que entrara más en ella.

—¿Notas eso? —preguntó—. ¿Esa zona en la parte de arriba y atrás? Ahí es donde tienes que intentar dar. Bueno, no dar exactamente, solo acarícialo con la punta de… Sí, sí, así, pero más despacio. Poco a poco. Bien… Bien… No tengas prisa. Ajá. Sigue moviendo y acariciando, moviendo y acariciando. Sí, sí, así…

No estaba acostumbrado a que le dijeran lo que tenía que hacer. Lo molestaba. Pensó en salir de ella, pero era Cleo, después de todo, a quien más deseaba. A quien más quería complacer. Ella le metió dos de sus dedos largos en la boca y se los pasó por la lengua. Sabían a ceniza por sus cigarrillos, pero no le importó. Lo estaba mirando a los ojos con esa intensidad extraña y furiosa que tenía. Eran de un color verde moteado muy pálido y poco común. ¿Cómo no se había dado cuenta antes? Le sacó la mano de la boca y la colocó en el espacio entre sus estómagos. Notaba la curva de su nudillo moviéndose contra él mientras ella se tocaba. Sus párpados se abrían y cerraban como con aleteos. Bajó la mano hacia donde él entraba en ella y lo apretó entre los dedos mientras él entraba y salía, entraba y salía. Duró otros diez segundos y se permitió unas pocas embestidas más al final, tras lo cual Anders se corrió dentro de ella.

Cleo se echó a reír cuando todo el peso del cuerpo de Anders cayó sobre ella con un gruñido.

—Vale —dijo, dándole una palmadita en la espalda—. Seguiremos mejorando.

Era demasiado viejo como para follar en el suelo de aquel modo. Sus lumbares se quejaron con una punzada cuando se levantó de encima de ella y metió su blando pene a toda prisa en la ropa interior. El cuerpo pálido de Cleo yacía sobre la moqueta junto a él, como un jarrón de lirios tirado al suelo. Miraba al techo con una expresión vacía e inescrutable. ¿Qué estaría pensando? ¿Se arrepentía? Parecía haberse alejado de él de repente. Si bien su cuerpo seguía allí, notó que su presencia se retraía. Era como salir de la luz del sol para adentrarse en la oscuridad.

—¿Tienes un cigarrillo? —le preguntó él, tratando de sonar informal.

Ella se puso bocabajo sin decir nada para llegar a su bolso, sacó la cajetilla, se puso un cigarro en los labios y lo encendió con la gracilidad que le otorgaba la práctica. Tras exhalar, se lo pasó a él.

—No estás en Sudáfrica —dijo Anders.

Cleo negó con la cabeza.

—¿Tenías que trabajar o algo?

Volvió a negar con la cabeza.

—Entonces, ¿por qué?

Cleo se sentó y le quitó el cigarrillo de la boca y se lo llevó a la suya. Anders vio un lugar húmedo en la moqueta, donde su semen goteaba de ella.

—¿Es que ya no os habláis?

Cleo posó sus ojos claros sobre él. La suavidad que había presenciado en ella unos instantes atrás había desaparecido y se había visto reemplazada por una severidad que lo perturbaba. Su voz, cuando se decidió a hablar, casi era inaudible.

—¿Qué quieres que te diga?

—¿Por qué no has ido a Sudáfrica?

Ella miró a su alrededor en busca de algún lugar en el que echar la ceniza del cigarro y luego se la echó en la palma de la mano.

—Joder. Toma…

Anders se puso de pie a toda prisa y sacó una copa de la encimera de la cocina. Pensó en que aquel era el problema de Cleo, que nunca pedía ayuda para nada. Se arrodilló frente a ella, le tomó la mano y pasó la ceniza gris de su palma hacia la copa con suavidad.

—Ya no tenía ganas de ir —repuso ella en voz baja.

—¿Os habéis peleado?

Los pálidos hombros de Cleo estaban encogidos cerca de sus oídos.

—No importa.

—Estoy seguro de que a Frank sí le importa.

—Frank es un borracho —dijo en un hilo de voz.

Anders reflexionó sobre ello durante unos momentos. Tenía que admitir que Frank sí que bebía bastante, aunque él también. Aun así, como Anders era escandinavo, se trataba de una cuestión cultural. Y no era como si Frank fuera un vagabundo que bebía hasta morir bajo un puente. Si era alcohólico, como mínimo era uno funcional.

—¿Es por eso que has venido aquí, entonces? —le preguntó—. ¿Para vengarte de él por beber?

Cleo volvió a negar con la cabeza y se miró la mano que él todavía sostenía.

—¿Entonces? —continuó—. ¿Solo querías compañía?

Ella le apretó los dedos con una firmeza sorprendente.

—Te quería a ti —respondió.

Lo que más le sorprendió fue lo fácil que le resultó estar con ella, la poca culpabilidad que sentía. Había pensado en ella a menudo desde aquella noche de borrachera que habían pasado juntos, por supuesto, pero había sabido que debía contener sus sentimientos hacia ella en una profunda parte inexplorada de su ser. El día que Frank le había contado que se iban a casar, había sentido una extraña sensación de traición —no sabía si por parte de Frank o de Cleo— y se había jurado que se mantendría al margen. Y lo había conseguido durante casi un año. Hasta entonces.

Cada noche, después del trabajo, regresaba a casa a toda prisa para verla, ansioso por volver a tenerla entre sus brazos. Casi no salían del piso. Pedían bandejas de *sashimi* y se los comían con los dedos. Fumaban maría de una manzana y echaban unos polvos lentos, como en trance. Veían películas abrazados. Hacían caso omiso de la nieve que caía poco a poco por la ventana. Se bañaban juntos. Bebían té. Se masajeaban los pies el uno al otro. Se ponían música. Construyeron un muñeco de nieve en el balcón. Prepararon sopa desde cero. Esnifaron cocaína y se quedaron charlando hasta que la mañana los condujo de vuelta a la cama. Durmieron juntos, a veces intranquilos, a veces en paz, cada noche durante dos semanas.

El día en que Frank iba a regresar, Anders se despertó al alba. Cleo estaba a su lado, con un rayo de sol que le dibujaba una línea en el rostro. Incluso dormida tenía una expresión de preocupación. Él sacó el brazo lentamente de debajo de la espalda de ella y se levantó. Pensó en ducharse, pero quería oler a Cleo en él todo el día. Se vistió deprisa con sus tejanos oscuros y su jersey de cuello alto de siempre y se dirigió a la cocina. Té y crema de avena, aquello era lo que le gustaba a Cleo por las mañanas. Mientras silbaba entre dientes, enchufó la tetera y sacó leche de la nevera. Una columna de vapor flotó sobre la habitación. Removió la avena y añadió un remolino de azúcar moreno. Frank iba a aterrizar en unas pocas horas.

La postal que Frank le había enviado seguía apoyada en la encimera de la cocina. En la parte frontal había una imagen de un hombre siendo devorado por un león, y el texto bajo ella decía: «¡Enviad más turistas a Sudáfrica!». Anders se había sobresaltado al verla, al pensar que Frank podría estar insinuando que él era el león, pero luego había recordado una broma que mantenían desde hacía mucho tiempo y que consistía en enviarse la peor postal que pudieran encontrar en cada país que visitaran. En la parte trasera, garabateadas con la letra casi ininteligible de Frank, había seis palabras escritas: «Me ha recordado a ti, hermano».

Anders miró el reloj: no le quedaba mucho tiempo. Aquel día le tocaba pasarlo con Jonah, el hijo de su exnovia Christine. A pesar de que Jonah no era su hijo biológico, Anders había vivido con él desde sus cuatro hasta sus diez años y lo quería de un modo feroz e incómodo que imaginaba que se acercaba al amor paternal. Tenía ganas de verlo, aunque no le dedicaba tanto tiempo como debería. En aquella ocasión recibía de buena gana la distracción, pues le vendría bien dejar de pensar en el avión de Frank descendiendo poco a poco de vuelta a Nueva York.

Cleo estaba tumbada como una estrella en la cama cuando él volvió con el desayuno. Se había quitado las sábanas de encima, por lo que había dejado su pálido pecho al descubierto. Le gustaba verla así por las mañanas, sin adornos. Sus párpados plateados le daban a su rostro una expresión abierta, desprotegida. Anders se sentó en el borde de la cama y, con mucha delicadeza, se inclinó para darle un beso en el pezón. Ella le dedicó una de sus sonrisas adormiladas, como un rayo de sol que trataba de abrirse paso por un cielo nublado.

—¿Qué tal has dormido? —le preguntó él.

—Sonaban las tuberías.

—Es un edificio antiguo —repuso—. He preparado el desayuno.

Cleo se sentó y le dedicó una mirada seria.

—¿Qué te parece Eleanor?

—¿Quién?

—La redactora de la agencia de Frank.

—Supongo que es maja. ¿Por qué lo preguntas?

—Creo que Frank está enamorado de ella.

Anders dejó la crema de avena y la taza de té sobre la mesita con un sonido sordo.

—¿A qué viene eso ahora?

—¿Tú también lo crees?

—Creo que es ridículo. ¿Eleanor? No… no es el tipo de Frank.

—Vi sus correos electrónicos.

—¿Ahora mismo?

—No, hace un tiempo.

—¿Y?

—Intercambian bromas. Cosas que les hacen gracia.

—¿Y qué pasa con eso?

—Es lo que hacen las personas enamoradas.

—O los compañeros de trabajo aburridos. Nunca has tenido un trabajo de oficina, Cleo. Esas cosas son normales.

—No me pareció nada normal.

—¿Por eso ha sido todo esto? ¿Crees que Frank está teniendo una aventura, así que tú también querías una?

—No creo que esté teniendo una aventura exactamente. Creo que… que sienten algo el uno por el otro.

—Estás loca.

—No me llames «loca».

Cleo se echó atrás, más cerca del cabezal, y se rodeó con las sábanas. Tenía el rostro contraído y pálido.

—Mira —Le quitó las manos de donde las tenía, cruzadas sobre el pecho, y se las sostuvo—, sé que es difícil, sobre todo porque Frank va a volver hoy y porque no sabemos… bueno, cómo proceder. Pero lo hemos pasado muy bien juntos. No nos peleemos ahora, por favor.

—Voy a decirle algo —dijo ella.

—¿A qué te refieres? —le preguntó, soltándole las manos.

—No puedo... —Se quedó callada para tratar de encontrar las palabras apropiadas—. Algo tiene que cambiar.

Anders notó un tirón en el estómago, como si le hubieran arrancado un tapón.

—Cleo, por favor, sin importar lo que decidas, no le cuentes nada sobre nosotros. Aún no. Necesito... Necesito más tiempo.

—No te involucraré.

—Entonces, ¿qué es lo que le quieres decir?

—¡No lo sé! Que no soy feliz, que me voy de casa. Tengo que hacer algo. Pero ¿puedes prometerme una cosa?

Estiró las manos para agarrar las de él, las cuales habían caído sobre su regazo. Anders notó que se alejaba de ella mientras lo buscaba y tuvo que resistirse al impulso de saltar de la cama y huir por la escalera de incendios.

—¿Qué?

—Prométeme que estarás ahí. No tienes que salir y decirle a todo el mundo que estamos juntos. Solo prométeme que estarás ahí para mí.

—Mira, tengo que irme —repuso—. Ya te dije que hoy me toca estar con Jonah. Hay crema de avena ahí para ti. Por favor, no hagas nada precipitado, Cleo. Por favor.

Le dio un beso a toda prisa en la mejilla y señaló hacia la crema de avena, como si comer aquello fuera a solucionarlo todo.

—No te vayas —pidió ella, pero él ya estaba saliendo por la puerta.

Llamó a un taxi y se dirigió al oeste. Iba tarde. Mientras giraban hacia la autopista West Side, Anders apoyó la cabeza contra el reposacabezas del asiento. Varios corredores abrigados contra el frío corrían junto al agua, detrás de la cual se encontraba el poco glamuroso paisaje urbano de Nueva Jersey. Recordó que Frank le había contado que Eleanor era de allí.

No le dio mucho crédito a la teoría de Cleo sobre lo que sentían el uno por el otro. Cleo era sensible, imaginativa y un poco paranoica, veía demasiadas cosas donde no había nada. Frank le habría contado a Anders si se hubiera enamorado de otra persona. Y, además, ¿qué le tendría que pasar por la cabeza para querer estar con una mujer como Eleanor cuando ya tenía a Cleo?

Los propios sentimientos de Anders hacia Cleo eran todo un torbellino de contradicciones. Su primera reacción ante la idea de contarle a Frank lo que había pasado entre ellos había sido de absoluto terror, casi de asco. Sin embargo, en aquel momento, en la tranquilidad del taxi, pensar que Cleo podría ser suya todo el día, en público, y no solo durante unos cuantos instantes robados, lo llenó de una sensación de agradable calidez. Solo que ¿a qué precio iba a conseguir esa calidez? Conocía a Frank desde hacía dos décadas, y a Cleo solo desde hacía un año. Pero estar con Cleo lo hacía sentirse temerario, como si pudiera calcinar su vida hasta los cimientos y volver a construirla.

Llegó a casa de Christine y llamó al timbre de su piso. Le había encantado aquel lugar cuando vivía allí, con sus paredes curvas y sus tragaluces polvorientos, aunque había sido todo un alivio mudarse de nuevo al centro después de que se separaran. El Upper West Side le parecía un lugar opresivo, con sus inevitables carritos de bebés y su cháchara sobre escuelas. Siempre había pensado que era demasiado joven para vivir allí, aunque tal vez se estuviera engañando a sí mismo.

Entró en el ascensor y esperó a que lo llamaran desde la planta de ella. Christine trabajaba como contable para una agencia de arquitectura y ganaba bastante dinero sin necesidad de que la ayudara ninguna pareja, un hecho del que estaba de lo más orgullosa. Se abrieron las puertas y dejaron ver el rostro angular que tanto conocía. Se abrazaron.

—Ay, Anders —dijo ella, frotando la cara en su cuello—, no habrás empezado a fumar otra vez.

—Solo en compañía —repuso él.

—Hueles como un adolescente.

—Tú hueles como siempre —le aseguró.

Anders reconoció aquel aroma que tan familiar le resultaba, amaderado y un poco picante: la colonia que ella le solía robar a él.

—Jonah está en su habitación, vistiéndose —explicó Christine—. Conozco ciudades que se han construido en menos tiempo.

La siguió hasta la cocina.

—Es posible que tenga que traerlo de vuelta un poco antes que de costumbre.

Calculó que Frank estaría aterrizando en aquellos momentos. Luego una hora más, tal vez dos, para pasar por la aduana y regresar a la ciudad. ¿Cleo le diría algo en cuanto entrara por la puerta? Confiaba en que no fuera a traicionarlo ante Frank, pero ¿qué iba a decirle? ¿Lo iba a dejar? ¿Y si Frank ya sospechaba de él?

—No hay problema —repuso Christine—. Pásatelo bien con Jonah, aunque no demasiado bien. No me cae muy bien últimamente. ¿Quieres un expreso?

Anders asintió y miró el móvil. Ninguna noticia de Cleo.

—¿Qué ha hecho ahora? —preguntó.

—Me llamó «zorra» porque no le di una tarjeta de crédito como se supone que todos sus amigos tienen. ¡Una tarjeta de crédito! Pero si tiene trece años, por el amor de Dios. Debería sentirse como un millonario con cincuenta pavos.

Christine fue al pasillo y gritó el nombre de Jonah. El nombre en su boca eran dos largas sílabas, como una sirena de ataque aéreo.

—¡Ya voy, mujer! —oyó que gritaba Jonah.

—Le crecen diez vellos púbicos y ya cree que me puede llamar «mujer» —dijo, poniendo los ojos en blanco—. A veces me preocupa haber criado a un mocoso malcriado.

—Yo te he ayudado —respondió Anders—. Y todos los niños se comportan así a su edad.

Christine esbozó una sonrisa antes de fruncir el ceño.

—Yo, no. —Se volvió hacia la máquina de café y le entregó la diminuta y humeante taza—. Bueno, ¿estás saliendo con alguien por ahora? ¿Alguna supermodelo rusa más?

—Sasha era ucraniana —repuso—. Y no.

—Vaya, vaya. —Christine lo miró alzando las cejas—. ¿Y qué has estado haciendo con todo tu tiempo libre entonces?

Cleo, pensó.

—Trabajar —dijo. Las cosas le habían ido bien en la revista, a pesar de la poca atención que le dedicaba. Iban a abrir una oficina en Los Ángeles, y, de hecho, unos días atrás le habían pedido que encabezara el equipo de la Costa Oeste. No se lo había contado a nadie todavía y se percató, con un aluvión de placer, de que se lo podía contar a Christine—. Ya que hablamos de eso —empezó—, me han ofrecido ser editor jefe en la nueva oficina de Los Ángeles.

—Ay, Anders, ¡qué bien! —Se inclinó hacia él y le dio un beso en la mejilla—. ¿Cuándo te mudarás?

—Es todo un halago, pero no lo voy a aceptar —respondió—. Por Jonah, ya sabes, debería estar cerca de él. Y está mucho más lejos si mis padres quieren visitarme algún día.

No tenía ninguna intención de dejar Nueva York, y mucho menos cuando su vida se había llenado tanto de Cleo. Tal vez sí que sería mejor que Frank se enterara más pronto que tarde. Lo acabaría perdonando en algún momento, y más aún si Cleo tenía razón y estaba enamorado de Eleanor, por mucho que él no se lo creyera. Anders podría ser feliz con Cleo, podrían vivir juntos, comprarse un piso entre los dos. Tal vez en la parte alta de la ciudad, cerca del parque. Estaba seguro de que a Jonah le caería bien.

—Anders. —Christine torció el gesto en su dirección—. Tus padres no han venido a Estados Unidos ni una sola vez desde que te conozco. Y en lo que concierne a Jonah, prácticamente ni lo ves cada mes aunque vivas aquí. Puede ir a verte a Los Ángeles, estoy segura de que le encantaría.

—Seguro que lo veo más que eso, ¿no? —probó suerte Anders.

—Además, no es de Jonah de quien te tienes que preocupar. Es Frank quien no puede vivir sin ti. —Christine bebió un sorbo de café e hizo una mueca—. Es el vivo retrato de la codependencia.

—Eso no es verdad. Y ahora tiene a Cleo. —Tan solo pronunciar su nombre le provocaba una sensación de calidez.

—No creo que esos dos duren mucho.

—¿No? ¿Por qué lo dices?

¿Porque se la había follado dos veces la noche anterior?

—Frank todavía actúa como un niño —repuso Christine—. Y, por lo que he oído, ella prácticamente es una niña.

—No creo que… —Aquella descripción de Cleo le dio un poco de miedo, en gran parte porque él era dos años mayor que Frank.

—¡Ah! —Christine alzó las manos al aire mientras miraba detrás de él—. ¡Y aquí está mi niño!

—No soy un niño, mamá —gruñó Jonah.

Anders se puso de pie para darle un abrazo a Jonah, quien se sometió a él, aunque no se lo devolvió. Jonah se encontraba en la parte incómoda del estirón, con las extremidades de algún modo demasiado largas para su cuerpo. Su cabello castaño lacio le cubría en parte el acné que ascendía desde sus mejillas hasta las sienes. A pesar de todo ello, Anders pensó que tenía buen aspecto. Llevaba un jersey del Chelsea y un par de tejanos ceñidos con orillo que Anders habría podido llevar también.

—Uf —soltó Anders—. Ya casi me alcanzas.

—Sí, casi —repuso Jonah, mirándose las deportivas—. Pero sigues siendo altísimo.

—He pensado que podríamos ir al Museo de Historia Natural. —Anders apoyó las manos con amabilidad sobre los hombros de Jonah—. Hay una exposición de mariposas.

La idea sonaba de lo más aburrida, incluso para él. Jonah le dedicó una mirada que solo podía describirse como fulminante. ¿Cuándo había aprendido a mirar a alguien así?

—Vale, a la mierda —sonrió Anders—. ¿Quieres ir a por unos bistecs o algo?

—¡Esa boca! —exclamó Christine.

—Vale, como quieras —dijo Jonah, poniéndose su parka.

El restaurante al que fueron estaba oscuro y vacío, alejado del sol y del ambiente de alegría de fin de semana que recorría las calles de la ciudad. Para no contrastar con el elemento principal del menú, el interior del restaurante era de un color rojo sangre: paredes llenas de color carmín, coágulos de sillas marrón oscuro y espesas servilletas escarlata plisadas sobre mesas de caoba. Era como estar dentro de una arteria.

Anders pidió unos chuletones con patatas asadas y espinacas a la crema como guarnición, además de una Coca-Cola y una cerveza Peroni. Comida de hombre de verdad, tal como se dijo a sí mismo, pensando en el brunch vegetariano que compartía con

Frank cada semana en Sant Ambroeus; los huevos orgánicos que pedían y las muchas rondas de Bloody Marys para disminuir los efectos de la noche anterior. Se percató, con un sobresalto, de que aquellas comidas llegarían a su fin para siempre.

—¿Qué tal el instituto? —preguntó.

—Soy joven comparado con los de mi año —repuso Jonah, tras beberse su Coca-Cola de un trago—. Todos los demás ya tienen catorce.

—Pero ¿cómo te va? —insistió Anders—. ¿Estás haciendo amigos?

—No está mal —repuso Jonah—. ¿Cómo se llama eso que son como letras que significan palabras?

—Acrónimo —repuso Anders, aliviado por haberlo recordado.

—Sí, eso. ¿Sabes qué acrónimo usan para los de la escuela Dwight? Nos llaman «bidé». Blancos Idiotas Drogándose Eternamente.

—¿Y cuánto paga tu madre para mandarte allí?

—Un huevo. —Jonah se encogió de hombros—. Tienen un buen equipo de fútbol.

Anders volvió a mirar su teléfono disimuladamente. Nada. Bebió un largo trago de cerveza en el silencio que se produjo después.

—Así que el instituto te va bien —volvió a probar suerte—. ¿Es muy diferente de primaria?

—Hay bastantes drogas por ahí —repuso Jonah, jugueteando con su servilleta—. A uno de dieciséis años lo pescaron metiéndose coca en la biblioteca la semana pasada. ¿La has probado alguna vez?

¿Que si la había probado? Le encantaba. Pero no iba a decirle eso a Jonah. El recuerdo de esnifar líneas de polvo de los suaves

279

pechos de Cleo pasó por su cabeza como una descarga eléctrica. Dio otro sorbo de cerveza.

—No —dijo—. Eso te pudre el cerebro. —Luego, al temer que le estaba dando el tipo de respuesta ensayada que él mismo habría ignorado cuando era adolescente, añadió—: Quédate con la cerveza y la maría. Son una apuesta más segura.

—Bueno saberlo —sonrió Jonah—. Eh, mola tu pulsera.

Estiró una mano sobre la mesa y le tocó el antebrazo a Anders. Era la primera vez que establecía contacto con él a propósito en todo el día.

—¿Te gusta? —preguntó Anders—. Puedes quedártela.

Se la desató y vio cómo Jonah se la ponía con dificultad alrededor de su delgada muñeca. Estaba hecha de cuerda marítima azul, y el broche era un anzuelo plateado. Jonah se la quedó mirando antes de devolverle la mirada a Anders.

—Mejor no —dijo—. Es supergay.

Anders se quedó mirando el brazalete mientras Jonah se lo volvía a quitar. Ochenta y cinco dólares en Barney's por algo que su padre podría haber hecho con su caja de anzuelos. Se lo metió en el bolsillo de los tejanos.

—No me puedo creer que sigáis llamando «gay» a las cosas —comentó.

—Solo significa que no mola, ya sabes, que es cutre. No va sobre la sexualidad ni nada.

—¿Qué sabrás tú de la sexualidad? —exclamó Anders—. ¡Si solo tienes diez vellos púbicos!

—Ya —dijo Jonah, poniéndose recto en la silla de repente—, pues ya tengo novia. Así que que te jodan.

A Anders le encantó que le confiara aquel secreto, por muy agresivo que hubiera sido. Jonah nunca le había hablado de chicas antes.

—¡Eso es fantástico! ¿Y quién es?

—Solo es mi novia a medias, no sé —confesó Jonah. Arrugó su servilleta en la palma de la mano—. Se llama Raquel.

—Raquel —repitió Anders—. Genial. ¿Cómo es?

—Es de mi curso —repuso—. Es guay. No es la que está más buena de mi año, porque esa es Natalia, pero sí que es de las cuatro mejores. Y —sonrió para sí mismo al recordarlo— me dejó que le metiera un dedo.

—Guau —soltó Anders, sobresaltado de verdad.

Jonah se echó atrás en su silla, tomó el cuchillo y giró la punta contra la punta de uno de sus dedos. Según observó Anders, seguramente se trataba del mismo dedo que poco tiempo atrás se había encontrado dentro de una estudiante de la escuela Dwight llamada Raquel.

—Intenté que me hiciera una mamada —continuó Jonah—. Pero no dejaba de quejarse, así que me rendí.

Aquel tono era completamente nuevo para él. Su Jonah era sensible y amable. Había llorado durante la mitad de las películas a las que Anders lo había llevado. Recordó algo que Cleo le había dicho sobre la empatía, cómo debería ejercitarse como si fuera un músculo, en particular en los chicos, desde la infancia. Le había dicho que era la habilidad más importante que podía tener una persona, la habilidad de sentir lo mismo que otra.

—Y, eh… ¿Cómo crees que eso la hizo sentir? —probó suerte.

—¿Qué quieres decir?

El camarero llegó para descargar los chuletones sobre la mesa. La sangre recorría los platos. Anders cortó su patata asada y miró a Jonah tentativamente a través de la nube de vapor que surgió de ella.

—Cuando… Cuando la tocaste —dijo, una vez que el camarero se hubo ido.

Jonah le dio un bocado a su chuletón.

—Ah, ya sé cómo la hizo sentir —repuso—. ¡Mojada!

El teléfono de Anders empezó a sonar. Lo sacó del bolsillo y notó que sus entrañas se le contraían. Frank lo estaba llamando. Cleo se lo había contado todo. Murmuró algo a Jonah sobre una llamada del trabajo y se tambaleó al salir de la mesa. Se dirigió a la calle, hacia la luz del sol, con el teléfono todavía vibrándole en la mano. Era un día extrañamente cálido para febrero, incluso sin llevar puesta la chaqueta, estaba sudando. Un grupo de chicas pasó por delante de él, entonando una canción pop que emitía un sonido metálico desde uno de sus teléfonos. Dejó el pulgar flotando sobre el botón de responder. No podía moverse. Ordenó a su pulgar que pulsara hacia abajo, pero estaba paralizado. Se quedó mirando el nombre: Frank, Frank, Frank. Luego la pantalla se tornó oscura. Se le había pasado la oportunidad. Las chicas cruzaron la calle y se llevaron su música consigo. Anders suspiró y buscó en el bolsillo la cajetilla que sabía que había dejado con Cleo. Su teléfono volvió a vibrar e indicó que había recibido un mensaje de voz. Se lo llevó a la oreja, con el corazón latiendo a mil por hora.

—¡Compadre! —exclamó la voz de Frank—. Ya he vuelto. El mejor marisco que he comido nunca, y unos tentáculos de pulpo tan grandes como mi brazo. Te habría encantado. Bueno, voy a ir a por algo de comer con Cley. Quiere comer durante el partido del Arsenal, cómo no. ¡Vente con nosotros! O si quieres ir a por algo de beber más tarde…

Oyó un murmullo de fondo, una voz femenina que susurraba. Cleo.

—Bueno, llámame cuando puedas —continuó Frank—. He echado de menos tu apuesta cara danesa.

Anders volvió a la mesa. Sentía el alivio y la decepción recorrerle el cuerpo en oleadas, una sensación que adquiría fuerza cuando la otra retrocedía. Cleo no lo había dejado. No iba a dejarlo. Lo había salvado de una desgracia para sumirlo en otra. Se sentó, miró su chuletón ensangrentado sin nada de apetito y volvió a ponerse de pie.

—Voy al baño un momento —dijo, en respuesta a la mirada extrañada de Jonah—. No te comas mi carne mientras no estoy. —Trató de sonreír.

Se encerró en un cubículo del baño y se desabrochó los tejanos mientras apoyaba una mano en la pared y se posicionaba sobre el inodoro. Cerró los ojos y vio a Cleo. Estaba arrodillada frente a él, desnuda y sonriéndole. Se frotó el pene y se imaginó que estiraba una mano para alisarle su cabello dorado. Le acarició los pechos y le pellizcó los pezones. Luego apretó con más fuerza. Le metió el pene en la boca y notó cómo Cleo se atragantaba. La estaba agarrando de la nuca y metiéndose más y más en su garganta. Unas lágrimas se deslizaban por sus mejillas, y salió de ella y le dio una bofetada en un lado de la cara, y luego en el otro. Luego se la folló por detrás, abriéndola con las manos. Se la estaba metiendo en su arrugado culo rosa. La azotaba, le escupía encima y le tiraba de su largo cabello. Le dio la vuelta y le abrió las piernas. Luego se hundió en su vagina húmeda una y otra vez con fuerza. Le metió los dedos en su apretada garganta roja. Le metió los pulgares en los ojos. Luego le dio puñetazos en la cara, en su hermosa, irreverente y desgarradora cara, un golpe tras otro, hasta que su puño la atravesó como si de una muñeca de porcelana se tratase y no quedó nada salvo un agujero negro y desigual donde debían haber estado su boca y su nariz. Y luego se folló el agujero, se lo folló, se lo folló y se lo folló, se folló el espacio en el que su cara había estado hasta que, con un largo chorro pegajoso, cayó en él y desapareció por completo.

De algún modo logró superar el resto de la comida con Jonah con tan solo el tropiezo de acceder, distraído, a conseguirle una tarjeta de crédito. Christine se pondría furiosa, pero ya lidiaría con ella más tarde. Salieron del restaurante, caminaron por la avenida Columbus y se detuvieron para pasear por el mercadillo de la calle 77. Jonah deambulaba tras él, centrado en su teléfono, sin prestarle atención a la mezcolanza de chatarra que vendían. Anders tuvo ganas de tirar su propio teléfono a la basura. Se acercó a una mesa y hojeó sin muchas ganas una pila de revistas *i-D* de los años ochenta hasta que, con un sobresalto, vio que él mismo se devolvía la mirada desde el papel.

La imagen estaba tomada en un callejón del barrio SoHo, estaba en blanco y negro y granulada adrede, por lo que parecía más antigua de lo que en realidad era. No recordaba habérsela hecho, pero aquello no lo sorprendió lo más mínimo. Comprobó la portada: 1982. Tenía veinte años por entonces. Llevaba un par de pantalones de vestir anchos y una chaqueta de traje sin camisa y estaba apoyado contra un muro de ladrillo, con las manos en los bolsillos, en la pose atemporal de la despreocupación de la juventud. Estaba más que delgado, con las mejillas y el pecho hundidos, un mechón de cabello pálido le caía sobre un ojo, mientras el otro miraba directamente a la cámara, directamente a él.

—Eh, Jonah, ¡ven a ver esto! —Le sostuvo la revista abierta para que pudiera verlo.

—¿Eres tú?

—Eso parece.

—Un chico del siguiente curso es modelo —dijo Jonah, dejando caer los hombros—. A todos les cae bien. ¿Fue divertido o qué?

—¿Ser modelo? A veces. Normalmente era tedioso.

Y aterrador, aunque nunca lo había admitido delante de nadie. No solía hablar de aquellos primeros años tras haberse mudado a Nueva York, de cómo lo habían pasado entre agentes de *casting*, representantes y estilistas, todos ellos mayores que él, todos ellos metidos en un mundo de sugestiones e insinuaciones que no era capaz de descifrar. En una sesión de fotos lo habían convencido para que posara desnudo, salvo por los labios pintados. Entonces recordó muy bien la desconcertante humillación de tratar de poner una expresión indiferente frente al fotógrafo. Todavía no sabía para qué habían sido aquellas fotos.

Jonah se acercó a la revista para examinar mejor la imagen.

—No, no eres tú… Mira, aquí está el nombre del modelo. Jack.

—¿Cómo? —Anders se llevó la página más cerca de la cara y leyó el texto por encima. Jonah tenía razón. Mencionaban al modelo con otro nombre.

—Qué raro. —Jonah se encogió de hombros—. Se parece mucho a ti.

Jonah se alejó hacia otro puesto de antigüedades, lo que dejó a Anders mirando a aquella persona que no era él, avergonzado. Al verlo mejor, aquel modelo era más delgado de lo que él había sido nunca y tenía un rostro más simétrico, más estadounidense. Anders cerró la revista con fuerza y la volvió a poner sobre la pila. ¿Qué era lo que le solía decir su agente? Todo el mundo podía ser reemplazado.

—Oye, Anders —lo llamó Jonah desde un puesto cercano. Estaba pasándose un balón de fútbol de cuero marrón de mano a mano. Era tan viejo como Anders, del tipo con el que su padre podría haber practicado—. ¿Quieres que demos unos toques? Tengo una prueba en una semana.

Cien dólares por un balón de fútbol (el vendedor no dejaba de insistir en que «estaba hecho a mano»), pero no importaba. Jonah permitió que Anders le rodeara los hombros con el brazo durante dos calles enteras mientras se dirigían al parque. Si bien nunca se le había dado demasiado bien ser una figura de autoridad para Jonah, algo que Christine siempre le había echado en cara cuando habían estado juntos, para él era diferente. Había conocido a Jonah desde que tenía cuatro años, dos tercios de su vida, mas no su vida entera. Para él, el amor no estaba garantizado.

Se quedaron en lugares opuestos del Great Lawn, la gran zona verde de Central Park, y se pasaron el balón de un lado a otro. Los pensamientos de Anders se adecuaron al ritmo del balón y empezaron a ralentizarse y a ordenarse por sí solos. Cleo no iba a dejar a Frank, lo necesitaba demasiado. E incluso si lo hacía, ella y Anders nunca podrían estar juntos. Era demasiado engorroso: una relación nacida de las cenizas de un matrimonio y una amistad. Y, aun así, ahí estaba, convenciéndose a sí mismo de que se trataba de una buena idea, como un romántico idiota. Pero ya no.

—Aún se te da bastante bien para ser viejo —comentó Jonah en voz alta.

—Gracias —repuso Anders—, pero no soy viejo.

—Tienes como cincuenta años —dijo Jonah, acercándose.

—Joder, si tengo cuarenta y cinco —lo corrigió Anders.

—¡Esa boca! —exclamó Jonah, riéndose.

—No se lo digas a tu madre.

—Pero no tienes hijos —soltó Jonah de repente.

—Te tengo a ti.

—Ya, lo sé, me refiero a hijos de verdad que vivan contigo y toda esa mierda.

—Esa boca —repuso Anders, menos convencido.

—Mira. —Jonah dejó el balón quieto con el pie—. Solo digo que mi madre se preocupa por ti. La oí hablar por teléfono con la tía Vicky sobre ti.

—¿La tía Vicky es la que tiene un hijo metido en el Modelo de Naciones Unidas?

—¿Ned? Ese tipo es un idiota.

—Un idiota total —confirmó él, y notó que la sonrisa de Jonah lo llenaba de calidez—. Nadie tiene que preocuparse por mí. Ahora enséñame tus toques.

Anders observó cómo Jonah hacía botar el balón desde su pie a la rodilla y vuelta a empezar. Contó con él: «Nueve diez, once, doce…». Tenía cuarenta y cinco años. No tenía hijos de verdad que vivieran con él y toda esa mierda. No estaba casado, ni lo había estado nunca. Su relación más larga había sido la que había mantenido con Christine durante seis años. Aun así, seguía estando bien de salud y se conservaba bien. Si tenía un hijo el siguiente año, solo tendría sesenta y seis cuando su hijo cumpliera los veinte. No era tan mayor. Había personas que corrían maratones con sesenta y seis años. Solo necesitaba conocer a alguien, alguien que no tuviera tanta carga encima. A Jonah se le escapó el balón, y Anders corrió para ir a buscarlo.

—Oye —dijo, pasándole el balón—, estoy pensando en mudarme a Los Ángeles. ¿Qué te parecería eso?

—¿A la playa?

—Tal vez —repuso— O sí, ahora que lo dices. Podría buscar algún lugar cerca de la playa de Venice.

—¿De donde son los Z-Boys? —preguntó Jonah.

—Exacto —contestó Anders—. Y podrías venir a verme, por supuesto. Podríamos ir a hacer surf. Y me compraré un coche, un descapotable, para que podamos conducir hasta el desierto.

—Mola —dijo Jonah—. El Chelsea jugará contra Los Ángeles Galaxy pronto.

—Compraré entradas para los dos —dijo Anders, y le dio un apretón en el hombro—. ¿De verdad te parece bien?

—Me da igual —repuso Jonah, mirando al suelo y encogiéndose de hombros.

Se abalanzó sobre el balón y empezó a hacerlo botar sobre la cabeza. Anders lo interceptó y le dijo que fuera lejos. Jonah corrió por el césped, con la silueta del West Side tras él. A pesar de que el sol todavía se ponía pronto, les quedaba como una hora de luz. Anders dio unos pasos hacia atrás, corrió hacia delante y chutó el balón. Fue un pase perfecto.

CAPÍTULO ONCE
Principios de marzo

F rank había dejado una nota en la encimera para que Cleo la encontrara, aunque no estaba escrita por él, sino por su vecino de al lado. Se quejaba de sus «melodramas de telenovela nocturnos», según sus propias palabras. El vecino era un crítico de teatro con cabello impecable, por lo que se le permitía decir cosas así. Cleo leyó la nota una vez más, la dobló en un cuadrado perfecto y le prendió fuego en el fregadero. Era mediodía.

Frank había salido de casa temprano para ir a un rodaje que no iba a terminar hasta pasado el anochecer. Cleo no lo había oído marcharse, pues había pasado a dormir en el sofá, en teoría para no molestarla cuando volvía a casa tarde, aunque principalmente era para poder volver borracho con total impunidad. No hacía falta mencionar que esa nueva situación significaba que ya no se acostaban juntos. Cleo había pasado la mañana tumbada en la cama, mirando cómo la luz del sol se movía de forma acusadora por el techo, hasta que la sed la había conducido hasta la cocina, donde había encontrado la nota esperándola. Frank no le había enviado ningún mensaje ni había añadido su propia nota a la del vecino, sino que se había limitado a dejarla allí para que la descubriera por sí misma.

Cleo volvió a colocar las cerillas en el cajón de los cubiertos. Allí estaban los palillos chinos pintados a mano que había hecho para él cuando se conocieron hacía más de un año. Por aquel entonces siempre había estado haciendo una cosa u otra y se las llevaba a Frank como un gato que le soltaba con mucho orgullo un gorrión a los pies. Pero ya no. La nota había sido un nuevo tipo de humillación. Alguien los había visto. Y lo que era peor, alguien le había confirmado lo que ya temía: que no eran normales. No era normal pelearse como se peleaban. No era normal que Frank volviera borracho tantas noches seguidas. No era normal que ella reaccionara con semejante ferocidad cuando lo hacía. Durante el último mes, había destrozado un jarrón y un cenicero, lo había golpeado en la cara, el pecho y los brazos, y, la noche anterior, le había lanzado la orquídea azul que él le había comprado como regalo de bodas, lo cual había partido el tallo por la mitad.

—Nadie más es así —le había dicho ella la noche anterior. Estaban sentados en el suelo del salón, con la tierra negra de la orquídea desperdigada a su alrededor—. ¿No? —Lo miró.

—No sé, Cley —repuso Frank.

—Pero ¿qué opinas?

—Estoy seguro de que hay parejas peores. —Se encogió de hombros—. Y también mejores.

—¿Pensabas que íbamos a ser mejores?

Volvió a encogerse de hombros.

—No esperaba que fuera a ser tan difícil.

—¿Estar casados?

—Vivir juntos, todo. No pensaba que fueras a estar tan... tan afectada por mí.

—¿Qué es lo que debe afectarme entonces, si no tú?

—Lo sé, lo sé. Es solo que trabajo mucho, la vida es difícil. No quiero volver a casa y tener... Todas estas peleas, ya sabes.

No me gusta. Ni que tú estés enfadada conmigo en todo momento.

—¿Y por qué la responsabilidad es mía por no estar bien? ¿Por qué no puedes volver a casa antes? ¿O no pasar la mitad de las noches fuera? ¿Por qué no puedes... no sé, ser mejor?

Frank se llevó las manos a la frente y agachó la mirada.

—¿Qué? —preguntó ella—. ¿Demasiados sentimientos para ti? Él la miró por entre sus manos.

—No es nada divertido, ¿sabes? —dijo en voz baja—. Ser siempre el que se equivoca.

Se puso de pie con dificultad y abandonó la sala, y fue como si toda la luz se fuera con él, lo que dejó a Cleo en el mundo ensombrecido de sus propios pensamientos una vez más.

Cleo abrió el grifo y dejó que el agua cayera sobre las cenizas del fregadero, tras lo cual empujó aquella masa negra por el desagüe con la mano. El vecino les había dicho que estaban en una telenovela. Y era verdad.

Se arrodilló en el suelo de la cocina y se dio un puñetazo y luego otro en el estómago. Cayó hacia delante, apoyada sobre las manos y las rodillas, jadeando. Notaba cómo sus pechos y su estómago tiraban hacia el suelo. Se apoyó sobre una mano y se dio otro puñetazo en el estómago, pero no tuvo efecto, pues la gravedad jugó en su contra y debilitó el golpe. Quería quitarse la ira a golpes, quedarse tranquila y quieta, pero los puñetazos habían sido demasiado débiles como para hacerla desaparecer; la rabia se alzó en su interior.

Se impulsó en el suelo para ponerse de pie y miró alrededor de la cocina sin sentir nada. A ella y a Frank les habían dado un juego de cuchillos como regalo de boda, con mango de madera de haya. Dado que no cocinaban, nunca los usaban, nunca hacían nada que fuera remotamente doméstico. Todo el piso estaba lleno de objetos prácticos que se habían tornado decorativos y nada más: un elaborado aireador de vino, un trampolín en miniatura, instrumentos musicales caros que ninguno de los dos sabía tocar. Tenían un theremín, por el amor de Dios. Ni siquiera podían tener una triste mascota sin… Cleo apartó el pensamiento de su mente. Le dolía demasiado recordarlo.

Cleo sacó un cuchillo del portacuchillos de madera. Puso el brazo recto frente a ella, con el dorso de la mano apoyado en la encimera y apretó el puño. La parte baja de su antebrazo era muy pálida, una piel de vello rubio oscuro que se blanqueaba de forma gradual hasta el blanco expuesto, como la panza de un perro. Necesitaba quitarse aquella sensación con un sobresalto, controlarla para que dejara de controlarla a ella. Alzó el cuchillo e hizo un par de tajos de práctica en el aire, los cuales soltaron un silbido satisfactorio. Cerró los ojos e inhaló. El truco estaba en no dudar.

Solo que sí dudó. Abrió los ojos. Dejó el cuchillo y se dirigió a la habitación, a la cama sin hacer y sus arrugadas sábanas, y se tumbó. Allí estaba el techo una vez más. La ira se estaba alejando, pero a su paso dejó una sensación de vacío que podía llenarse con cualquier cosa. Cerró los ojos y esperó. Se imaginó unos copos de ceniza que caían del techo. Plateados y suaves, apretaron su cuerpo contra la cama. Los copos se acumularon en sus párpados y en los huecos entre los brazos y el pecho y las piernas. Estaba sumida en una montaña de cenizas plateadas que amortiguaban todo el sonido.

Solo entonces, bajo aquel silencio, llegó la nueva sensación. Era la vergüenza. Vergüenza por haber dejado el trabajo, vergüenza por no pintar, vergüenza por haberse casado con Frank, vergüenza porque él estuviera enamorado de otra persona, vergüenza por haber corrido a los brazos de Anders para sentirse mejor, vergüenza porque él la hubiera descartado, vergüenza porque Frank bebiera tanto, vergüenza porque hubieran dejado morir a Jesús, vergüenza porque Frank la hubiera dejado destrozar el piso para buscarla antes de contarle lo que de verdad había sucedido, vergüenza por haberlo encubierto al decirle a todo el mundo que Jesús había escapado, vergüenza porque hubiera pasado a ser su secreto también, vergüenza por tener demasiado miedo como para dejarlo después de decir que iba a hacerlo, vergüenza porque su madre estuviera muerta y no pudiera pedirle consejo, vergüenza porque su madre no quisiera ser su madre lo suficiente como para no estar muerta, solo vergüenza, vergüenza y más vergüenza.

Quería tirar de los hilos que ataban aquellos doce meses, romper los puntos como un vestido que se prestaba a otra persona. Quería ser otra persona. Se quedó allí tumbada mientras la luz del sol llenaba el piso y se volvía a retirar. Su teléfono sonó una vez, y luego otra. Cleo soportó el sonido durante diez estridentes pitidos antes de salir del montón de cenizas y contestar.

—Ahí estás. ¿Por qué pretendes estar ocupada? Sé que no lo estás.

Era Quentin. Iba a recoger una aspiradora que había encontrado en Craigslist y quería que ella lo acompañara por si el vendedor trataba de matarlo.

—¿Qué te hace pensar que no va a tratar de matarme a mí también? —repuso Cleo. Se sorprendió de lo natural y ligera que sonaba su propia voz, pues le daba miedo lo fácil que le resultaba fingir la felicidad.

—Bueno, no esperará que vayas tú también —dijo Quentin—. Y es mucho más difícil matar a dos personas al mismo tiempo.

El hecho de que Quentin fuera a comprar una aspiradora de segunda mano era muy típico de su peculiar mezcla de extravagancia y frugalidad. Podía gastarse miles de dólares de buena gana en una gabardina de piel de cordero o en una figura de anime, pero gastar dinero en algo con verdadera utilidad, como suministros de limpieza o televisión por cable, le dolía a más no poder. Era tal vez el socio más dedicado de su farmacia y coleccionaba puntos con un entusiasmo fanático. Aun así, era aquel lado de Quentin el que a ella le gustaba más, el mismo lado que quería decir que llevaba casi de forma exclusiva los calcetines que daban gratis en los aviones, el lado que le dibujaba a mano una tarjeta de felicitación para cada uno de sus cumpleaños, el que fumaba cigarrillos polacos baratos y comía cereales que compraba al por mayor a través de internet. El otro Quentin, el desdeñoso, rico e invulnerable, resultaba más difícil de tolerar.

—¿De verdad vale la pena que nos maten y nos violen por esta aspiradora? —preguntó.

—Joder, nadie ha dicho nada de violar —repuso Quentin—. Pero es una Dyson Ball Compact con tres de los cinco cabezales originales. —Cleo se quedó en silencio, mirándose el brazo. Quentin exhaló al otro lado de la línea—. Eso significa que sí.

Cleo se permitió que la engatusara para encontrarse con él una hora después y notó el alivio mezclado con resentimiento que le provocaba hacer lo que otras personas le pedían. Se quedó plantada frente al armario. Tan solo el acto de escoger algo que ponerse le parecía imposible. Muy poco a poco, se puso un par de tejanos. Bien, la mitad del trabajo estaba hecho. Sacó uno de los jerséis de cachemir de Frank y se lo puso sobre su torso desnudo. Olía a su colonia, a hojas de tabaco y especias, además de a otro aroma que era único, a Frank. Se lo quitó de repente y, en su lugar, se puso uno de sus propios jerséis. Se miró los zapatos. Fuera hacía un frío de mil demonios, por lo que debía ponerse las botas, pero no estaba segura de si recordaba cómo se ataban los cordones. Se puso unos calcetines gruesos y metió los pies con cuidado en un par de deportivas sin cordones. Lo estaba haciendo bien.

Mientras esperaba el ascensor, escuchó al vecino. Muy a menudo, cuando pasaba por delante de su puerta, Cleo oía la música de ópera que le gustaba poner de fondo, que salía hacia el pasillo. Era un sonido bello y agudo. Solo que aquel día no había más que silencio.

Cuando se encontró con él en el exterior de su edificio, Quentin llevaba un traje de pijama de seda de color azul medianoche con diminutas flechas de oro bajo un gran abrigo de piel, con un par de viejas deportivas para correr. Siempre había tenido la habilidad dual de hacer que la ropa cara pareciera que acababa de salir de un vertedero y que la barata pareciera de lo más elegante.

—Bonito pijama —comentó Cleo.

—Es mi look de Jack Nicholson va a un partido de los Lakers —repuso Quentin, empujándose unas gafas de marcos dorados hacia la nariz. La miró con aprobación—. Estás más delgada.

Cleo se había puesto un pesado abrigo color camello de Frank y se lo había atado a la cintura con uno de sus cinturones *vintage*. Hizo una pequeña pirueta en la acera frente a él.

—¡Es la depresión!

—La mejor dieta que conozco —dijo Quentin, encogiéndose de hombros.

Cleo se percató de que le decepcionaba que no se hubiera molestado en indagar más sobre el tema. Caminaron hacia la parte final de su manzana, donde el tráfico ya se estaba acumulando en la avenida. La luz amarilla de los focos iluminaba el suelo y se acumulaba en charcos de aguanieve por toda la acera. Quentin echó un vistazo al teléfono.

—Vamos tarde.

—¿Quieres que corramos para saltarnos el semáforo?

—Correr es para niños y ladrones —dijo él.

Se estaba quitando los guantes para encenderse un cigarrillo cuando notó algo al otro lado de la calle, y Cleo lo vio inhalar de repente. El rostro de Quentin tenía una expresividad sobrenatural; sus emociones parecían vivir a flor de piel, como los peces que sobrevivían en aguas poco profundas. Tan solo sus cejas podían mostrar miedo, esperanza, decepción y alivio en un abrir y cerrar de ojos.

—¿Qué pasa? —le preguntó.

—Nada —respondió él—. Por un momento he pensado que era Johnny.

—¿Dónde? —Escaneó el otro lado de la calle en busca del pelo naranja de Johnny.

—Da igual —dijo—. No era él.

Esperaron a que el semáforo cambiara de color en silencio. Cuando lo hizo, Quentin avanzó a grandes zancadas por delante de ella.

—¿Cómo está Johnny? —preguntó ella, tras alcanzarlo.

—¿Cómo iba a saberlo?

—He pensado que tal vez seguíais hablando.

Una multitud de niños pasó corriendo por su lado y dejó tras de sí unos gritos como si fueran cintas de colores. Quentin se puso de lado para dejarlos pasar, y Cleo vio que ponía una ligera mueca mientras se volvía.

—Perdona —dijo ella—. No debería haberlo mencionado.

Quentin volvió a mirarla y le mostró los dientes en una sonrisa.

—¿A ese don nadie medio calvo? —Lanzó su cigarrillo a medio fumar a un charco rodeado de hielo y manchado de luz—. Ya está olvidado. De hecho, estoy saliendo con alguien, más o menos.

—No sabía que te habías echado otro novio —repuso ella, alzando las cejas por la sorpresa.

—Alex no es mi novio —replicó Quentin.

—Oooh —se burló Cleo—. Así que Alex, ¿eh?

—Ya te había dicho su nombre —dijo Quentin—. Lo que pasa es que no te acuerdas.

Cleo frunció el ceño. Estaba segura de que no le había dicho nada.

—Mira —continuó él—, es solo alguien… a quien veo a veces. Es impredecible. Es muy oscuro y ruso.

—Encantador —soltó Cleo.

—No sé si lo describiría así. Pero sí que es algo.

Cleo le dedicó una mirada de soslayo.

—Pero… ¿te parece bien la situación? —le preguntó—. ¿Te trata bien?

—¿Y a ti qué más te da? —le espetó—. Te dejaste de preocupar por lo que hacía en cuanto te casaste con Frank. No te hagas la preocupada ahora.

Quentin anunció que habían llegado con una finalidad que indicaba que no pensaba escuchar su respuesta. La dirección que el vendedor le había dado a Quentin pertenecía a un edificio con portero de la etapa anterior a la guerra, situado en una calle tranquila cerca de Washington Square. Un gran paisaje nórdico cubría una de las paredes del vestíbulo. A Cleo aquellos cuadros le solían parecer opresivos, con sus montañas oscuras y bosques de

297

pinos llenos de sombras, pero aquel contaba con un bonito marco dorado que se reflejaba sobre el brillante suelo encerado formando un charco también dorado. Cleo se imaginó patinar sobre él, como si estuviera sobre un oscuro lago congelado. Recordó una canción que su madre solía tocar, una mujer que cantaba con tristeza sobre desear tener un río en el que patinar y desaparecer... Qué cierta era aquella sensación. Su madre la había sentido, y en aquel momento le tocaba a ella. Pensó que aquella era la verdadera herencia de su madre, algo más importante que cualquier rasgo facial o manera de actuar. Ambas querían desaparecer.

—Me encanta ir a casas de desconocidos —dijo Quentin mientras recorrían el pasillo recubierto por una gruesa moqueta—. Parece algo transgresivo. O sea, si lo hubiéramos planeado mejor, podríamos robarle ahora mismo. No digo que vayamos a hacerlo, pero podríamos.

El hombre que les abrió la puerta era pelirrojo y tenía un rostro lleno de pecas y ojos del color de lágrimas de sirena bajo unas pestañas rubio claro. Casualmente, los pelirrojos eran la mayor debilidad de Quentin. Los colores de aquel hombre le recordaron a Cleo a los cuadros posimpresionistas neerlandeses, todos llenos de colores azules, crema y oxidados.

—Habéis venido a ver a un hombre por una aspiradora —dijo, esbozando una sonrisa con los ojos—. Pues aquí está. —Alzó la pesada cosa hacia el pasillo, frente a ellos—. Como decía en el anuncio, le faltan dos de las cosas de la boquilla, pero por otro lado está como nueva.

Quentin no hizo ningún ademán para tocar la aspiradora ni para sacar la cartera para pagar, sino que se quedó mirando al hombre con una expresión que Cleo había visto en numerosas ocasiones. Era anhelo.

—Así que, bueno, si tenéis efectivo, perfecto —continuó el hombre, dirigiendo su atención a Cleo—. Supongo que un cheque también vale, si es que hay alguien que siga llevando un talonario encima.

—¿Te importa que la pruebe? —preguntó Quentin, alzando una ceja—. Para comprobar la… succión.

—Ah, vale, claro —dijo el hombre, haciéndose a un lado para dejarlos pasar.

El piso era pequeño y ordinario en todos los sentidos, de aquellos que se olvidaban incluso nada más entrar en él. El único punto de interés era un póster enmarcado de Mozart, cuya expresión, como siempre le parecía a Cleo, era muy lasciva. El pelirrojo se agachó para enchufar la aspiradora tras una estantería baja que delineaba la pared más cercana. Cuando se echó hacia delante, su camisa a cuadros se levantó y dejó ver unas lumbares pálidas y llenas de pecas. Leche con canela espolvoreada por encima.

Mientras se limpiaba el polvo de las rodillas, explicó que su mujer estaba en la ducha. Les había llevado varios años percatarse de que ya no necesitaban dos aspiradoras. La de ella era más pequeña, de mano, y la prefería. Y él sabía que no debía discutir con una mujer sobre aquellas cosas.

—Probadla.

Le pasó el mango a Quentin y pulsó el botón de encendido. Rugió al activarse, y Quentin empezó a pasarla sin demasiado interés sobre el parqué. Como si el ruido la hubiera invocado, una mujer apareció en el umbral de la puerta de la habitación, con un albornoz floral puesto. Estaba visiblemente embarazada, llena y curva como una orilla. Observó la escena con una sonrisa desconcertada.

—Perdona, cariño —dijo el pelirrojo—. Querían probarla.

—¿Te importa que la pruebe sobre la moqueta? —preguntó Quentin.

Cleo le dedicó una mirada de advertencia, pero su amigo hizo caso omiso de ella.

—Adelante —dijo la mujer, y sonrió para animarlo.

Quentin se adentró más en la sala para atacar la moqueta bajo la mesita de la sala de estar mientras movía las caderas al mismo ritmo. Los otros tres se quedaron formando un triángulo a su alrededor, viendo cómo Quentin, ataviado en seda, aspiraba la moqueta turca de color apagado.

—Va bien sobre la moqueta —comentó el hombre, dudoso.

—Ya veo —repuso Quentin, y sonrió como si acabaran de compartir una broma secreta. Le dio al botón de apagado con el pie, y la sala volvió a sumirse en el silencio.

—Bueno, todo parece estar en orden —dijo Cleo, haciendo un gesto para marcharse—. Deberíamos irnos.

—No hay prisa, *cariño* —repuso Quentin.

—¿Cuánto tiempo lleváis juntos? —preguntó la mujer, mirando de Quentin a Cleo con una expresión perpleja.

—No estamos… —empezó a decir Cleo.

—Dos años —la interrumpió Quentin—. ¿No es así, cielo?

El hombre alzó las cejas, sorprendido. A Quentin le encantaba pretender que Cleo y él estaban juntos. Siempre se había preguntado si aquello sería un modo de cumplir una fantasía secreta para él, una en la que no tenía que mentirle a su familia sobre quién era en realidad. ¿Quién podría culparlo? Su familia le había enseñado que el único modo de que alguien pudiera quererlo era a través de la mentira.

—Dos años y medio —lo corrigió Cleo.

—Ay, recuerdo la fase de los dos años y medio —dijo la mujer—. Aquello fue hace mucho tiempo para nosotros los viejos.

Cleo la vio intercambiar una mirada con su marido que contenía un orgullo sin límites y algo más que comprendió que era alegría. Estaban enamorados. Ella iba a tener a su hijo. Vivían en un piso de una habitación en el West Village en el que nadie tenía que mentir a nadie para poder vivir ahí. ¿Era eso lo que quería Cleo? Y si no era en aquel momento, ¿cuándo? ¿En qué había estado pensando al casarse con Frank? Debería haberse casado con Quentin. No debería haberse casado con nadie. ¿Cómo se aprendía a vivir? ¿Y a ser feliz? Se había rodeado de personas que no tenían respuesta a esa pregunta. Aquella pareja, con sus aspiradoras para él y para ella, habían descubierto cómo.

—¿Y de dónde sois? —preguntó la mujer.

—Reino Unido —repuso Cleo.

—Ya lo imaginaba —sonrió la mujer.

—Yo soy de aquí —dijo Quentin, tajante, volviéndose hacia el hombre—. ¿Y vosotros?

—Yo soy de Filadelfia. —Miró a su mujer—. Pero Anna también es de aquí.

—Sí, me llamo Anna, por cierto —dijo Anna—. Y este es Paddy.

—Fui a un campamento para gordos en Filadelfia —interpuso Quentin, sin hacerle caso a la mujer—. Cuando tenía ocho años. Mis padres me mandaron allí desde Polonia. Estaba justo al lado de la fábrica de chocolate Hershey's. Un lugar muy estúpido para montar un campamento para gordos. El ambiente siempre olía a chocolate o a estiércol. Obviamente, solo uno de ellos conducía a la pérdida de peso. —Quentin dirigió todo ello de forma exclusiva a Paddy, con una intensidad muy ferviente.

—No me digas —logró responder Paddy.

—Una vez fuimos a esa fábrica… —empezó a decir Anna.

—Y luego, cuando me hice modelo en el instituto, me enteré de que habían puesto mi foto en la pared, como «inspiración para adelgazar» o no sé qué para los niños. Ya sabes, para animarlos a comer de forma más saludable. Pero, cariños, no es tan complicado. Solo hay que dejar de comer y empezar a meterse un montón de coca.

Quentin soltó una carcajada, y Cleo se obligó a imitarlo. Vio cómo la pareja, nerviosa, trataba de digerir aquella nueva información. Cleo estaba harta de ser el tipo de persona que incomodaba a otras. Lo veía cuando estaba con Frank: desconocidos que trataban de descifrar su relación. Demasiado joven para ser su padre, demasiado viejo para ser su pareja. Y la especialidad de Quentin era incomodar al prójimo. Si bien antes aquello la emocionaba, pues le parecía un rechazo a su rígida crianza británica, en aquellos momentos solo la cansaba.

—Bueno, estábamos a punto de cenar —soltó Paddy, acercándose a la entrada para desenchufar la aspiradora—. Así que si todo está bien con la Dyson…

—Cenamos muy pronto ahora —dijo Anna a modo de disculpa, mientras se acariciaba su prominente vientre—. Casi no aguanto despierta ni hasta las nueve.

—¿Cuándo sales de cuentas? —le preguntó Cleo.

—Deberíais pasaros por el Duplex una noche —propuso Quentin—. Está justo al doblar la esquina desde aquí. A veces canto ahí. Si es que puedes mantenerte despierta, claro. —Quentin le dedicó una mirada significativa a Paddy.

—Deberíamos dejaros cenar —dijo Cleo.

—Bueno, espero que la disfrutéis —dijo Paddy, haciendo un gesto hacia la aspiradora, colocada entre ellos como un animal guardián.

—Siempre lo hago —repuso Quentin, con el más imperceptible de los guiños.

—¿Por qué haces eso? —le preguntó Cleo. Estaban de nuevo en la esquina, mientras Cleo saltaba de un pie a otro para entrar en calor. Una ambulancia pasó por delante de ellos, sin las sirenas activadas, y les iluminó los rostros.

—¿Qué hago? —Quentin se encendió un cigarrillo y le dio la cajetilla.

—Mentir a los desconocidos sobre nosotros.

—¿Y por qué no? —Se encogió de hombros—. No es como si fuéramos a verlos otra vez. Aunque no me importaría volver a ver al viejo Paddy. —Contoneó las cejas por encima de las gafas.

—Creo que se ha dado cuenta —dijo Cleo.

—Me alegro —repuso él—. Siempre está bien darle opciones a un hombre.

—¿Y Alex?

—¿Qué le pasa? No somos novios.

Cleo soltó un suspiro. ¿Quentin siempre había sido así de defensivo? Parecía imposible hablar con él, justo cuando más necesitaba hablar con alguien.

—Su vida parecía tan… simple —comentó Cleo.

—Si estás usando «simple» como eufemismo de «aburrida», entonces sí, era muy simple —dijo Quentin, antes de sacar el teléfono—. Hay una fiesta con barra libre esta noche, si logramos llegar allí antes de las diez.

—No, quería decir que parecía agradable —explicó—. Feliz.

—Ay, Dios, no vas a dejar que Frank te deje preñada, ¿no?

—Para eso tendríamos que acostarnos primero. —Cleo se ruborizó. No le había contado aquello a nadie.

—Bien —dijo Quentin, sin levantar la mirada del teléfono—. No estás hecha para eso. —Puso su acento de reina sabia—. Nosotros no somos de esas personas, cariño.

Cleo se arrepintió de inmediato de haber hablado. ¿Por qué le iba a importar a él su matrimonio fallido? ¿Por qué le iba a importar a alguien? Quentin trató de insistir en que fuera a por algo de beber con él, pero ella pretendió que había quedado para cenar con Frank.

—Cuéntale a Frank sobre la fiesta —dijo Quentin mientras se metía a la parte trasera de un taxi junto a la aspiradora—. Ya sabes lo que le gusta a él una barra libre.

La sonrisa de Cleo se desvaneció en cuanto el taxi arrancó. Su rostro era una tienda de campaña blanca a la que se le soltaron las cuerdas y todo se derrumbó al mismo tiempo. La noche había traído consigo un viento gélido y los transeúntes se agrupaban y caminaban a toda prisa para llegar a la calidez de los restaurantes y de sus casas. Caminó en dirección sur, hacia su piso, temblando de frío. Estaba intentando pensar en una sola persona de las que admiraba que tuviera una vida feliz. Quentin no era ningún buen ejemplo, desde luego. Se llevaba a sí mismo como un elaborado y reluciente disfraz lleno de agujas.

Se le ocurrió que Anders parecía lo suficientemente contento, en su propio modo egoísta. Pensar en ello le resultaba insoportable. Lo había llamado el día siguiente a que volviera Frank, pero él no había contestado. Había necesitado varias semanas de silencio entre ellos para comprender que no iba a volver a saber de él. La frase que no dejaba de repetirse era que Anders se la había sacudido de encima. Cleo era el hollín, y él quería estar limpio. Cuando Frank le había contado que Anders había aceptado un trabajo en Los Ángeles, Cleo había pensado que había conseguido sacudírsela del todo. Frank la había ido a buscar para que lo reconfortara, pero solo se lo había quedado mirando sin decir nada. Durante la noche de la fiesta de despedida de Anders, había fingido estar enferma y se había quedado tumbada en la cama sin dormir durante toda la tarde y la noche. Tan solo pensar en su nombre le provocaba una nueva oleada de humillación que la recorría entera. Claro que no habría sido feliz con Anders. No se podía imaginar siendo feliz con nadie. Quentin tenía razón: no era de esas personas.

Cleo había llegado hasta la tienda de jardinería que había cerca del piso que compartía con Frank. Siempre le había gustado echar un vistazo al patio lleno de palmeras cada vez que pasaba por delante, una inusual rodaja de lo tropical entre el insulso gris. Sin pensar, cruzó la entrada. Las plantas la rodearon al instante, y le dio la impresión de encontrarse dentro de un cuadro de Henri Rousseau. Cerró los ojos, y el ambiente le olió a verde.

—¿Necesitas ayuda?

Un joven que llevaba un mono puesto la estaba mirando.

—¿Cómo lo sabes? —repuso Cleo, y soltó una carcajada. ¿Por qué había ido a aquel lugar? Había ido a comprar una nueva orquídea azul, eso debía ser. Había roto la orquídea azul—. ¿Tienes orquídeas?

—La mayoría de ellas están en el invernadero. ¿Quieres que te ayude a escoger una?

Cleo negó con la cabeza y avanzó en la dirección en la que el joven le había señalado. El calor del invernadero la envolvió nada más entrar. Un olor dulce e intenso la rodeó. Cleo notaba cómo los poros de la piel se le abrían, como cientos de ojos curiosos. Todo estaba muy cerca y fluía hacia su interior. Las orquídeas estaban dispuestas en filas: blanco crema, fucsia vivo, amarillo mantequilla, rosa piel…, pero no azul. Solo existía una única orquídea azul añil, y ella la había destruido.

Miró las filas de vivaces caras de florecillas que la miraban. Parecían ser de carne, ser humanas. Cleo acarició un pétalo escarlata con la punta del dedo. Pese a que había esperado notarlo blando y aterciopelado, lo que tocó estaba tieso y parecía hecho de cera. Así que no eran caras después de todo, sino cadáveres. Todas aquellas flores estaban muertas y pretendían estar vivas. Se pudrían tras sus máscaras de cera. La fragancia de las flores le tapó las fosas nasales y le llenó la garganta. Se estaba ahogando bajo aquel aroma dulce y putrefacto. Fue hacia la puerta y escapó de vuelta hacia el frío nocturno.

Fuera de aquella estructura de cristal, trató de recobrar la respiración. Tendría que haberse dado cuenta en el día de su boda, cuando Frank le había comprado la orquídea azul, teñida con tinta venenosa, de que no la comprendía y que nunca iba a hacerlo. Tenía que regresar a la Tierra, simple y sin adornos. Había estado viviendo demasiado tiempo en el mundo falso de Frank. Había pensado que iba a encontrar seguridad en él, pero no había sido así. Entró en la tienda principal y compró una carretilla y cuatro grandes bolsas de tierra, sin hacerle caso a la mirada extrañada del joven con el mono. Ya entendía lo que tenía que hacer.

Mover la carretilla fue todo un suplicio, con lo que pesaba y lo difícil de manejar que era, pero logró conducirla a través de dos manzanas y meterla en el ascensor del edificio. Podía oír al vecino de al lado mientras la empujaba al interior: música y risas, el traqueteo de los platos y voces de hombres. Dejó la carretilla en medio del salón y sonrió, aliviada. La humillación de la nota de aquella mañana parecía estar muy lejos.

Lo primero era lo primero. Se dirigió a la estantería de los discos y buscó entre los sobres hasta encontrar el que quería. Extrajo una copia manchada de *La Bohème* de Puccini que había sido de su madre. Cleo llevó el disco fuera del piso y lo apoyó con cuidado contra la puerta frontal del vecino de al lado. Todo quedaría perdonado. No molestaría a Frank.

Cleo regresó al piso y se sirvió un vaso de leche. Se miró la mano, apoyada en la encimera. Ahí estaba su alianza de oro. Pensó en el reflejo dorado del suelo de mármol del vestíbulo que había visto antes. Poco a poco, se metió el dedo en la boca y lo sacó mientras se quitaba el anillo con los dientes. Se lo puso bien en la lengua, dio un largo sorbo de leche y se tragó el anillo en un solo trago.

Sacó un cuchillo del portacuchillos —el de pelar, curvado como en una sonrisa— y regresó a la sala de estar. La orquídea rota todavía yacía sobre el suelo. La hizo a un lado y enrolló la alfombra para luego apoyarla contra la pared. Inclinó la carretilla para sacar las bolsas y abrió la primera con el cuchillo. Una tierra oscura cayó de la abertura hacia el parqué a sus pies. Colocó la orquídea en la montañita y sacudió el resto de tierra sobre ella. Cuando todas las bolsas quedaron vacías, la montaña era igual de larga que ella y dos veces más ancha. Aplastó la tierra con las manos: estaba húmeda y rica, de una comodidad que le resultaba familiar. Prenda a prenda, se quitó los zapatos, los tejanos, el jersey y la ropa interior, los dobló y los colocó en la carretilla. Tomó el cuchillo.

Cleo se tumbó sobre la tierra e inspiró. Se sentía tan tranquila… Frank no iba a volver a casa en varias horas; estaba sola, como siempre lo había estado. Se llevó la hoja a la piel blanda de la parte interna del brazo. El mundo, que había estado tan cerca hacía tan solo unos instantes, estaba desapareciendo, como un vestido de seda que caía de sus hombros. No pensó en Frank, ni en Anders, ni en Quentin ni en ningún otro hombre egoísta al que hubiera querido de forma egoísta. No pensó en sus cuadros, en aquellos lienzos que solían respirar, vivos, mientras ella se arrodillaba sobre ellos por la noche. No pensó en Nueva York.

En lo que pensó fue en una noche de verano de hacía quince años. Tenía diez años y estaba en su casa de la infancia. Le estaban construyendo una nueva habitación, diseñada por su madre. Ella la estaba llevando de la mano hasta la parte superior de las escaleras, donde habían dejado una escalera de mano que apuntaba a un tragaluz del tejado. El ambiente estaba lleno de polvo y luz. Las manos de su madre le rodearon la cintura y la levantaron de modo que su cabeza y sus hombros quedaran libres de la casa, y por encima de ella solo hubiera cielo. «Mira», le dijo la voz de su madre bajo ella. Vio una larga exhalación de color añil, imposiblemente grande e increíblemente azul. Y fue como si nunca antes hubiera visto el cielo. Notaba los brazos de su madre, rodeándola. «¿Lo ves?». Una gran extensión sin la interrupción de ninguna nube. Todo azul, todo hermoso. Los brazos de su madre ciñendo su cintura. Lo vio. Ellas dos la habían encontrado, la trampilla de escape que las liberaría y las lanzaría hacia el gran y amplio mundo.

CAPÍTULO DOCE
Marzo, todavía

El día que Frank lo llamó para contarle lo de Cleo, Santiago había sido declarado El Que Más Kilos Había Perdido de la Semana, un hecho del que estaba muy orgulloso, pero que no pensaba contarle a nadie. Aquella semana había perdido 1,8 kilos, 6,8 en total. Aquello había sido posible gracias a Empieza de Nuevo, Sé Delgado de Nuevo, el programa de adelgazamiento al que llevaba un mes acudiendo. Cada sábado por la mañana, él y otros diez comedores compulsivos o así se reunían junto a la cafetería de Union Square para hablar de lo que se habían metido en el cuerpo aquella semana y de lo que no.

El debate estaba liderado por Dominique, una sonriente estadounidense de raíces jamaicanas que se pintaba los labios de color fucsia y llevaba vestidos hechos de telas brillantes y diáfanas. Cuando se movía, sus largas trenzas se balanceaban por su espalda como cuerdas de hojaldre retorcido. A Santiago le parecía guapa y le habría gustado invitarla a salir, pero, después de que lo pesaran frente a ella, se le habían pasado las ganas. La propia Dominique había perdido más de cuarenta y cinco kilos gracias al programa y era el ejemplo de que no solo era posible perder peso, sino también no volver a ganarlo, lo cual resultaba lo más difícil. A pesar de que todavía no estaba delgada del todo, tal como le contó al grupo, ya podía volver a agacharse para atarse sus propios zapatos, y aquello no tenía precio.

Había sido una semana dura para el grupo. A una mujer le habían dado un pastel de cumpleaños en el trabajo que no había podido comer; la hija de otra se quejaba de que ya no podía tener donuts en casa; y un hombre había ido a una cita en la que el único plato del menú que había podido pedir había sido un gran plato de brócoli, lo cual acabó resultando en flatulencias en el momento más inoportuno. Santiago también había tenido que superar sus propios retos. Estaba abriendo su segundo restaurante, además de un restaurante *pop-up* en Los Ángeles, y, entre las pruebas de menús y las sesiones de fotos y todo el dinero que había tenido que soltar —aquella misma semana, con manos temblorosas, había escrito un cheque de depósito por más de lo que había ganado entre los veinte y los treinta años—, le había sido difícil no «autocalmarse», como decía el grupo, con una buena comilona. A veces Santiago envidiaba a los alcohólicos y drogadictos en recuperación, pues al menos ellos podían abstenerse por completo. Los adictos a la comida tenían que seguir comiendo para subsistir.

Aun así, no se había rendido al atracón, y en aquellos momentos, además de la satisfacción de poder abrocharse el cinturón en el agujero más ceñido por primera vez en años, se había visto recompensado con una bolsa de mano amarilla con las palabras «¡Más kilos perdidos de la semana!» escritas en una letra cursiva alegre. Llevaba su premio con orgullo hacia el restaurante cuando Frank lo llamó.

Le llevó varios segundos comprender lo que Frank le estaba contando, en parte porque la sirena de una ambulancia sonaba de fondo, pero principalmente porque no dejaba de usar la palabra «accidente» para describir lo que le había sucedido a Cleo. «Cleo

310

ha sufrido un accidente». Unas imágenes de accidentes de moto, incendios en la cocina y atropellos se le habían pasado por la cabeza a Santiago, aunque acabó comprendiendo que lo que le había sucedido no había sido un accidente, sino algo tan deliberado que resultaba doloroso. A Frank se le quebró la voz mientras explicaba los detalles.

—Treinta puntos —le decía—. En el brazo. Al parecer, tienen que encerrar a los pacientes en la unidad de psiquiatría durante al menos setenta y dos horas si... —Ahí, Santiago oyó que a Frank le costaba encontrar las palabras apropiadas.— Si hacen lo que ha hecho ella —se decidió.

—Ay, Dios mío. —Santiago meneó la cabeza lentamente—. Lo siento mucho, Frank.

—Y el papeleo tardó una eternidad. —La voz de Frank se tornó más dura—. Así que la dejaron en una camilla en el pasillo de Urgencias toda la noche. ¡En el puto pasillo! Estaba bastante ida por los analgésicos, pero fue... Bueno, ya te imaginas toda la mierda que pasa en Urgencias por la noche. Fue duro. La transfirieron a psiquiatría ayer, por fin.

—¿Está bien por ahí?

—Acabo de marcharme —continuó Frank—. Y las horas de visita no vuelven a abrir hasta las 02 p. m. La cosa es que tengo que volver al trabajo. Tengo una reunión con un gran cliente que no me puedo perder. Por eso tc llamaba, por si puedes acompañarla a partir de las dos. Se lo pediría a uno de sus amigos, pero son tan...

—Cómo no, hombre —repuso Santiago—. Allí estaré. ¿Puedo llcvarle algo?

—No, no. Esta mañana ya le he llevado su ropa. Solo llévate a ti mismo.

—¿Y cómo estás tú con todo esto? ¿Estás bien?

311

Frank soltó una carcajada seca y ronca al otro lado de la línea.

—Si te soy sincero, me vendría bien algo de beber. Pero estoy bien, estoy bien. Es Cleo quien me preocupa.

—Recuerda cuidar de ti mismo también —indicó Santiago, repitiendo algo que Dominique le había dicho—. Te debes el mismo cuidado que les dedicas a los demás.

—No se lo contarás a nadie, ¿verdad? —dijo Frank de repente—. Lo de Cleo. Fue un error, y no quiero que nadie piense... cosas que no son sobre ella.

—Jamás diría algo que te hiciera daño a ti o a Cleo.

—Lo sé. Gracias. Eres un gran amigo.

Santiago había dejado de caminar sin darse cuenta, y, cuando colgó, se percató de repente de la gente que caminaba a su alrededor y le daban golpes en su gran cuerpo con los codos y las bolsas. Estaba harto de ocupar tanto espacio. Se fue al carril bici para evitarlos y volvió a mirar el teléfono. Era mediodía, por lo que faltaban un par de horas hasta el comienzo de las horas de visita. Pensar en ir al restaurante para hablar de diseños de taburetes y disposición de mesas le parecía inconcebible. Le habría gustado comer algo, pero ya había comido su desayuno de muesli y el tentempié de media mañana que se le permitía, una sola manzana con una cucharadita de mantequilla de almendras. Justo al otro lado de la calle se encontraba el seductor color naranja y rosa de un Dunkin' Donuts. Se imaginó mordiendo aquella masa suave y cálida, el azúcar en polvo que le llenaba la boca y le calmaba la mente. Miró su bolsa de mano amarilla. No podía tirar el progreso de aquella semana a la basura, no cuando Dominique le había dicho que estaba orgullosa de él.

Si no podía comer, al menos podría cocinar. Volvió a casa para prepararle algo a Cleo. Decidió que haría su comida reconfortante favorita: arroz con leche. Era lo que su abuela le preparaba en Lima cuando había tenido un mal día en la escuela, «para endulzar su pena», según le decía. Hirvió el arroz en leche y añadió una ramita de canela mientras observaba cómo la espesa y cremosa mezcla giraba contra la cuchara de madera. Su abuela le había contado que sus ancestros de Babilonia habían preparado aquel mismo plato miles de años atrás y que usaban miel y dátiles para endulzar la mezcla. Aquel día, pensaba hacerlo del modo en que ella le había enseñado: con vainilla y ralladura de naranja. Añadió la leche condensada e inhaló la nube de vapor dulce que lo rodeó.

Y allí, en aquella niebla fragante, pensó en Lila, la mujer que en otros tiempos había sido su esposa. Lila era de Bogotá y medía 1,50 metros, comparados con su 1,98. Hablaba español como si estuviera cortando el césped con la lengua. Podía caminar haciendo el pino y cocinar el pollo a la perfección. Siempre tenía frío y nunca se equivocaba. Había quedado segunda en el concurso de belleza local, pero su posesión más preciada de todas era un pasaporte estadounidense otorgado por su padre medio estadounidense. Cuando tenía quince años, la habían mandado al instituto en Nueva York para que aprendiera a hablar inglés como una estadounidense blanca, y, tras graduarse, había sorprendido a su familia al matricularse en Alvin Ailey para aprender a bailar como una afroamericana.

Santiago la había conocido cuando todavía estaba en la escuela culinaria y limpiaba mesas en la cafetería de la calle 56. Lila solía ir allí después de clase con las demás estudiantes de danza, todas ellas ágiles como panteras con leotardos negros y camisetas deportivas, todas fumando y bebiendo café y hablando con respeto sobre personas de las que él no había oído hablar en la vida. Había ido captando los nombres mientras les retiraba los platos manchados de kétchup con bollos de hamburguesa descartados y había tratado de recordarlos para poder buscarlos más tarde. «Martha Graham. Merce Cunningham».

Se había percatado de la presencia de Lila, por supuesto, pues exigía ser vista. Una noche, tal vez debido a una apuesta, quizá solo porque alguien había sugerido que no sería capaz de ello, había saltado de la mesa y había hecho una serie de volteretas por el pasillo de linóleo mientras sus amigas vitoreaban y silbaban, con su cuerpo delgado arqueado como un diminuto arcoíris giratorio.

Ella también lo había visto a él. En aquel entonces, estaba delgado y musculoso por las pesadas comandas que debía llevar y tenía una espesa melena rizada que volvía locas a las mujeres. Había sido ella quien le había hablado primero en español, entre dientes, como si estuviera compartiendo un secreto con él, quien lo había invitado una noche a una discoteca en la que los chicos se vestían de chicas y todos iban puestos de éxtasis, quien lo había besado bajo el puente de Brooklyn, quien yacía desnuda en su colchón y le pedía que la calentara, quien se había trasladado a su estudio sobre la lavandería y lo había llenado de flores secas y leotardos húmedos.

Había sido Lila quien se casó con él para que pudiera conseguir su primer trabajo legal en una cocina, quien lo llevó a actuaciones de danza que lo hacían llorar en la oscuridad, quien le enseñó que el cuerpo tenía un lenguaje propio que expresaba lo que las palabras no eran capaces de expresar. Y había sido Lila quien lo había metido en la heroína, quien se la había inyectado a los dos por primera vez con el equipamiento que le había dado un coreógrafo que juraba que la experiencia era como que Dios te acunara. Santiago se puso enfermo aquella primera vez y no tuvo ganas de volverlo a intentar, pero aquello no fue lo que le ocurrió a Lila. Ella se tumbó sobre su regazo, sonriente, y dijo que por fin, después de tanto tiempo, se sentía cálida.

A veces, cuando el restaurante estaba bastante ocupado, podían pasar varias semanas sin que pensara en ella. Sin embargo, desde la boda de Frank y Cleo, Lila había vuelto a visitarlo en sueños. En ocasiones bailaba, pero la mayoría de las veces solo se quedaba ahí y lo observaba. En aquel momento, se preguntó si habría acudido a él para darle una advertencia sobre Cleo. Tal vez trataba de decirle que Cleo se estaba haciendo daño, igual que había hecho Lila, por razones que todavía no comprendía, en modos que no había sido capaz de detener.

Con un sobresalto, Santiago se percató de que el arroz con leche se estaba empezando a pegar al fondo del cazo. Puso la masa cremosa en un cuenco de cristal y hundió dos ramitas de canela en el centro. Se inclinó sobre el cuenco para inhalar aquel aroma avainillado que tan bien conocía y luego apartó la mirada. No pensaba arruinar el plato con la sal de sus lágrimas.

Santiago tomó un taxi hasta el hospital de la Universidad de Nueva York de la calle 31, con el arroz con leche sobre el regazo, como si fuera su hijo favorito. Siguió los letreros más allá del vestíbulo y la tienda de regalos hasta el ascensor, donde el ala de psiquiatría aparecía listada en la sexta planta. Las puertas se abrieron para dejar ver una pequeña sala de espera con una fila de asientos en una pared y un conjunto de taquillas en la otra. A través de la ventana de la puerta de acero cerrada, podía ver un largo pasillo iluminado por luces fluorescentes y delineado por carritos metálicos. Miró el reloj —había llegado unos minutos antes de la cuenta— y se sentó junto a una mujer mayor judía que llevaba una gran chaqueta morada. Hizo un ademán hacia la pared de taquillas frente a ellos. Los números parecían haber sido asignados al azar, y la taquilla 1 estaba entre la 45 y la 12.

—Lo loco empieza aquí —dijo la mujer.

El estruendo de una bocina desde las puertas de acero anunció la llegada de una enfermera, quien indicó al puñado de visitantes que dejaran todas sus posesiones en las taquillas. La sala de psiquiatría, según dijo, no permitía que se introdujera ningún objeto del exterior, incluidos bolsos, teléfonos, chaquetas, comida y bebida.

—He preparado esto para una de las pacientes —dijo Santiago, sosteniendo su cuenco frente a él con una sonrisa llena de esperanza.

—No se puede traer comida ni bebida de fuera —repitió la enfermera, dándose la vuelta.

—Pero...

—Mira, no te van a dejar entrar con eso —dijo la señora vestida de morado—. ¿Y si llevas un cuchillo ahí dentro?

—¿Un cuchillo? —soltó Santiago—. ¡Si es arroz con leche!

—Ya —dijo la señora, antes de meter su chaqueta en la taquilla.

La sala de psiquiatría estaba llena principalmente de chicas jóvenes de aspecto triste, supuso que alumnas de la Universidad de Nueva York, quienes arrastraban los pies en batas de tela y pantalones de chándal con una mezcla de expresiones aburridas y tristes. Pasó por delante de lo que parecía ser una clase de arte terapéutico, en la cual los pacientes estaban reunidos en un círculo y pintaban puestas de sol.

Santiago encontró la habitación de Cleo al final del pasillo. Cuando entró, la vio sentada en una cama individual baja con la espalda apoyada en la pared, leyendo. Llevaba un kimono de seda en una paleta de colores amelocotonados, morados y crema. La larga tela de sus mangas se doblaba a su alrededor, como si se encontrara en un nido.

Alzó la mirada hacia él, sorprendida. Era la primera vez que Santiago la veía con un aspecto que no fuera bello: tenía el rostro pálido, casi gris, con unos círculos morados alrededor de los ojos y legañas amarillentas en las comisuras. El brillo dorado que siempre tenía su pelo estaba apagado y recogido en un moño grasoso. Sus labios secos eran del mismo color anémico que su piel. Todo lo que ella era estaba amortiguado, drenado, excepto sus ojos, los cuales parecían más translúcidos de lo que recordaba, de un verde tan pálido que tuvo que evitar mirarlos.

—*Mi amore* —la saludó él en voz baja.

Cleo dejó su libro y se recogió el kimono a su alrededor.

—¿Qué haces aquí? —le preguntó—. ¿Quién te ha dicho que estaba aquí?

Santiago empezó a entrar en pánico. No reconocía a esa Cleo, y lo que era peor aún, ella tampoco parecía reconocerlo. De hecho, parecía tenerle miedo. ¡A su amigo Santiago, que haría cualquier cosa por ella! Decidió hablar más bajo aún, con un murmullo tranquilizador.

—Frank me lo ha contado —dijo—. No quería que estuvieras sola.

—¿A quién más se lo ha dicho?

—Solo a mí —la calmó—. Solo a mí, y yo no se lo pienso decir a nadie.

—¿Lo prometes?

—Lo juro por la tumba de mi abuela.

Pareció calmarse ante aquellas palabras. Lo miró con sus ojos pálidos.

—Qué delgado estás —comentó, y Santiago no pudo evitar sonreír—. Yo debo tener un aspecto espantoso —continuó, llevándose una mano al rostro.

—Eso es imposible. Te he traído arroz con leche, pero...
—Alzó sus manos vacías hacia el techo en un gesto de disculpa. Cleo lo miró con los párpados medio cerrados, como un gato.

—El mejor chef del mundo —dijo, en un tono demasiado acusador como para que resultara una frase cariñosa del todo—. ¿No es eso lo que siempre dice Frank?

—Te prepararé otro plato cuando salgas de aquí —repuso él, asintiendo.

Cleo se estaba retirando el cabello del moño, y Santiago se percató, con una punzada de dolor, de que ella estaba tratando de estar más presentable frente a él.

—¿Y cómo estás? —le preguntó ella, tratando de sonar despreocupada—. ¿Qué tal el nuevo restaurante?

—Bien, mañana tengo que ir a Los Ángeles para hacer... —Se interrumpió a sí mismo, pues no quería que pareciera que estaba fanfarroneando sobre su vida mientras ella yacía en un hospital—. Todo va bien, ¿cómo estás tú?

Cleo alzó una ceja. No tuvo que decirle lo estúpida que era aquella pregunta. Él acercó una silla y se sentó en el lado opuesto de la cama, apoyó las manos en una rodilla y luego las puso frente a él, incómodo. Se sentía demasiado grande para aquella silla, como un elefante haciendo equilibrio en un taburete.

—Este lugar está bastante bien, de hecho... —empezó a decir.

La sala era del tamaño de un estudio espacioso. Tenía una cama individual apoyada contra dos de las paredes y dos escritorios vacíos con el tipo de sillas bajas discretas que se solían usar en escuelas de primaria. A través de la ventana se veía la Primera Avenida hacia el Upper East Side, y, más allá de ella, Harlem, donde él había pasado su primer año en Nueva York. Aquel día, le parecía igual de cercano que Suiza.

—Es el hotel Carlyle de las salas de psiquiatría —dijo Cleo—. O eso es lo que dice mi compañera de habitación.

—Ah, ¿tienes compañera? ¿Dónde está?

—Sometiéndose a una lobotomía. —El rostro de Cleo se arrugó en una lúgubre sonrisa ante la expresión sobresaltada de Santiago—. En clase de arte —explicó—. Pero sabe de lo que habla. La última vez la llevaron a Bellevue. ¿Sabes esa gente que ves gritar en el metro y cambias de vagón para evitar? Al parecer, allí casi solo hay gente así.

El propio Santiago había visitado Bellevue tras la primera sobredosis de Lila y sabía que no era el tipo de lugar al que uno querría regresar. Todavía recordaba los incesantes gritos desde las camas, como perros encadenados que ladraban, y el olor feral de excrementos humanos que impregnaba el ambiente.

—Has hecho bien en venir aquí —le dijo.

—No tuve elección. La ambulancia nos trajo.

—¿Nos?

—Frank.

—¿Estaba contigo?

—Me encontró.

El rostro de Cleo parecía una servilleta blanca arrugada y tirada en el suelo. Santiago quería decirle algo sobre lo terrorífico que debía haber sido para Frank, pero se detuvo a tiempo. Sabía que estaba diciendo todo lo que no debía.

—¿Sabes que yo también estuve casado antes? —le preguntó, para probar por un nuevo camino—. Fue así como me pude quedar aquí después de los estudios.

—Con una bailarina —asintió Cleo.

—Sí, Lila. Creo que os habríais llevado muy bien. Ella sería mayor que tú ahora, casi cuarenta años, aunque sois similares a vuestro modo.

No se podía imaginar a una Lila de mediana edad. Cuando la había conocido había sido menor que Cleo en aquel momento, y tenía una naturaleza impulsiva y poco práctica que no encajaba con alguien que no era joven.

—¿En qué nos parecemos?

—Era una artista, como tú. Con un… no sé cómo decirlo bien… con un ego que es grande, pero una autoestima que es pequeña.

Cleo soltó una carcajada ronca.

—Me lo creo.

—Es algo peligroso. Estaba muy ansiosa por entrar en una compañía de danza, solo que tenía mucho miedo de no lograrlo. Audición tras audición… fue haciéndole daño.

—¿Llegó a conseguirlo?

—Era un mundo muy competitivo, pero sé que lo habría conseguido.

—¿Cómo lo sabes?

—Cuando bailaba era como el agua.

Nadie podía negar que Lila tenía un don, solo que le faltaba disciplina. Entre su talento, el dinero de su familia y el acceso fácil a Estados Unidos, nunca había tenido que ser disciplinada. Cuando el coreógrafo de una prestigiosa compañía moderna la había sujetado de la entrepierna para mostrarle mejor una postura, Lila no había dudado en lanzarle una botella de agua a la cabeza. Su poca disposición a rendirse a los hombres que la toqueteaban y le daban órdenes para supuestamente corregirla había hecho mella en su carrera. Aquello era lo que había hecho que Santiago, tan servil y miedoso, tan tolerante con el poder de instruir de los hombres blancos, la respetara más que a ninguna otra persona. Y aun así, al final, había dudado de sí misma.

—¿Cuánto tiempo estuvisteis casados?

—Tan solo un instante, pero seguimos casados —se dio un golpecito en el corazón— aquí.

—Pero murió —dijo Cleo, sin emoción.

—Fue un accidente.

«Accidente», la misma palabra que Frank había usado para describir lo que le había pasado a Cleo. Solo que con Lila sí que había sido un accidente. La primera vez que se habían pinchado había sido justo antes de Navidad, pues él recordaba haber usado una tira de luces de Navidad para hacerse un torniquete en el brazo. Y, para finales de verano, ella ya había muerto. Todo el mundo decía que era fácil meterse una sobredosis. Y Lila era muy pequeña; poco más de 45 kilos con los zapatos puestos.

—¿Fue un accidente? —le preguntó él—. Lo que hiciste tú. Frank me ha dicho que sí.

Cleo se miró el brazo. Una venda del color de la arcilla seca se veía bajo la manga de su kimono.

—Nunca es un accidente —repuso en voz baja.

Santiago sintió una sorprendente oleada de ira hacia ella, hacia aquella joven que tan poco apreciaba su propia vida. ¿Cómo se atrevía? No conocía a Lila. Lila no había querido morir; estaba más viva que nadie. Y habían sido felices juntos, felices en su matrimonio. Solo que ella no había podido dejar las drogas. Había sido distinto.

—Entonces, ¿querías morir? —le preguntó.

—Quería que las cosas cambiaran. —Lo miró con sus ojos verdes y serios.

—Pero ¿por qué? —La voz de Santiago salió casi en un sollozo—. Frank te quiere muchísimo. Todos te queremos. Yo, Quentin, Anders…

—¡Anders! —Cleo prácticamente escupió la palabra—. A él no le importo. A ninguno de ellos. No les importa nadie…

—¡Eso no es verdad! —interpuso Santiago, aunque Cleo no dejó de hablar.

—Me quieren, compiten por mí, pero ¿se preocupan por mí? ¿Crees que Anders llega a pensar en mí siquiera después de… después de…?

Inhaló profundamente y se llevó las manos a la garganta como si quisiera ahogar las palabras en la fuente. Tragó saliva, y Santiago observó cómo sus delgados dedos se deslizaban por la piel de su cuello por el esfuerzo. Esperó a que continuara, solo que parecía estar ganando la batalla de contener lo que fuera que hubiera querido salir.

—¿Después de qué? —le preguntó.

Cleo cerró los ojos y apoyó la cabeza contra la pared tras ella. Una sola lágrima se escapó por debajo de uno de sus párpados, le recorrió el rostro hasta la barbilla y desapareció sobre su regazo.

—Perdona, Santiago, pero creo que necesito descansar. La medicación que me dan aquí… me da mucho sueño.

—Claro. Claro, necesitas descansar.

La ira se había drenado de él con la misma velocidad con la que había aparecido. Le quitó el libro del regazo para que pudiera tumbarse y descansar en la cama. Cleo mantuvo los ojos cerrados con fuerza mientras se acurrucaba de lado sobre el delgado colchón y pareció esconderse entre los pliegues del kimono; Santiago dejó de ver dónde acababa su cuerpo y dónde empezaba la cama. Se quedó allí sentado, observando su figura acurrucada, con sus grandes manos aferradas a su libro. No le parecía correcto irse tan pronto, después de que Frank le hubiera pedido que le hiciera compañía. Abrió la boca y la volvió a cerrar, indeciso.

—Podría leerte, si quieres —propuso. Decidió tomarse su silencio como consentimiento—. Por favor, perdona mi acento —continuó, aclarándose la garganta.

No le sonaba aquel libro, una colección de relatos cortos con la portada de una imagen en color sepia de una mujer mayor de pie en el campo. Tenía el cabello blanco y una expresión dura y de buen humor. Las historias eran muy breves, algunas de tan solo una o dos páginas, y en la mayoría parecía que no ocurría nada hasta que sucedía algo sorprendente e irreconciliable. En una, cuatro chicos jugaban entre vagones de tren y molestaban a los pasajeros hasta que uno cayó hacia delante y quedó aplastado entre las ruedas. En otra, la amiga de la narradora la llamaba para decirle que se estaba muriendo, a lo cual la narradora respondía: «Todos estamos muriendo». Sin embargo, luego la amiga moría de verdad, y la narradora se quedaba muy triste. En otra, titulada solo como «Querer», una mujer se topaba con su exmarido en los peldaños de la biblioteca. Él la acusaba de no querer nada, pero ella le respondía que sí quería cosas, entre las cuales se encontraban ser una persona distinta, poner fin a la guerra para sus hijos, seguir casada con una persona toda la vida y ser capaz de devolver los libros de la biblioteca a tiempo. Solo que la mujer no decía nada de eso en voz alta, sino que se lo decía solo a sí misma y al lector, por lo que nadie más que ellos se enterarían jamás.

Desde la cama, Cleo murmuró algo en voz tan baja que no la oyó bien. Santiago se inclinó hacia delante y puso la oreja cerca de su boca. Podía oler el aroma dulce y como de levadura de su aliento.

—Quiero a mi madre —dijo ella.

Santiago estaba en el avión en dirección a Los Ángeles y observaba el carrito metálico que pasaba por el pasillo mientras le daba otro bocado seco a la ensalada de quinoa y arándanos que se había preparado para el viaje. Por descontado, las comidas de las aerolíneas estaban incluidas en la lista de comidas prohibidas del programa Empieza de Nuevo, Sé Delgado de Nuevo. Había oído, aunque nunca lo había podido confirmar, que cada una de esas comidas contenía las calorías de todo un día, por si los pasajeros tenían que sobrevivir a base de ellas tras un accidente, lo cual explicaba por qué las encontraba tan sabrosas. «En caso de emergencia, por favor, absténganse de darse un festín con el pollo a la crema y los entrantes de tortellini con champiñones».

Había ciertos platos que a los chefs respetables como él no deberían gustarles. Entre ellos, la comida de los aviones, los helados Mister Softee, el queso en tiras, los Cheetos Flamin' Hot, los perritos calientes de vendedores callejeros, las cenas de microondas, el sushi de supermercado, los pastelitos Twinkies, los nachos de cadenas de cine y la comida de todas las franquicias de comida rápida (aunque se hacía una excepción para In-N-Out). Sin embargo, a Santiago le encantaban todas esas cosas, pues a él le sabían a Estados Unidos.

En aquellos momentos estaba cruzando el país para ayudar a establecer un restaurante *pop-up* en la Costa Oeste. La idea era crear algunos platos básicos de su nuevo restaurante, pero en versión simple, en botes reutilizables que se pudieran pedir para llevar. Era una comida sencilla y sostenible en una época en la que la tendencia a la hora de salir a cenar era hacerlo todo lo más complicado posible. Santiago pensó que ello se encontraba a años luz de lo que hacía su competencia, por lo que había accedido a crear una cápsula de madera especial a gran precio, desde la cual su equipo podía vender los botes.

Había planeado quedarse en el Chateau Marmont, donde tan solo ver a las personas pasar ya hacía que valiera la pena pagar tanto, pero Anders había insistido en que se quedara con él en su piso de Venice. Se había acabado rindiendo, a pesar de saber que le iba a ser más difícil seguir su dieta alrededor de Anders, cuya vida, con sus fiestas llenas de comida, cenas de seis platos y suministro inagotable de drogas, era de todo menos austera. El apuesto y delgado Anders siempre lo hacía sentirse como su amigo marrón y rechoncho, el cual pasaba inadvertido, no era nada amenazador y nunca ligaba con nadie. Lo cual, cómo no, solo le daba más ganas de comer.

Y en aquella ocasión, además, tenía que guardar el secreto de lo que le había sucedido a Cleo. Todavía no estaba seguro de si debería mencionarla delante de Anders o no, pues Cleo se había negado a decir nada más sobre él en el hospital, y, tras las horas de visita, había salido de allí sin saber si había sido testigo de una confesión o de cualquier otra cosa. Pero ¿de qué? ¿Acaso Anders había hecho algo que hiciera daño a Cleo o a Frank? Decidió que averiguaría todo lo que pudiera por parte de Anders sin revelar lo que ya sabía, lo cual, según se percató, tampoco era demasiado.

Cuando Santiago aparcó en la dirección que Anders le había dado en Amoroso Place, lo primero que pensó fue que Anders había logrado encontrar un hogar en Los Ángeles que tenía el mismo aspecto que él. La casa, de dos pisos, era de un estilo escandinavo de mediados de siglo, con un tejado alto y angular, paneles de madera rubios y relucientes puertas correderas de cristal. Eran las primeras horas de la noche, y el cielo se había tornado de un color lavanda polvoriento, contra el cual la casa emitía un brillo dorado cálido y reconfortante. O le habría parecido reconfortante si Santiago no se hubiera sentido como que medía medio metro al estar frente a ella. Trató de alisarse las arrugas de su camisa de lino con las sudorosas palmas de las manos mientras llamaba al timbre.

Se produjo el sonido de la voz de un hombre y el traqueteo de las garras de un perro contra la madera, tras lo cual la puerta se abrió de par en par y dejó ver a un bronceado Anders sin camiseta y a un nervioso cachorro de golden retriever.

—¡Compadre! —exclamó, apartando a la criatura que no dejaba de ladrar por el collar para darle un abrazo a Santiago—. ¿Qué tal el viaje?

Santiago estaba sudando y le preocupaba que Anders fuera a oler el hedor amargo que surgía de su ropa rancia, por lo que retrocedió un paso y dio una palmada con las manos.

—Todo bien, hombre, todo bien. ¿Y quién es este?

—¡Mi nuevo amigo! —sonrió Anders—. Se llama Thor.

—Guau. ¡Solo has estado aquí como un mes y ya tienes perro!

—Seis semanas. Pero no sé, quería sentar la cabeza un poco.

—Pues parece que California te sienta bien. ¡Menuda casa!

Anders había conseguido retener a Thor en cierto modo y estaba arrodillado a su lado, acariciando su dorado pelaje con fuerza con ambas manos. Hasta su perro se parecía a él; era ridículo. Anders se apartó un mechón de su propio pelo rubio de la frente y torció el gesto en una mueca de humildad fingida.

—Eh, no está mal —dijo—. Vente a la terraza. Estaba bebiendo algo con las chicas.

Santiago lo siguió a través de un espacioso salón comedor decorado con tonos de color crema de buen gusto con detalles en verde palmera. Una amplia y moderna escalera sugería un piso superior igual de amplio. Pasaron a través de las puertas de cristal hasta llegar a una terraza trasera que servía como segundo salón, rodeada de macetas con brezos y cactus. Unos largos sofás de madera cubiertos por cojines acolchados estaban colocados alrededor de una hoguera encendida. Tumbadas sobre ellos, bebiendo relucientes copas de vino, había unas cinco mujeres, todas ellas con aspecto de modelo.

—Chicas —las llamó Anders—, este es mi amigo Santiago. Ha venido desde Nueva York a enseñarnos a los ignorantes los angelinos sobre la comida peruana.

Santiago se quitó su maleta de cuero con torpeza y alzó una mano para saludarlas. Las modelos soltaron un coro de saludos de bienvenida. La más impresionante de todas se acercó para darle un abrazo. Se movía con la gracilidad líquida e hipnótica de una cobra. De sus hombros colgaba un caftán semitransparente de color azul medianoche, con cintas de hilo brillante tejidas.

—Es un placer conocerte —murmuró—. Soy Yaayaa. Y —se volvió hacia Anders con una sonrisa cómplice— es «angelinos» a secas, cariño.

—Eso es lo que he dicho —sonrió Anders.

Se dejó caer sobre el sofá y le sirvió una copa de vino a Santiago y otra para él mismo. Llevaba unos pantalones de lino holgados, sin camiseta ni zapatos. La piel de su plano estómago bronceado por el sol ondeó con unos tersos rollos cuando se inclinó hacia delante para darle la copa a Santiago.

—No he venido a educar —dijo Santiago—, sino solo a saciar.

—¡Me encanta! —soltó una de las otras mujeres, cuyo rostro puntiagudo y vivaz le recordaba a una fresa.

Yaayaa volvió a hacerse un ovillo en un cojín junto a Anders y le dedicó una mirada curiosa y directa. Tenía la nariz espolvoreada con pecas que pasaban por encima de sus mejillas hasta sus ojos delineados de color carbón. Santiago se puso frente a ellos y metió tripa. Se preguntó cuándo podría escapar de allí para darse una ducha.

—Entonces, ¿vives en Nueva York? —le preguntó ella.

—Eso, ¿cómo está la suciedad de Nueva York? —preguntó Anders—. Dios, cuánto me alegro de haber salido de allí.

Santiago se irritó ligeramente, aunque mantuvo la voz neutral.

—Todo está como siempre.

—Deberías mudarte por aquí —propuso Anders—. ¡Todo el mundo lo hace!

—Pero echaría de menos a mis amigos —dijo Santiago, con cautela.

—No está tan lejos —repuso Anders.

—De hecho —continuó él—, ayer mismo vi a Cleo.

Observó el rostro de Anders bajo la luz de la hoguera en busca de alguna reacción, pero este se quedó estoico como una roca.

—Ah, ¿sí? —preguntó—. ¿Cómo está?

—Creo que no le va demasiado bien.

—Es una artista, nunca les va bien.

—¿Quién es Cleo? —preguntó Yaayaa.

Pese a que Anders abrió la boca para responder, Santiago se le adelantó.

—La mujer de su mejor amigo —dijo.

Anders cerró la boca y le dedicó una sonrisa con los labios apretados.

—Pensaba que tú eras mi mejor amigo.

—Los dos lo somos.

—¿Y cómo os conocisteis? —quiso saber Yaayaa.

—Fue hace mucho tiempo —repuso Santiago—. Quizás antes de que nacieras incluso.

—Soy mayor de lo que crees —dijo ella—. Es solo que tengo buenos genes.

—Nos conocimos cuando yo era modelo —explicó Anders—. A su mujer, Lila, y a mí nos contrataron para una sesión de fotos para *Paper* sobre el mundo de la danza en el centro de Nueva York.

—¿Bailabas? —le preguntó Yaayaa.

—Ella bailaba. Yo solo estaba ahí para quedar bien.

Lila y Anders se habían hecho amigos muy deprisa. Ambos eran extrovertidos y despreocupados y les encantaba pasárselo bien. A pesar de que Santiago se había sentido amenazado al principio, no tardó en disfrutar de tener cerca a otro hombre hetero con el que charlar de fútbol, algo poco común en los círculos de danza en los que se movía Lila. Los tres frecuentaron fiestas juntos durante el animado primer periodo de los años ochenta, cuando la música hip hop, new wave y dance se mezclaba en las discotecas. En los oscuros años que los siguieron, durante los cuales navegaron a través de las epidemias del sida, el crack y la heroína, además de la muerte de Lila, Santiago y Anders habían seguido siendo amigos. De hecho, había sido Santiago quien había convencido a Frank, un cliente habitual del restaurante en el que acabó siendo chef, de que le diera una oportunidad a Anders como director de arte.

—Aún tengo esas fotos —dijo Santiago.

—Ay, por Dios, quémalas —se rio Anders—. No puedo creer lo cutre que era el estilo por aquel entonces, con aquellos pantalones que parecían paracaídas. —Ocultó el rostro en el cuello de Yaayaa al recordarlo.

—No voy a quemar una foto de Lila —repuso Santiago en voz baja.

El rostro de Anders volvió a salir de su escondite con una expresión de remordimiento genuino.

—Perdona, no sé lo que digo. Estoy seguro de que Lila sale fantástica en la foto. Siempre lo estaba.

Yaayaa, claramente aburrida por aquel nuevo giro en la conversación, se meneó en su asiento.

—Entonces... ¿eres chef?

—Ahora mismo es *el* chef —repuso Anders—. ¿Verdad, hombretón?

—Tengo un pequeño restaurante.

—¿Y haces catering gratis para sesiones de fotos? —preguntó ella.

—No —respondió él.

Thor corrió hacia ellos desde el interior de la casa y saltó sobre Anders en un borrón de pelaje dorado.

—¿Qué pasa, pequeñajo? —dijo Anders, jugando con el perro—. ¿Necesitas algo de atención?

—Seguramente quiere que lo saquemos a pasear —dijo Yaayaa—. ¿Lo has sacado esta noche?

—No le pasa nada, ¿verdad, pequeñajo? —Anders apartó al cachorro del sofá con amabilidad—. Puede cagar en el cactus si le apetece.

Yaayaa se volvió hacia Santiago y le volvió a dedicar aquella mirada fija y serpentina.

—¿Y tú eres modelo? —le preguntó él.

—Sí, pero también hago ropa.

—Está empezando su propia línea de caftanes —explicó Anders.

—Y bikinis de crochet —añadió ella, asintiendo.

—Qué bien —logró decir Santiago.

—Es por eso que mis chicas están aquí. Mañana iremos al Parque Nacional Joshua Tree para meternos setas y hacer una sesión de fotos. Anders nos dejará el coche.

Una de las modelos alzó la vista del teléfono y soltó un vitoreo que dejó mucho que desear.

—De hecho, este es uno de sus diseños —dijo Anders—. Ponte de pie, cariño. Enséñaselo.

Yaayaa puso los ojos en blanco, pero un instante más tarde ya estaba dando vueltas frente a él, con los brazos estirados para que pudiera ver el reluciente material y, debajo de él, a ella. ¿Cómo sería sentirse tan cómodo en su propio cuerpo? La mirada de Santiago recorrió la larga línea de su estrecha cintura hasta la curva de sus pequeños pechos. Las oscuras areolas de sus pezones eran ligeramente visibles bajo aquel material tan fino. Anders sonreía como un chulo mientras la miraba. Sin embargo, a decir verdad, Santiago no se sentía atraído por ella ni por ninguna de aquellas mujeres.

Pensó en Dominique hablando con orgullo sobre correr su primera carrera de diez kilómetros. Una vez, cuando ella estaba inclinada hacia delante, le había visto las pálidas estrías que delineaban la superficie de sus grandes pechos como líneas de rayos. El cuerpo de Dominique tenía carácter, tenía una historia. Era algo sustancial y generoso, como ella. Ver la belleza en ella le hacía sentir que alguien podría ver lo mismo en él algún día. No obstante, cualquiera podía ver la belleza de Yaayaa.

—¿Qué te parece? —le preguntó Anders.

—*Qué linda* —repuso él en voz baja.

—Me encantaría hablar español —dijo Yaayaa.

—¿Y danés? —preguntó Anders.

—No es tan útil —respondió ella, arrugando su nariz con pecas.

—¿Te criaste aquí? —le preguntó Santiago.

—Mis padres son de Ghana, pero yo nací aquí. Pasé un tiempo viviendo en París y luego volví aquí para la universidad.

—¿Y qué estudiaste?

—Negocios en Stanford.

—No lo sabía —comentó Anders.

—Nunca me lo has preguntado —dijo Yaayaa.

—Bueno, no nos conocemos desde hace tanto tiempo.

—Santiago me acaba de conocer y ya me lo ha preguntado.

A Santiago le rugió el estómago, y trató de ocultar el sonido tosiendo.

—Pero bueno —continuó Yaayaa—. Dejé la universidad tras el segundo año porque las modelos negras por fin estaban empezando a llamar la atención, y mi carrera comenzó a despegar desde entonces.

—Siempre he trabajado con un montón de chicas negras —dijo Anders—. Y eso fue en los años ochenta.

—Cariño, tápate un poco —le pidió ella, dándole un golpecito en su pecho desnudo—. Tu palidez me está dejando ciega.

Santiago soltó una carcajada antes de poder contenerse. Nunca había oído a nadie que le hablara de aquel modo a Anders. Anders lo miró con los ojos entornados desde el otro lado de la hoguera.

—Perdona, qué mal anfitrión que soy —dijo de repente—. ¿Quieres ir a darte una ducha? Seguro que apestas.

Santiago estuvo tan ocupado durante los siguientes dos días que casi no vio a Anders ni un momento. Entre montar el restaurante *pop-up* y las incesantes reuniones, comidas y llamadas telefónicas con inversores potenciales en las que se veía obligado a participar («comer y proponer», tal como lo llamaba su segundo al mando), no había tenido tiempo. Volvía tarde y se encontraba con una casa vacía, con Anders todavía en cualquier fiesta o evento al que hubiera escogido acudir aquella noche y con Thor en su poste frente a la puerta, a la espera del retorno de Anders con una agitación llena de esperanza.

Santiago, agotado, desataba la correa de su poste y se llevaba a aquella criatura tan emocionada a dar un paseo alrededor del malecón, donde Thor se deleitaba oliendo pilas de basura o metiendo la nariz en el regazo de alguno de los muchos sin techo que vivían alrededor de la playa. A Thor le encantaba la picante mugre de Venice, mientras que Santiago tenía sentimientos encontrados hacia el lugar, pues tenía miedo de las legiones de sin techo que poblaban la zona y se preocupaba por ellos al mismo tiempo. Le avergonzaba lo dispuesto que estaba a no mirarlos, a borrar las imágenes de sus pies descalzos, agrietados y rodeados de moscas de su mente. Conducía a Thor a casa, hacia el reconfortante brillo de la casa de Anders, con una mezcla de tristeza y alivio.

El último día se aseguró de preguntarle a Anders si quería que pasaran la tarde juntos, y él lo sorprendió al sugerir que fueran a por unos zumos antes de conducir hasta Malibú con Thor para pasear por Sandstone Peak. Santiago pensó que estaba claro que Los Ángeles no necesitaba demasiado tiempo para cambiar a una persona, pero se alegró de tener la distracción que le proporcionaba la actividad, y no solo porque esta fuera a ayudarlo a llegar a sus diez mil pasos aquel día.

Ya se había rendido en sus intentos por averiguar algo sobre Cleo por parte de Anders. O bien no sabía nada sobre lo que le había hecho para enfadarla tanto o no confiaba lo suficiente en Santiago para confiarle lo que había pasado entre ellos. Más allá de una confrontación directa, la cual iba en contra de la naturaleza amable de Santiago, tenía que aceptar que ya no era tan cercano a Anders. Iban en direcciones opuestas: Santiago buscaba el amor, el tipo de amor que imaginaba que Anders no sabría valorar ni comprender. Aun así, al menos podría disfrutar de un agradable paseo antes de volver a Nueva York.

Dejaron el coche cerca y caminaron hacia donde empezaban los senderos. Era mediodía de un día entre semana, por lo que el *parking* estaba vacío salvo por unos pocos vehículos polvorientos más, uno de los cuales tenía una matrícula que rezaba «ESP1R1TUAL1STA».

—Tenemos un par de opciones —explicó Anders—. Corto y empinado o largo pero fácil.

—Corto y empinado —dijo Santiago—. Puedo con ello.

—Así me gusta. —Anders le dio una palmada en la espalda.

Empezaron a recorrer el camino estrecho en fila india, con Thor dando brincos por delante de ambos. Un cielo azul despejado se extendía lujosamente sobre ellos, sin ninguna nube que lo marcara. Cruzaron un puente de madera corto y comenzaron su ascenso hacia las colinas. Plantas de campanillas, madreselva y artemisa envolvían las colinas que los rodeaban. Allá donde mirara Santiago, el verde moteado estaba acentuado por aglomeraciones de flores de color blanco espumoso, amarillo cheddar o rosa magenta. El polvoriento camino era liso, salvo por las ocasionales rocas que sobresalían, con una de las cuales Santiago se tropezó una vez mientras trataba de mirar más de cerca una mariposa naranja que volaba justo por delante de él, como si quisiera tentarlo.

—¿Todo bien por ahí atrás? —le preguntó Anders, claramente divertido.

Santiago gruñó a modo de respuesta. No quería darle a Anders la satisfacción de saber que ya le costaba respirar. Perder aquellos casi siete kilos lo había vuelto más ligero de lo que había estado en años, pero seguía teniendo un gran peso con el que cargar. Delante de él, Anders saltaba como una cabra montesa de roca a roca sobre sus tonificadas y ágiles piernas.

Caminaron durante casi una hora en silencio, a través de colinas cubiertas de chaparral y escarpadas rocas. Por último, tras un implacable tramo cuesta arriba en el que Santiago tuvo que valerse de toda su fuerza de voluntad para no tumbarse a medio camino, el sendero se abrió tan de repente como una cortina que se hacía a un lado, y allí estaban: en la cima. Capa tras capa de colinas moteadas por el sol se extendían bajo ellos, más allá de las cuales la curvada costa daba pie al brillante y liso mar azul. Anders se sentó en una roca plana y se secó el rostro con la camiseta. La de Santiago estaba empapada de sudor, por lo que sacó un pañuelo del bolsillo para secarse la frente. Thor, cuya inagotable reserva de energía no se había visto disminuida por el trayecto, fue dando saltitos hacia un arbusto.

—¿Quieres agua, hombretón? Parece que la necesitas. —Anders le ofreció su botella hecha de algas a Santiago con una sonrisa de satisfacción. Santiago dio un largo sorbo y se la lanzó de vuelta.

—Oye —le dijo—, ¿podrías hacerme un favor? ¿Podrías dejar de llamarme «hombretón»?

Anders alzó las manos en un gesto de rendición.

—Claro, no sabía que te molestaba.

Santiago volvió la vista al suelo y levantó el polvo con el talón de su deportiva.

—No pasa nada.

—¿Estás bien? Desde que has llegado has estado, no sé, como distante.

Santiago estuvo a punto de restarle importancia al decir que había estado ocupado con el restaurante cuando se contuvo. ¿Qué era lo que le había dicho Dominique? Nada cambiaba si nada cambiaba. Estaba harto de ser el felpudo afable. Alzó la mirada.

—¿Qué pasó entre tú y Cleo? —inquirió, y vio la sorpresa en el rostro de Anders antes de que regresara a su postura defensiva.

—¿Qué te hace pensar que pasó algo entre Cleo y yo?

335

—No está muy bien.

Anders arrancó un trozo amarillento de un arbusto y lo agitó frente a él en un gesto para quitarle importancia.

—Cleo está bien, tiene a Frank. Eso es lo único que quiere.

—No es así. Se ha hecho daño de verdad.

—¿Qué quieres decir?

Santiago hizo un gesto como si se estuviera cortando la muñeca.

—Es grave, Anders.

—Joder, ¿me estás tomando el pelo? ¿Quién te ha dicho que se ha hecho eso?

—Fui a verla al hospital.

—¿Cuándo?

—Antes de venir aquí.

Anders se puso de pie de un salto. Se había puesto de un color marrón pálido. Se agarró el pelo con ambas manos y miró a la derecha y a la izquierda, moviendo todo el cuerpo, como si Cleo pudiera aparecer de repente por algún lado. Cuando se decidió a hablar, lo hizo con voz ronca.

—¿Por qué no me habías dicho nada? ¿O Frank? ¿Por qué no me llamó?

—Me pidió que no lo hiciera. Supongo que no quería… que nadie se inmiscuyera en sus vidas. —A Santiago le sentó bien ver la punzada de exclusión en la expresión de Anders.

—Tengo que ir a verla —dijo con firmeza.

Agarró con dificultad su botella de agua y la correa, y Santiago se percató de que todo era cierto. Anders y Cleo. La indignidad de la situación le sentó como una bofetada. Se puso de pie delante de él para bloquearle el paso.

—¿Cómo has podido? —le preguntó en voz baja—. Frank es como tu hermano.

—¿En qué vuelo vuelves? Iré contigo.

—Tu mejor amigo. ¿En qué estabas pensando?

—Mira, no entiendes la situación… Así que, con el debido respeto, quítate de en medio, joder. —Anders dio un paso hacia un lado e hizo un ademán para marcharse, pero luego volvió a dar media vuelta—. Espera, ¿dónde está Thor? ¡Thor! ¡Thor!

Corrió varios pasos por el sendero, regresó y saltó hacia el arbusto de plantas y flores para abrirse paso con las manos mientras gritaba el nombre del perro. Santiago también empezó a llamarlo, y, aunque el nombre le sonaba extraño en la boca, mantuvo la voz clara y firme. Anders volvió del arbusto, sudoroso y nervioso.

—No lo veo —dijo.

—¿Se suponía que podías dejarlo suelto?

—No sé, es un puto perro. Se supone que tienen que corretear por ahí, ¿no?

Tras quince minutos más de búsqueda sin éxito, decidieron volver sobre sus pasos con la esperanza de que el cachorro los encontrara por el camino. Anders emprendió la marcha a buen ritmo.

—¡Más rápido! —gritó hacia atrás.

Jadeando tras él, Santiago lo siguió. El sendero era más fácil cuesta abajo, por lo que lograron avanzar bastante por aquel camino estrecho y serpenteante. Cada varios metros, Anders gritaba el nombre de Thor con la voz entrecortada. Santiago hizo todo lo que pudo por ayudar, pero estaba concentrado en mantener las piernas firmes según bajaba por la escarpada pendiente. Sus pensamientos le traqueteaban en la mente con cada paso que daba. ¿Quién creía Anders que era? ¿¡Cómo se atrevía a decir que no era asunto de él!? Cleo y Frank eran unos buenos amigos suyos, les había preparado el banquete de boda. No era otro secuaz

337

regordete sin sentimientos, contento por interpretar el papel de oyente empático sin ninguna opinión propia. Formaba parte de aquello. Importaba.

—No me puedo creer lo egoísta que eres —gritó a la espalda de Anders.

—¡Que te den! —gritó él en respuesta.

Anders estaba empezando a alejarse de él, por lo que Santiago inspiró hondo y aceleró el paso antes de saltar por encima de una roca con facilidad. Se sentía superhumano.

—¡Tienes que dejarla en paz! ¡Ya lo ha pasado bastante mal!

—¡No me digas lo que tengo que hacer!

—¡Pareces un niño pequeño! —le gritó.

—¡Tengo que hacerlo! —respondió Anders—. ¡Necesito verla!

—¡No se trata de lo que necesitas tú!

El ágil Anders desapareció tras una curva frente a él. Santiago continuó, pues no estaba dispuesto a dejar que se fuera de rositas. Parecía estar volando, caminando a mayor velocidad de la que había caminado en años, cuando notó que su tobillo se torcía bajo él. Se produjo un momento de alegre suspensión en el aire, y luego cayó hacia delante, con los brazos estirados, y descendió por el camino bocabajo en una nube de tierra. Oyó que los ligeros pasos de Anders desaparecían cuando se percató del coro de carcajadas de las cigarras que lo rodeaban. Logró ponerse bocarriba y miró al brillante tramo de cielo sobre él. Notaba un dolor agudo en la rodilla derecha, pero, más allá de eso, se sentía bien. Se sentía vivo.

Santiago se quedó tumbado de espaldas para recobrar el aliento. Se llevó una mano al corazón, el cual le latía a mil por hora, y otra al estómago, tal como le habían enseñado en las clases de yoga a las que había estado acudiendo últimamente, y se centró en ralentizar su ritmo cardíaco. Oyó un murmullo cerca de él y luego, en una lluvia de aullidos y ladriditos, Thor estaba sobre él. Le puso las patas sobre el pecho y el estómago con alegría, le lamió la barbilla, la nariz y luego, de forma más desafortunada, el interior de la boca, cuando Santiago la abrió para protestar. Se sentó y le dio a Thor un par de golpes juguetones.

—¿Dónde has estado, *hombre*?

Tirado en el suelo, donde estaba claro que Thor lo había descartado tras encontrar un juguete más entretenido —Santiago tumbado—, vio la forma verde y destrozada de una lagartija a medio masticar.

Santiago enterró con calma la lagartija bajo una pila de salvia y arbustos y puso una solitaria flor blanca sobre el pequeño montículo. Por suerte, aquel comportamiento le parecía tan intrigante a Thor que se quedó cerca de él. Las nubes oscurecían el cielo cuando continuó su descenso, con el cachorro retorciéndose en sus brazos. Llegó al inicio del sendero y encontró a Anders apoyado contra el coche, con los hombros caídos y todo él decepcionado. Al oírlos llegar, alzó la cabeza y le devolvió la mirada a Santiago, antes de hacer algo que él jamás se habría esperado: ponerse a llorar. El perro saltó de sus brazos y corrió hacia Anders con un ladrido de felicidad. Anders se puso de rodillas y enterró la cara en su pelaje dorado.

Anders no se movió para encender el motor cuando se sentaron juntos en el coche oscuro. Thor, agotado por fin, estaba enroscado en forma de *croissant* en el asiento trasero, roncando ligeramente.

—Estoy enamorado de ella —dijo Anders en voz baja—. Sé que no debería, pero así es.

Santiago asintió poco a poco.

—¿Quizá solo crees que estás enamorado de ella porque es la única persona que no puedes tener?

—Quizá. Aunque no es eso lo que me parece.

—Cleo es una persona especial —concedió él—, pero no es la mujer para ti.

—¿Y si sí lo es?

—Pero no lo es.

—¿Cómo lo sabes?

—Porque si lo fuera, no estaría casada con Frank.

—¿Qué debería hacer entonces? ¿Qué harías tú en mi lugar?

—Déjala ir. Necesita curarse, y Frank también. No podría soportar más dolor ahora mismo. ¿Sabes que fue él quien la encontró?

—Joder, ¿de verdad? ¿Está bien?

—No estará mejor si te presentas allí y declaras tu amor por su mujer. Pretende que no pasó nada y deja que los dos pasen página, sea lo que fuere eso para ellos.

—Solo quiero hablar con ella.

—Lo sé, lo sé. Habla conmigo.

Anders se frotó los ojos con fuerza con los nudillos.

—¿Crees que de verdad quería morir?

—Me dijo que quería un cambio.

—Menuda forma de conseguirlo —repuso Anders, tras soltar un gran suspiro.

—Es joven. ¿Recuerdas cuando teníamos veinticinco años? ¿Las cosas que hacíamos? Estábamos locos de remate.

Anders resiguió el volante con la palma de la mano abierta.

—Entiendo que quiera que cambien las cosas. ¿Por qué crees que estoy en esta ciudad demente?

—¡Pensaba que te gustaba Los Ángeles!

—No lo odio, es que… Ya me han preguntado como tres veces si necesitaba que me recomendaran a un chamán desde que me mudé aquí.

Santiago suspiró. Era cierto. Las personas de Los Ángeles se tomaban la pedantería espiritual muy en serio.

—¿Y Yaayaa? —le preguntó.

—¿Yaayaa? —Anders soltó un resoplido—. Solo quiere que ponga sus caftanes en la revista.

—Seguro que eso no es…

—Sabes que todas esas modelos están juntas, ¿no? —continuó—. No quieren a un hombre por ahí en medio. —Suspiró—. A menos que necesiten que les presten un coche grande.

—¿En serio?

—En serio.

Ambos se echaron a reír. Anders se volvió en su asiento para mirar a Santiago directamente.

—¿Y tú? —le preguntó—. ¿Qué pasa contigo? Pensaba que me ibas a pegar ahí arriba, y no solo por Cleo.

—Estoy cambiando, Anders.

—Ya lo veo.

—Todo este tiempo me habéis tratado como si solo fuera el… —Si bien le dolía decir la palabra en voz alta, tenía que hacerlo— el amigo gordo. El secuaz. Pero yo también tengo sentimientos, y muchos.

—Nadie te ve así, Santiago. Excepto tal vez tú.

—No me digas que son imaginaciones mías. Sé lo que todos pensáis sobre mí.

—¿Eso es lo que te has estado diciendo todos estos años? ¡Despiértate! Tienes mucho éxito, todo el mundo habla de tu restaurante. Y eres encantador y profundo. Yaayaa no deja de hablar de lo considerado que eres. Si te soy sincero, me molestó un poco.

—Ya, soy el tipo con el que a las mujeres les gusta hablar, pero eso es todo. No me ven como posible pareja.

—¿Acaso le pides salir a alguien?

Santiago tuvo que conceder que no lo hacía. Había estado con mujeres, aunque la última vez que había estado enamorado había sido de Lila. Había sido joven por aquel entonces, y más de veinticinco kilos más ligero. Más ligero en todos los sentidos.

Anders lo miró a los ojos con una ternura poco usual en él.

—Sabes que yo también la echo de menos, ¿verdad?

Santiago asintió.

—A decir verdad —confesó—. Tengo miedo.

—Pues claro. Como todos.

—Tú, no; tú eres el donjuán.

—Ah, sí, todo me va de perlas. Cuarenta y cinco años, soltero y enamorado de la mujer de mi mejor amigo. Ni siquiera a ti te apetecía quedarte conmigo.

—Eso no es verdad. —Santiago se removió en su asiento. Odiaba mentir.

—No pasa nada, lo entiendo. Lo peor de todo es que Jonah no quiere venir. Le mandé un billete y todo.

—¿Por qué no?

—Supongo que está enfadado conmigo por haberme ido. He sido un padrastro horrible, o lo que sea que soy para él. Tampoco es que haya tenido los mejores ejemplos. ¿Sabes que mis padres no me han venido a ver ni una sola vez desde que estoy en Estados Unidos? Y ya van veintiséis años.

Los padres de Santiago se habían pasado por allí el año anterior y lo habían avergonzado al cenar en su restaurante cada noche y declarar en voz alta a los comensales más cercanos que él era su hijo.

Anders inclinó la cabeza hacia atrás en el reposacabezas y se quedó mirando el techo.

—Nadie me quiere —dijo—. No como debe ser.

Santiago pensó cómo en Empieza de Nuevo, Sé Delgado de Nuevo el grupo hablaba mucho de por qué las personas comían, del hambre que iba más allá de la comida. Comían porque les recordaba a sus padres dándoles de comer, a los tiempos en los que alguien cuidaba de ellos. Comían porque sus padres no les daban de comer, y era así como habían aprendido a cuidar de sí mismos. Comían porque se sentían menos solos cuando lo hacían, porque querían sentirse llenos, y luego no querían sentir nada. Dominique había dicho que era como aquella canción de Bruce Springsteen de los años ochenta, «Hungry Heart». Todo el mundo tenía un corazón hambriento. El truco estaba en aprender a distinguir cuando uno intentaba llenar el corazón en lugar del estómago. Llenar el estómago, según ella, era lo fácil, pues no era más que dieta. Lo difícil era aprender cómo alimentar el corazón.

—Yo sí te quiero —dijo Santiago, poniendo su gran mano sobre el hombro de Anders—. De verdad.

Anders inclinó la cabeza sin decir nada. Luego le dio una palmadita en la mano a Santiago y metió las llaves en el coche.

—Solo lo dices para que te lleve al aeropuerto.

Antes de su vuelo, Santiago hizo algo que no había hecho en años: acudió a la capilla del aeropuerto. Si bien la mayoría de las personas no sabían que muchos aeropuertos contaban con iglesias, Santiago había sido criado a rajatabla como católico, y su abuela siempre había insistido en que pasaran por allí y rezaran para tener un buen viaje antes del despegue. Nunca lo hacía, por mucho que se lo prometiera, pero siempre buscaba en los carteles de la terminal el icono de la capilla y se santiguaba por si las moscas.

La capilla del aeropuerto de Los Ángeles era una larga sala sin demasiados adornos, con dos filas de asientos de madera y un altar simple. El olor fue lo primero de lo que se percató; podía entrar en cualquier iglesia católica con los ojos vendados y saber exactamente dónde se encontraba. Desde Lima a Los Ángeles, todas olían igual. El aroma persistente del incienso y las flores, del limpiador de madera, del barniz de los muebles, la cera de las velas, el papel de periódico barato de los misales, y algo húmedo y poco definido que no era otra cosa que el tiempo. La sala estaba fría y oscura y no había nadie. Un cartel le informó que llevaban a cabo una misa cada noche, aunque se acababa de perder la de aquel día. No le importó. Prefería hablar con Dios a solas.

Se apretujó en uno de los bancos y se arrodilló. Había pasado mucho tiempo desde la última vez que había estado allí. ¿Qué debería decir? Recordó algunas frases de su infancia, polvorientas e inconclusas. Por costumbre, empezó a recitar el padrenuestro, pero sus pensamientos, los rezos de verdad, lo interrumpieron antes de que pudiera acabar. Pidió que su abuela descansara en la paz eterna. Le pidió a Dios que cuidara de sus padres. Rezó para que Cleo no sufriera, para que ella y Frank volvieran a ser felices. Pidió piedad para Anders. Rezó para que a Lila se le permitiera bailar, allá donde estuviera. Su abuela siempre le había dicho que no debía rezar para sí mismo, pero lo hizo al final de todo. Rezó para tener la valentía suficiente para hablar con Dominique. Pidió que el amor volviera a él una vez más. Por último, le pidió con humildad a Dios que le concediera fuerza para sobrellevar su corazón hambriento, el peso más pesado con el que tenía que cargar.

CAPÍTULO TRECE
Finales de marzo

Al norte del estado, la poca nieve que quedaba se había convertido en hielo. Cleo había pretendido quedarse dormida durante la mayor parte del trayecto en tren desde la ciudad, tras lo cual se había sumido de verdad en un sueño poco profundo y sin sueños durante las últimas paradas. Frank había alternado entre mirar nervioso por la ventana, comprobar nervioso el teléfono y observar nervioso a Cleo. Le habían dado el alta en el hospital aquella misma mañana.

Tomaron un taxi desde la estación de tren y pasaron por campos blancos por la escarcha y casas abandonadas, en silencio. Una de las casas por las que pasaron estaba rodeada por una valla metálica con puntas que llegaban hasta el hombro. Colgado sobre uno de los laterales había algo marrón y peludo. Cuando se acercaron, vieron que un ciervo había tratado sin éxito de saltar por encima, lo cual le había hecho un corte en el estómago con una de las afiladas puntas. Estaba abierto en canal por la parte central y suspendido en un arco decaído, con las patas frontales colgando sobre un lado y las traseras, sobre el otro.

—¿Eso era lo que creo que era? —preguntó Frank, volviendo la mirada para echar otro vistazo según pasaban por delante.

—Si crees que era un ciervo muerto, sí —repuso el conductor.

Cleo se llevó una mano a la boca.

—¿Eso es normal? —inquirió Frank—. ¿Es algo que suela pasar? ¿Que un ciervo se suicide en tu propiedad?

—No sé si es normal —dijo el conductor, echándose a reír—. Pero ha ocurrido.

Eran las últimas horas de la tarde, y el cielo había empalidecido hasta tornarse de un tono gris anémico para cuando llegaron a la cabaña de Frank. El taxi se marchó, y ambos se quedaron mirándose en un silencio intranquilo. Frank pensó que se sentían incómodos a solas mientras se volvía para abrir la puerta delantera. El accidente de Cleo y los días que habían pasado separados después de ello habían disuelto la sencilla intimidad que habían estado cultivando durante el último año.

Si bien había ido a verla durante los siete días que había estado encerrada bajo observación psiquiátrica, no habían hecho mucho más que intercambiar cháchara insulsa sobre su trabajo y el tiempo. Si bien había imaginado que sus visitas iban a estar puntuadas por los arrebatos violentos de los otros pacientes o por las divagaciones caóticas de los locos, había sido todo lo contrario; de hecho: aquel lugar había estado sumido en un silencio opresivo. Según parecía, la gran mayoría de los pacientes pasaba sus días durmiendo o mirando el aire frente a ellos, de modo que la vida parecía quedarse quieta en el interior de los muros de la planta de psiquiatría. Frank había esperado que, una vez que fuera libre, Cleo se abriera un poco más, pero, al parecer, ella no tenía nada que decir.

En el interior, la casa estaba oscura y silenciosa, con el ambiente espeso y quieto que se formaba cuando nadie había estado allí en varias semanas. Cleo se quedó de pie en la entrada, tiritando, y se cerró más aún la chaqueta.

—Hace más frío aquí que fuera —comentó.

—No hay electricidad —dijo Frank, pulsando el interruptor para probarlo. Fue hasta la cocina y comprobó el grifo—. Al menos tenemos agua caliente. Debe haberse ido la luz y ya.

—Qué suertudos —dijo Cleo.

—Estamos en el campo —suspiró Frank—, son cosas que pasan. Deberíamos tener luz mañana.

Cleo pensó que aquel supuesto conocimiento de la vida de campo era irónico por parte de un hombre que acababa de sufrir un paroxismo al ver a un ciervo muerto, pero decidió no hacer ningún comentario al respecto.

—¿Tienes velas al menos? —preguntó ella.

—En el aparador. Encenderé un fuego.

Cleo lo miró por encima del hombro y alzó una ceja.

—¿Sabes cómo hacerlo?

—Si los cavernícolas lo lograron… —repuso Frank, haciendo caso omiso de aquella pulla.

La cabaña no era demasiado grande. Estaba formada por tan solo un salón, una cocina, un comedor y dos habitaciones austeras en el piso de arriba. A decir verdad, se trataba de una casa de verano, construida para meses más cálidos, y tenía un interior simple y sin decorar diseñado para conducir la mirada hacia el exterior, a través de las grandes ventanas, por la colina llena de árboles de la parte trasera y hasta el reluciente lago que había más allá. Frank la había comprado hacía más de una década principalmente por aquellas vistas al lago, las cuales eran espectaculares. Aquel día, sin embargo, el agua estaba cubierta de una capa de hielo del color gris sucio y apagado de las gambas sin cocinar y no brillaba. Cleo volvió con algunas velas largas y una bolsa de velas de té. Miró alrededor de la sala, hacia el sofá de cuero marrón con arañazos, el puf desgastado y la mesita de madera simple.

—Es diferente a como lo recordaba.

Frank notó una mezcla de actitud defensiva y de desilusión por aquella casa, la primera propiedad que había poseído.

—La haremos acogedora —repuso.

Ambos se quedaron en silencio, pensando en la última vez que habían estado allí, aquel feliz fin de semana soleado de mayo. Era como si pudieran meter las manos bajo la superficie del día y notar la corriente de aquella otra vida, tan solo nueve meses antes, que se movía justo por debajo. Allí estaba Cleo corriendo desnuda por el salón, goteando agua del lago por todo el suelo, con Frank riendo justo detrás de ella, tratando de agarrar sus resbaladizas extremidades. Allí estaba la cocina en la que habían comido fruta fresca, cereales o bocadillos para cada comida porque ninguno de los dos sabía cocinar. Allí estaba Frank dormitando en el sofá, con un libro sobre su torso desnudo y Cleo apartándolo con amabilidad para apoyar la cabeza en su lugar. Había sido en el tren de vuelta a casa en el que él le había pedido matrimonio.

Ella había alzado la cabeza de su hombro, maravillada.

—¿Cómo sabías que eso era lo que quería?

Él se había echado a reír.

—¿Eso es un «sí»?

—Sí —había respondido ella—, sí y mil veces sí.

Y aquello les había parecido el principio de todo.

En aquel momento, Frank estaba con el material para encender el fuego en la mano, con la mirada perdida en la chimenea vacía y ennegrecida. Recordaba más o menos cómo le habían dicho que se hacía aquello, algo sobre crear una base, pero, a decir verdad, estaba perdido. Cleo lo miró y frunció el ceño.

—Tienes que comprobar el regulador de tiro —le indicó.

—¿El qué?

—Quita, ya voy yo. —Lo hizo a un lado y se arrodilló para meter la cabeza por la chimenea y la mano para ajustar alguna cosa—. Si está cerrado, todo el humo se queda en la sala. Ahora debería estar bien.

A Frank le sorprendió, una vez más, el gran abanico de habilidades que no sabía que tenía Cleo. Ella se quedó en cuclillas e hizo bolas de papel de periódico de la pila que había en la cesta para colocarlas en la chimenea y luego puso la leña en un patrón cruzado encima.

—Qué bien se te da —le dijo él, incómodo.

Le parecía humillante quedarse sin hacer nada detrás de ella, por lo que sacó un gran leño de la cesta y fue a ponerlo encima de los anteriores, pero ella lo interceptó y colocó otros dos en forma de tipi. En un solo movimiento muy hábil, encendió varias cerillas al mismo tiempo y las introdujo en el nido de bolas de papel de periódico.

—Teníamos una chimenea en la casa de mi infancia —explicó, soplando sobre las llamas que habían surgido—. Mi madre me enseñó.

Aquella mención de su madre sorprendió a Frank. No podía haber sabido que, a pesar de que a Cleo le habían asignado compañeras de habitación en el hospital (una rascadora compulsiva y luego una bulímica bipolar), su verdadera compañera aquella semana había sido su madre, quien se había sentado a su lado durante las largas y lentas horas de espera hasta que empezaran las escasas actividades del día, ya fuera la terapia de grupo o la clase de arte. Su madre se había inclinado contra el fregadero mientras ella se frotaba los dientes hasta que las encías le sangraban cada noche, un acto de rebeldía contra el entumecimiento que se estaba apoderando de su cuerpo. Su madre se había apretujado entre Cleo y Frank durante cada visita, por lo que Cleo había tenido que asomarse por su lado para llegar a verlo a él. Y lo peor de todo, cuando Cleo se miraba al espejo, era su madre quien le devolvía la mirada. Estaba luchando para pensar en ellas, en su madre y en sí misma, como algo que no fuera unas personas rotas y suicidas. Eran mujeres que al menos sabían encender un fuego.

Continuó soplando hasta que las llamas empezaron a crepitar, luego se limpió las manos en los tejanos y alzó la mirada hacia Frank. Incluso en invierno, sus cejas eran casi invisibles, casi blancas. Las alzó como si quisiera decir: «¿Tanto te sorprende?», solo que su seriedad se veía contrarrestada por una mancha negra de hollín en la punta de la nariz. Frank pensó que parecía una deshollinadora de lo más adorable. Con amabilidad, intentó limpiarle la mancha con la punta del dedo, pero Cleo retrocedió como si hubiera querido encender una cerilla con su piel.

—Tienes algo de hollín —se justificó, alzando las manos en señal de rendición.

Cleo se frotó la nariz con fuerza con la manga de su chaqueta.

—Estabas muy mona —le dijo.

—Es horrible para la piel.

—Ya. —Frank se giró para ocultar el dolor de su expresión. Ni siquiera dejaba que la tocara—. ¿Tienes hambre?

Se había pasado por Dean & DeLuca aquella misma mañana para comprar algo de comer antes de ir a buscar a Cleo al hospital. Sin que ninguno de los dos lo hubiera dicho, ambos parecían comprender que era demasiado pronto para regresar a su piso juntos, al lugar en el que la había encontrado, por lo que Frank había sugerido que fueran directamente a la estación de tren y que pasaran unas cuantas noches al norte del estado. Como no estaba seguro de si a Cleo le iba a apetecer comer, había comprado una variedad de comidas no muy adecuadas para combinar entre ellas: sushi, galletas saladas, ensalada de pasta, pollo al curri, filetes de salmón, una bola de mozzarella de búfala, una macedonia, un solo limón y una gran porción de tarta de crema de mantequilla. Y, cómo no, luego había incursionado en la tienda de licores también.

—Aún no. —Para apaciguarlo, Cleo trató de sonreír—. Pero, cuando tenga, te lo haré saber.

—Tienes que comer algo.

—Comeré cuando tenga hambre.

—No has desayunado ni almorzado.

—Los medicamentos que me dan me provocan náuseas.

—Aun así, deberías intentarlo.

—Lo intentaré cuando tenga hambre.

—Vale.

Ambos se volvieron para mirar el fuego una vez más. Cleo alzó las manos hacia él y las fue girando en un gesto elegante. Se le subió la manga y dejó ver la parte superior de sus vendas. Frank la miró y vio la tierra húmeda por la sangre, la piel de su brazo abierta en canal, como un pescado destripado. Cleo vio que se la había quedado mirando y bajó las manos.

—Al menos hace un poco más de calor —dijo ella.

—¿Has vuelto a pensar en lo que te dijeron en el hospital? —le preguntó Frank—. Sobre acudir a un terapeuta.

—Acabo de salir —repuso.

—Es que el médico dijo...

—No quiero hablar de lo que dijo el médico.

—Solo intento ayudar —suspiró Frank.

—Pues no lo consigues.

—Vale —dijo—. Lo siento. Estás demasiado frágil como para tener esta conversación ahora mismo.

Cleo se dio media vuelta y se puso de pie.

—No estoy frágil.

—No quería decir «frágil». —Frank agitó una mano como si pudiera apartar la palabra del ambiente como si fuera humo—. Sensible.

—No estoy sensible. Tú estás sensible.

—Vale, como quieras, Cleo. —Volvió a apartar la mirada de ella—. Voy a cortar más leña.

Cleo se mordió la lengua para no decirle algo peyorativo sobre aquella muestra de hombría. Cuando se marchó, ella se quedó tiritando en el salón. Poco después, ya oía el sonido pesado y rítmico del hacha. Encendió unas cuantas velas más y avivó el fuego con el atizador, tras lo cual se quedó mirando las llamas durante un buen rato. Por muy desesperada que hubiera estado por salir del hospital, una vez fuera, no sabía cómo actuar. Sabía que Frank estaba tratando de ayudarla, pero ello solo la hacía sentir como una inválida incapaz de hacer nada por sí misma. Había pasado tantos años intentando que lo que había hecho su madre no la definiera, intentando estar completa, intentando ser feliz y alegre… Y lo había echado todo a perder. Soltó el atizador y se volvió para seguir a Frank al exterior. Iba a actuar con normalidad. Iba a hacer las paces.

Él estaba en la parte trasera de la casa, donde había un porche de madera y un pequeño jardín con vistas a la colina que descendía hacia el lago. Alzó la mirada y la vio encenderse un cigarrillo junto a la oxidada hamaca del porche. Cleo se metió la cajetilla de nuevo en el bolsillo mientras lo observaba. ¿De dónde los habría sacado? Estaba seguro de que no le había llevado ninguno. Cleo vio que se percataba de ello y sonrió para sí misma. Había encandilado a uno de los enfermeros para que le diera su cajetilla antes de marcharse del hospital, la cual era la única razón por la que se estaba dignando a fumar Camel en lugar de sus Capri de siempre: lo consideraba su único éxito de verdad de su paso por el hospital.

Frank, quien se había percatado de aquella sonrisa y había imaginado que se estaba burlando de él, decidió seguir cortando leña como si ella no estuviera allí. Y, por supuesto, falló el siguiente hachazo, el cual cayó por el lateral del bloque para cortar leña. Nada le salía bien. Maldiciendo entre dientes, sacó el filo de donde se había clavado en la tierra. Cleo sujetó el cigarrillo con los labios y aplaudió, con las manos blancas por el frío.

—Sigue intentándolo —le gritó desde lejos—. ¿Qué es lo que dicen por aquí? —Puso un acento nasal—. ¡Tú puedes!

Frank le comprobó el rostro para ver si se estaba burlando de él, pero sus ojos relucían por el buen humor. Apartó la mirada, sonriendo hacia sí mismo, y dio otro hachazo que partió el trozo de madera por la mitad. Cuando volvió a mirarla, el entusiasmo se reflejaba en su propio rostro.

—Buen trabajo —lo felicitó ella, todavía con su acento gangoso—. Lo has hecho muy bien.

—¿Así que ahora eres estadounidense? —le preguntó.

—Solo cuando quiero ser vivaracha —repuso—. ¿Sabes cuál es mi dicho favorito de aquí?

—¿Cuál?

—Los ganadores ganan, y los perdedores pierden —dijo, bajando la voz hasta lograr un ronco tono de barítono sureño.

—¿Dónde has oído eso?

—Lo dijo aquel estadounidense en nuestra luna de miel —sonrió ella.

—No me sorprende —resopló Frank.

Recogió los leños que acababa de cortar y los llevó en brazos. Pensar en su luna de miel le produjo una tristeza terrible. Había sido antes de conocer a Eleanor, antes de comprar a Jesús, antes de que nadie provocara un daño irreparable. En aquel entonces sí que se había sentido como un ganador. Avanzó hasta el porche y dejó la madera en el suelo entre ellos.

—Sé que me consideras un perdedor —dijo—. Si no, no habrías hecho lo que hiciste.

Cleo alzó la mirada y exhaló humo hacia el cielo gris, negando con la cabeza.

—No lo hice por eso. Fue algo más grande que solo tú.

—¿Solo yo? Yo te encontré. Pensaba que...

—No lo decía en ese sentido —dijo Cleo—. Quiero decir que...

Frank se dejó caer sobre la hamaca del porche y apoyó la cabeza entre las manos.

—Pensaba que estabas muerta, Cleo.

Cleo no había sabido por lo que él había pasado mientras ella yacía ahí. Primero el terror de encontrarla, sus manos temblorosas mientras llamaba a la ambulancia. Sostenerle una toalla en la muñeca y notar que la sangre le pulsaba a través de ella. Todavía no había podido limpiar las manchas de sangre de la manga de su chaqueta. Lo único que impedía que le temblaran las manos entonces era el alcohol. Luego los días y las noches sin ella, añorándola y odiándola y preocupado por ella al mismo tiempo. Las horribles y atrofiantes visitas al hospital durante las cuales ella no parecía ni reconocer que había ido a verla. Había estado perdido, había pensado que la había perdido para siempre. Santiago, la única otra persona que sabía lo que había ocurrido, se había marchado a Los Ángeles. Eleanor lo había estado evitando en la oficina desde la fiesta de Kapow! Por muy desesperado que hubiera estado por recurrir a ella, la persona en quien más confiaba, se había contenido por lealtad hacia Cleo. Al menos en el hospital sí que lo sabían, pero fuera no tenía a nadie. Volvía a casa directamente después del trabajo y colgaba su sonrisa falsa y su chaqueta junto a la puerta. El alivio de una bebida. El alivio de poder dejar de pretender. El alivio de poder rendirse hasta la mañana siguiente, cuando volvía a ponerse su chaqueta manchada de sangre y su sonrisa desgastada y todo volvía a comenzar una vez más.

Cleo meneó la cabeza con una expresión de dolor.

—Mi intención no era morir —dijo—. Fue... Fue... un momento de debilidad.

—Comerse una tarrina entera de Häagen-Dazs es un momento de debilidad, Cleo —repuso él, apartando la cabeza de las manos para mirarla—. Lo que hiciste fue violento.

—Solo hacia mí misma. Hacia nadie más.

—¿Solo? —le espetó Frank—. ¿Crees que lo que hiciste no le afectó a nadie más? ¿Que no me afectó a mí?

—No, lo que quiero decir es que... —Hizo una pausa para pensar—. No quiero que ese acto se convierta en la totalidad de lo que soy. No me define como persona más que lo que le hiciste a Jesús te define a ti.

Frank la miró, incrédulo.

—Era un animal, por no hablar de que fue un accidente. Esto es sobre ti.

—Jesús importaba tanto como yo.

—¿Oyes lo que dices? Es una locura.

—Su vida tenía tanto valor como...

—No, lo siento, pero no. Algunas vidas valen más que otras, es un hecho. Tu vida vale como la de mil petauros del azúcar. Joder, para mí vale como la de mil personas. Sé que no es ético, pero es así como me siento. Es así como funciona el corazón humano. Tu vida es más preciada para mí que cualquier otra vida. Incluso más... más que la mía.

355

—¿Se supone que eso debía sonar romántico?

—No debe sonar a nada. Es solo lo que pienso.

Cleo, quien llevaba siete días sin sentir nada, notó una vigorizante oleada de furia que le recorría el cuerpo entero. Se sentía elocuente y fuerte. Se sentía bien. Empezó a caminar de un lado para otro del porche, agitando su cigarrillo.

—Pues tienes un modo muy extraño de demostrar que mi vida vale tanto para ti cuando no haces ni una sola concesión ni cambios en tu conducta para tener en cuenta o considerar mi felicidad.

—¿Por qué hablas como si estuviéramos en el juzgado? ¿Es algo que te ha dicho el psiquiatra? ¿Lo estás citando?

Cleo se detuvo para plantarse directamente frente a él.

—Me cito a mí misma.

—¿De verdad crees que no he hecho ningún cambio en mi vida por ti?

—¿Puedes nombrarme uno?

Frank abrió la boca y la volvió a cerrar. Se puso de pie.

—Mira, estamos cansados. Dejémoslo estar.

—¡No estoy cansada! ¡Llevo una semana entera descansando!

—Vale, yo estoy cansado. ¿Preparamos algo de comer?

—Te he dicho que no tengo hambre.

—¡Vale! —gritó él. Respiró hondo y trató de modular la voz—. ¿Qué te apetece hacer, entonces? ¿Leer? ¿Vemos una peli?

—Estoy helada. Hace muchísimo frío aquí.

—Entremos, pues.

—Allí también hace frío.

—Puedo prepararte un baño.

—No puedo mojarme los puntos.

—Puedes dejar el brazo fuera de la bañera.

—Pero es que no quiero. No me escuchas.

—Por el amor de Dios, lo estoy intentando.

—¿Y yo no?

—Dime lo que quieres que haga, y lo haré.

—¡No quiero tener que decírtelo!

Cleo volvió a meterse en la casa, ofendida. Frank cargó los leños, la siguió y luchó para abrir la puerta corredera con las manos llenas. Dejó la madera junto a la chimenea y fue a la cocina, tras ella. No quería discutir, pero no pudo impedir que sus pies la siguieran. Se quedaron de pie en extremos opuestos de la mesa, con las bolsas llenas de comida entre ellos.

—Lo entiendo, Cleo —dijo Frank, sacudiéndose el residuo de la corteza de las manos—. Yo soy el idiota, el payaso corporativo. Soy el malo que te ha jodido la vida.

Cleo puso los ojos en blanco.

—No hagas eso —repuso—. No te victimices con el pretexto de tomar responsabilidad. Eso no es una disculpa, es autocompasión.

—¡Es que da igual si me disculpo o no! Tú no quieres perdonarme. ¿Cuántas veces tengo que decirte que lo siento?

—¡No quiero que lo digas! ¡Estoy harta de tus palabras! Palabras, palabras, palabras… —Cleo le dio golpes a la mesa frente a ella para enfatizar lo que decía—. Puede que las palabras basten para Eleanor, pero no para mí.

Frank la miró, sorprendido.

—¿Eleanor? —tartamudeó—. ¿Qué tiene que ver Eleanor en todo esto?

—Ya lo sabes, Frank —repuso Cleo, mirándolo con los ojos entornados.

—No tengo ni idea de lo que hablas.

Pese a que Cleo pensó en seguir con aquella línea de ataque, luego recordó a Anders con una intensa oleada de vergüenza y se rindió. Frank estaba haciendo todo lo posible por pensar en cómo Cleo podría haber descubierto lo de Eleanor. Nunca la había tocado, no le había hablado de ella a nadie, casi ni reconocía lo que sentía por ella consigo mismo. Ni siquiera habían hablado durante el último mes. ¿Qué podía ser? ¿Acaso Cleo conocía tan bien su corazón?

—No me creo nada de lo que sale de tu boca —dijo ella, retrocediendo hacia las líneas generales.

—Vale, no te fías de lo que digo —contestó Frank—. Pero ¿dónde están mis pies? Aquí sigo, Cleo. Al menos podrías reconocer eso. Estoy aquí.

Cleo se llevó las manos al pecho y soltó un grito ahogado.

—¿Quieres que reconozca que no me has dejado? ¿Me tomas el pelo? Lo siento, Frank, pero te casaste conmigo. En la riqueza y en la pobreza, en la salud y en la enfermedad. Ese era el trato. Pronunciaste esos votos, hiciste esas promesas. ¿Y ahora qué es lo que quieres que reconozca? ¿Que las cumples?

—Los dos sabemos por qué pronunciamos esos votos, Cleo. Yo era rico, y tú, pobre.

—Que te jodan. No me vengas con esa mierda binaria. ¿Y ahora, qué? ¿Yo soy la enfermedad y tú, la salud?

Frank estuvo a punto de decir algo, pero se lo pensó mejor y retrocedió a través del arco de la puerta hacia el salón. Cleo lo siguió y lo agarró del hombro para darle la vuelta y que la mirara.

—¿Qué? ¿Qué es lo que quieres decir? ¡Dilo!

—Déjalo estar, Cleo…

—¡Dilo!

Frank soltó un largo suspiro.

—Iba a decir que no soy yo el que lleva una pulsera del hospital. —Cleo se miró la muñeca, sorprendida. Había llevado la pulsera durante tanto tiempo que había olvidado que estaba allí. Qué humillante... Agarró el plástico y empezó a tirar de él.

—Estás delirando —le espetó ella. La pulsera no cedía. Tiró con más fuerza alrededor de su muñeca—. Tu enfermedad se ha convertido en *mi* enfermedad —continuó, todavía tirando de la cinta de plástico.

—Para —le dijo él, tras sujetarle las manos—. Espera un momento... —Desapareció hacia el baño, pero volvió un instante después para tomar una vela—. Demasiado oscuro —musitó.

Cleo echó un vistazo por la ventana. El sol se había empezado a poner, por lo que era verdad que la sala estaba sumida en una tenue penumbra. Frank volvió con un par de tijeras y le pidió que levantara la muñeca. Con sumo cuidado, casi con ternura, cortó el plástico. Le pareció como si estuviera liberando la pata de algún animal salvaje nervioso que había caído en una trampa. Frank miró su muñeca desnuda. La pulsera cayó al suelo entre ellos, trazando una espiral como la piel de una manzana. No quería soltarla.

Cleo no podía soportar la expresión de él, así que cerró los ojos. Cuando Frank se decidió a hablar, lo hizo en voz baja.

—¿Por qué te hiciste esto?

Cleo murmuró algo que casi no eran palabras.

—¿Cómo?

—Tú me hiciste esto —susurró ella.

Él le soltó la muñeca y dio un paso atrás, como si le hubiera dado una bofetada. Se sentía abofeteado.

—Solo intentas hacerme daño.

—No —insistió ella, negando con la cabeza—. Intento sobrevivir a lo que me haces.

—¿Sobrevivir a lo que te hago? —Frank dio otro paso hacia atrás—. Pero ¿de qué hablas? Te he apoyado. Te he dado todo lo que tengo. ¿Sobrevivir a lo que te hago? ¿Cómo puedes decir algo así?

—A tu problema con la bebida —dijo Cleo en voz baja—. No hablo de lo que has hecho por mí económicamente. Hablo de tu problema con la bebida.

Frank meneaba la cabeza, incrédulo, conforme la escuchaba. Era cierto que la semana anterior había sido mala, peor de lo habitual. Pero ella no podía saberlo. No había acudido al trabajo por primera vez por culpa de una resaca. Además, había empezado a beber un poco por las mañanas también, algo nuevo para él. Aun así, ¿quién iba a culparlo, si cada vez que cerraba los ojos veía a Cleo desangrándose en aquella montañita negra? El alcohol lo calmaba, lo adormecía y lo quería cuando nadie más lo hacía. Sin él, no habría podido sobrevivir a aquella última semana. Cleo no tenía ni idea de lo que decía.

—Siempre he cuidado de ti —fue lo que respondió él.

—No cuando estabas borracho.

—No me lo puedo creer. —Frank se apartó de ella—. ¿Quieres saber lo que es sobrevivir a los abusos de un alcohólico? Es ser criado por mi madre. Solía quedarse dormida con un cigarrillo en la mano. Se olvidaba de venir a buscarme al colegio... —Se interrumpió a sí mismo e inspiró hondo—. No sabes lo que dices.

Cleo miró a su alrededor, fingiendo sorpresa.

—¿Es posible? ¿Hemos vuelto otra vez a la fiesta de la autocompasión de Frank?

—Qué graciosa —murmuró él—. De verdad, muy divertido.

—Ojalá fuera broma —repuso Cleo—. ¿Cuántas veces tengo que oír lo mismo? Al pobrecito Frank no lo criaron bien. Nadie lo quería del modo que necesitaba. Pues bienvenido al club. Así que tu madre es gilipollas. ¡Pues ya está! Mi madre se suicidó.

—Ojalá mi madre se hubiera suicidado.

Cleo soltó un resoplido, asqueada.

—¿Oyes lo que dices? —le preguntó.

—¿Oyes lo que dices tú? ¿De verdad estamos discutiendo sobre quién tuvo la peor infancia?

—No estamos discutiendo porque sé que la mía fue peor.

—Vale, tú ganas —dijo Frank, alzando las manos, agotado—. Estás dañada de forma irreparable. Tu vida ha sido un infierno, y la mía, un jardín de rosas.

Cleo se tiró del pelo a ambos lados de las sienes.

—¡No se puede hablar contigo! Eres imposible. Nadie dice que tu vida haya sido fácil, aunque, si te soy sincera, sí que lo ha sido. Pero al menos tienes madre.

—¡Y tú conoces a tu padre! ¡El mío ni siquiera reconoció mi existencia!

—Ah, sí, contar con mi padre ha sido toda una bendición —contestó Cleo—. Ya lo conociste, Frank. Sabes cómo fue para mí.

—Y tú sabes cómo fue para mí.

Habían llegado a un punto muerto. Frank se dejó caer sobre el sofá y se quedó mirando el techo.

—¿Sabes lo que es estar casado contigo? —dijo él en voz baja—. Noto la decepción que sientes por mí a diez manzanas de distancia.

—No, lo que notas es la decepción que sientes por ti mismo. Estar cerca de mí solo te hace darte cuenta de ello.

—¿Ves? Lo dices todo como si fuera un hecho, como si tuvieras algún conocimiento íntimo sobre mi psiquis que yo desconociera, pero no es más que tu propia interpretación.

—Es la interpretación de alguien que no se pasa medio día borracho.

Frank se puso de pie de un salto y avanzó a grandes zancadas hacia el fuego para echar otro leño. Unas chispas volaron en su dirección. Volvió a mirarla, con el rostro enrojecido. Ella siempre conseguía hacerle ver todos sus fracasos, todo lo que no podía conseguir. Resultaba desmoralizador.

—Nunca he sido lo que querías —le dijo—. Desde el día en que nos conocimos.

Cleo rodeó la mesita para poder mirarlo a la cara. Podía ver cómo su mente trataba de maquinar aquella nueva narrativa en la que siempre había estado destinado al fracaso. No pensaba dejar que se fuera de rositas con tanta facilidad.

—¿Por qué iba a casarme contigo si eso fuera cierto? —le preguntó ella.

—Porque tu permiso de residencia...

—¡Deja de decir eso! Podría haberme casado con Quentin y ya si hubiera sido por eso. Quería casarme contigo. Quería que fueras suficiente. Quería que me sorprendieras cada día. —Empezó a contar con los dedos para añadir énfasis—. Pero nunca sé cuándo vas a volver a casa. Estás obsesionado con el trabajo y le das prioridad por encima de todo, por encima de mí. Y te niegas a crecer y a dejar de culpar a tu madre por todo. Dime, ¿para quién sería suficiente una persona así? ¿Para quién?

Frank la miró a la cara, la cual relucía de color ámbar bajo la luz del fuego. Tras ella, el cielo al otro lado de la ventana era azul oscuro, casi negro. A ella parecía encantarle hacer una lista de sus fallos. Y, en aquel momento, se percató de que albergaba la capacidad de odiarla.

—Y tú dejaste de lado tu sueño en cuanto me conociste —dijo él—. Eras una artista. ¿Qué eres ahora?

—¿Qué eres tú? —le espetó Cleo.

—Soy quien he sido siempre. Vale, trabajo mucho, es así como me he labrado el éxito. Y sí, en ocasiones bebo demasiado. Pero nunca he pretendido ser otra persona. Soy como soy.

Cleo puso una expresión de pura decepción.

—Esas deben ser las palabras más tristes que puede llegar a pronunciar alguien.

—¿Cuáles?

—«Soy como soy».

—¿Por qué?

—Porque demuestran una total falta de ganas para cambiar. No eres como eres, Frank. Eres en lo que te has convertido, lo que has decidido ser. El problema es que te niegas a reconocer esa decisión.

—¡Vale! —Frank alzó las manos por encima de la cabeza—. ¿Y quién quieres que sea? Dime quién quieres que sea.

Cleo dio media vuelta y miró por la ventana. Vio unas diminutas estrellas blancas que empezaban a aparecer, como si hubieran salpicado el cielo con sal. En Manhattan, olvidaba que las estrellas existían siquiera. Quería que alguien le dijera *a ella* quién ser. Frank era un hombre de cuarenta y cuatro años. ¿Por qué era responsabilidad de ella arreglarlo? Se volvió para mirarlo y notó la total ausencia del amor que había sentido por él.

—¿Sabes lo fácil que es ser tú? —le dijo—. Vives en la ciudad en la que naciste. Estás rodeado de personas que te quieren. Incluso tu madre, en su propio modo equivocado.

—¡Y tú también!

—Yo no soy de aquí —dijo ella, negando con la cabeza.

—Pero escogiste venir aquí —contestó él—. Es tu hogar.

—No tengo familia.

—Eso no es cierto.

—Lo es —insistió ella—. No tengo a nadie.

Su voz se quebró al decir aquella última palabra, y se percató de que era cierto. «Nadie». Pasó por su lado, hacia la chimenea, para no tener que mirarlo. Frank dio un paso hacia ella y alzó la mano hacia su hombro, aunque luego la dejó caer. Cleo observaba las llamas con una intensidad tal que le empezaron a arder los ojos. Una película de lágrimas la hizo ver borroso.

—Me tienes a mí —le recordó él.

Apoyó la mano en el hombro de Cleo, quien se sacudió para quitárselo de encima. Lástima. La oía en su voz. Lástima por ella, la huérfana de la madre suicida. Podría estar sola, pero todavía conservaba su orgullo.

—No te quiero a ti —le dijo.

No vio cómo Frank hacía una mueca de dolor. Cuando volvió a hablar, lo hizo con una voz dura.

—Saldré de tu vida, entonces —sentenció.

Cleo no se volvió.

—Si tan malo he sido para ti —continuó Frank—, ¿qué hacemos aquí todavía?

—No hagas eso —dijo Cleo, con la voz lenta por el agotamiento.

Frank se dirigió a la cocina y tomó las bolsas de la compra para dejarlas en el suelo sin razón aparente. Volvió al salón.

—Voy a llamar a un taxi —dijo—. Venir aquí ha sido una idea estúpida. Está claro que no quieres estar conmigo.

—Vale —repuso ella—. Haz lo que quieras.

—Es lo que tú quieres —la corrigió Frank, señalándola, mientras volvía a la cocina.

Llamó al número mientras caminaba de un lado a otro hasta la nevera, luego colgó y lo volvió a intentar. Esperó un poco, tras lo cual dejó con fuerza el móvil sobre la mesa.

—¡Por qué no habré aprendido a conducir nunca! —gritó al techo.

Cleo estaba hundida en el sofá cuando él regresó al salón. Ninguno de los dos se había quitado la chaqueta todavía.

—Volveré a intentarlo en unos minutos —le informó Frank—. No estarás atrapada conmigo mucho más.

—Cállate, Frank —dijo Cleo, cansada—. Cállate ya.

—Sé que no es fácil para ti —repuso él—. Pero eres cruel.

Cleo dio un manotazo a cada lado, exasperada.

—¡Deja de hablarme como si fuera una inválida! ¡Estoy bien!

Frank avanzó hacia ella a grandes zancadas, la sujetó del brazo, en el que se había hecho daño, y lo sostuvo por encima de su cabeza, como si fuera un boxeador que hubiera ganado un combate.

—¿Esto está bien? ¿Te parece que esto está bien, joder?

Cleo apartó el brazo con fuerza y lo sostuvo junto al pecho antes de ponerse de pie.

—No me toques.

—¡No me digas que estás bien! —bramó él—. ¡No estamos bien! ¡Nada de esto está bien!

—¡Joder, ya sé que no está bien! —gritó Cleo.

—Entonces dime qué puedo hacer para arreglarlo. Solo dime qué puedo hacer.

—¿Arreglarlo? —Cleo lo miró con una expresión de furia pura—. ¡Si has sido tú quien lo ha roto! ¡Tú me has roto!

—¡Ya estabas rota! —gritó Frank.

—¡Pero no así! —le respondió ella a gritos, sacudiendo el brazo sobre la cabeza—. ¡La culpa de este dolor es tuya!

—¿Y qué hay de mí? —exclamó Frank—. ¿Y mi dolor?

—¡Me da igual! —soltó ella—. ¡Me da igual, me da igual, me da igual!

Frank se acercó a ella a grandes zancadas y le puso la cara a un palmo de la suya. Aquella era la culminación de todas las discusiones que habían tenido, de todas las palabras crueles que se habían dedicado el uno al otro. Ya no quedaba nada a lo que proteger.

—¡Eres lo peor que me ha pasado en la vida! —rugió él.

Cleo lo apartó de un empujón, y Frank se tropezó hacia atrás con el puf y cayó al suelo, donde se golpeó la cabeza contra uno de los leños junto al fuego. Se volvió a sentar, atontado, y se llevó una mano a la nuca.

—Ay, Dios, perdona. —Cleo se puso de rodillas, y la furia se desvaneció de su expresión—. ¿Te has hecho daño?

—Tranquila —repuso Frank, con un ademán para restarle importancia—. Estoy bien. —Luego, tras darse cuenta de lo que acababa de decir, añadió—: Bueno, hemos establecido que nada va bien. Pero no me he hecho daño.

—Déjame ver si te has hecho algo al menos.

Cleo dio la vuelta a su alrededor para poder inspeccionarlo por detrás y rebuscó entre el pelo con los dedos, poco a poco. Un recuerdo de su madre buscándole piojos en la cabeza pasó por la mente de Frank. Era una de las pocas ocasiones en las que ella lo había tocado de forma voluntaria, y, después de ello, Frank se había rascado la cabeza con fuerza cada vez que estaba cerca de ella con la esperanza de que volviera a hacerlo. «Apártate, Frankie, eres como un perro con pulgas».

—Duro como una nuez —afirmó Cleo, dándole un golpecito suave en la cabeza.

Frank se arrastró hacia delante para dejarse caer sobre el puf y cerró los ojos.

—Lo siento —dijo—. No puedo discutir más.

—¿Sientes no poder seguir discutiendo o haberme dicho que soy lo peor que te ha pasado en la vida?

—Las dos cosas —murmuró él sin abrir los ojos.

Cleo se sentó en el suelo y se apoyó en el puf junto a él. Se quedaron tumbados en silencio, escuchando el siseo y el crepitar del fuego conforme la sala seguía poniéndose cada vez más oscura. Una a una, las velas de té se consumieron y se apagaron, lo que solo dejó el brillo amarillo pálido de las velas largas. Un tiempo después, Cleo se decidió a hablar.

—¿Recuerdas que cuando volvíamos de Francia teníamos a una pareja delante en el aeropuerto?

—¿En nuestra luna de miel? —preguntó Frank, tras abrir un ojo para mirarla—. ¿Los conocíamos?

—No, solo eran una pareja normal con dos hijos, un bebé y otra un poco mayor. Estaban pasando por seguridad, tratando de desmontar el cochecito y quitarse los zapatos y sacar el ordenador y todo eso, ya sabes, y el bebé no dejaba de llorar y la niña estaba en pleno berrinche para que alguien la cargara.

—No me acuerdo. —Frank negó con la cabeza.

—Bueno, pues en medio de todo ese caos, la mujer miró al marido, intercambiaron una mirada por encima de los niños llorando y se echaron a reír.

—¿Por qué? —preguntó él.

—Porque era toda una pesadilla, ¿sabes? Tenían que reírse. —Cleo reflexionó sobre ello durante un momento—. Aunque esa es la cosa. No tenían que reírse. Mis padres se habrían estado gritando el uno al otro.

—Mi padre no habría estado ahí para que le gritaran.

—Exacto —asintió Cleo—. Pero esos dos estaban juntos. Y se reían.

—Y te acuerdas de eso —comentó Frank.

—Así es.

—¿Porque eso es lo que quieres?

—Porque me di cuenta de que eso es lo que hace falta en la vida. Cuando todo se vuelve caótico y difícil y poco glamuroso hace falta esa clase de compañerismo.

—Y nosotros no tenemos eso. —Podría haber sido una pregunta, pero se trataba de una afirmación.

—No creo que pueda tener eso con nadie. —Sonrió con tristeza para sí misma, al recordar lo que Quentin le había dicho el día en que se había hecho daño—. «No soy de esas personas».

—¿Quién te ha dicho eso?

Cleo negó con la cabeza.

—Pensaba que podríamos volver a ser felices —dijo ella.

—Lo sé.

—Pensaba que nos podríamos perdonar.

—No tengo nada por lo que perdonarte.

—No sabes todo lo que he hecho. —Cleo se miró el regazo.

Frank se incorporó para mirarla a la cara, pero ella la volvió para que no quedara iluminada por el fuego.

—¿Qué has hecho? Puedes contármelo, Cleo.

—Estoy tan avergonzada… —susurró.

—¿Qué ha pasado?

Cleo agachó la cabeza. Estaba pensando en Anders sobre ella, en las manos de él sobre su cuerpo, en su polla en la boca. En cómo le había suplicado que se quedara mientras él se marchaba. En los días siguientes a que Frank regresara de Sudáfrica, cuando lo había llamado a escondidas y él nunca le había contestado. En la humillación que había sentido al descubrir que nunca iba a hacerlo.

—A veces la vergüenza… —empezó a decir ella—. No puedo soportarla. —Se llevó las manos a la garganta, como si se estuviera ahogando—. ¿Alguna vez te has sentido así?

—Soy medio judío y medio católico, ¿tú qué crees? —Frank trató de sonreírle, pero, cuando ella volvió a mirarlo, vio que tenía una expresión atormentada—. Pero ¿qué tienes tú que te haga sentir así de avergonzada? —le preguntó con amabilidad.

Cleo quería contarle lo de Anders. Quería revelarse a sí misma por lo que era, mostrar todos sus defectos y que pudiera perdonarla. Solo que el precio de aquella absolución sería más dolor para Frank. E incluso si él era capaz de soportarlo, no estaba segura de si podría tolerar ser la causante de ello.

En aquel momento, Frank intuyó que lo que fuera que Cleo no le estaba contando era algo que no quería oír. Tenía que ser alguna infidelidad humillante, ¿qué si no? Otro golpe para su hombría. Y, por mucho que no quisiera, esperaba que le ahorrara el mal trago.

Con mucha sutileza, apartó el cuerpo del de Cleo y se volvió hacia el fuego. Cleo miró su perfil reluciente y supo que él no quería enterarse. Se quedó callada, y ambos permanecieron sentados ante la ausencia de su confesión, entendiéndose entre ellos, cada uno solo en aquella comprensión. Finalmente, Frank estiró una mano para dársela a ella.

—Estás helada —le dijo—. ¿Me dejas prepararte un baño?

Cleo accedió con el más ligero de los asentimientos. Él le soltó la mano y tomó una de las velas largas para ir al baño. Ella se quedó sentada mientras escuchaba el borboteo del agua que llenaba la bañera. En el exterior, la oscuridad era absoluta.

CAPÍTULO CATORCE
Abril

Frank estaba sentado a una mesa junto a la ventana, bebiendo sorbos de un Bloody Mary, cuando llegó Zoe. A ella le alivió ver que ya estaba bebiendo, y luego se sintió culpable por haberse sentido aliviada. Había sido ella quien había sugerido que quedaran, aunque no había mencionado el motivo. A decir verdad, las cosas no le estaban yendo demasiado bien. Había perdido su trabajo en la *boutique* de la calle Christopher después de que la propietaria se hubiera encontrado con ella una noche mientras llevaba puesto un mono de seda caro que había tomado prestado de la tienda. Sin embargo, incluso antes de aquel desafortunado incidente, Zoe había logrado acumular varios miles de dólares en deudas de tarjeta de crédito, los cuales cada vez eran más difíciles de ignorar.

No era que Zoe hubiera estado viviendo a base de fideos instantáneos y saltándose los torniquetes de las estaciones de transporte, pero su conducta tampoco le había parecido tan indulgente como para resultar peligrosa, o, al menos, no más que la de las personas que conocía. Su error había sido olvidar que ella no era como sus amigos de la Tisch. Cuando se quejaban de estar sin blanca, no lo decían en serio. Cuando iban a por algo de beber y a cenar después de los ensayos, pagaban a medias un poco de cocaína, tomaban una flota de taxis de una fiesta a otra o se bebían un zumo verde de doce dólares para contrarrestar la resaca antes de clase, lo hacían a sabiendas de que siempre podían contar con un padre o con un fondo, fuera de plano, que los condujera de vuelta a salvo, a la orilla de la solvencia. Zoe, sin embargo, iba a la deriva.

Su plan había sido engatusar a Frank con varias bebidas durante la cena para luego ponerle ojos de cachorrito abandonado mientras le pedía dinero, pero él lo había trastocado todo al sugerir que fueran a desayunar al nuevo restaurante de Santiago. Por mucho que hubiera accedido al plan con varios días de antelación, Zoe sabía que iba a llegar tarde. Aunque bueno, ¿qué esperaba? Habían quedado un sábado antes del mediodía, después de todo.

Se abrió paso entre las mesas, ya llenas de comensales, y admiró el restaurante. El lugar tenía un estilo americano moderno con un giro peruano tradicional, y aquella fusión de estilos culinarios nuevos y tradicionales quedaba reflejada en los muebles de elegante acero inoxidable yuxtapuestos a unas coloridas telas andinas. En general, el lugar parecía fresco, abierto y relajado, lo que, por alguna casualidad de la vida, era lo opuesto a como se sentía ella.

Frank se había cortado el pelo desde la última vez que lo había visto, y la nube de rizos oscuros que solía rodearle el rostro se había reducido a tan solo unos cuantos tirabuzones en la parte superior. El peinado le dejaba la cabeza expuesta, lo que le resultaba extraño y le recordaba a un recién nacido. Frank se puso de pie para saludarla con un abrazo, tras lo cual se apartó de repente y se llevó una mano al pecho.

—¿Qué pasa? —le preguntó Zoe.

—Nada. —Frank lo desestimó con un ademán—. Escuece un poco.

—¿Reflujo? Te estás convirtiendo en mamá.

—No es eso. Es que... vaya... —Hizo una pausa y soltó un gran suspiro—, bah, qué más da. Quería teñirme algunos pelos grises en el pecho, pero lo que me compré fue demasiado fuerte y me quemó media piel.

Por respeto a la vergüenza de su hermano, Zoe se tragó la carcajada que le asomaba por la garganta.

—Déjame ver —dijo ella, apartándole la camisa para revelar lo que sí parecía ser una quemadura roja y enfadada que le cubría el pecho—. No es para tanto —mintió. Se sentaron y se miraron desde lugares opuestos de la mesa en silencio durante unos instantes—. Así que te has hecho un nuevo look posruptura.

—No es eso —repuso Frank—. Los hombres no hacemos eso.

Si bien Zoe quiso acotar que los hombres tampoco se solían teñir el vello del pecho, se lo pensó mejor.

—Es que había crecido demasiado —explicó él—. Pero bueno, ¿qué te parece?

Se quitó las gafas y se alborotó la parte superior del cabello. Zoe pensó que parecía un jugador de fútbol gay, aunque ver su pálido cuero cabelludo asomándose bajo el cabello y sus ojos desnudos y entornados la hizo sufrir por él.

—Te queda bien —repuso—. Pareces más joven.

Se alegró de verlo sonreír y alzó el vaso de agua con hielo de la mesa para ponérselo contra la frente. Frank la miró por encima de las gafas y deslizó su Bloody Mary hacia ella.

—Estás de resaca.

—Solo un poco. —Dio un largo trago.

—¿Qué hiciste anoche?

La noche anterior. Había salido con los susodichos amigos de la Tisch tras haberse prometido que no iba a beber, solo que, una vez que estuvo allí, había pensado que no tenía sentido no beber al menos una copa de vino, y, de hecho, si compartían una botella tan solo iba a acabar siendo un poco más que eso, y luego había visto a un productor de cine que había conocido en una *after-party* y este le ofreció invitarle algo de beber, invitarlos a todos, y le había parecido buena idea meterse algo en el baño solo para beber menos, y luego había oído que había una fiesta en un almacén de Brooklyn, y claro, se había metido en el taxi, pero solo para ir a verla, no para quedarse mucho rato, y, vaya, las bebidas eran más baratas que en Manhattan, prácticamente regaladas, tenía dinero y pidió dos y pidió tres y dónde estaban sus amigos habían desaparecido daba igual allí estaba el productor estaba bailando y sudando y gritaba algo por encima de la música que no podía oír pero sonaba como «ESTOYTANSOLOESTOYTANSOLO» y no estaba tan mal solo un poco mayor y se hospedaba en un hotel y tenía otro gramo en la habitación y les pidió un taxi y espacio en blanco estaba gritando sobre la diversidad en Hollywood o algo, estaba enfadada y espacio en blanco rodando en la cama riéndose y diciéndole que no le manchara el pelo espacio en blanco desnuda en el suelo del baño tratando de limpiarse algo húmedo se levantó agarró una toalla espacio en blanco, espacio en blanco, espacio en blanco, espacio en blanco.

—Unas bebidas con amigos, nada más —respondió Zoe, meneando la cabeza para apartar aquellos recuerdos de su mente—. Y tú estás de resaca también, se te nota.

—Me he ganado el derecho —argumentó Frank.

—Qué conveniente.

Un camarero rubio que no parecía ser mucho mayor que Zoe se dirigió a su mesa, libreta en mano. Zoe le dedicó un pequeño guiño, y, muy para satisfacción suya, el camarero se sonrojó hasta la punta de las orejas.

—Ponnos unos huevos —pidió Frank, entregándole los menús antes de que pudiera abrir la boca—. Y otro Bloody Mary. Y una cerveza de acompañamiento también.

—Yo igual —se sumó Zoe.

—Ajá, ¿de qué tipo? —preguntó el camarero, apuntando a gran velocidad.

—Corona —respondieron al unísono.

—¿Lleváis mucho tiempo juntos? —se rio el camarero.

—Es mi hermana —repuso Frank.

Se produjo una profusión de disculpas avergonzadas mientras Zoe le aseguraba que siempre les pasaba, lo cual era cierto. A simple vista, nadie diría que eran familia. Por mucho que su madre no los hubiera tenido a su imagen, sí los había tenido a su semejanza, algo por lo que ambos la resentían bastante. No tardaban en enamorarse, en enfadarse o en intentar autodestruirse. El camarero les llevó las bebidas y se retiró, todavía inclinándose a modo de disculpa.

—¿Cómo te van las prácticas? —le preguntó Frank.

—Son increíbles. Trabajo un montón.

Zoe estaba sacando créditos de clase mediante unas prácticas en una compañía de teatro experimental en Dumbo. Se suponía que con ello debía adquirir experiencia de primera mano en el mundillo teatral de Brooklyn, pero hasta el momento lo único que había aprendido había sido a vivir con la mínima cantidad de sueño posible y aun así llegar a tiempo al trabajo y a la escuela. Bebió un sorbo del Bloody Mary y lo siguió con la cerveza. Estaba tratando de decidir cuándo sacar a colación su deuda de crédito cuando una oleada de náuseas le recorrió el cuerpo.

—Así me gusta —dijo Frank—. ¿Sabes que cuando empecé en Saatchi pasaba setenta horas a la semana trabajando? Todo el personal de limpieza de la noche se sabía mi nombre.

—Y tenías un traje de recambio en el armario de las escobas —añadió Zoe sin emoción en la voz.

—Vale, veo que estás harta de esa historia —repuso Frank—. La cosa es que yo no era como tú, especial y con talento. Lo que tenía yo era que trabajaba duro. —Zoe trató de contradecirlo, pero Frank la interrumpió con un ademán—. Ahora me alegro de ello. Me dio la vida que quería. Me ha ayudado a darte la vida que quieres tú.

La vida que quería. ¿Era eso lo que estaba viviendo Zoe? Tenía veinte años, y su mayor logro había sido recibir una llamada tras un casting para el papel de Chica en Jacuzzi. Sí que pensaba que era especial, aunque no lo habría admitido. Sabía que pensar que uno era especial no tenía nada de especial.

—Pero bueno —continuó él—. A lo que voy es que estoy orgulloso de ti.

Aquel era el momento de hablarle de dinero: le acababa de servir la oportunidad perfecta. Sin embargo, cuando trató de hablar, las palabras no salieron de ella. ¿Seguiría estando orgulloso si supiera por qué le había pedido quedar? ¿Si supiera el lío en el que se había metido? Le dio otro sorbo a su bebida.

—¿Has hablado con Cleo? —le preguntó en su lugar.

Por muy triste que hubiera estado Zoe al enterarse de que Frank y Cleo se estaban separando, en sus adentros no se había sorprendido demasiado. Había pensado bastante sobre lo que ella le había dicho durante aquella noche de verano en el balcón. «Otras veces, Frank es el agujero». Si bien Zoe no sabía mucho sobre relaciones, sí sabía que aquello no era algo que decía alguien feliz y enamorado.

—Nos estamos dando un tiempo. —La miró con una expresión esperanzada—. ¿Por qué? ¿Tú, sí?

Zoe se encogió de hombros y trató de no mirar a Frank a los ojos, pues su rostro brillaba por la anticipación. Se arrepintió de haber sacado el tema.

—A veces chateamos un poco —admitió—. Sobre cosas de chicas, ya sabes.

—Qué bien —repuso él, obligándose a sonar despreocupado—. Me alegro.

—No tienes que pretender que te alegra —dijo Zoe—. Sé que debe ser raro.

—No pretendo, me alegro de que sigáis hablando. No siempre os habéis llevado tan bien.

—Eso es porque el año pasado yo era muy inmadura —explicó Zoe, magnánima—. Me cae muy bien… Aunque puedo intentar no hablar con ella si eso te duele.

—Puede seguir siendo tu amiga, aunque no sea la mía —contestó Frank, tras negar con la cabeza.

—Pero no era tu amiga —dijo ella, con la cabeza ladeada—. No de verdad.

Frank se miró el regazo.

—La cosa es que… —empezó— era mi mejor amiga.

Zoe se quedó mirando a su hermano y vio que estaba sufriendo. Con todos sus problemas, no se había parado a pensar cómo se debía haber estado sintiendo Frank. Había supuesto que estaba triste, por supuesto, pero en aquel momento, al verle el rostro arrugado y cabizbajo, vio que de verdad le habían roto el corazón. Zoe lo miró, preocupada, y se hizo una nota mental para no dejar que nadie le hiciera ese mismo daño a ella jamás. Frank se bebió lo que le quedaba de bebida y trató de esbozar una sonrisa.

—Cambiando de tema —dijo él—. ¿Qué tal tus notas?

La aparición de Santiago la salvó de responder a aquella pregunta, pues salió de las puertas batientes de la cocina con sus platos de huevos sostenidos en lo alto, como la balanza de la justicia. Estaba más delgado de lo que Zoe lo había visto nunca y parecía varios años más joven.

—¡Mira quién es! —exclamó Frank—. ¡Es el increíble hombre que se encoge! —Le dio una palmadita a la todavía significativa envergadura de Santiago con alegría, y él inclinó la cabeza, radiante con un orgullo casi sin contener.

—He oído que la chica más bella de Nueva York había acudido a mi restaurante —dijo— y he tenido que venir a verla por mí mismo. —Dejó la comida en la mesa y se inclinó para saludar a Zoe con un beso.

—Frank tiene razón —dijo ella—. Te veo muy bien.

Santiago se volvió hacia Frank y le puso una de sus grandes manos sobre el hombro.

—¿Y qué me dices de él? ¡Con ese pelo! *Muy guapo.*

—No, no. No me cambies el tema —dijo Frank—. ¿Qué pasa contigo? Tú sí que estás bien. Hasta hueles bien. ¿Qué te cuentas?

—¡Nada nuevo! Ya sabes, estoy comiendo bien, haciendo ejercicio y...

—Y has conocido a alguien, ¿no? —lo cortó Zoe.

—Tengo una nueva amiga, sí —repuso Santiago, radiante.

—¡Y no me habías dicho nada! —exclamó Frank—. ¿Quién es? ¿Cuándo puedo conocerla?

—Se llama Dominique —contestó—. Hemos tenido tres citas.

—¿Y? —quiso saber Zoe.

Es cálida como el sol.

—Vaya —dijo Frank—. ¿Por qué no me habías dicho nada?

—De verdad es algo reciente —explicó—. Y con lo que pasó con Cleo, no quería...

—Oye —lo interrumpió Frank—. No me vengas con esas. Solo porque hayamos cortado no quiere decir que no pueda alegrarme de que mi amigo haya encontrado el amor.

Santiago fue a buscar una silla cercana y se sentó a horcajadas sobre ella.

—Gracias, compadre —le dijo—. Pero, Zoe, dime, ¿te ha llorado ya? Necesita llorar. Cuando un matrimonio acaba, un hombre debería soltar lágrimas como si fueran latidos.

—No quiero hablar de ello —repuso Frank.

—No quiere hablar de ello —repitió Zoe.

—Pero tienes que hacerlo —insistió Santiago—. Es el único modo de sanar.

De hecho, Zoe nunca había visto a su hermano llorar. Él solía bromear diciendo que a su madre le gustaban tan poco las lágrimas que le había purgado el hábito a la tierna edad de cinco años.

—¿Seguiréis casados? —preguntó Santiago—. ¿Por su permiso de residencia?

—Si ella quiere, sí —repuso Frank—. La verdad es que no sé nada. Lo último que supe fue que estaba viviendo con Quentin. Estoy seguro de que está haciendo todo lo posible por volverla en mi contra.

—¿Lo último que supiste? —exclamó Santiago—. ¿Por qué no la llamas, hombre? Recuerdo la comida que os preparé para la boda como si fuera ayer mismo. De verdad fue ayer. Aún te quiere, lo sé. Una chica como Cleo quiere para siempre.

—No estoy muy seguro de que eso sea cierto en ninguna persona —repuso Frank.

—Paparruchas. —Santiago hizo un gesto para taparle los oídos a Zoe para que no se quedara con aquella opinión nada romántica—. He estado intentando llamarla. El hospital no me dejó darle mi arroz con leche. Quería preparárselo otra vez.

—¿Hospital? —inquirió Zoe.

Frank le dedicó a Santiago una mirada furiosa, y ella vio que este cambiaba de color de inmediato.

—¡Hospital, no! —exclamó—. Perdonad, me confundo con el inglés. Quería decir… hostelería. Mi equipo de hostelería no me dejó darle mi receta secreta de arroz con leche. Pueden ser muy estrictos a veces.

—Qué raro —comentó Zoe—. Es tu receta.

Miró a Frank, quien se estaba encogiendo en su silla, con la mano en el pecho una vez más. Sabía en sus adentros que Santiago le acababa de mentir. Su primer instinto fue incordiar a Frank sin cesar hasta que no tuviera otra opción que contárselo —después de todo, era chica de teatro, por lo que trataba los secretos como una fuente vital de sustento—, pero se contuvo. De repente pudo ver cómo era Frank de pequeño: aquella expresión llena de esperanza y de miedo mientras observaba el mundo desde detrás de sus gafas. Quería estirar los brazos sobre la mesa y acunarle la cabeza con las manos. Quería que supiera que siempre lo iba a escoger a él, que siempre iba a estar de su lado y que, incluso si nunca le contaba lo que le había sucedido a Cleo, lo comprendería. Porque él era su hermano y ella, su hermana. Era así de simple y así de complicado.

—Santiago, estos huevos están magníficos —dijo ella en su lugar. Imaginó que lo más amable que podía hacer por Frank en aquel momento era hacer que Santiago dejara de hablar de Cleo, y la forma más sencilla de lograrlo era pasar a hablar de comida. Dio otro bocado—. ¿Eso es páprika?

—Tienes que hablar con ella —insistió Santiago.

—Los mejores huevos de la ciudad —dijo Frank, metiéndose lo que parecía ser medio plato en la boca.

—He añadido un poco de ají panca también —dijo Santiago, rindiéndose.

—Ya lo noto —repuso Frank, tosiendo en su servilleta.

—Hablemos de Zoe, entonces. —Santiago se volvió y pasó el brazo por la parte trasera de su silla—. Dime, ¿cómo es posible que una chica como tú no tenga novio? Tenemos que encontrarte un buen chico. ¿No conoces a nadie, Frank?

—Por lo que a mí respecta, Zoe morirá virgen.

—No te preocupes, mi amor. —Santiago le guiñó un ojo—. Te encontraré un buen chico.

Zoe odiaba hablar de ello, en parte por un miedo creciente de que tal vez ella no fuera una buena chica. Las buenas chicas se ruborizaban y soltaban risitas cuando bebían, pedían vino y dejaban una medialuna de líquido todavía en la copa. Las buenas chicas iban a clase de spinning y tenían cuentas de ahorros. No sufrían convulsiones. No tenían deudas. No dejaban que unos viejos se acostaran con ellas en habitaciones de hotel y se marchaban antes de que despertaran. No veían a su hermano solo porque necesitaban dinero.

—Creo que no quiero novio —dijo Zoe.

—Eso —dijo Frank—. Céntrate en los estudios.

—Claro, céntrate —concedió Santiago—. Pero la juventud y la belleza no deberían desperdiciarse nunca.

Frank abrió la boca para decir algo, pero cambió de idea y continuó arrasando con sus huevos.

—Bueno, hoy hace un día estupendo y me alegro de veros a los dos. —Santiago apoyó la mano en la mesa entre ellos—. ¿Qué es esta cerveza que estáis bebiendo? —Meneó la cabeza y llamó al camarero, que estaba limpiando la reluciente barra del bar, nervioso—. ¡Una botella de prosecco para mis amigos! —Se volvió y les dedicó una sonrisa—. Para qué están los sábados, si no, ¿eh?

El día ya estaba llegando a su fin para cuando Zoe abrió la puerta de su piso. Tali había salido, y el lugar olía a incienso, cigarrillos y basura. Tenía que descansar. Si se iba a dormir pronto, todavía podría disfrutar de un día entero al día siguiente, tal vez pasarse por algún museo y luego ir a la escuela el lunes tras haber descansado por una vez. Se tumbó en la cama y escuchó a la muchedumbre de los sábados a través de la ventana.

Sin embargo, su mente se negaba a quedarse tranquila y no dejaba de intentar llenar los huecos de la noche anterior. Recordaba haber abierto una botella del minibar con los dientes, haber tirado M&Ms por toda la moqueta, haberse puesto a cuatro patas… Se quitó los zapatos con fuerza, presa de un escalofrío violento. Tenía que pensar en otra cosa. Abrió su portátil, y la pantalla se iluminó para mostrarle el estado de su cuenta bancaria. Cerró los ojos. No le había pedido el dinero a Frank y no pensaba hacerlo.

Se estaba sumiendo en un sueño intranquilo cuando el sonido de su teléfono pitando en su bolso la despertó de un sobresalto. Era un mensaje de su madre para preguntarle cómo le iban las prácticas. Recibir un mensaje de su madre era peor que no recibir ninguno. Volvió a lanzar el teléfono al bolso y abrió el cajón de su escritorio para inspeccionar la tarjeta de Portia. A pesar de que no era la primera vez que consideraba usarla desde que la había conocido en el grupo Clímax hacia la Conciencia, sí era la primera vez que estaba lo suficientemente desesperada como para hacerlo de verdad. La sacó de su escondite y la llevó junto con su portátil hasta la cocina. No les quedaba vino ni cerveza, por lo que buscó la botella de ron especiado medio vacía que había sobre la nevera y se sirvió un poco en su taza azul de la Tisch. Luego se sentó en el suelo, apoyada en los armarios, y tecleó la dirección web.

Una imagen de una pareja atractiva vestida de traje apareció en la pantalla bajo las palabras «Encuentra una relación de beneficio mutuo…». La página web era simple y corporativa, sin llamar particularmente la atención, hasta que Zoe clicó en la pestaña de Sugar Babies y reveló montones de imágenes de chicas. La mayoría de las fotos estaban tomadas por ellas mismas, haciendo muecas con los labios fruncidos y mirando al objetivo de la cámara situada sobre sus cabezas, pero también había imágenes de chicas en la playa, chicas en coches, chicas en el sofá, chicas en barcos y chicas en la cama. La parte superior de la página decía: «¿Quieres proporcionar compañía a cambio de que te mimen como la princesa que eres? ¡Regístrate y conecta al instante!». Zoe vació su taza y clicó.

Cumplimentó el formulario de registro con sus datos de forma rápida y mecánica. En el apartado de religión escribió «Marlon Brando». Cuando la web le pidió que subiera una foto, echó un vistazo a las que tenía y se decidió por una foto de ella misma con un vestido negro de tirantes finísimos que le habían tomado tras el debut de *Antígona*. El sol le había bronceado la piel e iluminado el cabello rizado con un tono dorado; parecía inocente y bañada en miel. Clicó en «Enviar», y su perfil se incorporó a la web. Se percató de que no había sido un proceso demasiado riguroso. Se quedó tumbada en el fresco suelo de baldosas. Casi había sido demasiado fácil.

Seguía allí tumbada, haciendo equilibrio con la botella de ron vacía en la frente, cuando su portátil pitó para indicar que había recibido un mensaje. Le sorprendió recibir uno tan rápido: ¿acaso aquellos hombres se quedaban sentados todo el día a la espera de que aparecieran chicas nuevas? Rodó para ponerse bocabajo y mirar la pantalla, lo que hizo que la botella cayera con un traqueteo tras ella. El mensaje era de un tal Jiro Tanaka.

Se metió en su perfil antes de leer el mensaje; era japonés, tenía casi cuarenta años y un rostro amplio y bronceado con arrugas alrededor de los ojos. En la sección de intereses había escrito esquiar, deportes de agua y Tina Turner. No era para nada lo que se había esperado, pues había pensado que todos los hombres de la web iban a ser ancianos llenos de manchas de la edad, como agresores sexuales pero con mejores trajes. Zoe se acercó más al portátil y abrió el mensaje.

> ¡Hola, Zoe!
> Qué nombre más bonito tienes. ¡Y eres muy mona! ☺
> ¿Estás libre esta noche para ir a por algo de beber?
> Conozco un bar de sake excelente en el centro que creo que te gustará.
>
> Jiro.

Se frotó los ojos y leyó el mensaje varias veces. Luego, con suma lentitud y con tan solo dos dedos, escribió su respuesta:

> Hola, Jiro:
> Tú también tienes un nombre muy bonito. Estoy libre esta noche.

Se detuvo a pensar, reemplazó los puntos por signos de exclamación y le dio a «Enviar». Jiro respondió casi al instante con la dirección y le sugirió que se encontraran a las 07 p. m., lo que le daba a Zoe poco más de una hora para arreglarse y caminar hasta allí. Todo estaba pasando mucho más rápido de lo que esperaba. Apoyó la mejilla contra el suelo y soltó un gemido.

Zoe caminó a toda prisa hacia el norte, por el barrio Bowery, y buscó a alguien a quien pedirle un cigarrillo. Tres chicas con chaquetas del color de las joyas la adelantaron y dejaron una nube de perfume a su paso. La chica vestida de esmeralda que iba en un extremo llevaba un cigarrillo entre los labios. Zoe se volvió para acercarse a ellas, y estas se alejaron, entre risas y brillando como una fuente de luz. Bajo su chaqueta de leopardo llevaba el mismo vestido negro de la foto, y deseó haberse puesto otra cosa. Trató de buscar su labial en el bolso, pero no dejaba de perder el equilibrio. Tocó la acera con los dedos. ¿Qué diferencia iba a hacer un labial después de todo? Soltó una carcajada. ¡Era lo que era!

El bar de sake estaba escondido al fondo de un edificio delgado de una calle residencial. Se pasó por un delicatessen de la esquina para comprarse chicles, o eso pensaba, porque acabó saliendo de allí con una lata de cerveza. Se dirigió a la mitad de la manzana y se quedó al otro lado de la calle del bar, entre las sombras. Mantuvo la chaqueta cerrada con una mano y bebió. A través de las ventanas iluminadas podía ver una fila de personas sentadas a la estrecha barra dorada. Solo un hombre estaba sin compañía, con el cabello negro y brillante. Unos grupos de flores de cerezo rosadas colgaban del biombo de papel sobre su cabeza, como si se tratara de ideas. En menuda aventura se había metido, igual que un personaje de una película. Se dio cuenta de que la vida de adulto tenía dificultades y emociones sin fin, cosas que la sobrepasaban una y otra vez, como una ola que la derribaba cada vez que se disponía a ponerse de pie.

En persona, Jiro era, muy para su tranquilidad, no muy distinto a su fotografía. Tenía el mismo rostro amplio y bronceado y los mismos ojos curiosos. De hecho, lucía incluso más joven que en la foto. Tenía lo que Frank denominaba «el brillo del dinero», un bronceado de invierno resaltado por una camisa de aspecto caro y la ligera suavidad que provoca el comer bien y a menudo. La estaba viendo acercarse a través del estrecho bar cuando puso una expresión extravagante de asombro; alzó las cejas, abrió mucho los ojos y separó los labios. Zoe parpadeó, y los rasgos de Jiro volvieron a asentarse en su mirada serena previa. Era el tipo de expresión que se usaba para entretener o asustar a los niños, aunque había desaparecido con tanta rapidez que se preguntó si se habría equivocado. Zoe se detuvo a un brazo de distancia de él.

—Guau, Zoe —dijo Jiro, bajando de su taburete de un salto—. Qué bien que hayas podido venir.

Su acento estaba entrecortado y sonaba estadounidense, aunque con un ligero énfasis de más en las vocales. Le puso las puntas de los dedos en los hombros y apretó la mejilla contra la de ella. Por miedo a que fuera a notar el olor a cerveza, Zoe se apartó rápidamente y deseó haberse comprado los chicles. Había querido entrar en aquella situación con confianza y encanto, deleitarse en aquel papel de seductora profesional, pero estaba demasiado cansada.

—Hola, Jiro —lo saludó en voz baja.

—Eres igual de guapa que en la foto —dijo él.

Zoe se percató de que no había dicho «más guapa» y se decepcionó al instante. «Igual de guapa» era prácticamente un insulto.

—Tú también —dijo ella—. No guapa, quiero decir… O sea, gracias.

—No pasa nada si me consideras guapo también. —Los ojos de Jiro se arrugaron al sonreír mientras volvía a subir a su taburete—. Bueno, espero que te guste el sake.

—Tienes que darme quinientos dólares —le indicó Zoe.

Durante el trayecto, Zoe se había percatado de que no habían hablado sobre dinero en ningún momento. Se había decidido por quinientos dólares porque parecía ser una cifra intermedia: lo suficiente para demostrar que no era ninguna aficionada, aunque no tanto como para asustarlo. No había pretendido soltarlo en aquel momento exacto, pero algo estaba pasando en su cerebro que le dificultaba contener lo que pensaba.

Jiro ladeó la cabeza como un pájaro que echaba un vistazo a un trozo de comida que no estaba seguro de si podía llevar o no y luego se estiró para recoger su chaqueta de debajo de la barra. Zoe se sumió en el arrepentimiento al instante. Quinientos era demasiado, tendría que haberle pedido menos. Después de todo, doscientos era mejor que nada.

Solo que Jiro no se puso la chaqueta, sino que se la colocó sobre el regazo y sacó un sobre del bolsillo interior. Lo abrió, se lamió el pulgar y el índice y separó con destreza una porción de los billetes del montón que contenía antes de entregárselos. Con un tirón de lo más físico, Zoe lo vio meterse el sobre, que seguía bastante lleno, en el bolsillo de la chaqueta. Así que le había pedido demasiado poco. Típico.

—Ahora que nos hemos quitado eso de encima —dijo Jiro—. ¿Lo prefieres frío o caliente?

Una ventaja del hecho de que Zoe llevara todo el día bebiendo era que la había dejado con unas náuseas que la obligaban a beberse a sorbitos el sake, una bebida que de todos modos tampoco le gustaba demasiado, junto con tragos de agua en medio. El bajón de la cocaína la había dejado sin ganas de hablar, por lo que también fue capaz de hacer algo que no solía hacer: escuchar a otra persona sin centrarse solo en lo que ella iba a decir a continuación. Jiro le había estado contando sobre su trabajo en algo llamado «capital privado» mientras Zoe asentía con fuerza, cuando él se interrumpió.

—Pidamos algo de comer también, ¿te parece? Veo que no eres de beber. La comida de este bar también es excelente.

Zoe trató de asegurarle que no tenía hambre, pero él hizo un gesto para desestimar sus objeciones y pidió todo un banquete. Le pasó uno de los humeantes cuencos de sopa *miso* que aparecieron casi al instante. Muy para la sorpresa de Zoe, aquel líquido dulce y sencillo bajó por su garganta con facilidad y le abrió el apetito. Un plato de empanadillas fritas empapadas en aceite de cebolleta llegó a continuación, y Jiro la observó con un placer evidente mientras ella devoraba una empanadilla tras otra hasta acabarse las seis para luego ponerse a comer un cuenco de arroz. Tras ello vino un plato lleno de regordetes *dim sum*. Jiro abrió uno de ellos, lo que liberó una diminuta nube de vapor. Zoe inclinó la cabeza sobre el dulce aire que emanaba de allí y esbozó una sonrisa.

Jiro pidió más platos, y, mientras ella comía, se puso a hablar. Lo que oyó por parte de él fue: el sabor de la soledad era una copa de chardonnay y un sándwich de pavo en el bar de un aeropuerto. La forma de la soledad era la cama individual de su hijo, la cual él usaba en las pocas veces en las que dormía en casa, mientras su hijo dormía en la habitación de matrimonio con su mujer. El principio de la soledad había sido mudarse de Japón a Bruselas cuando tenía nueve años, luego a Toronto con once y más tarde a Misuri, Paraguay, Suiza... Un nuevo hogar cada dos años hasta que cumplió los diecisiete. Había sido recibir el apodo «Oh, vaya» en una de las escuelas internacionales a las que había asistido, una expresión típica de Estados Unidos que había aprendido y que usaba demasiado a menudo hasta que los otros niños habían empezado a imitarlo. Había sido regresar a Japón para asistir a la escuela de negocios y descubrir que ya no era lo suficientemente japonés. Había sido casarse con una mujer a la que casi no conocía antes de que su padre muriera para que este pudiera dejar el mundo en paz. Había sido cumplir con su deber y hacer el amor con su mujer hasta que le había dado un hijo, quien, a su vez, lo había reemplazado, lo cual lo había liberado y lo había dejado solo una vez más.

—¿Por eso acudes a Papi Querido? —le preguntó Zoe—. ¿Porque tú y tu mujer ya no…?

—No haré eso con nadie que no sea mi mujer —repuso Jiro, negando con la cabeza y con una expresión de desagrado—. No sería apropiado.

Zoe trató de ocultar la sonrisa de alivio que pretendía flotar hasta la superficie de su rostro.

—Entonces, ¿solo la usas para… quedar?

—Quiero saber qué hacen los jóvenes de las ciudades que visito.

—¿Los hombres jóvenes también? —preguntó Zoe, alzando las cejas.

—No —sonrió él—. Me interesa menos lo que hacen ellos.

Zoe se había terminado todos los platos que Jiro le había pedido y se había quedado mirando los cuencos vacíos delante de ella, sorprendida. Jiro le siguió la mirada.

—Oh, vaya —dijo Jiro—. Sí que tenías hambre.

—¡Oh, vaya! —se rio Zoe.

—Sí. —Jiro limpió una mancha de salsa de soja de la barra frente a ella con su servilleta—. Es un mote muy apropiado para mí. Me suelo asombrar por todo.

—Eso no es nada malo —repuso ella—. A mí me suele decepcionar todo.

—Eres demasiado joven como para sentirte decepcionada.

—La decepción es parte de ser joven. Mi generación tiene expectativas más grandes que la tuya.

—¿Quieres saber cuál es la clave para ser feliz en la vida, Zoe? —le preguntó, mirándola.

—¿Solo hay una?

—Solo una que importe de verdad —repuso Jiro—. No hay que tener expectativas, no hay que tener preferencias. Si uno prefiere un resultado sobre otro en esta vida, lo más seguro es que acabe llevándose un chasco. Yo no prefiero nada y siempre termino sorprendido.

—Entonces, lo que dices es que, si ahora te diera dos opciones, que te bese o que te dé un puñetazo en la cara, ¿no tendrías ninguna preferencia?

—Intentaría no tenerla, sí.

—Pero muy en el fondo tienes que preferir el beso, ¿no?

—Quizá me besas y me sale un herpes labial. Tal vez me das un puñetazo y me proporcionas una nueva perspectiva sobre el dolor. Si no tengo ninguna preferencia, el resultado me muestra lo que es beneficioso o dañino para mi vida. No soy yo quien le impone ese valor.

—¿Eres budista o algo?

—No, solo soy mayor que tú. He aprendido un par de cosas.

—¿Cuántos años tienes?

—Treinta y ocho.

—Sí —dijo Zoe, pensativa—. Eso es muy viejo.

Jiro echó la cabeza hacia atrás al reírse. Su garganta era del color del cobre.

—¿Quieres que vayamos a por un helado?

La heladería estaba tranquila y cálida, iluminada por una luz color miel. Zoe y Jiro se sentaron a unos taburetes altos cerca de la ventana, como si estuvieran en un escaparate. Ella movió la masa en su refresco de helado con una pajita y sonrió. Le estaba sucediendo algo inesperado: se sentía mejor. Tal vez fuera por saber que llevaba cinco billetes de cien dólares en el bolsillo de la chaqueta, o por haber comido la primera comida de verdad en varios días, o tal vez se debiera a la combinación paliativa de azúcar y cafeína que estaba consumiendo, pero notó que tanto su mente como su cuerpo se unían por primera vez en lo que le pareció una eternidad.

—Ah, está bien que te hayas pedido un té verde —comentó Zoe, señalando la taza de Jiro con la cuchara y dándole un empujoncito en el hombro—. Que no te dé miedo seguir los estereotipos, ¿sabes?

—¿Porque soy japonés? —se rio Jiro—. Pero si el té verde se originó en China. Y ten en cuenta que también he pedido un helado de chocolate.

—Todo el mundo pide chocolate.

—¡Tú has pedido vainilla!

—Sí, pero en un refresco de helado. Eso es de la vieja escuela. —Zoe lamió la cuchara y esbozó una sonrisa—. Podría decir algo poco apropiado ahora, pero me abstendré.

—¿Sobre el helado?

—Sobre que te guste el chocolate. —Zoe alzó una ceja—. Porque, ya sabes, estás en una cita conmigo.

—¿Crees que es por eso que he contactado contigo?

—Tiene que ser parte de eso. O sea, tienes a Tina Turner entre tus intereses.

—Me gusta su música —dijo Jiro, y se removió en su asiento para que ya no estuvieran rozándose.

—Y que sea negra —añadió Zoe.

—¿Te consideras negra, Zoe?

—No me *considero* negra, lo soy. Es un hecho, no una opinión.

—Pero también eres blanca, ¿no?

—Mi madre es blanca y mi padre es negro. Así que sí, también soy blanca. Pero eso no me hace menos negra.

—Pues a mí me parece que eso es justo lo que hace.

—¿Y qué sabrás tú de eso? —Zoe notaba que se estaba ruborizando.

—Mi madre es medio coreana —explicó Jiro—. Así que sé un poco. Fue muy difícil para ella crecer en Japón. Creo que siempre se sintió, no sé… como si fuera inferior.

—Pues yo no me siento inferior —repuso Zoe. Cada vez alzaba más la voz.

—Por supuesto —dijo Jiro. Trató de ponerle una mano sobre la suya, pero Zoe la apartó—. Espero que nunca lo hagas. Solo te estaba contando la experiencia de mi madre.

—Muy bien, pero yo no soy tu madre, joder.

—Cálmate, por favor —le pidió Jiro—. No veo las cosas de ese modo. La raza no es importante para mí. Solo decía…

—Ah, venga ya. —Zoe puso los ojos en blanco—. Eso es como los hombres que dicen: «¡Respeto a las mujeres!». Si creen que tienen que decirlo, es porque no es verdad. Cualquiera que diga que no le importa la raza es porque sí que le importa. Y mucho.

—¿Te sabes el chiste del café y las opiniones? —le preguntó Jiro. Zoe negó con la cabeza—. La diferencia entre el café y tu opinión es que he pedido un café.

—Muy gracioso. —Zoe dejó la cuchara sobre la mesa con fuerza, y una pareja de cabello rubio claro los miró, sorprendidos—. Vienes de uno de los países más racistas del mundo. Estáis todos con cremas para blanquear la piel y parasoles y odiáis a los chinos.

—¿Has estado en Japón alguna vez?

—No, pero...

—Entonces tal vez debamos dejar esta conversación para cuando sí hayas ido.

—Solo porque no haya estado allí no quiere decir que no sepa de lo que hablo.

—Tal vez. Pero no parece la conversación más productiva que podamos tener ahora mismo. Y más si tus juicios hasta ahora parecen estar basados en... —A Zoe le complació ver que Jiro perdía un poco los papeles— ¡...en no sé qué! En dibujos animados, quizá.

—Pues vale —dijo ella—. No tenemos por qué hablar.

—Como prefieras.

—Disfruta de tu helado y de tu racismo latente —añadió Zoe.

Se arrepintió de inmediato, se arrepintió de todo aquel giro de la conversación, pero no pensaba disculparse. Zoe se quedó mirando el contenido de su vaso y lo removió con la cuchara hasta que el helado se disolvió en un torbellino marrón y espumoso. Al otro lado de la calle, un grupo de chicos de su edad se dirigían a un bar. Uno de ellos cargaba con una chica en la espalda y se reían. Se había olvidado de que era sábado por la noche.

Jiro estiró una mano más allá de ella para tomar una pajita. Le quitó el envoltorio de papel, lo apretujó en forma de clavecín y colocó el arrugado trozo de papel frente a ella. Luego puso la punta de la pajita en su vaso de agua y, con cuidado, dejó que una gota cayera sobre el papel. Los pliegues se abrieron, y el papel empezó a menearse por la barra. Se convirtió en un gusano de papel. Jiro dejó que cayera otra gota, y el papel volvió a crecer y se retorció hacia Zoe. Ella se volvió para observar su rostro afable y expectante.

—¿Oh, vaya? —preguntó ella.

—Oh, vaya —repuso él.

—¿Qué te parece si dejamos esta heladería? —continuó Zoe—. He visto un bar en esta calle al que podemos ir a por algo de beber.

Zoe se despertó en otra habitación de hotel, aquella con aspecto de orbe de cristal manchado de luz. Se tanteó el cuerpo: todavía llevaba puesta su chaqueta, su vestido y sus medias. Estaba a solas en la cama. Se incorporó y examinó la espaciosa *suite*. Unas ventanas como de paneles con vistas al río Hudson, un elegante escritorio y minibar, una mesita adornada con flores y una pila de revistas relucientes. Todo era brillante, espacioso y moderno. Jiro estaba sentado a cierta distancia de ella, en un sofá gris acolchado, todavía con su traje, y leía el periódico. Una sábana y una almohada estaban colocadas de forma ordenada a su lado. Alzó la mirada y le dedicó una sonrisa.

—Buenos días, Zoe —la saludó.

—Buenas —repuso ella con voz ronca.

Una botella de cristal llena de agua estaba en la mesita de noche junto a la cama. Zoe la destapó y bebió un largo trago.

—Bebiste un poco demasiado anoche. Espero que no te duela mucho la cabeza hoy.

Zoe se pasó las manos por el pelo: un matorral de enredos.

—Y aun con eso te gané al billar —dijo ella.

—Toda una vergüenza para mí —se rio Jiro—. Y también, cómo se dice... moviste el esqueleto mejor que yo.

Zoe soltó un borboteo de carcajada.

—No se te daba nada mal. Te vi hacer el robot.

Jiro improvisó una versión reducida de su baile desde el sofá.

—Lo dices por decir —contestó en una voz robótica.

—¿Has dormido en el sofá? —preguntó ella tras incorporarse más en la cama, todavía riéndose.

—Es bastante cómodo —dijo Jiro—. Estoy acostumbrado a las camas pequeñas, ya te dije.

—Gracias —repuso ella—. De verdad.

—Me temo que no pude descifrar del todo tu dirección.

—En serio, podrías haberme mandado en un taxi. —Soltó un suspiro—. Se me da bien volver a casa sola.

—No podría permitirlo. —Jiro frunció el ceño—. Y tú tampoco deberías.

Zoe puso los ojos en blanco y se dejó caer sobre la pila de almohadas tras ella.

—Vale, papá.

—Te daré el número de cuenta de mi alquiler de coches por si acaso —continuó Jiro—. A partir de ahora puedes usarlo para volver a casa.

Zoe parpadeó, medio dormida, en dirección a Jiro.

—Vale, papi —le dijo, más poco a poco.

Jiro se echó a reír y apartó la mirada.

—¿Tienes algún plan para hoy? —le preguntó.

Zoe se volvió a incorporar en la cama. Su cabello estaba echado hacia arriba alrededor de su rostro con marcas de almohada de un modo que esperaba que fuera alborotado y bonito y no solo como si hubiera sufrido una descarga eléctrica. Se llevó un dedo a la mejilla para hacer ver que estaba pensando y luego sonrió.

—Nada —dijo.

—No tengo nada en la agenda hasta esta tarde. ¿Quieres que desayunemos juntos?

—¿Trabajas en domingo?

—Trabajo todos los días.

—¿Es este el hotel en el que te sueles hospedar?

—¿Qué te parece? —le preguntó Jiro, asintiendo.

—Muy bonito —repuso Zoe, poniéndose las manos en la nuca—. Pero yo siempre juzgo un hotel por su bañera.

—¿Quieres darte un baño antes de salir a desayunar?

—Estamos en un hotel, Jiro —exclamó Zoe, saliendo a trompicones de la cama—. Vamos a pedir servicio de habitaciones.

Y así fue como comenzó lo que para Zoe fue una mañana perfecta. Vació una botella entera de espuma de baño en la bañera de mármol negro y se remojó hasta que oyó el traqueteo del servicio de habitaciones. Jiro fue a darse una ducha, por lo que ella fue libre para ponerse a comer tortitas y beicon en la cama con los dedos mientras veía *realities* en la tele. Se bebió toda una jarra de café con dos jarritas de nata. Después de que se quejara de su pelo, Jiro llamó a recepción y pidió que le trajeran un peine para ella, el cual subieron con mucha floritura sobre una bandeja de plata. Más tarde, ella y Jiro se tumbaron en la cama, cada uno metido en un albornoz blanco, y buscaron qué película ver.

—Basura, basura, basura —comentó Zoe—. Vamos a los clásicos.

—Estás muy segura de tus opiniones —le dijo Jiro.

—Lo he visto todo —explicó ella—. Igual que tú sabes de fondos de inversión, yo sé de películas.

—En tu perfil decía que Marlon Brando es tu religión. —Jiro meneó la cabeza y se echó a reír—. ¿Qué es lo que te gusta tanto de él?

—Sus gestos, su emoción, hasta el modo en que respira. —Zoe alzó las piernas para darle énfasis—. He tenido un póster suyo sobre mi cama desde que tenía diez años.

—¿Y siempre has querido ser actriz?

—Desde siempre.

—¿Por qué?

—Me gusta. —Se encogió de hombros.

—Pero ¿por qué?

—Supongo que… Bueno, cuando se es actor, podemos ser visibles e invisibles al mismo tiempo. Hablamos, pero no son nuestras palabras. Expresamos sentimientos, pero no son nuestros sentimientos, o no siempre lo son. Podemos interpretar a un personaje sin que nadie nos juzgue por quienes somos. Es algo liberador, ¿sabes lo que te digo? Nos libra de ser nosotros mismos.

—¿No quieres ser tú misma? —Jiro la miró, y de repente sus rasgos se contrajeron en la misma expresión de sorpresa exagerada que había puesto cuando se habían conocido. Era como ver la línea de un rayo zigzaguear por el centro de su cara. Zoe bajó la mirada y jugueteó con el cordón de su albornoz.

—¿Qué es esa cara que pones? —le preguntó.

Jiro se llevó una mano a la mejilla con delicadeza.

—Lleva varios años pasando —explicó—. Desde que murió mi padre. Nadie sabe muy bien por qué.

—¿Te molesta?

—Mucho.

—Yo tengo algo parecido —dijo Zoe—. Bueno, supongo que peor. A veces me dan como unas… convulsiones.

Jiro clavó la mirada en ella, con los ojos muy abiertos.

—¿Sufres de epilepsia?

A Zoe se le hizo un nudo en la garganta conforme asentía. Casi nunca pronunciaba la palabra en voz alta.

—Vaya, no me lo esperaba —dijo Jiro—. ¿Da miedo?

Ella tragó en seco; le costaba sacar las palabras.

—Mucho —logró decir.

—Aristóteles creía que las convulsiones eran un indicio de que alguien era un genio, ¿sabes? —le respondió, asintiendo poco a poco—. Él sufría de ellas, y sus profesores Platón y Sócrates también.

—Pero todos esos son blancos muertos —sonrió Zoe con tristeza.

—¡Y occidentales! —se rio Jiro—. Aun así, podemos tener en cuenta lo que decía.

—Yo al menos no creo que sea ningún genio —dijo ella.

—¿Quién sabe lo que serás? Aún estás floreciendo.

Zoe se alisó el albornoz sobre su regazo y estiró los pies.

—Supongo que tienes razón —concedió.

—¿Es por eso que fuiste al grupo de meditación del que me hablaste anoche? En el que te enteraste de Papi Querido. ¿Fue para ayudarte con las convulsiones?

—¡Ay, Dios! ¿Te hablé de eso? —Zoe escondió el rostro entre las manos—. Solo fui porque mi compañera de piso me llevó a rastras. Es una larga historia.

—Pues a mí me pareció que te había emocionado —dijo Jiro—. Sonó como una experiencia especial.

Zoe cambió de postura en la cama. No recordaba haber hablado de aquello con Jiro. Cerró los ojos y se preguntó si el nuevo medicamento contra las convulsiones que se estaba tomando sería el culpable de aquellas lagunas de memoria que se producían cada vez que bebía, como un rollo de película que se quedaba sin cinta y parpadeaba hasta apagarse. O tal vez era el modo en que bebía: del mismo modo en que bebía Frank. Del mismo modo en que, al parecer, había bebido su madre cuando todavía lo hacía.

—¿Crees en esas cosas, entonces? —le preguntó ella—. ¿En el Clímax hacia la Conciencia?

—Nunca había oído hablar de ello. Pero sí, creo en los beneficios de la meditación. Cuando tengo tiempo practico zazen, que proviene del budismo zen.

—¿Ves? —soltó Zoe, dándole un toquecito en el hombro—. Sabía que eras budista.

—¿Te caería mejor si fuera un monje budista? —preguntó Jiro, riéndose.

—Los monjes no piden servicio de habitaciones —contestó Zoe—. Y me caes bien tal como eres.

—Tú también me caes bien tal como eres, Zoe —dijo Jiro.

Intercambiaron una mirada y se sonrieron.

—Vale —dijo él—. Vemos tu película favorita de Marlon Brando y luego voy a mi reunión, ¿te parece?

Zoe hizo girar el cordón de su albornoz, contenta.

—Trato hecho.

Cuando Zoe volvió a despertarse, la habitación estaba llena de sombras. Las persianas estaban echadas, aunque un ligero cuadrado de luz todavía relucía alrededor de los bordes, por lo que aún era de día. Rodó sobre la cama y aplastó una nota situada en la almohada de al lado con la mejilla.

No he querido despertarte (creo que te hace falta dormir). Volveré de mi reunión a las 06 p. m. y traeré comida por si tienes hambre. Si tienes que marcharte antes, no te preocupes.

PD: Ahora Marlon Brando también es mi religión ☺.

El reloj de la mesita de noche emitía su brillo digital e indicaba que ya eran las 05:30 p. m. Debía haberse quedado dormida a media película, aunque eso no le pasaba nunca. Normalmente, Zoe tenía que estar borracha para quedarse dormida con un hombre. Se sentó apoyada contra el cabezal y estiró los brazos delante de ella mientras giraba las muñecas. Notó un rugido de hambre en el estómago y algo distinto más abajo, algo nuevo. Se llevó las manos a la entrepierna bajo las sábanas. Notaba un dolor placentero cuando se apretaba ahí: aquella era la nueva sensación. Zoe ya se había tocado ahí antes, pero nunca lo había sentido de aquel modo. Tras cierto tiempo, se había acabado rindiendo. Siempre había pensado que esa parte de su cuerpo estaba rota, al igual que su cerebro epiléptico. Sin embargo, se había despertado con una sensación nueva.

Zoe volvió a tumbarse en la gran cama y se abrió el albornoz por debajo de la cintura. Dudó y miró de nuevo el reloj: a pesar de que se moriría de vergüenza si Jiro entraba y la sorprendía, supuso que tenía tiempo más que suficiente hasta que volviera.

—Cuadrante superior izquierdo —se dijo a sí misma en voz baja.

Llevó los dedos hasta el lugar apropiado y cerró los ojos. Respiró hondo. Trazó círculos lentos con los dedos. No pasó nada. Pero, entonces…, algo estaba pasando. El tiempo transcurrió, el tiempo empezó a desaparecer. No le pareció gran cosa… hasta que le pareció ser todo. ¿Cómo podía describir aquel florecimiento? Una agonía exquisita, cada parte de ella tensa con una firmeza insoportable, con los dedos de los pies rígidos y extendidos, una concentración paralizante, la certeza de que si paraba aunque fuera un segundo iba a perderlo, o él iba a perderla a ella... Pero no, no podía, porque allí estaba, se encontraba justo en el borde, suspendida de manera agonizante sobre él, tan cerca, tan tan cerca, y entonces sí, entonces llegó, y estaba cayendo, hundiéndose a toda prisa hacia el centro dulce y rojo, como terciopelo, como terciopelo, una oleada tras otra de puro placer, y allí estaba de nuevo, aquella intensidad inmensa, aquella inmensidad intensa, y entonces de nuevo la oleada de terciopelo, indescriptible, mejor que cualquier palabra, había pasado, estaba allí, el allí estaba con ella, y era una chica de verdad, una chica de verdad, una chica de verdad...

Abrió los ojos y apartó la mano. Una nueva humedad le cubría los dedos. Se sentía vacía y llena al mismo tiempo. Una sensibilidad deliciosa entre las piernas. *Así que de eso era de lo que hablaban*, pensó. Y luego se echó a reír y apretó el lado de la cara contra la almohada, la cual estaba caliente. Un charco de placer, eso era lo que era ella.

Cuando oyó que la puerta se abría un poco más tarde, todavía seguía derretida en la cama. Jiro estaba en la puerta, con una bolsa de comida para llevar en cada mano, y le sonreía.

—Sé que me vas a decir que soy un cliché —le dijo—, pero he traído sushi.

Se detuvo y la miró. Zoe notaba que tenía las mejillas encendidas y rosadas, y los ojos con un brillo inusual. Trató de sonreírle, pero la risa volvió a invadirle el cuerpo y se alzó desde su interior como un conjunto de globos coloridos. Jiro dejó las bolsas en el suelo y se echó a reír con ella. Un rato más tarde, cuando a ambos se les hubo acabado el aliento, él se sentó en el borde de la cama y la miró.

—Bueno —dijo, secándose los ojos—, ¿de qué nos estamos riendo?

CAPÍTULO QUINCE

Mayo

Cleo había estado viviendo con Audrey durante una semana cuando se percató de que el vecino la observaba a través de la ventana. Se acababa de dar una ducha y estaba desnuda en la habitación de Audrey, echándose crema, cuando alzó la mirada y lo vio. Se quedó petrificada. Cerrar las cortinas significaba caminar hacia él, y retroceder solo le ofrecería una vista alternativa de ella de espaldas. Por el pánico, se lanzó al suelo y se arrastró hasta el baño como en un entrenamiento militar, con lo que dejó un reluciente rastro de crema hidratante en el suelo de madera tras de sí.

Cerró la puerta con un dedo del pie y se sentó hecha un ovillo sobre el suelo de baldosas. No era solo que la hubiera visto desnuda, era su cicatriz. La delgada línea morada que iba desde su muñeca hasta el codo, treinta puntos como vías de un tren. ¿Qué más le daba si él la veía? No era nadie. Solo que su cicatriz le parecía algo más desnudo que estar desnuda, más secreto que su propio cuerpo. Nadie la había visto, salvo Frank. Y no había visto a Frank en dos meses.

Cuando volvió a abrir la puerta del baño, el vecino se había marchado. Cleo se vistió deprisa con unos tejanos clásicos de cintura alta y una de las chaquetas de seda que había pintado a principios de año, con unos pavos reales gigantes y cuervos negros relucientes por la espalda. Había llevado varias de ella en la maleta cuando se había marchado de la casa de Frank, todo lo que fuera de manga larga. Se echó un vistazo a las mangas de la chaqueta. Le quedaban algo holgadas, por lo que subían y bajaban por el brazo con total libertad. Se la quitó y se puso una camisa de manga larga debajo antes de volver a atarse la chaqueta. Daba gracias por que la primavera todavía no hubiera pasado a ser cálida.

Cuando Cleo entró en el salón, Audrey estaba tumbada en el sofá, y su nuevo novio, Marshall, le masajeaba los pies. Marshall era alto y de cabello castaño, con un rostro cuadrado y simétrico. Tenía lo que Cleo había oído llamar alguna vez «apariencia de suplente»: era apuesto de forma genérica, sin ningún fallo, pero tampoco sin ningún carácter en concreto.

—Guau, qué guapa —dijo Audrey.

—Creo que tu vecino me estaba espiando mientras estaba desnuda —comentó Cleo, antes de apoyarse en el brazo del sofá para hacerse una trenza.

—Menudo pervertido —repuso Audrey—. El otro día lo pesqué espiándonos mientras lo hacíamos.

—Cariño, eso es porque te niegas a cerrar las cortinas —dijo Marshall.

—Es que prefiero cómo me queda la luz natural, corazón.

—A lo que voy, capullito de alhelí, es a que eso no ofrece demasiada privacidad.

Cleo sonrió para sí misma ante aquella conversación. Cuanto más quisquillosos se ponían el uno con el otro, más empalagosos se volvían sus motes. Ello, además del don que tenía Marshall para ofrecer el conocimiento psicológico más básico en cualquier situación («Las relaciones son complicadas», «Las personas están

402

llenas de sorpresas»), era una fuente constante de diversión para ella.

—Eso es lo que pasa en Nueva York —continuó Audrey—. Ni siquiera tu propia habitación es privada. Supongo que todo el mundo es un escenario.

—Y los hombres y las mujeres solo son arrendatarios de quienes les cobran demasiado —dijo Cleo.

—Nueva York es *tan* cara —comentó Marshall.

Audrey acarició la mejilla de Marshall con cariño con el dedo gordo del pie. Se habían conocido en el primer restaurante de Santiago, donde ella seguía siendo camarera y él también lo había sido hasta hacía poco, pues en aquellos momentos se ganaba la vida molestando alegremente a los turistas para que compraran entradas a clubes de comedia de la calle MacDougal, donde a veces también actuaba con su grupo de improvisación. Audrey había librado a Cleo de tener que asistir a dichas actuaciones, pues no creía en el teatro en que, en sus propias palabras, «nadie se había molestado en aprenderse el diálogo». Marshall era el primer novio de Audrey, el primer hombre que Cleo hubiera sabido que se había acostado con ella más de una vez, de hecho.

—Bueno —dijo Audrey—, yo también debería ir arreglándome. Estás muy guapa, Cleo. Quiero ponerme algo así.

—¿De verdad? —preguntó ella—. Tengo más, si quieres ir a echar un vistazo al montón junto a mi maleta.

—¡Beneficios de tener a Cleo como compañera de piso! —canturreó Audrey tras ponerse de pie de un salto y dirigirse a la habitación.

—¡Solo invitada! —le gritó ella desde el salón—. Te prometo que no pasaré mucho tiempo en el sofá.

—No te preocupes —la tranquilizó Marshall—, nos encanta tenerte por aquí.

Cleo alzó una ceja: «¿nos?». Hasta donde ella sabía, Marshall vivía en un ático en Red Hook con otros seis actores sin empleo. Audrey reapareció desde la habitación con una de las chaquetas puestas sobre un vestido tan corto que acababa pareciendo un albornoz diminuto.

—¡Tachán! —Audrey giró sobre sí misma con sus tacones de aguja—. ¿Qué os parece? ¿Suficiente para la fiesta del año?

Iban a ir a la velada inaugural de la nueva exposición del artista Danny Life, *Revelaciones mortales*. Danny y Cleo habían ido juntos a la universidad, cuando él llevaba aparato y seguía llamándose Danny Rodríguez, que era como había podido conseguir que los incluyeran en la lista de entrada para lo que se podía decir que era la fiesta más exclusiva y publicitada que había salido de un círculo de artistas conocidos por producir fiestas exclusivas y publicitadas.

Situado en un almacén de licor abandonado en Randall's Island, el evento era promocionado por unos agentes inmobiliarios que esperaban reunir apoyo para dos torres de lujo que planeaban construir donde se encontraba el almacén. Era la estocada central de un intento por renovar el barrio como un hogar viable para los profesionales urbanos creativos, la mayoría de los cuales ni siquiera había oído hablar de Randall's Island. Solo que Cleo no iba a ir por la publicidad, la lista de invitados ni el placer de ser capaz de decirles a los no invitados que había ido. Frank iba a estar ahí. Iba a ver a Frank. Iba para que Frank la viera.

Al acertar en que un viaje de una hora en metro iba a hacer que el público al que querían cortejar se echara atrás, los organizadores de la fiesta habían dispuesto una flota de autobuses escolares amarillos para que fueran a buscar a los invitados desde Union Square hasta el almacén. Los autobuses estaban dispuestos en fila a lo largo de la calle 15 junto a un puesto que vendía flores hechas de mango pinchadas en un palo, un camión de kebabs y una mujer que ofrecía lectura de las palmas de las manos. Aquello era lo que hacía especial a Nueva York, pensó Cleo conforme caminaban hacia los autobuses. Como nunca sabía lo que cada uno quería, lo ofrecía todo.

—¿Estarás bien si nos encontramos con Frank? —le preguntó Audrey.

—Puede ser difícil ver a un ex —comentó Marshall.

—No es mi ex —explicó Cleo—. Todavía.

Tras volver de la cabaña, habían estado de acuerdo en que sería buena idea pasar un tiempo separados. Desde entonces, Cleo había vuelto a tomar sus antidepresivos y al fin estaba empezando a sentirse como ella misma de nuevo. Estaría bien que Frank pudiera verla en algún evento social en el que ella pudiera parecer despreocupada y normal, más como cuando la conoció, o eso era lo que pensaba Cleo. Y estaba segura de que Frank iba a estar allí. Había comprado uno de los primeros cuadros de Danny y jamás se perdería una fiesta de semejante magnitud. Cleo deshizo su trenza y la volvió a hacer. Esperaba estar guapa. Tendría que haberse maquillado más.

—Vaya, qué suburbano todo —dijo Audrey en un gritito mientras se subían al autobús escolar.

Cleo echó un vistazo a los asientos: Frank no estaba. Lo más probable era que estuviera en otro autobús. Siguió a Audrey y a Marshall por el pasillo y pasaron por delante de un hombre que tenía una cacatúa de color salmón posada sobre el hombro. Llevaba una camiseta con una imagen de lo que parecía ser esa misma cacatúa.

—Bonita camiseta —comentó Audrey cuando pasaron por delante.

El hombre le dedicó una mirada con el gesto torcido y luego se volvió, al mismo tiempo que su cacatúa, para mirar a través de la ventana.

Quentin ya estaba sentado en la parte trasera, con aspecto inquieto y fumando un cigarrillo por la ventana a escondidas. Junto a él estaba Alex. Cleo había pasado la mayor parte de aquellos dos meses viviendo con Quentin hasta que Alex, la pareja rusa que había conocido mediante algún modo sombrío por el que Cleo sabía que no debía indagar, había aparecido por allí. Había dicho que lo iban a desahuciar de su piso cerca de la playa Brighton, y Quentin no había tardado en invitarlo a quedarse, lo que a ella le había parecido una señal de que debía mudarse con Audrey.

Alex era apuesto, pero estaba destrozado, como abrir una reluciente chaqueta de piel de visón para ver que el forro estaba manchado y carcomido por las polillas. Observaba a Quentin en todo momento con unos ojos atormentados y cautelosos, y aceptaba sin dar las gracias cualquier droga, bebida o comida que Quentin le ofreciese.

—No es un perro callejero —había reñido Cleo a Quentin—, no tendrías que darle de comer para que se quedase contigo.

No obstante, eso solo había provocado que Quentin pasara a llamar *Pies* a Alex, la palabra para «perro» en polaco. Dado que Alex casi no hablaba cuando ella estaba presente, Cleo no se había llegado a enterar de qué le parecía su nuevo nombre.

—Qué divertido, ¿eh? —dijo Quentin cuando llegó hasta él—. Como ir de excursión con el cole. Solo que con drogas.

Quentin llevaba un corsé bajo una chaqueta de cuero, unos tejanos negros de pitillo y botas de motero con tacón. Los huesos de la clavícula le sobresalían por encima del escote, y sus mejillas altas tenían una calidad hueca y demacrada. Cleo no se podía creer que se hubiera encogido tanto en tan solo unas pocas semanas. Nunca lo había visto llevar ninguna de sus prendas de mujer fuera de su casa, por lo que tuvo la precaución de que su rostro no mostrara demasiada sorpresa.

—Estás muy guapo —le dijo Cleo—. ¿Seguro que vas a poder caminar bien?

—He estado practicando —confesó Quentin, y le guiñó un ojo. Sus pestañas relucían con purpurina negra.

Alex, según vio Cleo con cierto sobresalto, iba vestido con la antigua ropa de chico de Quentin. Cleo se encontró con su mirada y se dio cuenta de que la había estado observando con satisfacción mientras ella se percataba de su atuendo.

—Guau —le ladró ella, y tomó asiento junto a la ventana tras ellos.

El autobús había creado la combinación ideal de nostalgia infantil y diversión adulta; una atmósfera casi de excitación frenética invadió el ambiente mientras los invitados se pasaban botellas por el pasillo y trataban sin mucho éxito de empezar a cantar en grupo canciones famosas de los años noventa. Cleo, por desgracia, se encontró sentada junto a Guy, un artista de maquillaje francés y viejo amigo de Frank que en su cena de boda se había emborrachado tanto que había acabado yendo a la sala de basura del edificio y había vomitado por el conducto.

—Hola, Guy —lo saludó, sin poder resistir pronunciar su nombre como en inglés, lo cual sabía que era algo que lo incordiaba en particular.

—Venga ya, sabes que se pronuncia «gui», como en «gui-llo-ti-na» —dijo—. ¿Cuánto tiempo hace que nos conocemos ya?

—Suficiente como para tener que saberlo.

Le sonrió y apoyó la mejilla contra la de él. Tuvo la precaución de respirar por la boca, pues Guy fumaba como un francés de verdad: en todo momento. Sin embargo, le sorprendió solo oler a champú. Esperaba que no le preguntara por Frank, pues el hecho de que ya no vivieran juntos todavía no era conocimiento público. Para ello, sabía que la mejor táctica era hacerlo hablar de sí mismo.

—Estás muy guapo —dijo ella.

—Lo sé —contestó—, llevo casi seis meses sobrio.

—¿En serio? —Audrey se giró en su asiento para mirarlo—. Pensaba que los franceses podían beber y fumar más que todos nosotros sin problema.

—Eso es lo que solía decir yo —dijo Guy—. Hasta que me fui de gira.

Mientras el autobús se dirigía a la autopista FDR, les contó sobre los cuatro meses que había pasado encargándose del maquillaje de un importante grupo de rock en una gira de reunión de un año de duración por todos los Estados Unidos y Europa. El ciclo sin fin de alcohol y drogas gratis que lo rodeaba, la pelea en un bar de Ámsterdam en la que había perdido medio lóbulo, la prostituta de Bruselas que le había robado a punta de navaja y, por último, la vez que se había despertado completamente desnudo en el pasillo de un hotel sin saber qué hora era, cuál era su habitación ni tampoco si estaba en el hotel correcto. Se había tambaleado a lo largo de un pasillo sin fin, perdido, desnudo y lleno de pánico, y delante de él había visto una luz que relucía desde la puerta entreabierta de un armario de limpieza. Como si hubiera estado en trance, caminó hacia la luz y abrió la puerta. En el interior, había encontrado una túnica blanca y acolchada en una percha. En el interior, había encontrado a Dios.

—¿Y eso fue todo? —le preguntó Audrey—. ¿Te pusiste un albornoz y dejaste de tomar drogas?

—No. —Se encogió de hombros—. Volé hasta México para tomar ayahuasca durante tres días. Luego dejé de tomar drogas.

—¿Y cómo fue eso?

—Primero —repuso Guy, sosteniendo un dedo manchado de tabaco— ves el color naranja. Luego —imitó una explosión a ambos lados de la cabeza con las manos— te das cuenta de que nunca has amado de verdad.

—Guau —dijo Marshall—. Un momento puede cambiarte la vida para siempre.

Quentin se volvió para mirar a Cleo y puso los ojos en blanco.

—Ahora solo soy adicto a meditar —continuó Guy.

—La meditación como medicación —comentó Audrey, claramente complacida consigo misma.

—*Exactement* —asintió Guy—. Mi meta es llegar al día en que solo posea un taparrabos y un cuenco tibetano.

—No te olvides del cepillo de dientes —interpuso Quentin.

Cleo guardaba silencio y miraba a través de la ventana, hacia el río Este que pasaba a su lado, las luces de Long Island City más allá y el cartel de Pepsi-Cola de *art déco* con su letra de color rojo rubí dramático. Estaba pensando en el día que había salido del hospital. Frank la había desnudado en el oscuro baño de la cabaña y le había quitado la camiseta por encima de la cabeza mientras ella levantaba los brazos, como una niña pequeña. Ella le había apoyado las manos en los hombros mientras él se arrodillaba para quitarle los tejanos por los tobillos y los pies. Notaba que el aire le susurraba entre los puntos de sutura. Frank le bajó la ropa interior y ella se la quitó con cuidado. Su cuerpo parecía haberse drenado de todo sexo y había vuelto a ser una niña. Frank le apoyó la frente en el montículo bajo el ombligo, y ella le acunó la cabeza con las manos, con su encantador cabello rizado asomándose entre los dedos de Cleo. Devoción. Aquella era la palabra para describir a dos cuerpos como aquellos. Y, en aquellos momentos, entendía que deberían haber sido más devotos.

—¿Cleo? —Quentin la estaba mirando—. ¿Todo bien?

—No pasa nada —repuso—. Un poco mareada por el viaje, quizá.

—Solo preguntaba, ya sabes —dijo él—. Para ser un buen amigo.

Quiso decirle que un buen amigo de verdad no sentiría la necesidad de señalar lo buen amigo que era todo el rato, pero lo dejó estar. Quentin se volvió hacia Alex, cuyos ojos amarillos se habían quedado fijos en él. Sin mirarlo, Quentin sacó una bolsa de plástico de su bolsillo y la dejó sobre el regazo de Alex. Contenía lo que parecían ser esquirlas de hielo. Cleo pudo ver, en el atisbo que le permitía el hueco entre los asientos, que la comisura de la boca de Alex se alzaba en una sonrisa.

—¡Mirad, ahí está Zoe! —soltó Audrey.

Estaban adelantando a uno de los otros autobuses escolares que se dirigían a la fiesta. A través de la ventana, vieron la bella cabeza con rizos de Zoe apoyada en el hombro de un hombre asiático mayor que ella y vestido de traje. Su autobús aceleró, y Zoe desapareció tras ellos.

—Esa chica es un enigma —comentó Audrey, meneando la cabeza.

Quentin alzó los brazos por encima de la cabeza y movió las manos.

—¿Hemos llegado ya? —gritó.

—Es imposible que estés aburrido ya —se rio Audrey.

—Ya me conoces —dijo Quentin—. Prefiero llorar en una limusina que reírme en un autobús.

Treinta minutos más tarde, llegaron a las puertas de entrada del almacén y aparcaron cerca de un amplio patio. Al otro lado del oscuro río, el puntiagudo paisaje de Manhattan parpadeaba ante ellos. Los invitados se aglomeraron al salir de los autobuses y los condujeron a través de una pasarela delineada con antorchas encendidas hacia dos mujeres con aspecto de estatua que sostenían unos sujetapapeles. A ambos lados de ellas había una línea de guardias de seguridad de aspecto estoico. Cada uno de ellos les dijo su nombre a las chicas altas situadas al frente, todos menos Alex, quien se quedó mirándolas con desafío.

—Este no entra —indicó la chica con el sujetapapeles.

—Esta es la exnovia de Danny —dijo Quentin, empujando a Cleo delante de él—. Y él es su invitado.

Si bien aquello era una exageración, Cleo sí que se había acostado con Danny en ciertas ocasiones a lo largo de un año, hasta que, en lo que resultó ser la jugada más sabia de su carrera, él había empezado a salir con la hija de uno de los propietarios de galería de arte contemporáneo más grande de Nueva York. Ella había llevado a su padre a la exhibición de su tesis, y, dos años más tarde, Danny era el artista joven de mayor éxito comercial de la ciudad y vendía un cuadro por doscientos cincuenta mil dólares con tan solo veintiséis años. No obstante, últimamente la carrera de Danny había dado un giro para peor, pues una serie de exposiciones con muchas ventas pero con mala crítica habían generado rumores de que se estaba convirtiendo en el último ejemplo de que alcanzar el éxito muy temprano podía arruinar la integridad de la carrera de un artista.

Después de que Cleo hubiera demostrado con una serie de mensajes de texto sacados a toda prisa que Danny la había invitado personalmente, la chica del sujetapapeles les permitió entrar a todos a regañadientes. Atravesaron un astillero adoquinado delineado por dos grandes bares exteriores, además de *food trucks* y un *photocall*. En el centro había una escultura de hielo de Danny sosteniendo una botella de uno de los patrocinadores de licor de la fiesta. La escultura era de un tamaño cómico, de la altura de un niño, y con tan solo unas pocas de las rastas que lo caracterizaban.

—¿No podrían haberse esforzado un poco más y hacerla a tamaño real? —comentó Quentin, señalando la escultura—. Por favor, que tienen *gelato*.

Cuando Cleo miró a su alrededor, una sensación líquida de fracaso le recorrió el cuerpo entero. ¿Qué había estado haciendo todos aquellos años? Se había quedado tan atrás… La técnica de Danny había estado menos desarrollada que la suya durante su paso por la universidad, y, aun así, él ya había logrado todo aquello. Ella no había conseguido nada, no había hecho nada con su vida.

—¿Sabéis lo que más me gusta de las fiestas de artistas? —preguntó Quentin—. Se puede mirar en cualquier dirección y encontrar a al menos tres personas vestidas de negro y con cuello alto en cualquier momento.

—Y al menos un sombrero ridículo —interpuso Audrey, cuando un hombre que llevaba un fez pasó por delante.

—Vale, vamos a comprobar la teoría —dijo Marshall. Miró a los invitados y se echó a reír—. Pues sí, cuento tres cuellos altos.

Cleo echó un vistazo a su alrededor y contó uno, dos… y allí, el tercero era Anders. Miró bien a las personas a ambos lados de él: estaba solo. Frank no estaba allí. Anders parecía, aunque fuera imposible, más joven de lo que lo había visto nunca, más delgado y bronceado. *Típico*, pensó Cleo. Se estaba abriendo paso a través de la muchedumbre hacia ella. Luego la atrajo hacia él, le rodeó la espalda con los brazos y le dio un beso en la parte superior de la cabeza. Su olor... no podía soportarlo. Se apartó de él, y sus brazos cayeron a ambos lados mientras una expresión de vergüenza dolorosa le pasaba por el rostro.

—Me alegro de verte —le dijo, antes de volverse hacia sus amigos para saludarlos con su acento danés entrecortado—. Hola, hola.

—Estábamos viendo cuántas personas con cuellos altos negros podíamos contar en este sitio —le dijo Quentin.

—Vaya —repuso Anders, mirándose el pecho como si se acabara de dar cuenta de lo que llevaba puesto—. ¡Pues me habéis descubierto! ¿Qué significa?

—Que eres un cliché —le espetó Quentin—. Es broma.

Cleo notó la sensación doble de orgullo y humillación que tan bien conocía: orgullo por cuánto la protegía Quentin y humillación por el modo sarcástico con el que lo demostraba.

—¿Te has dado cuenta —preguntó Anders, volviéndose hacia Cleo— de que cada vez que un estadounidense dice «es broma» nunca lo es?

—Oye, que soy polaco —interpuso Quentin.

—Voy a llevarme un momento a tu amiga. —Anders tomó a Cleo del brazo mientras le contestaba a Quentin.

La condujo hacia un lugar tranquilo junto a las antorchas, y se quedaron mirándose, con la luz del fuego lamiéndoles el rostro. De cerca, ella vio que, bajo su bronceado, el rostro de Anders no parecía más joven, sino arrugado por el cansancio. La luz del fuego no le llegó a los ojos.

¿Cómo estás? —le preguntó él—. Te veo bien.

—Yo a ti también —repuso ella—. Muy... californiano.

—Ah, sí —dijo, frotándose la mejilla—. Ahora vivo cerca de la playa. A veces hasta surfeo.

—A Jonah le debe encantar —comentó.

—De hecho, Jonah no ha venido a verme aún. —Anders se miró los pies.

—Ah, pensaba que...

—No pasa nada. —Anders hizo un ademán con la mano frente a él—. Ya sabes cómo son los adolescentes. —Sacó el móvil del bolsillo y lo volvió a meter, nervioso—. Pero me encanta estar allí. El aire fresco... todo. Y, bueno, he conocido a alguien.

—Ya me había enterado —dijo Cleo.

De hecho, lo había visto. Se había enterado de lo de su nueva novia tras haber tenido la mala idea de buscarlo en Google. Era preciosa, cómo no, una modelo. Había dos fotos de ellos juntos, ambas del mismo evento para su revista en Los Ángeles. La primera los mostraba dándose la mano, con la cabeza ligeramente inclinada hacia el otro. En la otra se encontraban en la fiesta, sosteniendo copas de champán, capturados a media carcajada. Cleo había estado hecha un ovillo en el sofá de Audrey, bañada en el halo de luz azul de la pantalla de su ordenador, con el sonido de Audrey y Marshall haciendo el amor traspasando suavemente las paredes, y había pasado de una foto a otra de ellos sonriendo y riendo, sonriendo y riendo...

—¿Está por aquí? —le preguntó Cleo.

—No, por desgracia viaja mucho por trabajo —explicó—. Ahora está en las Bahamas.

—Qué buena vida. —Cleo le dedicó una débil sonrisa.

—Yo solo he venido durante el fin de semana, ahora que lo dices —continuó Anders—. Tenía la esperanza de llevar a Jonah al cine esta noche, pero quería salir con sus amigos, claro. —Le evitó la mirada a Cleo y miró por encima de su cabeza, se percató de la presencia de alguien más que conocía entre los invitados, le hizo un ademán a quienquiera que fuera y le articuló un saludo.

—¿Dónde está Frank? —le preguntó Cleo.

—¿Frank? —Anders volvió a centrar su atención en ella—. No pensó que fuera apropiado venir, como Danny fue tu compañero de clase... —Se pasó las manos por el cabello, el cual estaba más claro que antes, con unos mechones casi blancos por el efecto del sol.

—Ya veo —repuso Cleo, tratando de mantener una expresión tan neutral como le fuera posible. La decepción que sintió fue tan física que le preocupaba que su rostro fuera a perder todo el color. Estaba desesperada por volver a casa, por estar sola una vez más, sin todas aquellas pretensiones. Pero ¿dónde podía ir? Estaba muy lejos de cualquier lugar al que hubiera podido llamar «hogar».

—Pensó que estarías aliviada de que no estuviera aquí —continuó él.

—¿Y tú? —le preguntó ella, alzando la cabeza para poder mirarlo a los ojos—. ¿No pensaste que deberías quedarte lejos también?

—Quería verte. Quería asegurarme de que estuvieras bien.

—¿Ahora te importa si estoy bien o no?

—Venga, Cleo. —Volvió a sacar el teléfono del bolsillo, incapaz de devolverle la mirada—. Seguimos siendo amigos, ¿no? Solo quería darte algo de espacio, ya sabes, para que ordenaras tus sentimientos.

—¿Espacio? —siseó—. ¿Llamas «espacio» a no volver a hablarme?

Se había imaginado en varias ocasiones cómo sería volver a ver a Anders. En sus fantasías era como si estuviera hecha de metal: brillante, fría e impenetrable. Solo que todos sus sentimientos, sus absurdos sentimientos de dolor, no dejaban de brotar a la superficie.

—¿Qué se suponía que debía haber hecho? —le preguntó él, alzando las manos como si quisiera protegerse—. Me dijiste que lo ibas a dejar, pero no lo hiciste. Así que supongo... Supongo que traté de pasar página.

Cleo quiso decirle que no podría haber dejado a Frank sin la seguridad de que Anders fuera a estar esperándola al otro lado, una seguridad que él no le supo proporcionar cuando se la pidió. Se odiaba a sí misma por haberla pedido. Había tenido demasiado miedo. Y de verdad había llegado a creer que podía querer a Anders, aunque en aquel momento vio que solo se había aferrado a él porque no veía otra salida. Odiaba pensar en ello.

Quiso recordarle que era ella quien tenía veintitantos años; Frank y él habían entrado en los cuarenta. Tenían sus carreras, su dinero. Tenían la ciudadanía, la estabilidad y el poder. Comparada con ellos, Cleo no tenía nada más que a sí misma.

—Te llamé —fue lo que se decidió a decir.

—Hice lo que consideré que era lo mejor —se defendió Anders—. Por favor, intenta entender mi lado también. Conozco a Frank desde hace veinte años.

Una cadena de personas que avanzaban hacia el bar pasó a su alrededor, animadas y hablándose a gritos. Anders se alejó de ella para dejarlas pasar.

—Ni siquiera te despediste de mí —continuó ella.

—Lo siento, Cleo. No sé qué decirte. Hice lo que consideré oportuno.

Anders la miró, y su rostro estaba lleno de lástima. Debía pensar que era patética. Quería estirarse y retirarle aquella expresión como si fuera una hoja de papel y estrujarla con las manos. Se cruzó de brazos y se apartó de él. Ya no había nada más que decir. Anders estiró una mano para tocarle un codo ligeramente.

—Cleo —la llamó en voz baja. En su boca, su nombre sonaba como algo cayendo, dos golpes a través de unos escalones. «Cle-o».

—¿Qué?

Abrió la boca para decir algo, pero pareció arrepentirse.

—¿Seguimos en contacto? —dijo en su lugar.

—No sigo en contacto con algunos de mis mejores amigos —repuso ella, antes de volver a dirigirse hacia la multitud.

Se abrió paso entre los invitados que se dirigían a los bares y se adentró en la primera sala del almacén. Un ataúd lleno de agujeros de bala colgaba de una gruesa cadena metálica y giraba en una órbita lenta, suspendido sobre una montaña de espejos rotos. Miró hacia abajo y vio cientos de fragmentos de su propio rostro reflejados: un atisbo de mejilla, de cuello, de ojo. ¿Quién era ella? Una artista que no creaba arte. Una mujer sin marido. Una hija sin madre.

—¡Ahí estás! —Quentin la sujetó del brazo. Tenía los ojos como dos orbes negros brillantes—. ¿Has visto a Alex?

Cleo negó con la cabeza. El agarre de Quentin era tan fuerte que iba a dejarle una marca. Le puso la mano sobre la de él y le apartó los dedos.

—¿Estás bien?

—¡De maravilla! —contestó Quentin con un acento británico, tras lo cual echó la cabeza hacia atrás para soltar una carcajada dramática con la boca abierta. Volvió a llevar la cabeza hacia delante, con la expresión seria de repente. Sus ojos no reflejaban la luz—. Tengo que encontrar a Alex.

—¿Qué te has tomado? —le preguntó, pero Quentin ya se estaba alejando de ella para meterse entre los invitados. Mantuvo su nuca en su campo de visión hasta que llegó a la sala principal del almacén, parpadeó y lo perdió de vista entre los numerosos cuerpos que había en el lugar.

Pasó por un pasillo en el que los invitados se deleitaban arrancando los tablones del suelo como si fueran costras en la piel. La pista de baile ya estaba a rebosar, y la muchedumbre se movía al ritmo de una canción que Cleo desconocía. Notaba que el bajo le tiraba del vello de los brazos y vibraba contra su piel. Vio a Audrey y a Marshall saltando juntos cerca de la pared.

—¡Por aquí! —la llamó Audrey y le pasó una botella de agua—. ¿Quieres? Le hemos echado un poco de maría.

Sí, claro que quería. Quería algo que pasara sobre ella como una inundación y se llevara consigo años enteros de su vida. Aquellos últimos meses llenos de esperanza en los que había creído que su madre se estaba poniendo mejor: fuera. La noche que había conocido a Frank, su sonrisa, sus piropos, su mano metiéndose bajo su vestido hasta quedarse entre sus piernas: fuera. Aquellas semanas con Anders: fuera. De hecho, todos los hombres que se habían adentrado en ella, que la habían besado y follado, que se habían corrido en ella, sobre ella. Los quería fuera. Quería un río lleno de los cuerpos de los hombres extraídos de ella. Quería morir por inundación.

Agarró la botella y le dio un enorme trago, tan grande que varias gotas se le escaparon por las comisuras de los labios.

—Eh, poco a poco —gritó Marshall—. Es bastante fuerte.

—Mejor.

Le lanzó la botella para devolvérsela y se abrió paso hacia los bailarines. Le daban codazos y empujones por todas partes; todos parecían ser más altos que ella. Un hombre con el tatuaje de una calavera que le cubría su cabeza rapada la sujetó de la cintura y empezó a bailar con ella, frotando sus caderas contra las de Cleo. Ella se apoyó en él durante un instante cuando la acercó y le puso su rostro húmedo en el cuello. Lo sujetó de los brazos y le clavó las uñas con toda la fuerza que pudo.

—¡Joder! —soltó el hombre, empujándola para alejarse de ella. Todavía lo oía gritar cuando se volvió a meter entre la multitud. «Puta loca».

Cleo logró llegar hasta el borde de los bailarines y se metió en una sala lateral llena de velas altas en envases de cristal pintados con imágenes de la Virgen María. Toda la sala relucía de un color amarillo. Y allí, en el centro de la luz, se encontraba Danny Life. Iba vestido todo de blanco, con un mono de trabajo hecho a medida y unas botas de cuero prístinas. Junto a él había un crítico de arte al que Cleo reconoció, y que sostenía con ansias una grabadora frente a Danny, aunque parecía que era el crítico quien hablaba más.

—¿Hasta qué punto tu obra es autobiográfica? —le preguntó el crítico.

—¿Qué quieres decir con «autobiográfica»?

—Ya sabes —explicó el crítico—. ¿Cómo han influido en tu trabajo tus experiencias con la violencia callejera? ¿Alguna vez...?

—Mira —lo interrumpió Danny—. Nací en el pueblo de Pound Ridge. Mi madre es epidemióloga. Búscalo en internet si no sabes qué significa.

—Pero las armas...

Cleo se puso detrás del crítico y se disparó en la cabeza con mímica, con los ojos en blanco. El apuesto rostro de Danny dibujó una sonrisa. Sus dientes blancos relucían.

—Si me disculpas... —Pasó junto al crítico y le dio un abrazo a Cleo—. Cleo la gata. Esperaba verte por aquí.

—Mírate —le sonrió ella—. La nueva sensación de la ciudad.

—Ese soy yo —se rio—. ¿Cómo estás?

El crítico le dedicó a Cleo una mirada fulminante y se marchó, malhumorado.

—Sin hogar. —Se encogió de hombros—. Sin trabajo. Sin pareja. ¿Y tú?

Notaba que algo de su interior se estaba soltando, como las primeras grietas en la pared antes de un terremoto.

—Joder, ¿no? Pues mejor que tú, eso seguro.

Cleo soltó una carcajada. A Danny no se le daba demasiado bien la simpatía, lo cual era algo que siempre le había gustado de él. «Cariño» era la mejor palabra que se le ocurría para describir lo que sentía el uno por el otro. El cariño era cálido, pero no tibio, del color del ámbar, más afectuoso que la amistad, pero menos complicado que el amor. Durante su paso por la universidad, solían quedarse tumbados juntos, enredados en sus sábanas, echando la ceniza de sus porros en una lata de Coca-Cola junto a su cama, y charlando tranquilamente sobre sus obras, los artistas a quienes investigaban y las demás personas con las que se acostaban.

—¿De verdad estás sin casa? —le preguntó Danny—. Me acaban de pedir que nomine a alguien para una residencia en Roma. ¿Quieres hacerlo?

Cleo no sabía lo que quería. Una chica que llevaba un sujetador de cuero y pantalones le evitó responder al correr hacia Danny y saltarle a la espalda.

—Te quiero, Danny —soltó en un gritito, antes de darle un beso en la mejilla.

—Yo también te quiero, cielo —repuso Danny—. Pero voy a necesitar que te bajes de mí ya.

La chica se apartó de él, entre risas, y volvió junto a sus amigos, quienes estaban haciendo fotos. Danny miró a Cleo y la tomó de la mano.

—¿Quieres venir conmigo? Necesito un descanso de esta gente. Me han dado mi propia caravana, es una locura.

La caravana estaba cubierta de una gruesa moqueta y contenía un gran sofá de terciopelo y un tocador con filas de botellas de champán y demás tipos de alcohol. Sobre su cabeza, un candelabro parpadeaba, y ella sentía su luz como si fueran plumas sobre la piel. Notaba como si la sangre se le hubiera carbonatado. Danny la miró a los ojos y se echó a reír.

—¿Te has metido algo?

Cleo asintió.

—¿Quieres algo de beber?

Cleo asintió una vez más. Notaba cómo el brillo del candelabro la calentaba desde dentro. Estiró una mano y tocó una de las lágrimas de cristal. Un arcoíris de luz se meció sobre su rostro.

—¿Cómo estás? —le preguntó él.

—Chachi —repuso Cleo, tras cerrar los ojos—. Deberíamos usar esa palabra más a menudo. Chaaaachi.

—Toma.

Caminó hacia ella y retiró un cristal de su soporte en el candelabro. Con mucho cuidado, le quitó el pendiente de su oreja derecha y pasó el cable del cristal por el agujero. Cleo notó el repentino tirón en el lóbulo cuando él apartó las manos, el peso poco familiar en su mejilla.

—Ahora también pareces chachi. —Agarró una botella de champán y bebió directamente de ella antes de pasársela a Cleo—. ¿Tienes hambre?

Se sentaron en el sofá y Danny le pasó la bolsa de patatas fritas más grande que hubiera visto jamás. Él sacó un puñado y las masticó a todo volumen.

—Patrocinadores —explicó, encogiéndose de hombros.

—Es más grande que tu escultura de hielo —dijo Cleo.

Se echaron a reír, y la risa adquirió impulso hasta que no pudieron parar, empezaron a caérseles las lágrimas y se quedaron sin aliento. Cada vez que uno miraba al otro, volvían a empezar, hasta que a Cleo le empezó a doler el estómago. Hacía mucho tiempo que no se reía así. Cuando cesaron los últimos espasmos, Danny se secó los ojos y la miró con una expresión seria.

—Bueno —empezó a decir—, ¿crees que me he vendido?

Cleo llevó una mano al pendiente de candelabro que colgaba de su oreja y le devolvió la mirada.

—Creo que has vendido.

—Eso es lo mismo, según ellos. —Hizo un ademán hacia la puerta de la caravana y luego agachó la cabeza para quedarse mirando el sofá—. Todos quieren que sea el siguiente Basquiat. Basquiat se rodeó de blancos y luego se suicidó. Que Dios me ayude si acabo como el puto Basquiat.

—Yo empezaría por evitar las drogas intravenosas —dijo Cleo—. Y a los blancos.

—Eso es fácil de decir —repuso Danny, con un ademán hacia ella.

—Cierto —asintió Cleo. Bebió otro sorbo de champán y le pasó la botella a Danny, quien dio un trago y continuó.

—A veces es como si quisieran que estuviera colocado todo el día. Mi agente me inyectaría ella misma si pensara que así vendería mejor.

—Al menos tienes todo esto —le dijo—. Ahora solo tienes que decidir qué hacer con ello.

Danny asintió poco a poco y comió otro puñado de patatas.

—¿Y qué hay de ti? —le preguntó—. ¿Alguna exhibición por ahí? Eras una de las mejores de nuestro programa, ¿sabes? Todos los profesores lo decían. Recuerdo tu última exposición, fue... majestuosa. —Dio un sorbo—. Majestuosa de cojones —repitió y soltó un eructo.

Cleo giró sobre sí misma para mirarlo directamente. Tenía miguitas de patatas desperdigadas por toda la parte frontal del cuerpo, por lo que se acercó a él para limpiárselas. Danny abrió la boca para decir algo y la sujetó de la muñeca. Cleo le siguió la mirada: era su cicatriz, la cual sobresalía de su manga como una exclamación. Vio que abría mucho los ojos al darse cuenta de lo larga que era. Cleo apartó el antebrazo de su agarre con amabilidad. Danny la miró, con unos ojos oscuros y líquidos, de lo más sensibles.

—¿Quieres que hablemos de ello? —le preguntó él.

Cleo agachó la cabeza. Con mucha ternura, Danny le dio un beso en la frente. Se quedaron en aquella posición, con los labios de él apoyados contra su flequillo, durante lo que pareció una eternidad. Danny se apartó de ella poco a poco.

—Ven —le dijo—. Hay algo que quiero que hagamos.

Le dio la mano, la sacó de la caravana y la llevó de vuelta a la fiesta. Se abrieron paso a través de la sala principal hasta llegar al pasillo. Danny sacó un tablón de madera de una pila que los invitados habían arrancado del suelo y le hizo un gesto para que ella hiciera lo mismo, tras lo cual la condujo hacia el patio. Se dirigió hacia la escultura de hielo y, con un solo movimiento rápido, le separó la cabeza del cuerpo con el tablón. Se volvió hacia ella con una enorme sonrisa.

—Te toca.

Cleo empuñó el tablón con ambas manos y lo blandió contra el torso de la escultura. La reverberación del impacto le tembló por los brazos. La parte superior del cuerpo se resquebrajó y cayó hacia los adoquines. Varias esquirlas de hielo volaron como chispas a su alrededor. Danny tiró las piernas y los pies al suelo y continuó aplastándolos hasta convertirlos en fragmentos más pequeños con su tablón. La multitud se estaba reuniendo a su alrededor para observar y hacer fotos.

—¿Es esto parte del espectáculo? —oyó que preguntaba alguien.

Danny se abrió paso a través de los invitados, sosteniendo el tablón por encima de la cabeza. Corrió hacia el almacén y golpeó la primera ventana que vio. El cristal se destrozó alrededor de sus pies y salió disparado hacia las personas que se reunían tras él.

—¡Una puta estrella de rock! —gritó.

La energía pasó por la muchedumbre como si de una corriente eléctrica se tratase. Alguien escaló al interior del puesto de tacos y empezó a lanzar comida por la ventana. Un burrito explotó contra la pared del almacén con un gran salpicón. Los cuerpos chocaban y rebotaban entre ellos, al pelearse por estar más cerca de Danny, el flautista de la anarquía. Una antorcha encendida cayó cuando un grupo de invitados entraron de golpe al almacén. Cleo se volvió en dirección contraria.

Lo vio de espaldas. Anders, el alto, el guapo, el reluciente, para quien las dificultades de la vida se habían desvanecido como un vestido de seda que caía de una percha. Alguien la estaba llamando, pero le dio igual. Anders pensaba que ella era una muñeca de porcelana, que se resquebrajaba y se rompía bajo la presión, que estaba vacía por dentro. Pues ya no. Soltó el tablón y lo cambió por un cubo de hielo plateado del que alguien acababa de sacar una botella de vodka. Cargó el cubo por encima del hombro, notó que el peso se echaba hacia atrás por un tambaleante momento y luego usó todas sus fuerzas para volcarlo sobre la cabeza de Anders. El agua helada cayó por sus hombros, y el cubo aterrizó perfectamente sobre su cabeza como un capirote. Los cubitos rodaron al suelo, alrededor de sus pies. Anders se apresuró a quitarse el cubo de la cabeza y se volvió para mirarla, con su cabello oscuro goteando y una expresión de absoluta sorpresa en su rostro empalidecido. Alguien la sujetó por detrás.

—Joder, Cleo. —Zoe la agarraba de los hombros y le examinaba el rostro—. ¿Te has vuelto loca?

Los empleados de seguridad se amontonaron a su alrededor. Anders había lanzado el cubo al suelo y estaba doblado sobre sí mismo, con las manos en las rodillas, para tratar de recobrar el aliento. No dejó de mirar a Cleo. La miraba a través de un mechón de pelo. Ella notó que alguien le tiraba de las manos hacia atrás y le juntaba las muñecas. Luego la bajaron al suelo tras darle un golpe en las piernas.

—¡Soltadla! —gritó Zoe.

La mejilla de Cleo rozó los fríos adoquines. El pulso apagado de un bajo potente viajaba por el suelo bajo su oreja. Yacía con el cuerpo muerto, drenada de toda capacidad de lucha. Le estaban atando las muñecas con esposas de plástico. La cicatriz. Esperaba que no le fueran a ver la cicatriz. Sobre ella se producían gritos, golpes metálicos y pasos a toda prisa. Un *ostinato* de guitarra eléctrica serraba el aire. Un grupo vitoreaba el nombre de Danny. En alguna otra parte, una chica gritaba el nombre de Danny una y otra vez, descompasada del resto, en un grito de dolor.

Cleo cerró los ojos. Cuando volvió a abrirlos, el rostro de Zoe estaba justo al lado del suyo. Se había tumbado en el suelo de modo que se pudieran mirar a los ojos. Le puso la mano en la mejilla y soltó unos ligeros sonidos tranquilizadores. Sobre ellas, un guardia de seguridad le estaba diciendo que se levantara, con una voz que sonaba como el acero inoxidable.

—Solo respira, Cleo —la tranquilizó Zoe—. No te dejaré sola. No me voy a ninguna parte. Estás a salvo.

Cleo sonrió, ensimismada por los ojos con motas doradas de Zoe. Todo lo que había querido oír por parte de un hombre provino de la boca de una mujer. Los ojos de Zoe eran del color del sirope dorado. A Cleo le encantaba de pequeña y lo solía echar en todas las comidas. El logotipo de la marca que le gustaba, Lyle's Golden Syrup, estaba diseñado a la antigua usanza, incluso según los estándares británicos, y mostraba a un león muerto rodeado de un enjambre de abejas. Bajo él se encontraban las palabras «De lo fuerte provino lo dulce». Aquello era Zoe. Un león lleno de abejas.

—Zoe, guapa y fuerte —dijo Cleo.

Los ojos de Zoe esbozaron una sonrisa.

—Cleo, guapa y fuerte —repuso ella.

—¿Qué cojones está pasando aquí?

Las botas blancas de Danny aparecieron ante la mirada de Cleo. No tenían ni una mancha. Zoe se puso de pie con rapidez.

—Señor, esta mujer acaba de asaltar a un invitado. —Otra vez la dura voz del hombre—. Hemos tenido que retenerla.

—¿Asaltar? —soltó Zoe—. Pero si le ha tirado un cubo de hielo encima. Llamemos a una ambulancia, venga.

—¿Quién eres tú? —le preguntó Danny.

—Su cuñada. ¿Quién eres tú?

—Soy el puto Danny Life. ¿Espera, su cuñada es negra? ¿No se había casado con un viejo blanco?

—Así es —contestó Cleo hacia el suelo.

—Señor, vamos a tener que pedirle que se aparte para que podamos detener a esta mujer.

—No lo creo. He sido yo quien os ha contratado. No sois la policía.

—Podría haberle hecho daño a...

—No, no podría. —La voz de Anders sonaba pétrea y resignada—. Dejadla ir.

La pusieron de pie, y Cleo miró a Anders. Anders la miró a ella. Había acunado aquel rostro con las manos, le había besado los párpados, había juntado la mejilla con la de él, le había trazado círculos en la oscura caverna que era su boca con la lengua. Conocía su cara, y él, la suya. Nada podía deshacer aquello.

Anders abrió la boca para decir algo cuando el crítico de arte de antes corrió hacia ellos con una expresión salvaje en los ojos.

—¡Hay un incendio en el almacén! —gritó—. ¡El almacén se ha prendido fuego!

Tras él, un extremo del edificio soltaba una columna de humo negro al aire. Cleo vio una sola llama naranja rozar el cielo nocturno.

—Joder, no puede ser —soltó Danny, y corrió hacia el trabajo de toda su vida.

Veinte minutos más tarde, los invitados estaban reunidos al borde del agua, en una ribera de escombros y rocas. Las luces de los camiones de bomberos les iluminaban el rostro en destellos de color escarlata y azul. Habían podido contener el incendio en poco tiempo, pero habían evacuado a todo el mundo de todos modos. Por supuesto, todo aquel drama solo iba a conseguir que la fiesta fuera aún más legendaria. Marshall se dirigió a la multitud para buscar a Alex y a Quentin, lo que dejó a Cleo de pie junto a Audrey y Zoe. Observaban Manhattan a través del oscuro río Este. Una manta gris que un bombero les había proporcionado sin ninguna explicación les cubría los hombros a las tres.

—Imagino que esos cuadros que hizo con gasolina no habrán sobrevivido a esto —dijo Audrey, tiritando en su diminuto vestido—. ¿Qué creéis que vaya a hacer Danny?

—¿Llamarlo «arte en vivo»? —Zoe se encogió de hombros.

Audrey se echó a reír.

—Empezar de cero —dijo Cleo.

Observaron el humo sobrevolar el agua.

—Bueno —dijo Zoe y rodeó a Cleo con el brazo bajo la manta—. Así que ¿Anders y tú?

Cleo se miró los pies y asintió.

—Sé lo que es eso —continuó Zoe.

—Yo también —interpuso Audrey—. Ese tipo merecía un cubo de hielo desde hace mucho tiempo.

Las tres se echaron a reír. Cleo hizo un ademán hacia un hombre asiático trajeado que caminaba hacia ellas con una expresión titubeante.

—Creo que alguien te está buscando —le dijo a Zoe.

—¿Quién es? —inquirió Audrey.

—Solo un nuevo amigo —contestó Zoe, con una risita, y salió corriendo a su encuentro.

El hombre le susurró algo al oído y ella sonrió.

—Todo un enigma —repitió Audrey, meneando la cabeza—. Debería ir a buscar a Marshall. ¿Estarás bien aquí sola?

Cleo asintió y se volvió hacia el agua. Las sirenas destelleaban y bañaban el río con su luz. Rojo. Manhattan se extendía ante ella como un puñado de joyas. Azul. La ciudad que nunca lo dejaba marchar a uno. Rojo. Por lo que lo ofrecía todo, cualquier cosa. Azul. Había llegado el momento de irse.

CAPÍTULO DIECISÉIS

Agosto

Por alguna desgracia de la vida, ya no tengo trabajo. Sin embargo, esta vez no me «invitaron a irme», lo que es todo un paso adelante comparado con la última vez. De hecho, he sido yo quien se ha invitado a marcharse. Por alguna razón, ir a la ciudad cada día para escribir sobre nuevos bloques de pisos, cremas exfoliantes y bebidas energéticas ya no parece ser tan importante. Mi padre está mal. Peor que mal: se está muriendo. Primero se fracturó la cadera tras tropezarse en el suelo de linóleo de Esa Casa. Luego le dio una neumonía. El párkinson no mata a nadie, tal como los médicos no dejan de repetirnos. Todo lo demás, sí.

Mi enfermera favorita del hospital es Stacy de Trinidad. Viste de colores como verde kiwi y fucsia neón y me cuenta los mejores chistes de enfermeras. «Dos enfermeras se cruzan en un pasillo y una le pregunta a la otra qué hace con el termómetro puesto en la oreja. La otra dice: "¡Mierda, ya sé quién tiene mi lápiz!"».

Mi madre está hojeando una de las revistas de la sala de espera mientras someten a mi padre a otra ronda de pruebas.

—Nada de esto tiene sentido para mí —dice.

Imagino que se refiere a la enfermedad, a la precariedad de la vida, a la salud y el dinero y todas sus implicaciones, pero me señala a una página de anuncios de la revista.

—¿Para qué servirá todo eso? —pregunta.

—Ah, es fácil —respondo—. Este es para el síndrome premenstrual. Este es para un reloj caro. Y este es para una anciana que sufre de convulsiones.

—Tienes un don —comenta.

—Menos de un año en el mundo de la publicidad, nena.

Frank y yo no hemos vuelto a hablar desde que dejé la agencia. Ya han pasado tres meses. Aun así, debo admitir que sigo soñando con él. Anoche, por ejemplo, soñé que me cepillaba el pelo. Tenía la cabeza apoyada en su regazo y me sentía feliz. Luego me llevé una mano al cuero cabelludo y solo noté piel. Miré al suelo y el pelo estaba desperdigado por toda la sala, como si de algas se tratase. Cuando me incorporé, Frank había desaparecido. Estaba calva y sola. No es que sea Carl Jung precisamente, pero no parece un buen augurio.

Mi padre todavía conserva todo su pelo, al menos. Estoy muy orgullosa de ello. Es increíble lo poco común que es conservar todo el pelo o los dientes en este sitio. Espero que sus dientes sigan intactos también. Supongo que si algún día vuelve a sonreír lo sabré.

Estoy en el salón cuando mi madre grita algo desde la cocina que no logro entender.

—¿Qué dices? —grito desde el sofá.

—¿Qué has dicho? —me responde ella a gritos.

—¡Qué!

—¿Qué?

—¡Qué!

—¿Qué?

—¡Da igual!

Envío mis primeros dos episodios de *Basura humana* a mi agente de Los Ángeles. Por suerte, no me llegó a despedir, ni siquiera después de haber dicho que el productor del programa del gato clarividente era un gilipollas. Aun así, todavía no me ha contestado. Supongo que un programa sobre dos parásitos llamados Cachivacho y Cachivache que viven en un montón de basura en un mundo posapocalíptico no tiene el mismo atractivo comercial que el programa para el que quería que escribiese, el cual trataba sobre una abogada dura pero disponible para tener encuentros sexuales que tenía una aventura con su camello.

Salgo del hospital para respirar algo de aire fresco. A mi alrededor, ancianos avanzan con sus sillas de ruedas y fuman sus cigarros con una determinación lúgubre. Si de verdad quisieran convencer a los adolescentes de que no fumen, deberían hacer que se pasaran un rato por aquí. Intenta que fumar te parezca algo sexy después de haber visto a un octogenario con manchas de la edad retirarse los tubos nasales de su tanque de oxígeno con una mano temblorosa para poder encenderse un pitillo.

Stacy pasa por ahí con una bandeja de catéteres. Hoy va vestida de color naranja mango.

—¿Qué tal todo, bonita?

—Oh, todo bien —respondo—. ¿Cómo está tu hijo?

—Tiene tres novias. —Pone los ojos en blanco—. Dime, ¿cómo es posible que haya dado a luz a mi exmarido?

Me echo a reír.

—¿Tu padre sigue en el quirófano? —me pregunta.

Asiento y noto que los ojos se me anegan de lágrimas.

—Tienes que distraerte —me dice—. No querría que te quedaras aquí sentada comiéndote el coco.

—Lo sé —digo—. Eso haré.

—Buena chica. —Me da un apretón en el hombro—. ¿Qué es lo que más odian las enfermeras de trasplantes?

—¿Qué?

—¡El rechazo!

Sigo el consejo de Stacy y me voy a la tienda de regalos a por algo para leer. Hojeo una revista de moda: en lo alto, en la cabecera, se encuentra el nombre del amigo de Frank, Anders. Recuerdo su apuesto rostro en la fiesta de Navidad de la oficina, cómo parpadeaba al ritmo de las luces del árbol de Navidad. Ahora, bajo la dura luz fluorescente de la tienda de regalos del hospital, me parece absurdo haber llegado a conocer a una persona así. Vuelvo a colocar la revista en el estante.

Mi padre se despierta tras la operación. Según nos han informado, sufre de un terrible dolor. Me quedo junto a su cama, observándolo, solo que él no puede verme. Abre y cierra la boca en un acto de protesta estúpida. Pone los ojos en blanco hacia el techo. Tiene el cuello tan delgado que no puede alzar la cabeza, pero su boca todavía funciona y trata de soltar palabras. Se asemeja a la anciana tortuga que teníamos de mascota en mi clase de parvularios; solíamos ponerle un pétalo de rosa un poco más lejos de su boca y la mirábamos mientras trataba de agarrarlo, sin decir nada pero con mucha determinación, una y otra vez.

Mi madre se pone de pie y se inclina sobre su rostro para que pueda verla. Le acaricia las arrugas entre las cejas con el pulgar.

—Tranquilo, tranquilo —le dice. Le da un beso en la frente, y las lágrimas brotan de los ojos de mi padre hacia sus enormes y suaves orejas. Me voy de la habitación.

—Siempre que haya pollo a la parmesana en el congelador —dice una señora al teléfono mientras pasa por delante de mí—, todo va bien.

Mi padre está dormido. La enfermera del turno de noche lleva un crucifijo colgado del cuello, pendientes de crucifijos en las orejas y un anillo de diamantes con forma de crucifijo.

—Menuda cruz tener que llevar todo eso —me digo a mí misma.

El tren de los chistes avanza a toda máquina.

Nuestro ruidoso lavaplatos ha pasado a mejor vida de una vez por todas, por lo que mi madre y yo estamos lavando los platos a mano. Ella lava, y yo seco.

—¿Por qué sigues cuidando de él? —le pregunto—. Hace años que no estáis casados.

Mi madre me mira de soslayo y sigue fregando. Le doy un golpecito en el codo, y ella deja el estropajo.

—Cuando alguien está enfermo del modo en que lo está tu padre —me explica—, es una responsabilidad muy grande. Su familia nunca ha sido de gran ayuda, como bien sabes, y no me parece justo que la carga deba recaer en ti y en Levi.

—Espera —digo, echando un vistazo por la sala—. ¿Levi ha estado aquí todo este tiempo? Debo necesitar cambiarme las gafas.

—Vale, es demasiado para ti.

—Te lo agradezco —respondo—. Pero estoy bien, mamá. De verdad.

—Las personas que sienten la necesidad de decir «estoy bien» nunca lo están, cariño —me dice.

Mi padre no puede hablar, no puede moverse, no puede leer ni escribir, pero sí que puede escuchar. Le he leído la mitad de *Moby Dick*, aunque me he saltado algunas de las secciones más largas sobre la anatomía de las ballenas porque ¿quién tiene tiempo para eso? A decir verdad, sí que lo tenemos. El tiempo avanza a paso de tortuga en el hospital, como si nos otorgaran un día extra con cada día. Una cita de Shakespeare, no sé de qué obra, describe a un personaje como con «un rostro tan largo como un domingo». Así son los días aquí. Cada día es domingo.

Jacky viene a verme. Como ahora vivo en el hospital, no hay ningún sitio en el que recibirla salvo el pasillo junto a las máquinas expendedoras. Nos sentamos en dos sillas de plástico e intercambiamos una sonrisa. Las máquinas emiten un ligero zumbido junto a nosotras, como si estuvieran meditando.

—Aquí tienes, cielo. —Me da un sándwich de pita de mi restaurante de faláfeles favorito de la ciudad—. Come. ¿Cómo está tu padre? ¿Cómo estás tú?

—Estoy bien. Él... —Me encojo de hombros.

—¿Sabías que mi padre murió cuando yo estaba en la universidad?

—Pues no. Lo siento.

Me quedo mirando la bolsa sin abrirla.

—Aneurisma cerebral. Cayó muerto un día sin más. Con tan solo cincuenta años, el pobre cabrón.

—¿Lo echas de menos?

Jacky niega con la cabeza y sonríe.

—No estuvo en mi vida lo suficiente como para que lo echara de menos. Eso fue lo que se me hizo más difícil. No era cercana a mi padre, y luego murió, fin de la historia. Al menos mientras vivía existía la esperanza de que un día cambiara. Y luego esa esperanza se fue, ¿sabes? Supongo que eso fue lo que lloré.

Asiento. Escuchamos el zumbido de las máquinas expendedoras un rato más.

—Mi padre dejó a mi madre por una lesbiana —digo.

Jacky asiente sin juzgar nada.

—Come —me pide.

Abro la bolsa de papel y le doy un bocado. Sabe a Frank. Era nuestro lugar favorito. Jacky me mira con la perspicacia que la caracteriza.

—Se han separado, ¿sabes? —me dice—. Ella se ha ido a Italia por una beca de arte.

Me atraganto un poco con mi bocado de faláfel.

—Aunque a ti no te interese saberlo, ¿eh?

Sigo comiendo en silencio hasta que Jacky da una palmada con las manos, exasperada.

—Llámalo y ya —dice—. Tenéis que parar de echaros de menos mutuamente.

—Él no me echa de menos.

—¿Y cómo lo sabes?

—Es demasiado tarde para todo eso.

—Tonterías. Nada es demasiado tarde cuando se es joven.

—Tengo treinta y siete años. Y medio.

—Cielo, eso es ser joven.

Sin razón aparente, se me moja la cara. Jacky se saca un pañuelo de la manga y me lo da. Me acaricia la espalda y suelta unos soniditos tranquilizadores. Me quedo maravillada, una vez más, de lo preparada que está Jacky para cualquier situación, sea grande o pequeña.

Stacy y yo estamos ayudando a mi padre con los ejercicios de circulación, los cuales consisten en doblarle las piernas por las rodillas, hacerle girar los tobillos, flexionarle los brazos y hacerle girar las muñecas. Llevo a cabo cada tarea con un entusiasmo gentil. El término más temido que he oído aquí es «escaras».

—¿Has visto morir a muchas personas aquí? —le pregunto.

—Ajá —contesta.

—¿Y eso te pone triste?

—Ajá.

—¿Qué haces para no estar triste? —continúo.

—Me permito estarlo.

¿Qué se le puede dar a una persona que tiene de todo?

Antibióticos.

Otra cena para dos, otra noche de lavar platos.

—¿Por qué nunca te volviste a casar? —le pregunto a mi madre.

—Hay un estudio que dice que las viudas son el grupo demográfico más feliz.

—Pero no eres viuda. Todavía.

—Quería probar algo nuevo.

—¿Ser divorciada?

—Creo que yo lo llamaría «ser yo misma».

—Ya veo. Entonces, ¿el estudio tenía razón? ¿Conseguiste ser feliz?

—Bueno, conseguí ser la comidilla de la sinagoga durante unos años, hasta que el hijo del rabino salió del armario. Es algo.

—Que les den —respondo.

—Cuidado —me advierte mi madre—. Que son de los tuyos.

—Tú eres de las mías.

Me da un apretón en la mano.

—Cuelga los trapos para que se sequen, si no olerán mal.

Paso a leerle poesía a mi padre. Le leo de los libros que voy encontrando en su vieja estantería: Rudyard Kipling, W. H. Auden, Wallace Stevens. Y, como todos esos son hombres blancos muertos, le mezclo también algunos de mi propia estantería: Anne Saxton, Terrance Hayes, Tracy K. Smith. Supongo que nunca es demasiado tarde para que uno amplíe sus horizontes.

Están lavando a mi padre, por lo que me doy un respiro de leerle para sentarme un rato en el pasillo. Una mujer de cabello blanco pasa por delante de mí arrastrando tanto los pies como su vía intravenosa. Me mira de arriba abajo.

—Estoy intentando soltar gas —me dice—. Si no te importa…

No hay nadie en la sala de estar del hospital, por lo que tomo el mando de detrás de la tele y empiezo a cambiar de canal, distraída. Por lo que veo, todavía suceden muchas cosas ahí afuera. A una

438

persona de veintiún años le dieron un adelanto de un millón de dólares para que escribiera un libro y se ha gastado el dinero sin llegar a escribir nada. La tasa de seguros sanitarios ha alcanzado una cifra récord. La persona más guapa del año según la revista *People* es un perro. El divorcio de una pareja de Hollywood se ha puesto peliagudo. Existe una nueva razón para no comer queso.

Tengo que ganar dinero. Tengo que escribir algo hoy. Tengo que limpiar el baño. Tengo que comer algo. Tengo que dejar el azúcar. Tengo que cortarme el pelo. Tengo que llamar a la empresa telefónica. Tengo que aprovechar el presente. Tengo que encontrar el carné de la biblioteca. Tengo que aprender a meditar. Tengo que esforzarme más. Tengo que ver cómo sacar esta mancha. Tengo que encontrar un mejor seguro sanitario. Tengo que descubrir el aroma que me define. Tengo que fortalecerme y tonificarme. Tengo que estar presente en el momento. Tengo que aprender francés. Tengo que tratarme mejor a mí misma. Tengo que comprar unidades de almacenamiento organizacional. Tengo que devolver la llamada. Tengo que desarrollar una relación con un Dios que me comprenda. Tengo que comprar crema para los ojos. Tengo que estar a la altura de mi potencial. Tengo que volver a tumbarme.

—Vale —me dice mi madre—. Tienes que salir de aquí.

Estoy dormitando en las sillas del pasillo del hospital, con una bolsa de Fritos abierta sobre el pecho. Me da una patada nada delicada en las piernas.

—No te hace ningún bien estar lloriqueando por aquí todo el santo día —continúa.

—Mamá, no lloriqueo —respondo—. Mi padre se está muriendo.

—Sí, y seguirá igual mañana. Toma —Me da unos billetes apretujados en la mano—. Date una vuelta por la ciudad, queda con algún amigo, vete a ver algún espectáculo de Broadway. Lo que quieras menos estar aquí.

—Pero, mamá…

—¡Buenas noches y buena suerte!

Mi madre se da media vuelta y empieza a alejarse de mí.

—¡Ni siquiera me gustan los espectáculos de Broadway! —grito tras ella.

—¡Buenas! ¡Noches! ¡Y! ¡Buena! ¡Suerte! —repite a gritos, sin mirarme.

Tomo el tren PATH hacia la ciudad. Alguien ha vomitado en un extremo del vagón. El vómito en un tren es algo que suele reservarse para las fiestas importantes como el Día de San Patricio, o al menos algún fin de semana largo. Ya echo de menos la asepsia clínica del hospital, donde se conocen todas las rebeldías del cuerpo humano y se las esconde.

Bajo del tren en la Sexta Avenida y me quedo en una esquina. En lo que llevamos de año, la librería ha cerrado y la hamburguesería se ha convertido en un bar de zumos. Hay una pareja drogada con un pitbull pidiendo limosna en el exterior de la tienda naturista, pero hasta ellos sienten la necesidad de especificar que son veganos en su cartel de cartón. No me importa. No albergo ninguna nostalgia por la vieja Nueva York, con sus prostitutas, adictos a la heroína y la constante amenaza de robos o violaciones. Estoy más que dispuesta a sacrificar la comida rápida y los libros de tapa dura en aras de la seguridad personal en general, lo que imagino que me hace ser de lo más cutre que hay.

Camino hacia el sur, hacia las pistas de baloncesto cerca de la calle 4 West. Me doy cuenta de que no tengo a dónde ir ni a nadie a quien ver. Paso por el bar de karaoke subterráneo en Cornelia al que fui con algunos compañeros de la oficina hace unos meses. Myke desveló que tenía una voz de barítono bastante bonita al entonar una versión de «It's Not Unusual», de Tom Jones, que hizo que Jacky y yo nos muriéramos de la risa. Casi espero encontrármelos ahí cuando entro, pero el bar está tranquilo. *Qué más da*, pienso, y pido una sala privada.

Bebo un margarita de lo que parece ser una pecera y canto tres canciones de Stevie Nicks seguidas. Que venga ahora alguien a decirme que no sé cómo pasármelo bien.

En la calle de nuevo, una mujer pide prestado un mechero a un hombre y lo mira de arriba abajo.

—Tu camiseta me dice que vives en Brooklyn —dice ella.

Trato de decidir si ya es suficientemente tarde como para que mi madre se quede satisfecha o si debo pasar otra hora dándome un masaje en los pies en alguno de los establecimientos de la calle 8. Disfruto de todo tipo de masaje que no requiera desnudez.

Estoy mirando a ver en qué calle me encuentro cuando un taxi pasa por allí. Con Frank dentro. Está de perfil, inclinado hacia delante para decirle algo al conductor, y tan solo veo un destello de él. El taxi cruza el semáforo en verde y desaparece. Tengo que contenerme para no ponerme a cuatro patas y perseguir al taxi como un perro al que le han soltado la correa.

Me siento en el tren PATH y trato de no pensar en Frank. Me resulta imposible. En su lugar, intento hacer una lista de todos los distintos tipos de queso que conozco. Camembert. Gouda. Suizo. Cheddar. Manchego… ¿De verdad me estaría echando de menos? Pero si lo estaba, ¿por qué no me había dicho que Cleo se había mudado? ¿Tal vez crea que me da igual? ¿Cómo iba a pensar que me da igual? Provolone. Feta. Stilton. Mozzarella… Ni siquiera le dije adiós cuando dejé la agencia. Pero sabía cómo contactar conmigo… Brie. Pecorino. Ricotta. Americano. No piensa en mí; si no, ya habría tratado de hablar conmigo. Está todo en mi cabeza. Pepper Jack.

Poco satisfecha con mi paseo por la ciudad, mi madre me insiste en que la acompañe a su clase de bonsáis. El profesor va vestido como un *boy scout* ancestral, con los calcetines por encima de las rodillas y unos pantalones cortos atados alrededor del ombligo. El único apoyo a su enseñanza que utiliza es un trozo de papel cubierto de bocetos de bonsáis de distintas formas que sostiene con manos temblorosas frente a él. Tiene la manía de decir «Esto es lo que denominamos...» sobre las cosas más obvias —«Esto es lo que denominamos una hoja»—, pero los términos como «ramificaciones» y «brote apical», al parecer, no requieren ninguna explicación adicional.

—¿Qué te ha parecido? —me pregunta mi madre en el viaje de regreso a casa—. Seguro que ya no vuelves a ver un bonsái del mismo modo, ¿eh?

—Esto es lo que denominamos una pérdida de tiempo —respondo, señalando el coche, esta conversación, el estado de Nueva Jersey, el mundo entero.

—Y esto —dice mi madre, señalándome— es lo que denominamos una gilipollas.

Mi hermano Levi viene desde el norte del estado.

—Joder, cómo odio los hospitales —dice, arrastrando los talones contra el suelo de linóleo.

—Este no está tan mal —digo—. Las enfermeras son amables y tienen una sala con tele.

—Ellie —responde—, es una basura. Papá se merece algo mejor que esto.

Siento la necesidad de darle un rápido puñetazo en la nuca, pero me contengo. Es muy típico de Levi, el evadir toda

443

responsabilidad con mucha gracia y luego presentarse en el último minuto para soltar una crítica muy meditada.

—Es un comentario muy útil, Levi —le digo—. ¿Quieres que dejemos nuestra opinión en Yelp o algo?

—¿Mamá te ha contado que ya no me permiten dejar reseñas en Yelp? —me pregunta, dedicándome una mirada llena de furia—. Le pedí específicamente que no lo hiciera.

Le estoy leyendo a mi padre de uno de sus volúmenes de recopilación de poemas con las esquinas dobladas cuando me detengo en una página que está ligeramente marcada con lápiz. Mi padre subrayó dos estrofas de un poema de Derek Walcott con lápiz de forma muy ligera, como si no hubiera querido manchar la página.

Días que retuve,
días que perdí,
días que dejaron atrás, como hijas,
el refugio de mis brazos.

Junto a ellas hay un visto dibujado. Un diminuto y contenido visto. Mi corazón.

No puedo dormir, por lo que me quedo despierta viendo un documental sobre los estadounidenses del centro del país y su batalla contra las terribles adicciones a las metanfetaminas. El hombre al que están entrevistando ahora mismo tiene unas llagas rojas y secas por toda la cara, que se rasca, distraído, casi con ternura, mientras habla.

—Nunca he tenido un cumpleaños de verdad —dice—. Ni regalos ni nada. A mis padres les daba igual. Pero con la metanfetamina puedo tener un cumpleaños siempre que quiera. Puedo celebrar mi cumpleaños los siete días de la semana.

Levi está reproduciendo su nuevo álbum en solitario *Mesa para uno, lejos de la ventana* a todo volumen en los altavoces del salón.

—¡Quita ya ese ruido! —grita mi madre.

Levi baja el volumen, no del todo, pero sí lo suficiente para que la casa deje de temblar.

—Por Dios, mis tímpanos —continúa mi madre, tras dejarse caer al sofá de comer.

—No es ruido —se defiende Levi.

—Es la definición de «ruido» —dice mi madre.

—Mira —explica Levi—, cuando los primeros programas de radio llegaron a India durante la conquista británica, se solían reunir personas de todas partes y se sentaban a escuchar los programas de radio ingleses. Era la primera vez que muchos de ellos oían música occidental. Cuando acababan los programas, había unos largos periodos de ruido blanco, de estática. Y los indios se quedaban y escuchaban eso también.

—¿Qué intentas decir? —pregunta mi madre.

—Que nunca lo habían oído antes, así que para ellos también era música.

—¿Y? —insiste ella.

—¿No ves que todo es cuestión de perspectiva, mamá? Nuestro ruido blanco era su música. Tu ruido es mi obra maestra.

—Es muy interesante eso que dices, Levi —digo con diplomacia—. Lo de los indios.

—Vas a tener que ir mucho más allá de India para encontrar a alguien que crea que eso es una obra maestra —dice mi madre.

***

Ha muerto.

***

En el exterior del hospital, espero a que lleguen mi madre y Levi. Junto a mí hay una anciana envuelta en una manta rosa a pesar del calor, que da caladas a su cigarrillo entre unas grandes toses roncas.

—¿Podría pedirle uno? —le pregunto.

—Te lo vendo por un dólar —responde.

—No tengo un dólar encima —digo—. Mi padre acaba de morir.

Me mira desde debajo de sus delgadas cejas.

—En ese caso —dice—, no.

***

Mi madre se ha marchado para ir a hablar con el hermano de mi padre. Levi está en el piso de arriba, hablando por teléfono con su novia. Yo me siento en el jardín y observo cómo los pájaros vuelan de un lado para otro alrededor del comedero. El día casi ha llegado a su fin, y el cielo es de color albaricoque, con nubes doradas. Un coro de saltamontes me rodea. La tierra está viva. Yo estoy viva. Quiero sentir lo que sea que deba sentir, pero nada me viene.

Practico modos de darles la noticia a los allegados. Ya no está con nosotros. Se nos ha ido. Está criando malvas. Ha muerto. Ha fallecido. Se ha ido al otro barrio. Está descansando en paz. Ya no se encuentra en este mundo. Ha ido a conocer a su creador. La ha diñado. Está con el Señor todopoderoso. Ha pasado a mejor vida. Ha expirado. Ha salido con los pies por delante. Ha estirado la pata. Ya no existe. Se ha reencarnado, no sabemos en qué, pero esperamos que en cualquier cosa menos en un hincha de los Jets.

—Ha llamado el rabino —dice Levi—. Quiere saber por qué no nos vamos a guardar los siete días de *shivá*.

—¿Y a él qué le importa? —digo.

—Ya me encargo yo —dice mi madre.

—¿Qué le vas a decir? —pregunta Levi.

—Le voy a preguntar que quién tiene energía suficiente para tantos días —responde ella.

—¿Y si no está de acuerdo? —pregunto.

—¿Qué más da? —Mi madre se encoge de hombros.

—¿Eso es todo? —suelta Levi—. Diez años de formación hebrea, ¿y eso es lo que acaba siendo? «¿Qué más da?».

—Deja que te diga algo —dice mi madre—. Esas tres son las palabras más poderosas de nuestro idioma. Justo entre ellas se encuentra una vida libre y feliz.

Hemos enterrado a mi padre. Estoy en el garaje buscando alpiste para mi madre. Me subo a pilas de los restos de la vida: cajas de anuarios de la escuela, una bicicleta estática oxidada, un jarrón que Levi hizo en primaria. Al final encuentro una bolsa de alpiste en la estantería superior.

Me estiro para tratar de agarrarla, me tropiezo con un cable y me raspo las rodillas contra el suelo de cemento. Estoy a cuatro patas en el suelo, y el dolor me embarga. Recojo un bate de béisbol y lo uso para impulsarme y ponerme de pie. Luego empiezo a dar golpes. Destrozo una caja de cartón llena de decoraciones de Navidad. Lleno de golpes la bicicleta estática. Le doy a una pelota de fútbol deshinchada como si de una piñata se tratase. Golpeo la puerta metálica del garaje hasta que queda abollada. Los últimos golpes envían unas reverberaciones por las paredes tan fuertes que el jarrón de Levi se tambalea y cae de la estantería. Queda hecho añicos en el suelo justo cuando Levi aparece en la puerta. Mira el jarrón, luego el bate y luego a mí.

—Alpiste —le explico.

Encuentro a Levi agazapado en el suelo del sótano, pegando su jarrón.

—Ay, Levi —le digo—, lo siento mucho. No pensaba que te importara eso.

Me mira, con un fragmento de jarrón en la mano.

—No me importa. —Se encoge de hombros—. Estoy haciendo *kintsugi*.

—¿Qué?

—*Kintsugi* —repite—. Es el arte japonés de arreglar objetos de cerámica rotos.

—Una vez más, ¿qué?

—Usan un barniz dorado especial para que la pieza arreglada sea más bella que antes de romperse.

—Pero si tú solo estás usando pegamento —digo.

—Ya —responde Levi—. Pero el principio es el mismo.

—¿Cómo sabes todas estas cosas? —le pregunto, tras sentarme en el suelo frente a él.

—¿Qué cosas?

—Lo de India, esto de Japón y todo. Nunca has salido de Estados Unidos.

—He estado en Canadá.

—Vale.

Levi alza la cabeza del fragmento que está pegando de forma distraída para mirarme.

—Me paso el día sentado detrás de la vitrina de comida caliente —explica—. Y leo.

—¿De verdad crees que el jarrón será más bonito ahora? —le pregunto, tras asentir.

—Pues claro —responde—. Tendrá más carácter.

—Bien —digo.

Levi sigue pegando fragmentos con una concentración silenciosa. Sus grandes y nudosas manos son iguales a las de mi padre.

—Las personas también somos así, ¿sabes? —dice tras unos momentos—. Nos rompemos y nos volvemos a pegar. Las grietas son las mejores partes. No tienes que esconderlas.

—¿De verdad lo crees? —pregunto.

—Ajá —contesta, sin alzar la mirada—. Créelo tú también. Encuéntralo en ti misma.

—Suena mucho a algo de esas películas sentimentaloides que solían poner por las tardes.

449

—Qué puedo decir —responde—. Soy un idiota con senti-mientos.

Estoy tratando de escribir otro episodio de *Basura humana* cuando la notificación de un correo electrónico aparece en la pantalla y casi me caigo del asiento. Tan solo ver su nombre me hace sentir como si me acabaran de dar un puñetazo en la vagina.

Querida E:

Jacky me ha contado que tu padre ha fallecido. No sabes cuánto lamento oír eso. Recuerdo que me hablaste de él y parecía ser muy buena persona. Sé que lo vas a echar de menos. Ojalá pudiera estar ahí para apoyarte porque... Bueno, joder, Eleanor, porque te echo de menos.

Por favor, déjame volver a verte.

F.

Es el día del *shivá*, y media sinagoga se va a pasar por casa. Mi madre y yo nos levantamos temprano para acabar de disponer las rosquillas, el pescado relleno, el queso crema y un montón más de comidas beis.

—¿No les parecerá raro que lo hayamos organizado aquí? —le pregunto—. ¿En la casa de su exmujer?

—¿Qué te dije sobre la opinión de los demás? —contesta mi madre.

—«¿Qué más da?» —digo.

—Exacto.

La novia de Levi ha venido de visita también. Parece que hay un par de datos que Levi se negó a proporcionarnos sobre ella. En primer lugar, que se trata de una mujer coreana muy bajita, lo cual imagino que no es algo que deba mencionarse necesariamente. Y, en segundo lugar, que está embarazada, lo cual creo que está en un nivel más alto de la lista.

—Mamá, Eleanor —dice Levi—. Esta es Min.

Patitiesa. Esa es la única palabra que se me ocurre para describir la reacción de mi madre.

—Es todo un placer conoceros —nos saluda Min—. ¿Puedo enchufar mi rizador?

Aquel tipo con el que fui a una cita, el hijo del bróker de la amiga de mi madre, está en casa, junto con la amiga de mi madre y el bróker. Nada de ello es una buena noticia.

—QueDiosloguardeensugloria¿siguessoltera? —me pregunta la amiga de mi madre, tal cual, sin ni siquiera parar a tomar aliento, y luego me mancha la mejilla de pintalabios.

El hijo del bróker me encuentra un poco más tarde, todavía con su expresión engreída.

—Siento lo de tu padre —me dice.

—Gracias —respondo.

—Era bastante viejo, ¿no? —continúa.

—No mucho —digo—. Sesenta y tantos.

—Eso es viejo según algunos estándares —dice.

—Ya.

—Y bueno —suelta—, ¿todavía quieres cortarles el pene a los hombres?

—No a todos —explico—, solo a los violadores.

—Ah, *mea culpa*. Eso es mucho más razonable.

—De verdad tendrías que aprender a escuchar —le digo.

—Y tu deberías aprender a filtrar —contesta.

—Vale —respondo—. Buenas noches.

Ni siquiera es mediodía.

El hermano menor de mi padre, Bernie, se acerca a mí dando tumbos. Cada familia tiene un borracho, y Bernie es el nuestro. Cuando era pequeña, me encantaba estar con él. Olía a *schnapps* de melocotón y me sacaba monedas de detrás de las orejas. Ahora me siento menos dispuesta a estar en su compañía.

—Elita bolita, ¿cómo estás? —me pregunta, arrastrando las palabras.

—Medio huérfana —le respondo—. Pero aquí sigo. ¿Cómo estás tú?

—Tonterías —dice—. ¿Huérfana? Mis padres sobrevivieron a los campos de concentración. Ellos sí sabían lo que era ser huérfanos.

Mi madre pasa cerca de nosotros, con una bandeja de salami *kósher* horneado, y me dedica una mirada cómplice.

—Sigue ofreciéndole agua con gas —murmura.

—Ahí va —dice Bernie, haciendo un ademán con la mano en su dirección—. De aquí para allá, como una hormiga. —Se inclina de forma conspirativa hacia mí, tanto que puedo olerle el cálido aliento a levadura de cerveza. —¿Puedo contarte algo? Es un secreto.

—¿Es necesario? —le pregunto.

—Soy raro. —Se encoge de hombros—. Es probable que hayas notado que soy un poco raro.

Contesto con un asentimiento muy ligero.

—Bueno, yo siempre he sabido que era raro —continúa—. Y ahora sé a qué se debe. Los médicos me lo han contado.

—¿Ah, sí? —Miro por toda la sala para ver si puedo arrastrar a mi madre de vuelta a la conversación, pero ha desaparecido hacia la cocina. Bernie me acerca a él.

—Tengo un cromosoma femenino extra —dice—. Acabo de enterarme. ¡Yo, que mido un metro noventa y tres y estoy hecho un mulo! Pero explica mucho, sí que lo hace.

—Ya veo —digo—. Vaya.

—Ajá —dice—. Raro, ¿eh?

Logro asentir.

—El día diez tengo cita con el médico para que me cuenten más —me explica.

—Mañana, entonces.

—El día diez.

—Sí, mañana es día diez.

—¿Mañana, dices? Entonces sabré más muy pronto, sí —dice con satisfacción.

—Bueno, buena suerte con el médico. —Trato de escabullirme con disimulo.

—Explica mucho —repite—. Mucho, sí.

Con un rápido movimiento como de serpiente, acerca la cabeza a la mía y me coloca su cálida boca contra la oreja.

—Tengo unos pechos pequeños —me susurra.

—¿Agua con gas? —le pregunto—. ¿Te apetece agua con gas?

—No, no hace falta —dice, dándome una palmadita en el hombro—. Pero eres buena chica. Lo entiendes todo. Buena chica.

El hijo del bróker parece haber organizado una conferencia en el salón con un par de señores mayores de la sinagoga.

—Descender para conquistar —está diciendo—, eso es lo que estamos haciendo con la zona del río de Randall's Island. Tenemos pérdidas al comprarla, pero esperamos llegar a triplicar los beneficios. Es algo que aplica tanto para la propiedad —me dedica una mirada indiscreta— como con las mujeres. A veces hay que hundirse para acabar por todo lo alto.

—Y aun así —digo mientras paso por delante—, no parece que hayas hecho acabar por todo lo alto a ninguna mujer en tu vida.

El rabino se dirige hacia mí con su sonrisa benigna, orejas enormes y expresión educada y deferente. Me gustaría tirarme al suelo y escabullirme bajo el mantel de papel.

—Que Dios te reconforte junto a los demás dolientes de Sion y Jerusalén —me dice.

—Gracias, rabino —le respondo.

Me toma la mano. Su piel suave y como de papel me recuerda a los pellizcos de comida seca que solía darle a nuestro pez dorado.

—Te echamos de menos en la sinagoga.

—Lo sé, lo siento —digo—. Es que… no soy creyente de verdad.

—¿En qué no crees? —me pregunta.

—Ya sabe —respondo, evitando devolverle la mirada—. En Dios, en los rezos. En esas cosas.

—¿No rezas? —inquiere el rabino con voz suave.

—Eh… no.

—Es una lástima —dice—. Puede resultar muy reconfortante.

—No tengo nada a qué rezarle.

—No tienes que rezarle a Dios —explica—. A veces ayuda tan solo hablarle al aire de la sala.

Mimi, una de las amigas de bridge de mi madre, se me acerca y me da un beso polvoriento en cada mejilla. Huele a Chanel No. 5, Werther's Original y alcohol desinfectante.

—Lamento lo de tu padre —me dice—. ¿Estás cuidando de ti misma?

—Sí, no te preocupes —respondo.

—Mmm. —Me mira la cara—. Mira esas ojeras. ¿Estás durmiendo bien?

—Lo suficiente —le digo.

—¿Te masturbas?

—¿Qué?

—Que si te masturbas —repite—. Es el mejor sedante, ¿sabes? Si no duermes bien, es que tienes que masturbarte más.

—Por favor, deja de decir «masturbar» —le suplico.

—Más películas, melatonina y masturbación —dice, puntuando cada palabra en mi mano con el dedo—. La mejor noche de descanso que se puede tener.

Encuentro a Levi escondido en la cocina, con un plato de ensalada de patatas.

—La amiga de mamá, Mimi, me acaba de decir que me masturbe más —le cuento.

—El primo de papá, Ezra, me ha contado que se contagió clamidia dos veces el año pasado —contraataca Levi—. Tiene ochenta y dos añazos.

—Vale, tú ganas —admito.

—Al parecer está por toda la residencia. Viudos y viudas juguetones, ya sabes. No dejaba de preguntarme si yo usaba protección.

—Eso está claro que no —digo.

—Perdona, os iba a contar lo de Min y el bebé —se disculpó—. Pero luego papá murió.

—Ah, cierto —suelto, dándome un manotazo en la frente—. ¡Padre muerto! ¡Lo había olvidado!

Levi puso los ojos en blanco, cansado.

—Mamá también me ha soltado una buena. Luego se ha echado a llorar y ha intentado darme dinero.

—¿Te he dicho «felicidades» y toda esa mierda ya?

—Pues no.

—Felicidades —le digo, abrazándolo—. Y toda esa mierda.

El rabino está a punto de marcharse cuando le doy unos toquecitos en el codo.

—¿Qué podría decir? —le pregunto—. Si quisiera rezar, ya sabe.

Dos de las amigas de mi madre de la sinagoga me miran con celos desde el otro extremo de la sala. Me moriría de vergüenza si alguien escuchara esta conversación.

—Bueno, hay libros sobre eso. Pero también puedes decir lo que tengas en el corazón. Di lo que te parezca apropiado en el momento.

—Pero... ¿cómo puedo empezar?

—Ah, empezar es muy fácil —dice—. Dos de mis plegarias favoritas son «ayúdame» y «gracias».

—¿Eso son plegarias?

—Y de las mejores.

Me sonríe y empieza a alejarse, antes de volverse hacia mí una vez más.

—¿Sabes cuál es otra de mis plegarias favoritas?

—¿Cuál?

—Guau —responde.

Mi madre y yo estamos en el jardín, aprovechando la última hora de luz del día, cuando Levi sale de casa.

—¿Dónde está Min? —le pregunto.

—Echándose una siesta —responde—. Creo que tanto hablar sobre el Holocausto ha podido con ella. Se refugia en el sueño.

—Chica lista —comenta mi madre.

Levi acomoda una silla junto a nosotras y extrae un porro desde detrás de la oreja. Lo enciende, le da una gran calada y nos lo ofrece.

—Levi Jeremiah Rosenthal —dice mi madre—. ¿Qué rayos crees que estás haciendo?

—Mamá —le contesta, mientras echa el humo—, venga ya. Papá ha muerto y yo voy a tener un hijo. Dale una puta calada.

—Nunca es demasiado tarde para una primera vez —digo, antes de aceptar el porro.

Mi madre menea la cabeza y emite lo que solo puede describirse como una risotada.

—¡Primera vez! ¿Con quién crees que estás hablando? Cuando vuestro padre y yo estábamos en el instituto solíamos fumar maría y nos besábamos con discos de Bob Marley de fondo. ¡Y la cosa no acaba ahí! Cuando estaba estudiando para ser profesora y él estaba en su etapa de residencia, nos encantaba fumar algo de hierba por las noches. ¿Cómo creéis que fuisteis concebidos?

—¡Qué asco! —grito.

—¡Mamá! —suelta Levi.

Mi madre me quita el porro, inhala profundamente y suelta un anillo de humo perfecto. Le devuelvo la mirada a Levi y alzo las cejas. Nos lo pasamos una vez más y vemos cómo el sol se hunde tras los setos del vecino de al lado.

—Vaya, mi bebé va a tener un bebé —dice mi madre en voz baja.

—Mi madre solía ser un bebé —dice Levi.

Ninguno de nosotros sabe por qué nos echamos a reír.

Esa misma noche voy al ordenador y abro mi correo electrónico. Si Levi puede tener un hijo, Bernie puede tener un cromosoma extra y Mimi puede masturbarse hasta desmayarse del agotamiento, yo debería ser capaz de hacer esto. Le pido ayuda al aire de la sala, abro el correo de Frank y escribo una sola palabra como respuesta:

«Ven».

Levi y Min se van de vuelta al norte del estado. La vitrina de comida caliente, según parece, no espera a nadie. Mi madre insiste en atar una almohada alrededor del estómago de Min durante todo el viaje en coche, como si aquello fuera a proteger al bebé de todo lo que la vida le va a echar encima. Nos quedamos en la entrada de casa, rodeándonos con los brazos, mientras se marchan. Supongo que es así como debe ser la vida: salir en un viaje en coche con todas tus preocupaciones y esperanzas atadas a tu alrededor, con tus seres queridos despidiéndose de ti con entusiasmo mientras te marchas.

Estoy buscando cómo preparar un bocadillo de queso fundido y me pregunto con qué demonios he estado tan ocupada toda la vida que nunca he aprendido a preparar algo así cuando suena el timbre. Frank espera en la puerta. *Ah, ahí está el hombre del que estoy enamorada*, pienso. El pensamiento se produce a tal velocidad, sin arrepentimiento, que casi lo suelto en voz alta. En su lugar, con un nivel de entusiasmo que roza la locura, exclamo:

—¡Nueva Jersey te da la bienvenida!

Frank y yo colocamos dos sillas para quedarnos mirando el jardín. Los muebles del jardín son viejos y están parcialmente cubiertos de excrementos de pájaro. Considero avergonzarme de ello por unos momentos, pero luego decido que no vale la pena tanto esfuerzo.

—¿Te criaste aquí? —me pregunta Frank.

Asiento.

—Tienes suerte.

Un destello esmeralda vuela a toda velocidad hacia el comedero de pájaros frente a nosotros.

—¿Sabías que el néctar de los colibríes es solo azúcar hervido en agua? —le pregunto.

Frank se echa a reír.

—¿Qué? —le digo.

—¿Por qué hacemos que la vida sea tan complicada? —me pregunta.

Llevamos cerca de una hora en el jardín, charlando de un modo general y poco revelador sobre lo que ha estado pasando en la oficina antes de sumirnos en unos silencios cargados de significado y sonrisas tímidas, cuando mi madre vuelve a casa. Ambos damos un respingo como si fuéramos dos adolescentes a los que acaban de pescar en plena sesión de sexo oral y nos volvemos hacia las puertas correderas.

—Cariño, ¿puedes ayudarme con esto? —pregunta a gritos desde la lejanía.

—¡Mamá, tengo visita! —grito en respuesta.

—¿Que tienes qué?

—¡Visita!

Abro las puertas y llevo a Frank hasta el interior.

—Este es Frank —lo presento.

Mi madre aparta la mirada de la cuna de madera que está arrastrando por el suelo del salón.

—¿Qué Frank? —me pregunta.

—Frank del trabajo —respondo.

—¡Ah!

Lo mira de arriba abajo a semejante velocidad que resulta imperceptible para cualquiera menos para mí.

—Es un placer conocerte —la saluda Frank—. ¿Puedo ayudarte con...?

—¡No! —Mi madre alza una mano—. Por favor, eres nuestro invitado. Voy a preparar té.

Eso no es buena señal. Cuanto más solícita es mi madre con una persona, peor le cae. Si alguien le cae bien, lo pone a limpiar las canaletas. Si hace algo malo, insistirá en prepararle té. Se trata de un hecho ilógico pero innegable. La seguimos hasta la cocina mientras prepara la tetera.

—Es una cuna muy bonita —dice Frank.

—Para mi nuevo nieto —responde mi madre—. Él o ella tendrá un lugar para dormir aquí cuando nazca.

Frank me mira el estómago, alarmado.

—De mi hermano —digo.

—Menos mal —suelta Frank—. Quiero decir, felicidades.

—¿Tienes hijos? —le pregunta mi madre.

—No que yo sepa —responde él.

Mi madre suelta un resoplido y saca la taza del mirlo de la estantería. Solo les da el mirlo a quienes no le caen bien.

—Frank tiene que marcharse —digo—. Se hace tarde.

—¿Ah, sí? —pregunta él.

—Ajá —digo, llevándolo fuera de la cocina y hacia la puerta delantera mientras él se despide de mi madre a lo lejos.

—¿Puedo regresar a verte? —me pregunta—. ¿Mañana?

—Mañana.

Vuelvo a la cocina y tiro la taza del mirlo a la basura.

—¿Qué rayos…? —empieza a preguntar mi madre.

—Tenemos que hablar —le digo.

Me siento en el sofá de comer, y ella, en el de invitados.

—¿Sigue casado?

—No. Bueno, técnicamente sí. Eso creo. Ella se ha ido a vivir a Italia.

—Entonces, ¿ahora quiere estar contigo?

—Eso creo.

—¿Y tú quieres estar con él?

—Eso creo.

—¿Y estás enamorada?

—Mamá, ni siquiera nos hemos besado aún.

—¿Y eso qué tiene que ver?

—Vale, vale. Sí, eso creo. Pero no se lo digas a nadie. Ni te lo repitas a ti misma.

—¿Por qué?

—Porque es humillante.

—Cariño, el amor es humillante. ¿No te lo ha dicho nadie nunca?

—¿Quién me iba a decir algo así?

—¿Sabes que la palabra «humillar» proviene de la raíz latina «humus», que significa «tierra»? Así es como se supone que debe ser el amor.

—¿Como el hummus?

—Como la tierra. Te pone los pies en la tierra. Todas estas tonterías sobre que el amor es una droga que te hace sentir por las nubes no son verdad. Debería sostenerte como la tierra.

—Vaya, mamá.

—¿Qué? Yo también tengo corazón, ¿no?

—También tienes una taza de mirlo.

Al día siguiente hago algo que no hago casi nunca: ir a cortarme el pelo. A decir verdad, preferiría una endodoncia. Al menos no hay espejos en el dentista. Soporto una hora y media de enjabonar, peinar, cortar y charla insulsa mientras evito todo contacto visual con el peluquero y conmigo misma.

—Bueno —dice el peluquero—. ¿Qué opinamos del flequillo?

—No sé —respondo—. ¿Qué pensamos?

—Tienes una cara perfecta para dejarte flequillo —dice.

—Vale —accedo—. A lo loco.

Una loca, eso es lo que soy. Loca. A nadie le queda bien el flequillo. El flequillo no es más que una barba para la frente, un casco de pelo que no se puede quitar. En cuanto me meto en el coche, echo un vistazo al espejo retrovisor para ver si es tan horrible como pensaba. Incluso en aquel diminuto reflejo, los resultados están claros: soy un huevo duro con peluca.

Frank viene esa misma noche nada más salir del trabajo.

—¿Por qué llevas una gorra de béisbol? —me pregunta cuando abro la puerta.

Por fortuna, tengo menos tiempo para preocuparme por lo que Frank opina de mi nuevo corte de pelo porque ahora me preocupa el hecho de que mi madre haya insistido en prepararnos la cena. Dicha cena es un salteado en un wok, que es el único plato que mi madre puede preparar, excepto pastel de carne.

—Qué buena pinta —dice Frank cuando ve lo que está pasando en la cocina—. Wok and roll.

—De verdad trabajas en el mundo de la publicidad —comenta mi madre, y luego le pide que vaya a buscar los cubiertos y ponga la mesa.

—Estás muy guapa hoy —me dice Frank mientras llevamos los platos a la cocina—. ¿Te has hecho algo en el pelo?

—Parezco un huevo duro con peluca —respondo.

—Oye —me dice, sujetándome por los hombros—, quiero que probemos algo.

Nos estamos mirando a la cara, y él tiene las manos sobre mí. Es el rato más prolongado en el que nos hemos tocado nunca. El corazón me late como un martillo neumático.

—Vale —respondo.

—Voy a decirte que estás guapa —me explica—, y luego vas a responder con «gracias».

—Pero… —empiezo a quejarme.

—Nada de bromas sobre huevos duros —me interrumpe—. Ninguna broma de ningún tipo. Solo «gracias». ¿Puedes hacer eso por mí?

Asiento sin decir nada.

—Eleanor —dice—, estás muy guapa con ese peinado.

Quiero arrastrarme por el sumidero, activar el triturador de basura y dejar de existir.

—Gracias —respondo a duras penas.

—De nada —dice, con una carcajada—. Mañana lo volvemos a intentar.

He olvidado contarle a Frank lo que el rabino dijo sobre que «gracias» era una plegaria. Una plegaria puede ser una esperanza, una petición de ayuda y un acto de fe. Cuando se lo digo a Frank, «gracias» sí que parece ser una plegaria.

Unos días más tarde, estamos en el jardín de nuevo. La manguera está tirada en el suelo y riega con pereza el rododendro de mi madre. Las abejas revolotean felices de flor en flor. Es la última semana del verano.

—No es lo mismo sin ti —me dice Frank—. En la oficina. No hay nadie que se meta con mis juegos de palabras. Mi autoestima está por las nubes.

—*Sorry* —respondo.

—¿Cómo dices?

—*Sorry*. —Me encojo de hombros—. Es como los jóvenes dicen «lo siento» ahora.

—¿Cuánto pueden sentirlo de verdad si ni siquiera se esfuerzan en pronunciar una sílaba más?

—¿Desde cuándo la longitud de una palabra se corresponde con la sinceridad? «Lo odio» a mí me suena mucho más sincero que «eso es un anatema para mí», por ejemplo.

—¿Como «ahí llevas algo de razón» contra «ahí hay cierta verosimilitud»? —se ríe él.

—Exacto. O como «te quiero» contra… —Dejo de hablar. Así que lo he dicho. De forma accidental y para ilustrar un tema lingüístico, sí, pero lo he dicho—. No se me ocurre una forma más larga de decirlo.

—Te adoro —dice Frank en voz baja—. O aprecio.

—«Querer» es mejor —respondo.

—Sí que lo es —dice él—. Y yo también. Yo también te quiero, digo.

Estoy entre sus brazos.

—*Sorry* por cómo actué después de que consiguiéramos el cliente de Kapow! Fui un idiota. Y estaba asustado.

—*Sorry* por desaparecer. *Sorry* por no despedirme de ti.

—*Sorry* por dejarte ir. Debería haberlo manejado todo de otro modo.

—*Sorry* por no darte la oportunidad para hacerlo.

—*Sorry* por esperar todo el verano para decirte que Cleo se fue.

—*Sorry* porque Cleo se haya ido.

—*Sorry* porque tu padre haya muerto.

—*Sorry* porque nunca lo llegaras a conocer.

—*Sorry* por casi haberlo echado todo a perder.

—¿Pero no por esto? No crees que debas decirme *sorry* por ahora mismo, ¿verdad?

—No. Nunca había sentido que debía decir *sorry* menos que ahora mismo.

Y entonces me besó.

Frank me cuenta que su madre solía ir a buscarlo al colegio borracha. Me cuenta cómo murió la madre de Cleo. Me habla sobre cómo la encontró desangrándose en el suelo del salón. Me cuenta lo que le pasó a su petauro del azúcar. No fue nada bonito. Me dice que, hace un par de semanas, dejó de beber y empezó a acudir a las reuniones. Me explica que siempre había pensado que iba a odiar a Alcohólicos Anónimos por culpa de su madre, pero que se siente como si hubiera empezado a entenderse a sí mismo por primera vez, tal vez en toda su vida.

—¿Podrías…? —empieza a preguntarme—. ¿Podrías llegar a estar con un hombre que ha hecho todo eso?

Le pongo la mano sobre la suya.

—¿Has oído hablar de algo llamado *kintsugi*?

Por alguna extraña razón, mi agente me responde al correo electrónico sobre mi programa de televisión animado, *Basura humana*.

«Sí que eres rara, nena. Pero consígueme tres episodios más y creo que puedo venderlo».

Hoy pienso ponerme a escribir.

—Ya veremos —digo, y voy a preparar un baño.

»Puedes apostar por ello —digo, y abro la ducha.

»No te lo crees ni tú —digo, y camino a paso tranquilo hacia la cama.

»¿Ah, no? Mira —digo, y me obligo a ir al escritorio.

Frank y yo vamos al cine juntos y nos besamos durante dos horas sin parar. Vamos a ver las galerías de arte de Chelsea. Jugamos a los bolos en Brooklyn. Comemos rollos de huevo y queso en el Washington Square Park. Intercambiamos libros. Volvemos a enviarnos correos electrónicos graciosos. Vamos a un club de jazz hasta que nos percatamos de que a ninguno de los dos nos gusta el jazz y salimos a por un helado. Damos paseos. Comemos tajadas de pizza.

A pesar de que empieza a hacer frío, abordamos el ferri hasta Rockaway para ver la puesta de sol. Desde aquella distancia, toda la ciudad es un enorme reflejo del cielo, con rascacielos de color rosa que parecen templos hechos de sal del Himalaya. Parece una ciudad mítica para los dioses, y, en cierto modo, lo es.

—El ferri es tan solo el autobús público con mejores vistas —digo.

—Eso es lo que me gusta de ti —me dice Frank—. Eres cínica incluso delante de una puesta de sol.

Voy a la Rose Reading Room de la Biblioteca Pública de Nueva York para escribir. Si no se tienen en cuenta las sillas chirriantes, es el paraíso de los escritores. De hecho, el cielo está literalmente pintado en el techo: unos cielos de color azul difuminado y unas nubes que parecen jabón. Me siento en una de las largas mesas de caoba llenas de lámparas de lectura esmeralda y le dedico una sonrisa a las demás personas que escriben. ¿Quién sabe cuántos programas de éxito y novelas superventas se habrán escrito entre aquellas paredes repletas de libros? Justo estoy poniéndome a ello en serio cuando un hombre se me sienta delante, abre una enciclopedia sobre su regazo y empieza a masturbarse con ahínco bajo ella.

Frank me deja usar una sala de conferencias vacía de la agencia para escribir. Al menos de ese modo, según él, la única persona por la que me tengo que preocupar por que vaya a masturbarse delante de mí es él.

Lo mejor de aquel nuevo arreglo es que Jacky y yo podemos volver a salir a comer juntas.

—Así que te estás tirando al jefe —dice mientras nos sentamos en la cafetería—. Cuenta, cuenta.

—No me estoy tirando a nadie —la corrijo—. Estamos saliendo.

—Muy de instituto por tu parte —dice—. Portémonos mal y compartamos unas patatas.

—Si te soy sincera, en el instituto salí con un hombre de cuarenta años —digo, tras tomar aire—. Solía obligarme a hacer cosas como su colada y tragarme sus corridas. —Exhalo—. No fue lo mejor.

Jacky se inclina hacia mí sobre nuestros enormes y pegajosos menús de la cafetería.

—Ay, cielo —me dice—. Una vez, durante las vacaciones de primavera del instituto, me emborraché, y un grupo de chicos mayores me encerraron junto a otro chico en el armario del hotel y me dijeron que me darían cien pavos si podían verme hacerle una mamada.

—Qué horrible —repongo—. ¿Lo hiciste?

—Me gustaba uno de los chicos que estaban fuera, y pensé…
—Se encoge de hombros, triste—. No sé qué pensé. Tenía dieciséis años, pesaba cuarenta y nueve kilos y acababa de descubrir el té helado Long Island.

Me tiende la mano desde el otro lado de la mesa y me da un apretón.

—Siento mucho que te pasara eso, Jacky —le digo.

—Yo también siento lo que te pasó a ti. —Menea la cabeza—. Que le den a ese viejo.

—Bueno, resulta que murió en un accidente al cortar el césped —respondo—. Así que al menos hay un final feliz.

—Dios no siempre es justo —comenta—, pero sí que tiene sentido del humor.

Nuestro camarero se acerca a la mesa y pedimos nuestras ensaladas y patatas fritas.

—Y un batido de chocolate para mojar. —Jacky me guiña el ojo—. Creo que nos hace falta.

Las dos nos reclinamos en nuestros respectivos asientos e intercambiamos una mirada, sonrientes.

—¿Te dieron los cien pavos al menos? —le pregunto.

—Ah, claro, cielo. —Se echa a reír—. Llevé a mis amigas a Benihana a cenar. ¡Aquellos volcanes de langostinos merecieron la pena!

Las hojas han cambiado de color, llevo chaqueta, los pasteles de calabaza están por todas partes y alguien de verdad me invitó a ir a recoger manzanas. Es oficial y definitivo: ha llegado el otoño.

Hago cola para comprar un café en Cooper Square y oigo hablar a las estudiantes de arte situadas delante de mí.

—¿Qué pasó con aquel tipo, el islandés de artes escénicas? —pregunta la primera amiga.

—Rompimos.

—¿Por qué?

—Dormía en un camisón victoriano, tenía un bebé llamado Jean-Pepe con sus vecinas lesbianas y gritaba «¡Mírame a los ojos!» cada vez que se corría.

—Pero eso... ¿por qué? —vuelve a preguntar la primera amiga.

Frank lleva noventa días sobrio. Todavía no nos hemos acostado. Quiere esperar, y a mí no me importa. He esperado más que de sobra por él, ¿qué más da algunos meses más? Lo celebramos del mejor modo que conozco para alguien que se abstiene tanto del sexo como del alcohol: fuegos artificiales ilegales.

No me lo puedo creer, pero a mi agente le han gustado los nuevos episodios. Los está vendiendo a un estudio de animación en Japón. ¡En Japón!

Resulta que mi padre me ha dejado algo de dinero. No es demasiado, pero sí lo suficiente para salir de Nueva Jersey y buscarme un piso en la ciudad. Ahora lo único que tengo que hacer es encontrar el piso y un modo de decirle a mi madre que me voy a mudar. Me pregunto si puedo incluir el darle la noticia en los honorarios del agente inmobiliario.

Frank y yo pasamos un domingo yendo a ver pisos en el centro.

—Todos estos parecen pisos en los que gente ha muerto asesinada —me susurra.

—Creo que los pisos con muertes naturales escapan a mi capacidad económica —le contesto.

—Unos pocos meses en alguno de estos zulos y no tendrás que preocuparte por eso —continúa—. Porque te habrás colgado del techo.

—No digas tonterías, por favor —le digo—. Ninguno de estos pisos tiene un techo lo suficientemente alto como para colgarme.

—Creo que nos podría buscar un sitio con techos más altos que estos —me dice.

—¿Nos?

—Tú y yo —responde—. Para empezar de cero en un lugar nuevo. Piénsatelo.

Sí que me lo pienso. Me lo pienso durante una semana entera. Encuentro a mi madre en el jardín, plantando sus plantas perennes de otoño. Me mira y se frota tierra en la frente con la parte trasera de su guante de jardinería.

—¿Sabes cómo definía una broma Nietzsche? —me pregunta—. Como un epigrama sobre la muerte de un sentimiento.

—Mamá —le digo—. Quiero hablarte de algo.

—¿No te parece de lo más brillante? Nietzsche puede conmigo.

—Es sobre el lugar en donde vivo.

—Te di *Así habló Zaratustra* cuando tenías quince años y sufriste tu primera crisis existencial —continúa sin hacerme caso—. ¿Todavía lo tienes?

—Frank me pidió algo el otro día.

—Nietzsche tenía un alma de poeta —me dice—. Como tú.

Tomo un pala y empiezo a cavar. Nunca me iré de esta casa.

Un grupo de ovejas se llama «rebaño». Un grupo de perros se llama «jauría». Un grupo de personas armadas se llama «tropa». Un grupo de soldados se llama «ejército». Un grupo de aves que vuelan juntas se llama «bandada». Un grupo de abejas se llama «enjambre». Un grupo de personas se llama «muchedumbre». Un grupo de personas violentas se llama «horda». Un grupo de cerdos se llama «piara». Un grupo de pandillas se llama «tribu». Un grupo de animales salvajes se llama «manada». Todas esas palabras también aplican para denominar a un grupo de mujeres judías.

Voy a buscar a Frank a su reunión de Alcohólicos Anónimos en la calle Perry. En el exterior, los asistentes fuman y se ríen, y a mí me parecen de lo más normales. Un par de empresarios, un par de artistas entrados en años, y una persona que parece llevar ropa quirúrgica.

Vamos al restaurante italiano de la calle 10, donde el horrible servicio es inversamente proporcional a la excelente comida.

Frank se mete la servilleta en la camisa antes de empezar a comer, como suele hacer siempre, y se sirve un trozo de pan del plato que dejan con fuerza frente a nosotros.

—El mejor pan de la ciudad —comenta, mojándolo en aceite de oliva.

—¿Cómo ha ido la reunión? —le pregunto.

—Increíble. Muy conmovedora. El orador llevaba veinticinco años sobrio y su espíritu parece estar más que en forma. Y era agradecido, ¿sabes? Su práctica de plegarias y meditación ha sido de lo que no hay.

Alzo una ceja, y Frank se frota la frente y suelta una carcajada.

—Debo sonar como un loco —se excusa.

—Pareces feliz —le digo.

—Sí que lo soy —dice—. Todavía me parece raro decirlo.

—Pues acostúmbrate, cariño —le contesto—. Gracias a Dios, no vas a ser el tío Bernie de tu familia.

—¿El qué de mi familia?

—Mi tío Bernie tiene un problema con la bebida —explico—. Y, al parecer, un cromosoma femenino extra.

—Ya veo —dice Frank—. ¿Quieres que compartamos un entrante?

—La ensalada de tomate tiene buena pinta —contesto.

—¿Y los espárragos?

—Tienes que ir a ver a Cleo —le suelto.

Frank traga su bocado de pan con bastante dificultad.

—¿Tengo que qué?

—Tienes que ir a ver a Cleo —repito—. Tu mujer.

—Ya sé quién es.

—En primer lugar, seguís casados, lo que hace que todo esto sea técnicamente una relación extramatrimonial.

—No sabía que eras tan puritana.

—Y, en segundo lugar, tienes que asegurarte de que esté bien por ahí.

—Cleo puede cuidar de sí misma —dice.

—Si eso fuera cierto —le contesto en voz baja—, no habría pasado lo que pasó.

Me mira, y veo cómo aquella experiencia le ha otorgado una tristeza a sus ojos que antes no estaba ahí.

—Continúa.

—Sigue siendo muy joven y no tiene mucha familia, lo que quiere decir que tú y yo somos su familia. Es nuestra responsabilidad cerciorarnos de que esté bien.

—¿Quieres decir en términos económicos? Puedo mandarle dinero.

—Algunas cosas necesitan algo más que dinero.

—No sabía que te preocupara tanto su bienestar. ¿Has estado viendo *El club de las primeras esposas*?

Trato de no mirarlo como si fuera el hombre más estúpido del planeta.

—No, Frank —le digo muy poco a poco—. Es que las dos somos mujeres.

Frank me da la mano con suavidad desde el otro lado de la mesa.

—Eleanor —dice—, eres muy buena persona.

—Pediremos la ensalada de tomate —respondo.

Mi madre y yo pasamos una noche viendo una vieja temporada de *Sing Your Heart Out*. En mi opinión, nos hemos comprometido demasiado con el éxito del joven Harold, quien dejó de lado sus sueños de ser cantante para cuidar de su madre diabética. Cada vez que actúa, vuelven a emitir el vídeo de ellos dos juntos en su pequeño hogar caótico de Nueva Orleans.

—Es mi único orgullo —dice la madre, en su gran vestido floral—. Mi corazón late por él.

Mi madre se vuelve hacia mí y me pone la mano sobre la mía.

—Frank me ha llamado —dice—. Ve con él.

Frank ha venido a ayudar a mi madre a preparar una cena de despedida. Por alguna increíble razón, parece no involucrar un wok. He pasado todo el día haciendo las maletas y necesito algo de aire fresco, por lo que me echo una chaqueta encima y salgo al jardín. Está todo tranquilo, oscuro y silencioso. Mi aliento forma unas pequeñas nubes grises frente a mí. En lo alto, las estrellas son casi invisibles. Huelo la tierra. Oigo cómo Frank y mi madre se ríen en la cocina. En algún lugar, un perro ladra. Noto la noche presionándome la piel. Hace frío, pero estoy cálida. Mi aliento se adentra en el aire.

Guau.

CAPÍTULO DIECISIETE
Enero

Roma estaba atravesando su invierno más cálido en cincuenta años cuando Frank llegó a la ciudad. Una brisa con un dejo tropical soplaba contra él a través de la ventana del taxi mientras se dirigía hacia el Instituto de Bellas Artes, donde Cleo vivía. El edificio que encontró estaba pintado de un color fucsia desgastado, con unas altas palmeras plantadas alrededor de las puertas. Un palacio rosa. Parecía ancestral y sutil, precioso y un poco olvidado. No se imaginaba un lugar mejor para ella.

Escondida tras el travesaño de la ventana, Cleo lo observó recorrer el camino de piedra hasta la entrada con su enérgico modo de andar que tan familiar le resultaba. Llevaba cierto tiempo allí, esperando que llegara con el corazón latiéndole en el pecho como si fuera un pájaro atrapado. Miró desde arriba cómo Frank se acercaba a la puerta, escaneaba la lista de nombres y presionaba el botón junto al suyo. Se echó atrás para mirar hacia la ventana vacía de la que ella acababa de alejarse corriendo.

Unos pasos, el sonido de unos dedos rozando la madera, una maldición susurrada, una cerradura abriéndose, y ahí estaba Cleo. El corazón de Frank se le hinchó como una ola que regresa a su orilla.

Se había cortado el cabello por encima de los hombros, como una capucha dorada que le enmarcaba el rostro. Su bello rostro con forma de corazón, el cual quería sujetar con las manos y sostenerlo a la luz, como una bola de nieve. Llevaba unos tejanos desgastados y una vieja chaqueta de punto color miel que le sonaba mucho. Sus delgados tobillos salían por encima de unos zapatos de lona manchados de pintura. Qué encantadora era aquella chica. Como una mariposa blanca en un rayo de luz.

—Tu pelo —dijo él.

—Más corto —repuso ella, pasándose los dedos por el cabello.

—Bien. —Asintió.

—¿No es demasiado corto? —le preguntó.

—Te queda bien —dijo—. Como el griñón de una monja.

—Te refieres al velo. El griñón es lo que llevan alrededor del cuello.

—¿Ves? Por eso te necesito en mi vida. Quién sabe cuánto tiempo llevo equivocado con eso. ¿Y si hubiera estado hablando con una monja de verdad?

Cleo se apartó de la entrada y lo tomó de los hombros para verlo bien. Algo en su rostro había cambiado: sus ojos parecían ser más claros, y en aquel momento vio que no eran marrones, como siempre había creído, sino de un color avellana dorado. Era como si las luces se hubieran encendido en su interior. Le rodeó el cuello con los brazos y tiró de él hasta que quedaron mejilla con mejilla. Frank parecía ser una enorme tienda de campaña cayéndose sobre el pilar central que era Cleo.

—Pasa —le dijo al oído.

Frank la siguió hasta el oscuro y fresco recibidor. Ella lo condujo por las escaleras hasta un rellano iluminado por el sol y señaló hacia la cocina y la lavandería con el tímido orgullo que tiene un estudiante en el día de las visitas de los padres. Desperdigadas por la mesa de la cocina había varias botellas de vino vacías de la noche anterior, con unos anillos escarlata oscuros que manchaban la superficie de la madera. Frank se las quedó mirando con una mezcla de alivio y añoranza. Nunca más se volvería a sentar después de la cena de aquel modo, ni hablaría con pasión sobre absolutamente nada de aquel modo, ni llenaría vaso tras vaso mientras la noche daba paso a la madrugada. Cleo le siguió la mirada. Cuando la había llamado desde Nueva York para proponer lo de la visita, Frank le había contado que había dejado la bebida y que llevaba seis meses sobrio, pero a ella le había costado creerlo. Sin embargo, al verlo en persona se percató de que sobrio era distinto, más suave. La defensa que el alcohol le había proporcionado había desaparecido.

—¿Quieres agua? —le preguntó ella—. ¿O té? ¿Leche? ¿Té con leche?

—No hace falta, gracias —contestó—. Es que es la primera vez que viajo así, ya sabes. Me siento un poco…

—¿Sensible?

—Sí —dijo Frank, sonriendo—. Esa es la palabra que estaba buscando. —Intercambiaron una mirada, y un escalofrío cálido pasó entre ellos—. ¿Me enseñas tu habitación?

Su habitación era una mezcla de habitación de hospital y dormitorio, con un suelo de linóleo moteado y una cama individual cubierta por una colcha rosa. Unas postales de cuadros de Lee Krasner y Jay DeFeo cubrían la pared, encima de su pequeño escritorio. A Frank, el Instituto de Bellas Artes le pareció un internado para adultos, un espacio tanto personal como impersonal que reflejaba un grupo de habitantes que en algún momento se acabarían marchando. A Cleo le encantaba precisamente por aquella razón, se trataba de un lugar dedicado a crear.

Frank se sentó en la cama y notó algo duro debajo de él. Metió la mano bajo la manta y sacó una suave piedra ovalada. Era de un color rosa pálido opalescente con líneas blancas, más o menos del tamaño de su mano, fría y pesada. Miró a Cleo, quien se echó a reír.

—Ups, no me había dado cuenta de que eso seguía ahí.

Se la quitó de la mano y la puso en el cajón del escritorio, que estaba bastante desordenado. Contenía hojas de papel grueso pintadas con acuarelas, una pluma blanca afilada y un bolígrafo con un girasol de plástico en una punta.

—¿Qué es? —le preguntó Frank.

—Es un cristal. —Cleo se apoyó contra el escritorio para mirarlo. Una delgada línea de estómago apareció entre su camiseta y sus tejanos, como el sol cuando se asoma entre las nubes—. Para ponértelo dentro. De hecho, Zoe me habló de él. Se puede usar para activar los chacras, sanar los traumas, ese tipo de cosas... Estás poniendo los ojos en blanco.

—¡Claro que no!

—Lo haces por dentro. Puedo verlo.

—No, no puedes.

Solo que sí podía. La habilidad que tenía Cleo para ver el interior de Frank siempre lo había molestado y emocionado a partes iguales. Nunca se había sentido visto, visto de verdad, hasta que la había conocido.

—Te lo pones dentro... ¿cómo?

—Bueno, no me lo trago.

—¿Es una cosa sexual?

—Es una cosa para sanar.

—¿Lo necesitas?

—Lo necesito todo —sonrió Cleo.

—Eso es lo bueno de tener veintiséis años —dijo Frank—. Puedes probar cualquier cosa y parecer llena de esperanza. A los cuarenta y cinco solo se hace el ridículo, incluso frente a uno mismo.

—¡Tonterías! —Cleo soltó un resoplido—. Mírate a ti con tus reuniones. ¡Eres una persona distinta!

—¿De verdad lo crees?

—Pareces más ligero. Es algo bueno.

—¿Y tú? —exclamó Frank—. Te has cortado todo el pelo.

Cleo sacudió su peinado con forma de tulipán.

—Supongo que yo también estoy más ligera.

Frank asintió y esbozó una sonrisa.

—¿Te ha hablado Zoe de ese grupo feminista de positivismo sexual que ha empezado con sus compañeros de Gallatin?

—Más de una vez, sí. —A Cleo le brillaron los ojos por la diversión.

—Si me explica los beneficios del poder del orgasmo femenino una vez más...

Cleo echó la cabeza hacia atrás para soltar una carcajada. Zoe sí que la había llenado de historias semejantes la última vez que habían hablado y actuaba como si fuera la primera mujer en descubrir el clítoris, pero su entusiasmo juvenil resultaba encantador.

—Le hace bien —dijo Cleo—. Está explorando, ya sabes. Y... —Lo miró con orgullo y timidez— yo también tengo una terapeuta ahora.

—¿Ah, sí?

—Es una budista lesbiana irlandesa, pero lleva años viviendo en Italia.

—No podría imaginar una mejor descripción de un terapeuta para ti.

—Confío en ella —admitió—. Es la primera persona en la que he confiado desde hace mucho tiempo.

—Te entiendo —dijo Frank—. Así es como me siento con mi padrino de Alcohólicos Anónimos.

—Vaya, Frank —soltó Cleo—. Míranos con nuestras relaciones saludables, quién lo iba a decir.

Intercambiaron una mirada en silencio durante un momento, ambos tan conocidos y desconocidos para el otro al mismo tiempo.

—Me alegro de verte —dijo él al cabo de unos momentos.

De hecho, sentía una mezcla de alegría, terror y alivio al verla, lo mismo que le sucedía a Cleo al verlo a él, pero ninguno de los dos estaba preparado para ponerse a hablar de ello.

—Yo también —repuso ella—. No pensaba que fuéramos a vernos hasta el año que viene.

—¿Qué pasa el año que viene?

—La boda de Santiago y Dominique.

—¡Ah, ya, claro! ¿Te lo puedes creer?

—Claro que sí. Me ha escrito dos cartas hasta el momento, y las dos han sido odas a su amor por Dominique. Y una receta para pasta.

—Es el último romántico —dijo Frank tras echarse a reír—. ¿Recuerdas el discurso que pronunció en nuestra boda?

—Sí, dijo que los dos estábamos hechos de oro o algo así.

—No sé yo, pero tú sí que lo estás.

Cleo esbozó una sonrisa. A él de verdad le parecía que estaba hecha de oro.

—¿Quieres ver mi estudio? —le preguntó ella—. Está en el otro edificio.

Frank la siguió al exterior de la habitación y a través del pasillo mientras observaba sus pasos suaves, casi líquidos.

—¿Ha venido alguien más a verte? ¿Quentin?

—Ya no nos hablamos —repuso Cleo en voz baja.

Frank esperó a que le contara más, y ella se detuvo y se volvió para mirarlo.

—Metanfetaminas —explicó—. Creo que Alex lo metió en eso, y no le va bien.

La última vez que Cleo había visto a Quentin, según explicó, la había invitado a un hotel barato del centro. Cuando llegó, había otros tres hombres de ojos hundidos dando vueltas por la habitación con él. Quentin estaba medio desnudo y maníaco, con su delgado y pálido cuerpo dando respingos como si sufriera descargas eléctricas. Le había dicho que necesitaba dinero. Se le había acabado la sustancial paga mensual que le proporcionaba su abuela y todavía faltaba una semana para que concluyera el mes. Cuando Cleo había tratado de hacerlo salir de allí, él la había atacado. «Ni se te ocurra juzgarme, zorra de mierda», le había dicho. Cleo había huido de la habitación y había llamado a Johnny, pero no había sido de ninguna ayuda, y no tenía el número de teléfono de ningún familiar de Quentin, por lo que no había podido hacer otra cosa que dejarlo allí. Frank meneó la cabeza mientras ella se lo contaba todo.

—No tenía ni idea.

—Nos dio cocaína de regalo de bodas. ¿No pensabas que podría tener un ligero problemilla con las drogas?

—Pensaba que era todo un personaje —se aventuró Frank—. Pero no pensaba que fuera a irle tan mal. Es que si meterse un poco de cocaína y beber demasiado te convierte en adicto, entonces todos nuestros conocidos... —Se interrumpió y se pellizcó el entrecejo—. Joder, Cley. Todos nuestros conocidos de Nueva York son adictos, ¿no?

—Eso parece. —Cleo asintió, triste.

—¿No has vuelto a tratar de contactar con él?

Cleo le dedicó una mirada llena de dolor.

—Sí, claro que sí. Miles de veces. Llamé a centros de rehabilitación y a centros de acogida, solo que se negó a ir. Luego su número quedó desconectado. A estas alturas ya no sé con quién me estaría poniendo en contacto.

—¿Quieres decir que puede que otra persona tenga su número?

—Quiero decir que ya no sé quién es.

—¿Estás bien?

—Uno de nosotros tiene que estarlo —repuso ella, mirándolo con su sonrisa cansada.

—Tienes suerte de haber salido de Nueva York cuando lo hiciste.

—Por los pelos —dijo ella.

Lo condujo hasta el estudio, el cual estaba apretujado y era pequeño, no exactamente el espacio bien iluminado que él se había estado imaginando. Unas pequeñas vigas de madera en el techo, el olor químico del disolvente en el ambiente, un suelo de hormigón polvoriento manchado de color rojo oscuro. El corazón de Frank le dio un vuelco. ¿Era sangre? No, era pintura, por supuesto. Vio aquel mismo color sobre los lienzos que cubrían la pared.

Frank recordaba las obras de Cleo como florales y carnales, los colores de un moretón en su peor etapa: amarillos amargos, violetas oscuros y colores crema teñidos de escarlata. Aquellos lienzos eran muchos más simples, líneas rojas limpias sobre fondos blancos o grises. Los miró con mayor detenimiento y vio que las líneas eran partes abstractas del cuerpo femenino: glúteos separados, un rollo de estómago, la gran curva de un pecho.

Nunca había sabido si era buena como artista o no. Sí que había sido lo suficientemente infeliz como para serlo, pero ¿qué significaba aquello? Las personas con talento solían ser infelices, pero las personas infelices no solían ser talentosas. Frank siempre había pensado que el mayor don de Cleo era su forma de ser. Era de un atractivo único, no solo en su aspecto físico, sino en su esencia. Tenía un modo de iluminar una sala consigo misma, como una ventana al abrirse de par en par.

Cleo observó a Frank mientras él se arrodillaba para examinar un pequeño lienzo cuadrado y a su sujeto, quien antes había sido la curva de una rodilla doblada llena de movimiento humano y que se había convertido en tan solo una línea. Eran cuerpos presentados como la ausencia: cuando uno se acercaba a verlos, desaparecían. Cleo estaba orgullosa de aquellos cuadros, los cuales eran mucho menos figurativos que sus obras anteriores, lo que le daba la libertad y el anonimato de la abstracción. Le observó la expresión y trató de descifrar lo que pensaba.

Frank alzó la mirada y vio que Cleo lo estaba observando con aquella intensidad curiosa tan propia de ella. Sabía que esperaba algo de él, una respuesta que no sabía cómo dar. Lo que él entendía era el lenguaje, las marcas. Aquella se había convertido en una palabra muy sucia, pero contenía algo directo que para él se aproximaba a lo sublime. Todas las interacciones, en el fondo, eran transaccionales; al menos la publicidad no pretendía que no era así. Aquel sutil mundo de sombras y líneas en el que se encontraba Cleo, supuestamente tan lleno de significado, aunque con el potencial de no significar nada... A Frank le parecía que estaba tratando de abrir un paquete con las instrucciones escritas por dentro.

—Están muy bien hechos, Cleo —comentó—. Muy... artísticos.

Cleo se echó a reír. Veía que estaba perplejo, pero se sorprendió al darse cuenta de que le importaba menos su reacción de lo que había esperado. Más allá de lo que pensara él, ella estaba satisfecha con su trabajo.

—Tengo una exposición el mes que viene —le contó, incapaz de ocultar el orgullo que sentía—. En una pequeña galería de Monti.

—¿Tienes algún título?

—*Líneas vitales* —repuso.

—Apropiado.

—¿En qué sentido?

—Solo apropiado —repitió él, sin precisar—. Para ti.

—También hay una instalación —dijo—. Creo que es la mejor parte. ¿Quieres verla?

Era tan sincera, tan llena de esperanza... A Frank le emocionaba. No había ninguna garantía de que le fuera a ir bien; de hecho, lo más probable era que no le fuera bien. Recordó la primera vez que había hablado con ella, caminando por las calles de Nueva York, cuando ella había declarado que era artista con un orgulloso movimiento de la cabeza. Veía aquella misma confianza en la lucha de Zoe por ser actriz, en la cual entregaba su juventud y belleza y las desgastaba sin recibir nada a cambio. Todavía no sabían lo que sabía él: que se podía tener un don, trabajar muy duro, ser tenaz e incluso tener un poco de suerte y, aun así, nunca alcanzar el éxito, o, si alguna vez se alcanzaba, este podía no durar mucho. Y nunca experimentar logros comparables con el talento de uno, nunca recibir una recompensa adecuada por los esfuerzos era algo terrible y desmotivador.

Frank siguió a Cleo hasta el patio que separaba ambos edificios. La brisa inexplicablemente cálida del mar Tirreno los rodeaba como un gato que se frotaba contra sus tobillos.

—La instalación está en la cabaña —dijo Cleo—. Pero quería un cigarro antes.

Enrolló un cigarro y se lo pasó a él antes de prepararse otro para sí misma.

—Yo no fumo —dijo Frank, poniéndose el cigarrillo en los labios.

—Todas las personas que dejan de beber empiezan a fumar aunque sea un poco —repuso ella con una sonrisa.

Todo estaba en silencio, salvo por el sonido enlatado de una radio que salía de una ventana abierta sobre sus cabezas. Cleo se metió la bolsa de tabaco en el bolsillo de los tejanos y se cruzó de brazos. Había llegado el momento de que hablaran de lo que él había ido a hablar.

—Bueno —empezó a decir ella—. Háblame de Eleanor, pero no de tu madre.

Frank tosió el humo que acababa de inhalar. Había imaginado que iba a ser él quien trajera a Eleanor a colación, solo que no sabía que Zoe le había hablado a Cleo de ellos hacía varias semanas. Para Cleo, enterarse de que Frank estaba enamorado de otra persona había sido como que le picara una medusa: después de que el primer dolor sorprendente se hubiera desvanecido, solo quedaba un dolor amortiguado. No iba a volver a doler tanto nunca más. Y Cleo se había decidido a alegrarse por él, aunque primero tenían que hablar de ello.

—Leí vuestros correos el año pasado. —Se encogió de hombros, un movimiento tanto para disculparse como para restarle importancia—. Me hace gracia porque estaba molesta, solo que también me reía. Me cae bien. —Cleo se obligó a sonreír—. Quizá me caiga mejor que tú.

—A mí también —logró contestar él—. Desde luego, me cae mejor de lo que me caigo a mí mismo.

¿Qué podía decir de Eleanor? Era bella, aunque no guapa, y no atraía la atención que atraía Cleo con tan solo entrar en una sala, pero estaba hecha de algo más profundo y resistente. Tenía el mejor sentido del humor que hubiera visto en cualquier mujer, en cualquier persona, a decir verdad, excepto tal vez en su madre. Solo que era más amable que su madre, mucho más tierna, con una capacidad de empatía verdadera propia de un escritor.

—Estamos... muy contentos juntos —dijo.

—Lo imaginaba. Lleváis un tiempo juntos ya, ¿no? —Cleo trataba de mantener un tono informal, pero había adquirido el filo de un interrogatorio.

—Nos acabamos de comprar un piso en Brooklyn —dijo él—. Te lo iba a contar.

—¡Brooklyn! —La voz de Cleo subió una octava—. Vaya, sí que vais en serio.

Frank se frotó la nuca con la mano.

—No muy lejos en Brooklyn —explicó—. Nada más cruzar el puente.

—Brooklyn —repitió Cleo para sí misma, incrédula—. Eso es muy de mayores. Bueno, supongo que los dos sois mayores. ¿Cuántos años tiene? —De algún modo, se había desprendido de la amabilidad que había pretendido mostrar.

—Treinta y pico —respondió Frank, igual de descolocado—. ¿De verdad importa?

—Solo es curiosidad —se excusó Cleo—. Es que parece madura. Más madura que yo.

Aquello podría haber sido una pulla, pero su voz sonó como si no tuviera la mayor importancia.

—La semana que viene cumple treinta y ocho —explicó Frank, incómodo.

Cleo dio una gran calada al cigarro. Las cenizas cayeron por la pernera de sus tejanos.

—Qué bien —dijo ella, sacudiéndose la ceniza de la rodilla con fuerza—. Felicítala de mi parte. ¡*Buon compleanno*, Eleanor!

Había tratado de sonar alegre, pero se había pasado de rosca y había acabado en el territorio de las maníacas. Frank la miró durante un largo rato, luego tiró el cigarrillo y se acercó a ella para sujetarla de los hombros.

—Siento no habértelo contado antes de venir.

—No me debes nada —dijo Cleo, mirándose los pies.

—Te lo debo todo —contestó él, negando con la cabeza—. Y lo siento.

Cleo alzó la mirada para verlo y su expresión se suavizó.

—Me fui del país, ¿recuerdas? —dijo ella—. Puedes salir de Manhattan.

Frank soltó un suspiro. Había llegado el momento de hablarle del divorcio; no se le ocurría una ocasión más natural que aquella. Después de todo, Cleo había acabado en el hospital tras intentar poner fin a su matrimonio, un divorcio era una táctica muy amable en comparación. Solo que algo le impidió hacerlo.

—De hecho, fue Eleanor quien me sugirió que viniera —dijo en su lugar—. Para ver si estabas bien.

Las rubias cejas de Cleo se arrugaron cuando frunció el ceño.

—¿Ah, sí? ¿No querías venir?

—Claro que sí —se apresuró a contestar él—. Solo decía… que no hay ninguna animosidad por su parte. Se preocupa por ti. Creo que te admira. —Estaba hablando demasiado, pero no podía parar—. Le gustaría conocerte si… si las circunstancias lo permiten.

Cleo frunció aún más el ceño. Frank había ido a verla por Eleanor. Claro que no había sido por ella. Y allí estaba, la sensación que había tratado de negar, aquellos oscuros y espesos celos que se alzaban en ella porque Frank estaba dispuesto a hacer por Eleanor lo que jamás había estado dispuesto a hacer por ella. A Eleanor le había tocado esa versión de Frank, el hombre sobrio y atento que aceptaba sus sugerencias, mientras Cleo había tenido que soportar a su predecesor borracho como una idiota.

El ansia de perforar la suave superficie de su nuevo amor surgió de ella. No habría sido difícil, pues, después de todo, había conocido a Eleanor y sabía que no era del tipo de personas brillantes en las que Frank le gustaba verse reflejado. Tan solo un comentario y podría perforar su felicidad como una aguja llena de veneno.

Solo que se impidió hacerlo. Lo único que conseguiría con ello sería arrepentirse. Y, en el fondo, sabía que Eleanor le hacía bien a Frank. No había mentido al decir que le caía bien. Cleo y Frank no podían hacerse felices el uno al otro, por mucho que lo intentaran. Lo mejor sería dejarlo ir, dejar que volviera con su amor en la espalda como la cálida brisa de Roma, incluso si lo llevaba hasta otra persona.

—A mí también me gustaría conocerla —dijo—. Parece... genial.

—Le alegrará saberlo —repuso Frank, sonriendo con alivio—. Y sí que lo es. Las dos lo sois.

—¿Y sois...? ¿Sois felices de verdad? —Cleo le examinó la expresión con su concentración de siempre.

Frank pensó cómo responderle con sinceridad sin hacerle daño. La primera vez que se había acostado con Eleanor, había pensado que iba a morir de felicidad. Nunca había esperado para acostarse con ninguna otra persona, y desde luego nunca se había enamorado de ellas antes. Había estado muy nervioso, al igual que ella. Todo había ido mal: no le podía desabrochar el sujetador, ella le había dado un codazo en el estómago que le había cortado la respiración, y, cuando por fin había entrado en ella, había durado unos treinta segundos antes de explotar.

Ambos se habían echado a reír hasta que se les saltaron las lágrimas. Ella se había tumbado sobre su pecho, mientras Frank le rodeaba la espalda con los brazos, y se había quedado dormida allí mismo, en el centro de él, con un corazón latiendo contra el otro, y Frank se había quedado dormido también, bajo ella y feliz, sí, feliz al fin.

—Intentamos serlo —respondió al cabo de unos instantes—. ¿Y tú? ¿Eres feliz aquí?

Cleo echó un vistazo por el patio. Le sorprendió el hecho de que, por alguna razón, por algún milagro, sí que lo era. En los siete meses que habían transcurrido desde su llegada a Roma, había pintado cada día y había redescubierto los placeres tanto de la soledad como de la comunidad. Desayunaba en la cocina junto a los otros artistas de la residencia y se reunía con ellos cada noche para hablar sobre su trabajo del día con un plato de pasta y vino. Había visto la cama en la que Keats había dado su último estertor y había caminado con la mirada alzada a través de la Capilla Sixtina para devorar la mezcla de oro, carne y cielo.

Le encantaba Nueva York, pero en aquellos momentos sabía que no era su ciudad. Lo que le iba a ella era formar parte de aquella complicada red de capitales europeas, cada una a tan solo unas horas de distancia de la siguiente, con sus Caravaggio, sus Sorolla y sus Soutine. Incluso había empezado a hablar más con su padre, al encontrarse a solo una hora de diferencia.

Y estaba redescubriendo que el ritmo más lento de Roma la tranquilizaba. Trabajaba, pero nunca se agotaba. Dormía a pierna suelta y sola. Todavía no había estado con ninguna otra persona, aunque uno de los otros artistas, un tímido diseñador suizo de su edad, le había confesado que sentía algo por ella una noche en el estudio. Ella le había respondido con amabilidad que necesitaba más tiempo. Por las tardes, bebía expresos en el bar y veía cómo los italianos revoloteaban entre ellos mismos, como mariposas. Por fin había aprendido a estar sola en público sin obsesionarse con lo que los demás fueran a pensar de ella. Era un alivio vivir de dentro hacia fuera al fin.

—También lo intento —respondió.

—¿Quieres mostrarme la instalación? —preguntó Frank, tras asentir, satisfecho.

Cleo lo condujo hacia una pequeña cabaña tras el edificio del estudio. Abrió la puerta y reveló una sala blanca y cuadrada con un proyector dispuesto en el centro, apuntando hacia el techo. Una tierra oscura cubría el suelo. El olor que desprendía lo golpeó como una ola desagradable, terrosa, rica y dulce.

—Cley… —Se detuvo en la puerta.

—Lo sé —repuso—. Por favor. Solo túmbate.

Frank se tumbó sobre la tierra, todavía con náuseas por el olor. Cleo encendió el proyector antes de tumbarse a su lado, y la sala se tornó roja. La luz escarlata se movía por el techo como las arrugas del pétalo de una amapola. El olor de la tierra lo embriagaba todo y lo devolvía a aquel momento…

Lo que le sorprendió fue la oleada de furia que notó al regresar a él. Había sido *él* quien la había encontrado y había llamado a la ambulancia, arrodillado sobre la tierra oscura por su sangre, y allí estaba Cleo, convirtiéndolo todo en arte. Se metía un cristal y lo llamaba «sanación». La sala se había iluminado por un color carmín lleno de sangre. Bueno, pues muy bien por ella. Se alegraba de haberse librado de Cleo. Él también había usado aquella violencia para salir de su matrimonio y entrar en una relación con una mujer cuerda, gracias a Dios. Quería sentarse y hablarle de los papeles del divorcio. Quería beber. Quería beber y no dejar de beber. Quería agarrar puñados de tierra y metérselos en los ojos y gritar como un bebé. Quería a su madre, no a su madre de verdad, aquella borracha egoísta, sino a su madre real, la que no había encontrado, la mujer que podía cuidar de él de verdad. Quería a Eleanor.

—Cleo. —Se incorporó—. No puedo. No puedo. —Cleo le puso la mano en el brazo, pero él la apartó—. Es demasiado, Cley. —Se sorprendió a sí mismo al romper a llorar—. Demasiado.

Inclinó la cabeza, se tapó el rostro con las manos y siguió llorando. No recordaba la última vez que había llorado. Era un exorcismo de lágrimas. Cleo tiró de él y le acunó la cabeza en el regazo. No había querido hacerle daño, pero necesitaba que viera aquello. Durante todo su matrimonio, se había rendido ante las versiones de ella que tenían otras personas y se había amoldado a la forma de sus deseos. Pensó en los votos de Frank en su boda: «Cuando la parte más oscura de ti se encuentra con la más oscura de mí, crean luz». Había completado aquel proceso por sí sola. Había encontrado la parte más oscura de sí misma y había creado aquello.

A su alrededor, la sala cambió a un color ámbar oscuro, y empezó a sonar música. Era una bestia ondulante de lamentos de guitarras y sintetizadores, un sonido profundo, creciente y expansivo. Luego la cabaña se tornó de un azul brillante. Estaban en una caja de cielo, manchada por los vapores blancos de las nubes. *Líneas vitales*. Allí estaban la suyas. Había hallado un modo de decidir sobre su vida, y él debía hacer lo mismo.

—Divorcio —dijo él hacia su regazo.

—Lo sé —repuso ella, acariciándole el cabello—. Ya lo sabía.

Se sentaron en la terraza de un café cerca de la Plaza de España mientras una luz rosada bañaba las calles. Había acabado el día laboral, y la languidez de la tarde embriagaba el ambiente, como si de polen se tratase. Tras la intensidad de la instalación de arte de Cleo, era todo un alivio estar en medio del suave alboroto de la vida pública. Habían vuelto a sentirse más cómodos el uno con el otro.

—Se está muy bien aquí —comentó Frank—. No siempre he pensado lo mejor de Italia por asociarla con mi padre, pero ahora que vives aquí la veré de otro modo.

Cleo le dio un bocado a uno de los salados círculos de salami que habían colocado sin demasiadas florituras frente a ellos nada más sentarse. Su rostro relucía bajo la luz amelocotonada del atardecer.

—Me alegro —repuso ella—. No merece arrebatarte Italia.

Un camarero adolescente fue a ofrecerles un aperitivo, claramente encantado por tener la oportunidad de practicar su inglés. Frank le dedicó a Cleo una mirada llena de pánico, pero ella pidió dos limonadas con gas en italiano con una ligereza impresionante.

—Nunca me había imaginado que visitaría Roma y no bebería nada —dijo él, después de que el camarero dejara los vasos cubiertos de gotas frente a ellos.

—El vino es lo menos interesante de Roma —dijo Cleo—. Y de ti.

Frank le dedicó una sonrisa sincera.

—Gracias, Cleopatra.

—De nada, Frankenstein.

Y así, sin más, aquello despertó en Cleo el recuerdo de la primera noche de Halloween que habían pasado juntos. Se habían vestido como sus apodos, de Cleopatra y del monstruo de Frankenstein. Cleo había pasado toda la tarde preparándose, pintando un gorro de color de oro y arreglando un vestido de lino holgado. Se había puesto una larga peluca oscura y gruesas capas de delineador de ojos negro para acabar de transformarse en su propia hermana gemela oscura.

—¿Te acuerdas de Halloween? —preguntó ella de repente.

Habían ido con unos amigos a una fiesta en casa de Anders, todos apretujados en un mismo taxi, en el cual se pelearon por qué emisora de radio poner y se pasaron la primera bolsita de maría por el asiento trasero como si fuera la nota de un admirador secreto.

—Claro —repuso Frank—. ¿Qué te ha hecho pensar en eso?

Cleo se encogió de hombros. Su cabeza todavía tenía el mal hábito de mostrarle recuerdos dolorosos, lo cual suponía que era un recordatorio para seguir adelante. A diferencia de Frank, a ella no le iba la nostalgia.

—Cuando pienso sobre la bebida, tiendo a recordar la mejor parte de cada fiesta —dijo él, como si le acabara de leer la mente—. Mi padrino me dice que reproduzca la cinta hacia delante. Tengo que seguir recordando hasta llegar al punto en que dejó de ser divertido.

—Vale —dijo Cleo—. Haz eso, entonces. Ya sabes cómo acabó aquella noche.

Frank reprodujo la cinta hasta encontrarse en la fiesta de Halloween, donde había estado incómodo en su disfraz, el cual consistía en una máscara de monstruo que olía a cloro. Anders iba vestido como algún tipo de asesino sexy con un efecto devastador. Adelantó hasta haberse sentido feo y olvidado, como un monstruo de verdad, hasta beber demasiado, hasta discutir con Cleo de vuelta a casa, hasta el sonido de ella llorando en la almohada mientras él seguía tumbado a su lado y veía cómo giraba el techo. A la mañana siguiente, las fundas de las almohadas habían mostrado las pruebas de lo sucedido, manchadas de maquillaje negro que no se iba, por lo que Frank las había metido al fondo del cubo de basura, tal como solía hacer de pequeño con sus sábanas manchadas de orina para que su madre no las encontrara. Por eso odiaba recordar. Si adelantaba la cinta, siempre llegaba a la oscura corriente que fluía bajo cada noche en apariencia feliz, hasta la tristeza secreta que Cleo albergaba en su corazón y él no podía sanar, hasta las oscuras cicatrices de las sábanas blancas que no lograba limpiar.

—Me avergüenza recordarlo —dijo—. Todo el daño que te hice.

—Sí que lo hiciste —asintió Cleo—. Pero esa noche tuvo su lado bueno. —Le dedicó una de sus misteriosas miradas cómplices—. Al día siguiente tenías semejante resaca que por fin te gané en «¡Pellizco, puñetazo!».

Frank se echó a reír. Tiempo atrás, Cleo le había comentado que en el Reino Unido existía la tradición de decir «¡Pellizco, puñetazo, es el primer día del mes!» durante el primer día de cada mes. Siempre que el ganador declarara «¡Y no hay vuelta atrás!» después, eran libres de propinar dichos pellizcos y puñetazos sin miedo a represalias. El perdedor tenía que esperar un mes entero para tener la oportunidad de ser el primero en decirlo de nuevo. Frank, a quien le encantaban las tonterías, se había abalanzado sobre aquel juego con una competitividad fanática y había pasado a despertarse temprano el primer día de cada mes y ponerse sobre Cleo, todavía dormida, hasta que, en cuanto veía la primera señal de que se estaba despertando, lanzaba su ataque y canturreaba la frase a todo pulmón con el tipo de frenesí que, según Cleo, hacía que a los hombres de mediana edad les dieran ataques al corazón.

—Me había olvidado de eso —dijo, todavía riendo—. «¡Pellizco, puñetazo!» se te daba fatal.

—¡Porque no quería ponerme la alarma al amanecer el primer día de cada mes como una demente!

—Eso es lo que hace falta para ser campeón de ese juego, Cleo —repuso él con seriedad. Trató de mantenerse serio, pero ambos se echaron a reír poco después.

—Bueno, ahora puedes jugar con Eleanor —dijo Cleo, conforme sus risas se desvanecían.

Frank negó con la cabeza, con el semblante serio una vez más.

—No haría eso. Es nuestro juego. Además, ella no es británica.

—Vale —contestó Cleo, mirándolo con ternura—. Seguirá siendo nuestro.

—¿Se te hace raro? —le preguntó—. Que esté con otra persona. Puedes ser sincera.

—Un poco, sí —contestó con lentitud—. Pero en cierto modo, tú y Eleanor me dais esperanzas. Me hacéis sentir que algún día yo también encontraré lo que tenéis.

—Eso no será ningún problema para ti. Tendrás hombres haciendo cola. —Frank se acabó su limonada con un sorbo satisfecho.

—Me gustaría volver a casarme —dijo ella—. Durante un poco más de tiempo la próxima vez.

—Y lo harás. Solo no escojas a alguien como yo.

—¿Te refieres a un alcohólico casi veinte años mayor que yo? —preguntó Cleo, alzando una ceja.

—¡Ah! —Frank se echó atrás en su asiento de golpe, como si le hubieran disparado—. Pero sí, a eso me refiero —añadió, volviendo a la vida.

—Tú no has escogido a alguien como yo.

—No, Eleanor no es como nosotros.

—¿En qué se diferencia?

—¿De verdad no te importa hablar de ella?

—Tengo curiosidad.

—Bueno, vale. Eleanor tiene una madre que al principio me llegó a intimidar un poco porque es… es feroz. De un amor feroz. Y Eleanor se crio en una casa de las afueras, con jardín y algo que se llama «sofá para invitados» y con tres tipos de comederos de pájaros distintos, cosas así.

—Suena de lo más doméstico —asintió Cleo.

—Exacto. Y no fue nada perfecto; sus padres se divorciaron cuando era joven, y cuando era adolescente tuvo una relación rara con un tipo mayor, pero notaba que se sentía a salvo en aquella casa. Creció sintiéndose segura y querida con fervor.

Cuando alzó la mirada, le sorprendió ver que los ojos de Cleo se habían anegado con una fina película de lágrimas.

—Eso suena muy bien —dijo en voz baja.

—Y tú y yo no tuvimos eso, no porque no lo mereciéramos, sino porque simplemente nos tocaron otras cartas. Pero las personas a las que han querido así crecen y se convierten en personas distintas a nosotros, más seguras de sí mismas. Tal vez no son tan brillantes o exitosas como nosotros creemos que debemos ser, pero no es porque no sean interesantes. Es solo que no se sienten como si tuvieran que ponerse a danzar, ¿sabes? No tienen que demostrar lo que son todo el día para que alguien les dé amor, porque siempre lo han tenido.

—Pero ¿cómo dejas de danzar si eres como nosotros? —preguntó Cleo, con una sonrisa triste.

—Me cansé, Cley —repuso él—. Los zapatos ya no me entran. Y, cuando me quedé quieto, Eleanor estaba ahí conmigo. Creo que mereces estar con alguien así, alguien que te pueda proporcionar esa seguridad y esa tranquilidad de un modo que yo nunca supe hacer. Por mucho que quisiera, Cleo, porque de verdad lo quería.

Cleo le dio la mano desde el otro lado de la mesa. Las manos con pecas de Frank. Ella las recordaba siempre en movimiento, pasando por superficies, ajustándose las gafas, puntuando palabras en el aire con un gesto enfático con las manos abiertas que era totalmente suyo. Le dio un apretón a los dedos con los suyos.

—Sé que era lo que querías —dijo ella—. Yo también quería eso para ti.

El joven camarero les llevó la cuenta para que la firmaran, y, tal como Frank solía hacer cuando estaba algo triste, trató de animarse con una expresión de generosidad innecesaria al añadir una propina de cincuenta euros en la cuenta.

Cuando el chico se llevó la cuenta, un pequeño alboroto se produjo en la plaza. Una pareja joven corría con total despreocupación sobre las grandes losas de piedra, y se reían en voz alta mientras se gritaban el uno al otro, al parecer por ninguna otra razón que la alegría de ser jóvenes y bellos en un lugar antiguo y bello. *No son mucho más jóvenes que Cleo*, pensó Frank. *Son mucho más jóvenes que yo*, pensó Cleo. Un anciano con barba que pasaba por allí también se reía y los saludaba con su bastón mientras les gritaba algo en italiano. Cleo y Frank observaron los rostros de la pareja, sonrojados y libres, cuando pasaron por delante de ellos a toda prisa.

—¿Has entendido lo que les ha dicho el hombre? —le preguntó Frank.

Cleo negó con la cabeza, y el camarero volvió a aparecer junto a ella.

—*Signor*, ¡se ha equivocado! —Tenía la cuenta abierta en la mano, como un libro de rezos—. ¡Es demasiado!

499

—No, no pasa nada —dijo Frank—. Es para ti. ¿Has oído lo que ha dicho ese hombre? A los chicos que corrían.

—Creo que sí —repuso el chico—. Pero esta...

—¿Puedes traducirlo?

—Pero esta propina —continuó el camarero—. Es... demasiado estadounidense.

Cleo se echó a reír al ver el billete.

—Me alegro de que no hayas cambiado en todos los aspectos.

—¿Puedes decirme qué es lo que ha dicho? —le preguntó Frank una vez más.

—Qué raros sois —dijo el chico, mirando a Frank y luego a Cleo—. Es un dicho italiano. Es algo como «Allá adonde vayas, te estará esperando».

—¿Allá adonde vayas, te estará esperando? —repitió Frank.

El chico se volvió hacia Cleo con una expresión arrepentida.

—No suena tan bien cuando lo dice él —comentó.

Cleo y Frank salieron del café, caminaron tomados del brazo y descendieron por la escalinata de la plaza hacia el hotel, donde los papeles del divorcio los esperaban. En las terrazas de los restaurantes, varios grupos de personas estaban sentadas para disfrutar del buen tiempo, con sus copas de vino reluciendo bajo la luz. Sobre ellos, una bandada de pájaros llenaba el cielo, y los transeúntes alzaban la mirada para observarlos. Las aves revoloteaban y pulsaban, se contraían en un denso enjambre negro y luego se retorcían de forma salvaje hasta formar un fluido remolino descendente, una constelación de uves. Frank se quedó ensimismado mientras los veía transformarse de nube danzante a oleada pulsante y a pulmón que respiraba.

—Son estorninos —explicó Cleo, lo que hizo que se sorprendiera, una vez más, por todas las cosas que no sabía que ella conocía—. Aquí en la ciudad hace más calor, así que vuelven cada noche después de estar en otras zonas.

—Son bonitos —comentó él.

—Y destructivos. Lo cubren todo de excrementos. Cada mañana, las personas de toda la ciudad tienen que limpiarlos de sus coches y ciclomotores.

—Pero ¿cómo hacen eso? Lo de moverse juntos.

Cleo había leído sobre ello tras haber llegado a la ciudad y estaba encantada de proporcionarle la respuesta.

—Cada estornino solo está al tanto de otros cinco pájaros —explicó—. Uno encima, uno debajo, uno delante y uno a cada lado, como una estrella. Se mueven con esos cinco, y así pueden seguir en formación.

—Pero ¿cuál es el líder? ¿Quién decide hacia dónde van?

—No hay ningún líder —sonrió Cleo—. Ese es el misterio.

Recorrieron una plaza en la que los turistas se reunían en torno a una fuente de mármol. Una cálida brisa les daba escalofríos en la nuca. El ambiente olía a gasolina y a olivas. Atravesaron un callejón adoquinado moteado con sombras en el que una pareja de adolescentes se besaba apoyada en un ciclomotor. Al otro lado, una mujer gitana se levantó la falda para orinar en un charco. Continuaron su camino.

—¿Quiénes son tus cinco? —le preguntó Cleo—. Los cinco a los que observas.

—¿Mis cinco personas? —Frank se lo pensó durante unos instantes—. Bueno, Zoe es una de ellas, claro. Santiago también. —Miró al suelo, que de verdad estaba cubierto de excrementos de pájaro—. Y Anders.

—Me alegro —dijo Cleo con sinceridad.

—Y ahora Eleanor. —Frank la miró de soslayo; Cleo asentía poco a poco—. Y tú. Contigo hacéis cinco.

—¿Yo?

—Tú —repuso Frank—. Siempre tú.

Se miraron. El rostro de Cleo era sereno como una catedral. A su alrededor, la ciudad se asentaba en la noche. Un niño lloraba y buscaba a su madre. Una botella se abrió. Una moto rugió. Los estorninos continuaron con su vuelo.

AGRADECIMIENTOS

He necesitado siete años para acabar esta novela, la cual ha sido nutrida y mejorada por muchas, muchísimas personas. Les doy las gracias a:

Mi agente Millie Hoskins, quien entendió el corazón de esta historia y la defendió desde el principio. Mi deseo para todos los escritores que den sus primeros pinitos es que tengan la suerte de encontrar a una Millie.

Mis editoras Grace Mcnamee y Helen Garnons-Williams, quienes hicieron que editar esta historia tan poco manejable en ocasiones fuera una verdadera colaboración y toda una alegría. Es mucho mejor por haber tenido a vuestras mentes brillantes en ella (¡y ahora incluso tiene trama!). Y también a Jordan Mulligan y Sade Omeje, quienes se subieron al tren con muchísimo entusiasmo y lo condujeron hasta la publicación.

El programa del Máster en Bellas Artes de la Universidad de Nueva York, en particular a mis profesores Amy Hempel, Nathan Englander, Darin Strauss y Rick Moody. Esos dos años me han cambiado la vida a mejor de forma irreversible.

Mis compañeros escritores Isabella Hammad, Steve Potter, Liz Wood y Allison Bulger, por vuestras ideas y correcciones después del máster.

Mis maravillosos amigos Adam Eli, Olivia Orley, Zoe Potkin, Sophia Gibber, Sean Frank, Dayna Evans, Corey Militzok, Margot Bowman, Max Weinman, Maya Popa y muchos otros.

Muchas gracias por animarme a seguir adelante y por todo lo demás.

La comunidad sobria del centro de Nueva York, la cual me quiso de verdad hasta que pude quererme a mí misma. Estoy aquí porque me han traído ellos.

Emily Havens, por todas las llamadas y por recordarme siempre que existe un plan en movimiento que es infinitas veces mejor que el mío.

Karen Nelson, por proporcionarme un lugar seguro en el que hablar con profundidad y sinceridad. Soy una mejor persona y escritora por haberte conocido.

Mi madre, mi primera lectora, quien me enseñó a lanzar mi corazón hacia delante y a correr para perseguirlo. Este libro es para ti.

Mi padre, y al amor por el lenguaje que me inculcaste. Gracias por saber que era escritora incluso antes que yo.

Mi divertida, guapa, inteligente y audaz hermana mayor Daisy Bell. Siempre seré tu gatita.

Mis queridísimos hermanos mayores Holly y George, y mi prima Lucie, por enseñarme el camino a seguir.

Mi abuela Judy, de quien he heredado el gusto tanto por el azúcar como por las travesuras.

Mi abuela Edie, a quien nunca conocí, pero cuyo sueño de convertirse en autora sobrevive en mi interior.

Y, por último, infinitas gracias a mi Henry. Gracias por quererme, por casarte conmigo y por crear una vida junto a mí que es demasiado dulce y armoniosa como para que pueda ser una ficción entretenida. Soy tuya.

¡NO TE PIERDAS LAS PRIMERAS PÁGINAS DE LA NUEVA NOVELA DE COCO MELLORS!

PRÓLOGO

Las hermanas no son amigas. ¿Quién puede explicar la necesidad de tomar una relación tan primordial y tan compleja como la de unas hermanas y reducirla a algo tan sustituible y tan banal como una amistad? Sin embargo, ese estatus se usa a menudo para indicar la máxima intimidad posible. «Mi madre es mi mejor amiga. Mi esposo es mi mejor amigo». No. La sororidad verdadera, la que implica que te crecieron las uñas en el mismo útero y saliste dando gritos a través del mismo canal del parto, no es lo mismo que la amistad. A tu hermana no la puedes elegir, y entre hermanas tampoco existe ese periodo prudencial durante el que os vais conociendo poco a poco. Una hermana es parte de ti desde el principio. Échale un vistazo a un cordón umbilical, duro, sinuoso, desagradable pero fundamental, y compáralo con una de esas pulseras de la amistad hecha de hilos trenzados de colores intensos. *Esa* es la diferencia entre una hermana y una amiga.

La mayor de las hermanas Blue, su líder, es Avery, despierta pero desencantada con la vida desde que nació. Un día, a los cuatro años, tras salir de la guardería, fue caminando sola hasta el apartamento de sus padres en el Upper West Side y dijo que estaba «demasiado cansada como para seguir tirando del carro». Pero sí que siguió tirando, como siempre. Avery fue quien enseñó a sus hermanas a nadar a crol, a hacerse amigas de los gatos de la tienda del barrio haciéndoles cosquillitas por debajo de la barbilla y a barajar las cartas sin doblar las esquinas. Odia la autoridad, pero le encanta el orden. Tiene memoria fotográfica; en el instituto, se coló en la sala en que guardaban los expedientes del centro y memorizó el número de la Seguridad Social de todos sus compañeros de clase, y después se pasó el resto del semestre dejando a los niños aterrados al referirse a ellos por sus nueve dígitos.

Terminó el instituto a los dieciséis y se graduó por la Universidad de Columbia en tres años. Después, se fugó para unirse a una «comunidad anárquica, no jerárquica y basada en el consenso», es decir, una comuna, antes de pasar un breve periodo de tiempo viviendo en la calle en San Francisco, donde empezó a fumar y acabó inyectándose heroína. Sin decírselo a ningún miembro de su familia, un año más tarde ella misma decidió internarse en un centro de desintoxicación, y desde entonces no ha vuelto a consumir. Después de aquello, decidió estudiar Derecho y aprovechar al fin esa memoria.

Dicen que una no sabe cuáles son sus principios hasta que la hacen sentir incómoda, y Avery es la prueba de ello. Es una mujer de principios arraigados y, a menudo, la hacen sentir incómoda. Puede que le hubiera gustado ser poeta o directora de documentales, pero es abogada. Ahora tiene treinta y tres años y vive en Londres con su mujer, Chiti, una psicóloga siete años mayor que ella. Ya ha pagado todos sus préstamos universitarios y tiene muebles que cuestan casi tanto como su carrera. Todavía no lo sabe, pero, en cuestión de semanas, hará añicos su vida y su matrimonio de formas que ni siquiera creía posibles. A Avery le gustaría ser siempre firme y decidida, pero lo cierto es que también es delicada.

Dos años después de que naciera Avery, sus padres tuvieron a Bonnie. Bonnie es tímida pero tenaz. Se comunica con el lenguaje de su cuerpo. A los seis años, ya sabía caminar con las manos. A los diez, podía hacer malabares con cinco mandarinas. Se apuntó a *ballet* y a gimnasia, pero no llegó a encajar nunca con el rebaño de niñas flexibles y femeninas. A los quince años, su padre le compró un par de guantes de boxeo después de que Bonnie le diera un puñetazo a la pared de su dormitorio e hiciera un agujero, y fue entonces cuando se encontró a sí misma. Al descubrir el boxeo, Bonnie sintió algo que probablemente se asemeje a lo que sienten otras personas al descubrir el sexo. *Ah, ahora entiendo a qué viene tanto revuelo.*

Bonnie adora la disciplina. Tras haber presenciado en silencio como su hermana mayor echaba a perder su adolescencia, se prometió a sí misma no probar jamás ni una gota de alcohol. Sus drogas preferidas son el sudor y la violencia. Y eso la llevó hasta el Campeonato Mundial de Boxeo Femenino de la IBA (la Asociación Internacional de Boxeo), la competición de más alto nivel de boxeo *amateur* junto con los Juegos Olímpicos, donde ganó la medalla de plata en la categoría de peso ligero antes de convertirse en boxeadora profesional. Por sorprendente que resulte, dado el deporte que practica, Bonnie es la más dulce de todas las hermanas. Es capaz de sacar el hielo de una cubitera sin darle porrazos contra la encimera, los bebés y los perros se fían de ella por instinto, se le da de pena mentir y, aunque su cuerpo sea como una puerta blindada de roble, su personalidad es transparente como una ventana. Ahora, a los treinta y uno, en lo que debería ser su apogeo profesional, Bonnie ha dejado atrás tanto Nueva York como el boxeo tras una derrota devastadora en su último combate. Ha huido a Venice Beach, Los Ángeles, donde ha comenzado a trabajar como portera en un bar de mala muerte.

La mayoría de la gente pasa por la vida sin descubrir jamás qué se siente al tener una vocación, una que te exige sacrificar el placer del momento por el potencial de un sueño que puede que no se cumpla en años, si es que llega a cumplirse alguna vez. Es algo que te separa de los demás, lo quieras o no. Puede resultar duro, agotador y solitario, pero, si de verdad es tu vocación, no tienes elección. Así era como Bonnie sentía el boxeo. Y, aun así, ahora mismo la puedes encontrar en un callejón de Venice, retirando jarras vacías de cerveza, ayudando a mujeres achispadas a subirse a taxis y barriendo colillas, sin rastro alguno de esa guerrera anárquica y dura en la que se había convertido a base de entrenar.

Sus padres querían que su próximo hijo fuera un niño, pero, tras dos abortos naturales de los que nunca volvieron a hablar, tuvieron a Nicole, a quien todo el mundo llama siempre Nicky. De todas las niñas, Nicky era la más *niña*. Era capaz de hacer una pompa más grande que su cabeza con un chicle. Seguía escuchando pop adolescente incluso de adulta, y no de manera irónica. Su afición favorita de pequeña era criar orugas para que se convirtieran en mariposas dándoles de comer trocitos minúsculos de calabaza. A los diez años, se compró su primer sujetador con aros, solo para estar preparada. Cuando terminó el instituto, ya había tenido cinco novios. Le gustaba elegir con antelación los modelitos que iba a llevar durante toda la semana, con la ropa interior a juego. Era capaz de pintarse la raya del ojo a la perfección con un delineador líquido mientras iba montada en un taxi en movimiento, sin necesidad de arreglársela después frotando con los dedos. Nicky era muy popular con los chicos, pero también tenía una habilidad especial para hacer amigas. En la universidad, se unió a una sororidad, una elección de la que sus hermanas se burlaron con crueldad, pero a Nicky le dio igual. Sus hermanas solían estar ocupadas con sus trabajos y, como las echaba de menos, hizo de sus amigas su familia.

Mientras que Avery era sensata y Bonnie serena, Nicky era sensible. Era una explosión de sentimientos que no trataba de ocultar nunca. A veces era el giro eufórico de un tiovivo; otras veces, la embestida de un coche de choque; y otras, el blanco inmóvil de una galería de tiro. Había nacido para ser madre, pero su cuerpo no compartía esa opinión. Después de años de periodos dolorosos, a los veinte años le diagnosticaron endometriosis. Aunque murió a los veintisiete, no pertenecía a ese club por naturaleza; no había sido la cantante principal de ningún grupo de música, y tampoco es que hubiera vivido particularmente rápido para morir joven. Si le hubieras preguntado a Nicky, te habría dicho que había vivido una vida extraordinariamente normal como profesora de Lengua de un instituto concertado en el Upper West Side, a diez manzanas de donde se había criado. Puede que la suya pareciera una vida más insignificante que la de sus hermanas, pero ella nunca lo vio así. Adoraba a sus alumnos y soñaba con formar una familia algún día. Nada de su vida presagiaba su muerte, salvo todo el dolor que sufría.

Un año después de que naciera Nicky, sus padres intentaron ir una última vez a por ese niño que tanto ansiaban. Pero tuvieron a Lucky*. Lucky, que nació en casa por accidente en tan solo quince minutos, no tardó en dejar claro su lugar en la familia. Por mucho que crezca, Lucky siempre será la pequeña. De hecho, en cuanto Nicky aprendió a hablar, proclamó de inmediato a Lucky «mi niña», y se empeñó en cargar con su cuerpecito a cuestas de aquí para allá. Sin embargo, aunque siguieron siendo inseparables, Lucky no se mantuvo así de pequeñita para siempre. Ahora mide uno ochenta. A sus padres les llevó cuatro intentos crear eso

* Juego de palabras con *lucky*, «suerte», en español. El original reza: «*They got Lucky*», que, en español, significa que tuvieron suerte (N. del T.).

tan buscado por todos: la belleza femenina. Con Lucky lo lograron. Incluso sus dientes, un poco torcidos, con unos colmillos más afilados de lo normal, le otorgan a su sonrisa una sensualidad lobuna. Hace poco, sin el consentimiento de su agencia, se cortó mucho el pelo y se lo decoloró hasta dejárselo blanco, y ahora parece una combinación de Barbie, Billy Idol y un *husky* siberiano. A los quince años Lucky se hizo modelo, y ha estado trabajando por todas las partes del mundo, lo cual es otra manera de decir que se ha sentido sola en todas las partes del mundo.

Cuando Lucky entra en una habitación, es como si una anguila eléctrica se adentrara en una pecera con pececitos. Es perspicaz y, aunque no lo muestre, tímida. Aprendió a tocar la guitarra sola mientras vivía en Tokio y se le da bastante bien, pero le da vergüenza tocarla delante de la gente. Le sigue encantando jugar a videojuegos; de hecho, adora cualquier forma de evasión. Ahora mismo vive sola en París. Hasta ahora, este año ha pronunciado las palabras «necesito un trago» ciento treinta y dos veces. Más veces de las que ha dicho «te quiero» en toda su vida. En su apartamento de Montmartre, tiene las mariposas azules que Nicky le dio antes de morir enmarcadas y colgadas sobre la cama, pero casi nunca duerme. Lucky tiene veintiséis años y está perdida. De hecho, todas las hermanas que siguen vivas lo están.

Pero lo que no saben es lo siguiente: mientras estés viva, nunca es demasiado tarde para encontrarte.

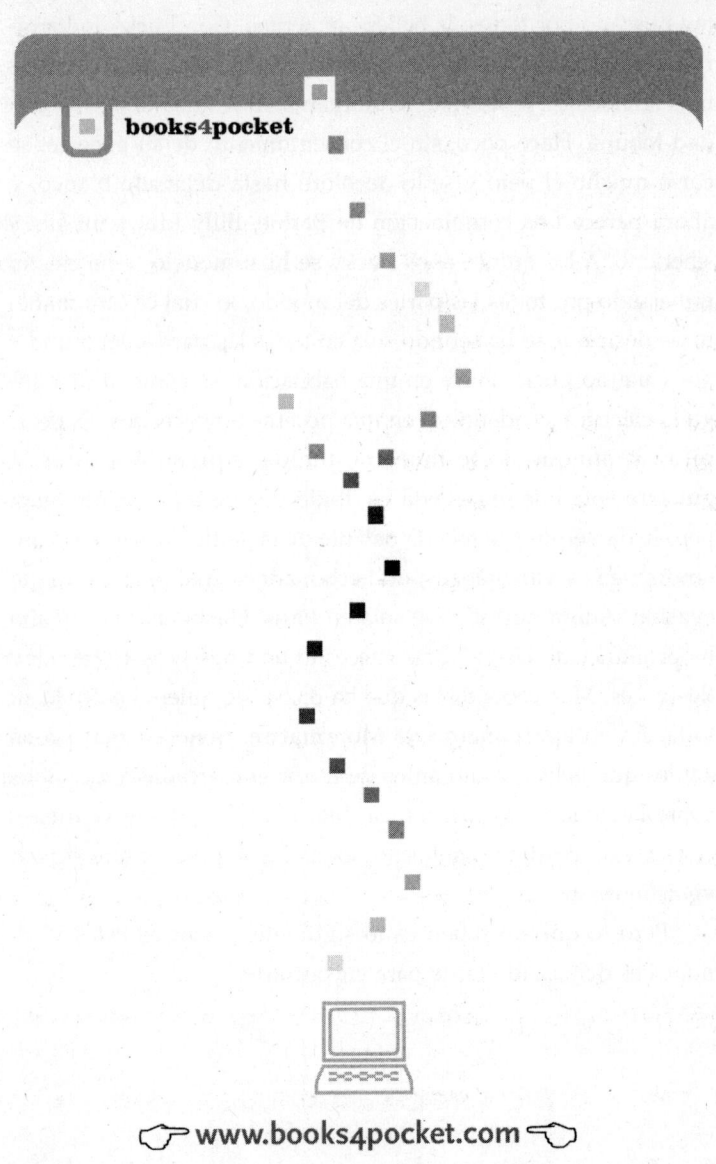

books4pocket

www.books4pocket.com